Das Buch

Ein höchst brisantes Dokument, das den Schlüssel zum geheimen Versteck eines Schatzes enthält, wird dem charmanten Meisterdetektiv Douglas Lord fast zum Verhängnis. Auf seiner wilden Flucht vor Gangstern, die ihm hart auf den Fersen sind, landet Doug in Manhattan unversehens im Mercedes einer schönen jungen Frau, die über genügend Kleingeld verfügt, um die Flugtickets nach Madagaskar zu bezahlen, wo der Schatz vergraben ist. Doch Whitney ist nicht nur reich, sondern auch äußerst gelangweilt und berechnend, und so bleibt Doug nichts anderes übrig, als das verwöhnte Luxusgeschöpf mit in den Urwald zu nehmen. In einer Atmosphäre knisternder erotischer Spannung kämpfen sich die beiden an das Ziel ihrer abenteuerlichen Schatzsuche heran, bedrängt von unvorhergesehenen Gefahren und Strapazen und ständig bedroht von den Gangstern, die vor keiner Schandtat zurückschrecken, um in den Besitz des sagenhaften Schatzes zu gelangen.
Mit Doug und Whitney hat Nora Roberts zwei Helden geschaffen, die James Bond und Modesty Blaise in nichts nachstehen.
Verborgenes Funkeln ist ein rasanter, spritziger und höchst amüsanter Abenteuer- und Liebesroman, eine Gaunerkomödie, die Action und Witz, Spannung und Sex temperamentvoll verbindet.

Die Autorin

Nora Roberts zählt zu den erfolgreichsten Autorinnen Amerikas. Seit 1981 hat sie über 100 Romane veröffentlicht, die in knapp 30 Sprachen übersetzt wurden. Für ihre internationalen Bestseller erhielt sie nicht nur zahlreiche Auszeichnungen, sondern auch die Ehre, als erste Frau in der Ruhmeshalle der Romance Writers of America aufgenommen zu werden. Nora Roberts lebt in Maryland.
Im Wilhelm Heyne Verlag liegen vor: *Der weite Himmel* (01/10533), *Die Tochter des Magiers* (01/10677), *Insel der Sehnsucht* (01/13019), *Das Haus der Donna* (01/13122), *Träume wie Gold* (01/13220), *Die Unendlichkeit der Liebe* (01/13265), *Verlorene Seelen* (01/13363).
Die Roman-Trilogie: *Tief im Herzen* (01/10968), *Gezeiten der Liebe* (01/13062), *Hafen der Träume* (01/13148).

NORA ROBERTS

VERBORGENE GEFÜHLE

Roman

Aus dem Amerikanischen von
Nina Bader

WILHELM HEYNE VERLAG
MÜNCHEN

HEYNE ALLGEMEINE REIHE
Nr. 01/12513

Titel der Originalausgabe
HOT ICE

Umwelthinweis:
Dieses Buch wurde auf
chlor- und säurefreiem Papier gedruckt.

Redaktion: Werner Heilmann

Taschenbuchausgabe 1/2003

Wilhelm Heyne ist ein Verlag des Verlagshauses
Ullstein Heyne List GmbH & Co. KG
Printed in Germany 2003
Umschlagillustration: Angelika Vogel, Berlin
Umschlaggestaltung: Hauptmann und Kampa
Werbeagentur, München – Zürich
Druck und Bindung: Elsnerdruck, Berlin

ISBN: 3-453-86319-4

http://www.heyne.de

Für Bruce
– der mir gezeigt hat,
daß es kein größeres
Abenteuer gibt, als zu lieben.

1

Er rannte um sein Leben. Das geschah nicht zum ersten Mal, und während er an der eleganten Schaufensterauslage von Tiffany's vorbeifegte, hoffte er inständig, daß dies nicht gleichzeitig das letzte Mal wäre. Leichter Aprilregen schimmerte auf der Straße. Die Nachtluft war kühl, doch eine sanfte Brise brachte sogar in Manhattan einen Hauch von Frühling mit sich. Er schwitzte. Sie waren verdammt zu nah an ihm dran. Zu dieser nächtlichen Stunde lag die Fifth Avenue in tiefster Stille, die Schwärze der Nacht wurde nur hier und da von Straßenlaternen erhellt. Ab und zu fuhr ein Auto vorbei. Nicht gerade der ideale Ort, um in der Menge unterzutauchen. Während er weiterlief, erwog er flüchtig, in der nächstgelegenen U-Bahn-Station zu verschwinden – doch falls sie dies Manöver bemerken sollten, säße er in der Falle.

Reifen quitschten hinter ihm, und Doug schoß um die Ecke von Cartier's. Er fühlte einen brennenden Schmerz am Oberarm, hörte das leise »Plop« eines Schalldämpfers, hütete sich jedoch, sein Tempo zu verlangsamen. Blut rieselte entlang seines Hemdärmels. Langsam wurde die Sache unangenehm, und ihn beschlich das ungute Gefühl, daß es noch viel schlimmer kommen könnte.

Doch auf der 52. Straße sah er Leute – vereinzelte Grüppchen, die an den Schaufenstern vorbeischlenderten oder einfach nur müßig herumstanden, und hörte Stimmengewirr und Musik, die seinen keuchenden Atem übertönte. Vorsichtig schlich er sich hinter eine Rothaarige, die seine eigene stattliche Größe noch um Kopfeslänge überragte und zudem doppelt so breit war wie er. Ihre Schultern zuckten im Rhythmus der Musik, die ihrem tragbaren Stereorecorder entströmte. Als würde man sich bei einem Sturm hinter einer Eiche verbergen, dachte Doug mit Galgenhumor, während er die Gelegenheit nutzte, Atem zu schöpfen und seine Wunde zu untersuchen. Er blutete wie ein Schwein. Ohne nachzudenken zupfte er ein gestreiftes Halstuch aus der Gesäßtasche der Rothaarigen und verband damit seinen Arm, ohne daß die Frau auch nur zusammenzuckte – er hatte ausgesprochen geschickte Hände.

Es war entschieden schwieriger, einen Mann auf offener Straße umzulegen, wenn sich dieser inmitten einer Menschenmenge befand, entschied Doug. Zwar nicht unmöglich, aber schwieriger. Also verlangsamte er seinen Schritt und schloß sich bald dieser, bald jener Gruppe an, während er die Straße nach dem unauffälligen schwarzen Lincoln absuchte.

In der Nähe der Lexington Avenue beobachtete er, wie der Wagen ein Häusergeviert weiter anhielt und drei Männer in gutgeschnittenen dunklen Anzügen ausstiegen. Noch hatten sie ihn nicht bemerkt, doch das konnte nicht mehr lange dauern. Dougs Verstand arbeitete auf Hochtouren. Sein Blick irrte prüfend durch die Menschenmenge, mit der er zu verschmelzen versuchte. Die schwarze Lederjacke mit den unzähligen Reißverschlüssen würde es tun …

»Hey.« Er packte den neben ihm stehenden Jungen am Arm. »Ich geb' dir fünfzig Mäuse für deine Jacke.«

Der Punker mit dem blonden Igelhaarschnitt und dem totenblassen Gesicht schüttelte ihn unwillig ab. »Verpiß dich, Mann. Das ist echtes Leder.«

»Na gut, hundert«, knurrte Doug. Die drei Männer kamen immer näher.

Diesmal zeigte der Junge mehr Interesse. Er wandte sich um, so daß Doug den kleinen Geier erkennen konnte, der auf seiner Wange eintätowiert war. »Zweihundert, und das gute Stück gehört dir.«

Doug fingerte schon nach seiner Brieftasche. »Für zweihundert krieg ich auch noch die Sonnenbrille.«

Der Junge nahm die Brille mit den riesigen verspiegelten Gläsern ab. »Gemacht.«

»Mach hin, ich helf dir.« Mit einer raschen Bewegung streifte Doug dem Jungen die Jacke ab. Nachdem er ihm ein paar Scheine in die Hand gedrückt hatte, fuhr er hinein, wobei er einen zischenden Schmerzenslaut ausstieß. In der Jacke hing noch der nicht gerade angenehme Duft ihres

Vorbesitzers. Doug ignorierte das und zog den Reißverschluß zu. »Siehst du die drei Typen da, die aussehen wie Totengräber? Die suchen noch Statisten für ein Billy-Idol-Video. Du und deine Freunde, ihr solltet sie auf euch aufmerksam machen.«

»Echt?« Der Junge setzte einen betont gelangweilten Gesichtsausdruck auf und wandte sich ab. Doug schlüpfte durch die nächstbeste Tür.

Im Inneren des Raumes empfing ihn gedämpftes Licht; die weißgedeckten Tische waren zum größten Teil besetzt. Schimmernde Messinggeländer wiesen den Gästen den Weg zu den intimeren Speisezimmern und zu der mit Spiegelglas verkleideten Bar. Das würzige Aroma französischer Küche stieg Doug in die Nase – Beifuß, Burgunder und Thymian. Einen Augenblick lang war er versucht, sich am Oberkellner vorbeizumogeln und an einem ruhigen Tisch niederzulassen, doch dann entschied er, daß die Bar eine bessere Tarnung bot. Mit blasierter Miene schob er die Hände in die Hosentaschen und ging langsam hinüber. Als er am Tresen lehnte, überlegte er bereits, wie und wann er hier verschwinden könne.

»Whisky.« Er schob die Sonnenbrille höher auf die Nase. »Seagram's. Lassen Sie die Flasche gleich da.«

Über sein Glas gebeugt, behielt Doug die Tür im Auge. Sein dunkles, gelocktes Haar fiel bis auf den Kragen seiner Jacke, das schmale Gesicht war glattrasiert, und die Augen hinter den Spiegelgläsern hielt er unverwandt auf die Tür gerichtet, während er einen großen Schluck der scharfen Flüssigkeit hinunterstürzte und sofort nachschenkte. Im Geiste ging er sämtliche Fluchtmöglichkeiten durch.

Schon früh im Leben hatte er gelernt, sich nur auf sich selbst zu verlassen, genau wie er begriffen hatte, daß man die Füße in die Hand nehmen mußte, wenn Flucht die beste Lösung war. Nicht, daß er einem Kampf aus dem Weg gegangen wäre, doch zog er es vor, die Vorteile auf seiner Seite zu wissen. Er konnte sowohl sehr direkt handeln wie auch am Rande der Legalität balancieren – je nachdem, was ihm einträglicher erschien.

Das, was er sich unlängst unter den Nagel gerissen hatte, könnte die Antwort auf seine Vorliebe für Luxus und ein sorgenfreies Leben bedeuten – eine Vorliebe, die er schon immer kultiviert hatte. Doug wog die Vor- und Nachteile ab und beschloß, nach den Sternen zu greifen.

Das Pärchen neben ihm war in eine ernsthafte Diskussion über den neuesten Roman von Norman Mailer verstrickt. Ein anderes Grüppchen spielte mit dem Gedanken, sich zu einem Jazzclub zu begeben, wo man sich für weniger Geld vollaufen lassen konnte. Die Gäste an der Bar waren größtenteils Singles, stellte Doug fest, die die Anstrengungen eines arbeitsreichen Tages fortspülen und Kontakt zu anderen Singles aufnehmen wollten. Von Lederröcken über Maßanzüge bis hin zu knöchelhohen Turnschuhen war alles vertreten. Zufrieden mit seinem Umfeld griff Doug nach einer Zigarette. Er hätte ein schlechteres Versteck wählen können.

Eine Blondine in einem taubengrauen Kostüm glitt auf den Hocker neben ihm und gab ihm Feuer. Sie verbreitete einen schwachen Duft nach Chanel und Wodka. Mit übereinandergeschlagenen Beinen schlürfte sie den Rest ihres Drinks.

»Hab' Sie noch nie hier gesehen.«

Doug warf ihr einen raschen Blick zu und registrierte den schon leicht glasigen Blick und das einladende Lächeln. Zu jedem anderen Zeitpunkt hätte er sich auf das Spielchen eingelassen. »Nein.« Erneut schenkte er sich nach.

»Mein Büro liegt nur ein paar Straßen weiter.« Sogar nach drei Wodkas entging ihr die Aura von Arroganz und unterschwelliger Gefahr nicht, die der Mann neben ihr ausstrahlte. Interessiert rückte sie ein wenig näher. »Ich bin Architektin.«

Dougs Nackenhaare stellten sich auf, als sie den Raum betraten. Die drei wirkten adrett und erfolgreich. Vorsichtig schielte er über die Schulter der Blonden und bemerkte zu seinem Entsetzen, daß die drei sich trennten. Einer blieb wie zufällig an der Tür stehen. Dem einzigen Ausgang.

Von seinem ablehnenden Verhalten eher angestachelt als entmutigt, legte die Blonde eine Hand auf Dougs Arm. »Und was machen Sie so?«

Doug behielt den Whisky einen Augenblick lang auf der

Zunge, bevor er ihn hinunterschluckte und die angenehme Wärme in seinem Inneren genoß. »Ich stehle«, informierte er sie. Die Wahrheit glaubten die Leute immer zu allerletzt.

Lächelnd nahm sich die Blonde eine Zigarette, hielt Doug ihr Feuerzeug hin und wartete, daß er ihr Feuer gab. »Wie aufregend.« Sie stieß eine kleine Rauchwolke aus und nahm ihm das Feuerzeug aus der Hand. »Warum spendieren Sie mir nicht einen Drink und erzählen mir mehr davon?«

Wirklich ein Jammer, daß er diese Masche nicht schon früher ausprobiert hatte, wo sie doch so gut anzukommen schien. Und ein Jammer, daß der Zeitpunkt nicht schlechter sein könnte – sie bot einen durchaus erfreulichen Anblick. »Nicht heute nacht, Süße.«

Dougs Gedanken kreisten ums Geschäft, während er sich Whisky nachschenkte und darauf achtete, sich im Schatten zu halten. Vielleicht funktionierte seine improvisierte Verkleidung ja. In diesem Moment fühlte er den Lauf eines Revolvers an seinen Rippen. Nun ja, vielleicht auch nicht.

»Raus hier, Lord. Mr. Dimitri ist äußerst ärgerlich, daß Sie Ihre Verabredung nicht eingehalten haben.«

»Tatsächlich?« Beiläufig ließ Doug seinen Whisky im Glas kreisen. »Dachte, ich könnte mir noch ein paar Drinks genehmigen, Remo. Hab' gar nicht auf die Zeit geachtet.«

Der Lauf drückte härter gegen seine Rippen. »Mr. Dimitri legt Wert darauf, daß seine Angestellten pünktlich sind.«

Doug goß seinen Whisky hinunter. Im Spiegel hinter der Bar konnte er erkennen, daß die beiden anderen ebenfalls dicht bei ihm Position bezogen. Die Blondine glitt von ihrem Hocker, um nach einer leichteren Beute Ausschau zu halten. »Bin ich gefeuert?« Er schenkte sich ein weiteres Glas ein und überdachte seine Lage. Drei gegen einen. Zudem waren sie bewaffnet, und er nicht. Andererseits war Remo von den dreien der einzige, dem man einen Hauch von Intelligenz zubilligen konnte.

»Mr. Dimitri schmeißt seine Angestellten gern persönlich raus.« Remo grinste, wobei er ein perfektes Gebiß unter einem strichdünnen Schnurrbärtchen entblößte. »Und er möchte Ihnen seine besondere Aufmerksamkeit zukommen lassen.«

»Okay.« Doug legte eine Hand um die Whiskyflasche, die andere auf das Glas. »Wie wär's, wenn wir vorher noch schnell einen heben?«

»Mr. Dimitri gestattet keinen Alkohol im Dienst. Außerdem sind Sie spät dran, Lord. Zu spät.«

»Soso. Trotzdem ist es eine Schande, einen so guten Tropfen zu verschwenden.« Doug wirbelte herum, schüttete den Whisky mitten in Remos Augen und schlug dem Mann zu seiner Rechten die Flasche über den Schädel. Der Schwung katapultierte ihn gegen den dritten Mann, so daß sie beide rücklings auf die Desserttheke fielen. Schokoladenmousse und Schlagsahne ergossen sich in einem kalorienreichen Strom über den Boden. Umklammert wie zwei Liebende rollten sie auf eine Zitronentorte. »Was für eine Verschwendung«, keuchte Doug und schmierte seinem Gegner eine Handvoll Erdbeercreme ins Gesicht. Da ihm bewußt war, daß ein Überraschungseffekt nie von langer Dauer ist, griff er zu einem der hinterhältigsten Verteidigungsmittel und rammte dem anderen mit aller Gewalt das Knie zwischen die Beine. Dann rannte er los.

»Setzen Sie alles auf Mr. Dimitris Rechnung!« rief er laut, als er sich einen Weg durch die Tische und Stühle bahnte. Aus einem Impuls heraus packte er einen Kellner, den er mitsamt seinem vollbeladenen Tablett in Remos Richtung stieß, ehe er über ein Messinggeländer sprang und zur Tür stürzte. Ohne auf das Chaos hinter ihm zu achten, stürmte er auf die Straße.

Er hatte zwar etwas Zeit gewonnen, doch bald würden sie die Verfolgung wieder aufnehmen. Und diesmal ging es um Leben und Tod. Doug rannte in Richtung Innenstadt und verfluchte die Tatsache, daß nie ein Taxi zu bekommen war, wenn man eins brauchte.

Auf dem Long Island Expressway herrschte nur schwacher Verkehr, als Whitney Richtung Stadt fuhr. Ihr Flug aus Paris war mit einer Stunde Verspätung auf dem Kennedy Airport gelandet. Rücksitz und Kofferraum ihres Mercedes waren bis obenhin mit Gepäck beladen, das Radio voll aufgedreht, so daß der neueste Springsteen-Hit aus dem offenen Fenster dröhnte. Den zweiwöchigen Frankreichtrip hatte sie sich selbst als Belohnung dafür bewilligt, daß sie endlich den Mut aufgebracht hatte, ihre Verlobung mit Tad Carlyse dem Vierten zu lösen.

Ganz gleich wie begeistert ihre Eltern auch sein mochten, sie konnte einfach keinen Mann heiraten, der seine Socken und Krawatten farblich so penibel aufeinander abstimmte.

Whitney begann, den Springsteensong mitzusummen, während sie eine langsamere Limousine überholte. Sie war achtundzwanzig, sehr attraktiv und wurde in ihrer Karriere immer erfolgreicher, obwohl sie von Haus aus genug Geld besaß, um etwaige Rückschläge abzudecken. An Wohlstand und Ansehen gewöhnt pflegte sie nie zu fordern, sondern nur zu erwarten. Es bereitete ihr Vergnügen, spät nachts die schicksten Clubs von New York zu besuchen, wo sie überall auf bekannte Gesichter stieß.

Auch kümmerte es sie wenig, daß die Paparazzi ihr ständig auf den Fersen waren oder daß in den Klatschspalten der Boulevardblätter andauernd Berichte über ihre neuesten Schandtaten erschienen. Sie war, wie sie ihrem verzweifelten Vater oft klarzumachen versuchte, nun einmal von Natur aus exzentrisch.

Zudem hatte sie ein Faible für schnelle Autos, alte Filme und italienische Designerstiefel.

Im Augenblick beschäftigte sie sich mit der Frage, ob sie direkt nach Hause fahren oder noch kurz bei Elaine's vorbeischauen sollte, um zu erfahren, was sich in den letzten zwei Wochen so getan hatte. Die Zeitverschiebung spürte sie überhaupt nicht, wohl aber eine Spur von Langeweile. Nein, nicht bloß eine Spur, gab sie zu. Es war eher so, daß sie in Langeweile erstickte. Die Frage war nur – was sollte sie dagegen unternehmen?

Whitney war das typische Produkt einer neureichen Familie. Aufgewachsen in dem Glauben, die Welt läge ihr zu Füßen, fand sie es oft gar nicht lohnenswert, sich danach zu bücken. Wo blieb der Kitzel? fragte sie sich häufig. Worin lag der – sie haßte dieses Wort – der Sinn? Sie verfügte über einen ausgedehnten Freundeskreis, der, oberflächlich betrachtet, durchaus interessant schien. Doch sobald man einmal hinter die Fassade der Seidenkostüme und Designermodelle geblickt hatte, stellte man fest, daß diese jungen, wohlhabenden, verwöhnten Menschen im Grunde genommen alle gleich waren. Wo blieb die Spannung? Schon besser, dachte sie. Spannung war ein Begriff, mit dem sie eher leben konnte. Es war wirklich nicht sehr spannend, mal eben nach Aruba zu jetten, wenn man nur zum Telefonhörer greifen mußte, um das Ganze zu arrangieren.

Die zwei Wochen in Paris waren ruhig und angenehm verlaufen – und ereignislos. Ereignislos. Vielleicht lag hier der Hund begraben. Sie verlangte nach etwas, das man nicht mit einem Scheck oder einer Kreditkarte bezahlen konnte. Sie wollte Action. Whitney kannte sich selbst gut genug, um sich darüber im klaren zu sein, daß sie in dieser Stimmung zu Dummheiten neigte.

Doch sie war auch nicht in der Stimmung, alleine nach Hause zu fahren und ihre Koffer auszupacken. Andererseits verspürte sie kein sonderliches Verlangen, in einem Club überall auf die gleichen Leute zu treffen. Sie wollte etwas Neues, Andersartiges. Wie wär's zum Beispiel, wenn sie in eines dieser neuen Szenelokale ginge, die wie Pilze aus dem Boden schossen? Wenn ihr der Sinn danach stand, konnte sie dort einige Drinks zu sich nehmen und Konversation machen. Sollte das Lokal ihr zusagen, könnte sie später an den richtigen Stellen ein paar Worte fallenlassen und so den Club zum heißesten Tip von Manhattan machen. Daß sie die Macht dazu besaß, überraschte sie weder, noch freute es sie sonderlich. Es war einfach so.

Whitney kam mit kreischenden Bremsen an einer Ampel zum Stehen und ordnete ihre Gedanken. Neuerdings schien in ihrem Leben rein gar nichts mehr zu geschehen. Es gab keinerlei Aufregung mehr, keinen – nun ja – keinen Pep.

Als die Beifahrertür plötzlich aufgerissen wurde, war sie eher überrascht als erschrocken. Ein Blick auf die schwarze, reißverschlußverzierte Jacke und die riesige Sonnenbrille des Anhalters genügte, sie zu veranlassen, ablehnend den Kopf zu schütteln. »Sie hinken der Mode hinterher«, war ihr einziger Kommentar.

Doug blickte flüchtig über seine Schulter. Die Luft war rein, doch das würde sich bald ändern. Er sprang in den Wagen und knallte die Tür zu. »Fahren Sie los!«

»Vergessen Sie's. Ich fahre keine Kerle spazieren, die Klamotten vom vorigen Jahr tragen. Gehen Sie auf Schusters Rappen.«

Doug schob die Hand in die Tasche und benutzte seinen Zeigefinger, um einen Revolverlauf vorzutäuschen. »Fahren Sie los«, wiederholte er.

Whitney warf erst einen Blick auf die Tasche, dann auf sein Gesicht. »Wenn da eine Kanone drin ist, will ich sie sehen. Wenn nicht, verschwinden Sie.«

Von allen Autos, die er hätte anhalten können, ausgerechnet dieses ... Warum zum Teufel zitterte sie nicht vor Angst und flehte ihn an, wie es jeder normale Mensch getan hätte? »Verdammt, ich bin nicht scharf drauf, das Ding hier zu benutzen, aber wenn Sie nicht bald in die Gänge kommen und die Karre in Bewegung setzen, dann muß ich Ihnen ein Loch zwischen die Rippen pusten.«

Whitney starrte auf ihr Gesicht, das sich in seiner Brille spiegelte. »Scheiß-dreck«, gab sie zurück, jede Silbe sorgfältig betonend.

Einen Augenblick lang erwog Doug, sie bewußtlos zu schlagen, hinauszuwerfen und sich mit dem Wagen aus dem Staub zu machen. Ein weiterer Blick über seine Schulter belehrte ihn, daß keine Zeit mehr zu verlieren war.

»Hören Sie zu, Lady, wenn Sie nicht schleunigst losfahren – da hinter uns in dem Lincoln sitzen drei Männer, die die Absicht haben, Ihr Spielzeug hier in ein Sieb zu verwandeln.«

Sie schaute kurz in den Rückspiegel und entdeckte den großen schwarzen Lincoln, der langsam näherkam. »Mein Vater hatte auch mal so einen Wagen«, kommentierte sie. »Ich hab' ihn immer seinen Leichenwagen genannt.«

»Schon gut – fahren Sie los, sonst bin ich bald eine Leiche.«

Achselzuckend beobachtete Whitney den Lincoln im Rückspiegel, dann beschloß sie spontan, herauszufinden, was als nächstes geschehen würde – sie legte den Gang ein und überquerte die Kreuzung. Der Lincoln hängte sich sofort an sie dran. »Sie verfolgen uns.«

»Natürlich verfolgen sie uns.« Doug spie die Worte förmlich aus. »Und wenn Sie nicht bald Gas geben, dann werden sie gleich auf unserem Rücksitz sitzen und uns die Hände schütteln.«

Es war hauptsächlich Neugier, die Whitney bewog, das Gaspedal durchzutreten und in die 57. Straße einzubiegen. Der Lincoln blieb dicht hinter ihnen. »Tatsächlich, sie verfolgen uns«, wiederholte sie, auf ihrem Gesicht ein aufgeregtes Lächeln.

»Gibt die Karre nicht mehr her?«

Jetzt grinste Whitney ihren Beifahrer an. »Machen Sie Witze?« Noch ehe er antworten konnte, gab sie Vollgas und raste davon. Das war sicherlich die interessanteste Art, den Abend zu verbringen, die sie sich vorstellen konnte. »Ob ich sie wohl abschütteln kann?« Whitney renkte sich fast den Hals aus, um zu überprüfen, ob der Lincoln ihnen weiterhin folgte. »Schon mal eine scharfe Verbrecherjagd im Film gesehen? Klar, Gangster werden immer rarer, aber ...«

»He, passen Sie doch auf!«

Whitney drehte sich wieder um, riß das Steuer nach links und überholte haarscharf einen langsamer fahrenden Sedan.

»Hören Sie zu.« Doug knirschte mit den Zähnen. »Sinn und Zweck dieser Übung ist es, am Leben zu bleiben. Sie schauen auf die Straße, ich behalte den Lincoln im Auge.«

»Seien Sie nicht so überheblich.« Whitney schoß um die nächste Ecke. »Ich weiß genau, was ich tue.«

»Passen Sie lieber auf, wo Sie hinfahren!« Doug griff ihr hart ins Lenkrad und verhinderte so, daß die Kühlerhaube des Mercedes in unsanften Kontakt mit einem am Straßenrand geparkten Fahrzeug geriet. »Dämliches Frauenzimmer!«

Whitney hob das Kinn. »Wenn Sie ausfallend werden wollen, dann steigen Sie besser aus.« Sie verlangsamte das Tempo und fuhr an den Bordstein.

»Um Himmels willen, halten Sie bloß nicht an!«

»Ich dulde keine Beleidigungen. Und jetzt ...«

»Runter!« Doug riß sie zur Seite und drückte sie in den Sitz, kurz bevor die Windschutzscheibe in tausend Stücke zersprang.

»Mein Auto!« Wütend versuchte Whitney sich aufzusetzen, schaffte es aber nur, den Kopf zu heben, um den Schaden zu inspizieren. »Verdammt noch mal, da war nicht ein einziger Kratzer dran. Ich hab' ihn erst seit zwei Monaten.«

»Da wird bald sehr viel mehr als bloß ein Kratzer dran sein, wenn Sie nicht schleunigst Gas geben und hier verschwinden.« Aus seiner geduckten Position heraus kurbelte Doug am Lenkrad und spähte vorsichtig über das Armaturenbrett. »Jetzt!«

Kochend vor Zorn trat Whitney das Gaspedal hart durch, während Doug mit einer Hand das Lenkrad hielt und sie mit der anderen nach unten drückte.

»Ich kann so nicht fahren!«

»Mit einer Kugel im Kopf können Sie noch viel schlechter fahren.«

»Einer Kugel?« Ihre Stimme klang weniger ängstlich als verärgert. »Sie meinen, die schießen auf uns?«

»Sie werden bestimmt nicht mit Steinen werfen.« Doug verstärkte seinen Griff, und der Wagen prallte gegen den Bordstein und schleuderte um die Ecke. Frustriert, da er die Dinge nicht selbst in die Hand nehmen konnte, blickte er sich um. Der Lincoln war zwar noch immer hinter ihnen, doch sie hatten ein paar Sekunden Vorsprung gewonnen. »Okay, setzen Sie sich wieder auf, aber halten Sie den Kopf gesenkt. Und fahren Sie bloß weiter!«

»Wie soll ich das nur meiner Versicherung erklären?« Whitney hob den Kopf und suchte in der geborstenen Windschutzscheibe nach einem Stück freien Gesichtsfeld. »Die werden mir nie glauben, daß auf mich geschossen worden ist, und ich habe schon genug Punkte. Wissen Sie, was für horrende Prämien ich zahlen muß?«

»Wenn ich mir Ihren Fahrstil so betrachte, kann ich mir das gut vorstellen.«

»Jedenfalls hab' ich jetzt die Nase voll.« Whitney biß die Zähne zusammen und bog links ab.

»Das ist eine Einbahnstraße.« Doug sah sich hilflos um. »Haben Sie das Schild nicht gesehen?«

»Ich weiß, daß das eine Einbahnstraße ist«, zischte sie und trat härter auf das Gaspedal. »Aber zugleich ist das der schnellste Weg durch die Stadt.«

»O Gott.« Doug sah Scheinwerferlichter auf sich zukommen. Automatisch tastete er nach dem Türgriff und bereitete sich auf den Zusammenprall vor. Wenn er schon sterben mußte, sinnierte er gottergeben, dann lieber durch einen netten, sauberen Schuß mitten durchs Herz als von einem Auto plattgedrückt zu werden.

Ohne auf das wütende Hupkonzert zu achten, schoß Whitney im Zickzack weiter. Narren und kleine Kinder ... dachte Doug, als sie knapp zwischen zwei entgegenkommenden Fahrzeugen durchpreschten. Gott hielt seine schützende Hand über Narren und kleine Kinder. Er war heilfroh, sich zu den ersteren zählen zu können.

»Sie sind immer noch da.« Doug drehte sich um und beobachtete den Lincoln. Irgendwie war alles einfacher, wenn er nicht nach vorne blicken mußte. Sie wurden hin- und hergeworfen, als Whitney zwischen den Autos durchschoß, und dann ging sie so stark in die Kurve, daß er mit aller Gewalt gegen die Tür prallte. Fluchend tastete Doug nach der Wunde an seinem Arm. »Versuchen Sie doch bitte nicht, uns umzubringen. Die Typen hinter uns brauchen keine Hilfe.«

»Nie zufrieden, was?« schoß Whitney zurück. »Ich will Ihnen mal was sagen – Sie sind nicht unbedingt der angenehmste Gesellschafter.«

»Ich neige dazu, schlechte Laune zu bekommen, wenn man mich umbringen will.«

»Versuchen Sie doch mal, gute Miene zum bösen Spiel zu machen«, schlug Whitney vor und schnitt die nächste Kurve, wobei sie den Bordstein streifte. »Sie machen mich nervös.«

Doug ließ sich zurücksinken und fragte sich erbittert, warum er ausgerechnet auf diese Weise enden mußte, wo es doch so viele Möglichkeiten gab – im Mercedes einer Verrückten zerquetscht zu werden! Hätte er nicht einfach Remo folgen und sich von Dimitri mit Stil ermorden lassen können? Darin hätte entschieden mehr Gerechtigkeit gelegen.

Jetzt waren sie wieder auf der Fifth Avenue angelangt und fuhren in südlicher Richtung, und zwar mit mehr als Hundertvierzig, wie Doug anhand des Tachos feststellte. Wasser spritzte bis hoch an die Scheiben, als sie durch eine Pfütze rasten. Sogar jetzt war der Lincoln nur ein kleines Stück hinter ihnen. »Verdammt. Sie lassen einfach nicht locker.«

»Ach nein?« Mit zusammengebissenen Zähnen warf Whitney einen Blick in den Rückspiegel. Sie war noch nie ein guter Verlierer gewesen. »Das wollen wir doch mal sehen.« Noch ehe Doug Atem holen konnte, bremste sie ab, riß das Lenkrad herum und schoß schleudernd direkt auf den Lincoln zu.

Doug verfolgte das Manöver mit einer Mischung aus Angst und Faszination. »Um Himmels willen!«

Auf dem Beifahrersitz des Lincoln schloß sich Remo seinen Worten an, ehe sein Fahrer die Nerven verlor, das Lenkrad verriß und quer über den Bürgersteig raste, ehe er mitten im Schaufenster von Godiva-Schokoladen zum Stehen kam. Ohne den Fuß vom Gas zu nehmen und gleichzeitig bremsend ließ Whitney den Mercedes um die eigene Achse schlittern und raste die Fifth Avenue zurück.

Doug ließ sich in den Sitz zurücksinken und atmete ein paarmal tief durch. »Lady«, stieß er dann hervor, »Sie haben entschieden mehr Mut als Verstand.«

»Und Sie schulden mir dreihundert Dollar für die Windschutzscheibe.« Whitney bog in die Einfahrt eines unterirdischen Parkhauses ein.

»Ja, ja.« Zerstreut betastete Doug seinen Körper, um sich zu vergewissern, daß noch alle Knochen heil waren. »Ich schicke Ihnen einen Scheck.«

»Bargeld.« Nachdem sie den Wagen in ihrer Parkbox abgestellt hatte, zog Whitney den Zündschlüssel ab und sprang heraus. »Sie können jetzt mein Gepäck heraufbringen.« Mit diesen Worten wies sie auf die Koffer auf dem Rücksitz, ehe sie sich zum Fahrstuhl wandte. Zwar zitterten ihr noch vor Schreck die Knie, aber sie hätte sich eher die Zunge abgebissen als dies zugegeben. »Ich brauche einen Drink.«

Doug musterte die Garageneinfahrt und überlegte, wie er weiter vorgehen sollte. Ein, zwei Stunden in ihrer Wohnung würden ihm genügen, um die Situation gründlich zu überdenken. Außerdem stand er in ihrer Schuld. Seufzend begann er, das Gepäck auszuladen.

»Im Kofferraum ist noch mehr.«

»Das hole ich später.« Er hängte sich eine Reisetasche über die Schulter und wuchtete zwei Koffer hoch. Von Gucci, wie er mit einem bösen Grinsen registrierte. Und sie machte wegen lumpiger dreihundert Dollar ein Riesentheater.

Doug schleppte die Koffer zum Fahrstuhl und ließ sie unsanft zu Boden plumpsen. »Waren Sie verreist?«

Whitney drückte auf den Knopf für die zweiundvierzigste Etage. »Ein paar Wochen in Paris.«

»Ein paar Wochen, aha.« Doug warf dem Gepäckberg einen vielsagenden Blick zu. Hatte sie nicht gesagt, im Kofferraum sei noch mehr? »Sie reisen wohl gerne mit leichtem Gepäck?«

»Ich reise«, erwiderte Whitney hochtrabend, »wie es mir paßt. Schon mal in Europa gewesen?«

Er grinste sie an, und obwohl die Sonnenbrille seine Augen verbarg, lag etwas sehr Anziehendes in diesem Lächeln. Er hatte einen wohlgeformten Mund und nicht ganz regelmäßige Zähne. »Ein paarmal.«

Schweigend musterten sie sich. Zum ersten Mal hatte Doug Gelegenheit, sie richtig anzusehen. Sie war größer, als er erwartet hatte – obgleich er nicht ganz sicher war, was er eigentlich erwartet hatte. Ihr Haar war fast vollständig unter einem großen weißen Filzhut verborgen, doch die Strähnen, die darunter hervorlugten, waren genauso hell wie das Haar des Punkers, den er auf der Straße angehalten hatte, nur von einem intensiveren Farbton. Zwar beschattete der Hut ihr Gesicht, doch Doug konnte schöngeschwungene Wangenknochen und elfenbeinfarbene, reine Haut erkennen. Die großen Augen schimmerten so golden wie der Whisky, den er zuvor getrunken hatte. Ihr ungeschminkter Mund lächelte nicht, und sie duftete leicht und verlockend wie etwas, das man im Dunkeln gern berühren würde.

Offensichtlich gehörte sie zu der Sorte Frau, die er bei sich immer als ›eine Wucht‹ bezeichnete, obwohl unter der schlichten Zobeljacke und den Seidenhosen keine überwältigenden Rundungen zu erkennen waren. Doug bevorzugte eigentlich gutgebaute bis üppige Frauen, trotzdem kostete es ihn keine allzu große Überwindung, sie anzusehen.

Whitney kramte in ihrer Schlangenledertasche nach den Schlüsseln. »Diese Brille ist absolut lächerlich.«

»Zugegebenermaßen. Aber sie hat ihren Zweck erfüllt.« Doug nahm die große Sonnenbrille bereitwillig ab.

Überrascht bemerkte Whitney, daß seine Augen sehr hell, sehr klar und sehr grün leuchteten. Irgendwie schienen sie nicht zu seiner sonstigen Erscheinung zu passen – bis einem auffiel, wie direkt und wach der Blick war und wie genau der Mann alles beobachtete, was um ihn herum vorging.

Bislang hatte er sie nicht sonderlich beunruhigt; die Sonnenbrille ließ ihn harmlos und ein bißchen dümmlich erscheinen. Doch jetzt verspürte Whitney zum ersten Mal ein leises Unbehagen. Wer zum Teufel war er eigentlich, und warum wurde auf ihn geschossen?

Als die Fahrstuhltüren aufglitten, bückte Doug sich nach den Koffern. Whitney schaute auf ihn herunter und sah ein dünnes rotes Rinnsal an seinem Handgelenk herablaufen. »Sie bluten ja!«

Doug blickte gelassen seine Hand an. »Ich weiß. Wo geht's lang?«

Sie zögerte nur einen Augenblick. Was er konnte, das konnte sie schon lange. »Nach rechts. Und bitte bluten Sie nicht über die Koffer.« Sie schob sich an ihm vorbei und steckte den Schlüssel ins Schloß.

Trotz seiner Verärgerung und der Schmerzen im Arm fiel Doug ihr wiegender Gang auf. Offenbar war sie an die Bewunderung der Männer gewöhnt. Mit ein paar Schritten war er neben ihr. Whitney warf ihm einen flüchtigen Blick zu, ehe sie die Tür aufstieß, das Licht einschaltete und geradewegs auf die Bar zusteuerte. Sie griff nach einer Flasche Remy Martin und goß jedem einen großzügigen Schluck ein.

Beeindruckend, dachte Doug, der bereits eine Bestandsaufnahme ihrer Wohnung vornahm. Der Teppich war so dick und weich, daß man bequem darauf schlafen konnte. Er verfügte über genug Sachkenntnis, um den französischen Einfluß in der Einrichtung zu registrieren, vermochte aber die genaue Periode nicht zu bestimmen. Sie hatte ein tiefes Saphirblau und Senfgelb gewählt, um das glänzende Weiß des Teppichs zu dämpfen. Doug war durchaus in der Lage, Antiquitäten zu erkennen, wenn er sie zu Gesicht bekam, und in diesem Raum gab es einige interessante Stücke. Ihre Vorliebe für Romantik war genauso offensichtlich wie die Seelandschaft von Monet an der Wand impressionistisch war. Eine ausgezeichnete Kopie, stellte Doug fest. Wenn er Zeit genug hätte, die zu versetzen, könnte er sich auf den Weg machen. Ein flüchtiger Blick bestätigte ihm, daß er nur die Taschen seiner Jacke mit ihrem französischen Krimskrams zu füllen und ins nächste Pfandhaus zu gehen brauchte, um sich ein Ticket erster Klasse leisten zu können, das ihn weit genug von hier fortbrachte. Das Problem war nur, daß er es nicht wagte, hier in der Stadt ein Pfandhaus aufzusuchen, jedenfalls nicht, solange Dimitri seine Fühler nach ihm ausstreckte.

Doug wunderte sich über sich selbst. Obwohl die Möbel für ihn wertlos waren, mußte er doch zugeben, daß sie einen gewissen Reiz auf ihn ausübten. Unter normalen Umständen hätte ihm die feminine, verspielte Note mißfallen. Vielleicht brauchte er nach seiner abenteuerlichen Flucht einfach die beruhigende Atmosphäre einer gepflegten Wohnung? Whitney nippte an ihrem Cognac, ehe sie ihm ein Glas reichte.

»Nehmen Sie das ins Badezimmer mit«, ordnete sie an, wobei sie ihren Pelz achtlos über die Sofalehne warf. »Ich sehe mir mal Ihren Arm an.«

Achselzuckend beobachtete Doug, wie sie das Zimmer verließ. Normalerweise stellten Frauen immer gleich Dutzende von Fragen. Hatte die hier ganz einfach nicht genug Grips dazu? Widerwillig folgte er ihr und dem Duft ihres Parfüms, der in der Luft hing. Aber sie hatte Klasse, gab er zu, das war nicht zu leugnen.

»Ziehen Sie die Jacke aus und setzen Sie sich«, befahl Whitney, die bereits einen Waschlappen einweichte.

Doug streifte seine Jacke ab, wobei er vor Schmerz die Zähne zusammenbiß, als er den linken Arm bewegte. Nachdem er sie sorgsam zusammengefaltet und auf der Badewannenablage deponiert hatte, nahm er auf einem hohen Stuhl Platz, den jeder andere Mensch in das Wohnzimmer stellen würde. An sich herabsehend bemerkte er, daß sein blutiger Hemdärmel am Arm festklebte. Fluchend riß er ihn herunter und legte die Wunde frei. »Das kann ich alleine«, knurrte er und langte nach dem Waschlappen.

»Halten Sie doch den Mund.« Whitney begann, mit dem warmen Lappen das eingetrocknete Blut abzuwaschen. »Erst wenn ich die Wunde gesäubert habe kann ich sehen, wie schwer die Verletzung ist.«

Da das warme Wasser beruhigend wirkte und ihre Berührung sanft war, lehnte Doug sich zurück und sah ihr zu. Was war das nur für eine Frau? fragte er sich. Sie fuhr wie eine Wahnsinnige, kleidete sich wie ein Fotomodell und trank – ihm war nicht entgangen, daß sie ihr Cognacglas bereits geleert hatte – wie ein Matrose. Ihm wäre es lieber gewesen, wenn sie zumindest einen Anflug der Hysterie gezeigt hätte, die er bei Frauen voraussetzte.

»Wollen Sie nicht wissen, wie ich dazu gekommen bin?«

»Hmmm.« Whitney preßte einen sauberen Lappen auf die Wunde, die erneut zu bluten begann. Da er sie offensichtlich dazu verleiten wollte, Fragen zu stellen, war sie fest entschlossen, dies zu vermeiden.

»Eine Kugel«, erklärte Doug würdevoll.

»Tatsächlich?« Interessiert entfernte Whitney den Lappen, um sich den Arm genauer anzusehen. »Ich habe noch nie eine Schußverletzung gesehen.«

»Na sowas.« Er nahm noch einen Schluck Cognac. »Und wie gefällt sie Ihnen?«

Achselzuckend schloß Whitney die Tür des Spiegelschränkchens. »Nicht sehr beeindruckend.«

Stirnrunzelnd betrachtete Doug seine Wunde. Zugegeben, die Kugel hatte ihn nur gestreift, aber immerhin war auf ihn geschossen worden. Das passierte einem Mann nicht jeden Tag. »Es tut höllisch weh.«

»Wir verbinden das jetzt. Kratzer tun nur noch halb so weh, wenn man sie nicht mehr sieht.«

Er beobachtete, wie sie zwischen Cremetöpfchen und Flaschen mit Badezusatz herumstöberte. »Sie haben eine böse Zunge, Lady.«

»Whitney«, korrigierte sie. »Whitney MacAllister.« Sie drehte sich um und hielt ihm die Hand hin.

Seine Lippen verzogen sich leicht. »Lord, Doug Lord.«

»Hallo, Doug. Nun, wenn ich hier fertig bin, müssen wir uns mal über den Schaden an meinem Auto unterhalten.« Erneut wandte sie sich zum Spiegelschrank. »Dreihundert Dollar!«

Doug trank einen weiteren Schluck Cognac. »Wie kommen Sie gerade auf dreihundert Dollar?«

»Ich gehe vom untersten Ende der Liste aus. Der Preis für die Windschutzscheibe eines Mercedes liegt bei mindestens dreihundert Dollar.«

»Die muß ich Ihnen leider schuldig bleiben. Ich habe meine letzten zweihundert für die Jacke ausgegeben.«

»Für dieses Ding?« Ungläubig schüttelte Whitney den Kopf. »Ich hätte Sie für gescheiter gehalten.«

»Ich brauchte sie«, gab Doug zurück. »Und außerdem ist sie aus echtem Leder.«

Jetzt lachte Whitney laut auf. »Ja, eine echte Imitation.«

»Was soll das heißen, Imitation?«

»Diese reißverschlußverzierte Scheußlichkeit stammt nie im Leben von einer Kuh ... Ah, da ist es ja. Ich wußte doch, daß ich welches habe.« Mit einem zufriedenen Nicken entnahm Whitney dem Schrank eine kleine Flasche.

»Dieser kleine Bastard«, schimpfte Doug leise. Bislang hatte er weder die Zeit noch die Möglichkeit gehabt, seine Neuerwerbung genauer anzusehen. Doch im hellen Licht des Badezimmers zeigte sich, daß die Jacke tatsächlich aus billigem Kunststoff bestand. Zweihundert Dollar! Das plötzliche Brennen an seinem Arm ließ ihn zusammenzucken. »Verdammt! Was tun Sie denn da?«

»Jod«, erklärte Whitney, wobei sie eine großzügige Dosis davon auf seinem Arm verteilte.

Er blickte sie böse an. »Das Zeug brennt!«

»Stellen Sie sich nicht so an.« Rasch und geschickt wickelte sie Gaze um seinen Arm, bis die Wunde bedeckt war, verklebte die Enden und tätschelte ihr Werk liebevoll. »So gut wie neu«, erklärte sie zufrieden. Immer noch über ihn gebeugt, wandte sie den Kopf und lächelte ihn an. Ihre Gesichter berührten sich fast, das ihre vergnügt, das seine voller Ärger. »Jetzt zu meinem Wagen ...«

»Ich könnte ein Mörder, ein Vergewaltiger oder ein Psychopath sein, das können Sie gar nicht wissen.« Der sanfte, gefährliche Ton, in dem er dies sagte, jagte ihr einen Schauer über den Rücken.

»Das glaube ich kaum.« Doch sie nahm ihr leeres Glas und ging ins Wohnzimmer zurück. »Noch einen Drink?«

Mut hatte sie ja. Doug griff nach seiner Jacke und folgte ihr. »Wollen Sie denn nicht wissen, warum die hinter mir her waren?«

»Die bösen Jungs?«

»Die – bösen Jungs?« wiederholte er mit einem verblüfften Lachen.

»Gute Jungs schießen nicht auf unbeteiligte Zuschauer.« Sie füllte ihr Glas nach. »Die logische Schlußfolgerung lautet also, daß Sie zu den guten Jungs gehören.«

Lachend ließ er sich neben sie auf das Sofa fallen. »Eine Menge Leute sind da anderer Ansicht.«

Über den Rand ihres Glases musterte Whitney ihn unauffällig. »Gut« war tatsächlich keine sehr treffende Bezeichnung; er ließ sich nicht so ohne weiteres einordnen. »Ich schlage vor, Sie erzählen mir jetzt, warum diese drei Männer sie umbringen wollten.«

»Die erledigen nur ihren Job.« Doug nahm einen tiefen Schluck. »Sie arbeiten für einen Mann namens Dimitri. Ich habe etwas in meinem Besitz, was er haben will.«

»Und das wäre?«

»Einen Plan, der direkt zu einem Topf voll Gold führt«, erwiderte Doug geistesabwesend, erhob sich und begann, im Raum auf und ab zu gehen. Er hatte gerade zwanzig Dollar in bar plus einer abgelaufenen Kreditkarte in der Tasche, damit kam er nie aus dem Land heraus. Der sorgfältig gefaltete Inhalt des Manilaumschlages, den er bei sich trug, war ein Vermögen wert, aber ehe er das kassieren konnte, mußte er sich ein Flugticket besorgen. Er könnte am Flughafen jemanden um seine Brieftasche erleichtern. Oder, besser noch, er könnte die Nummer abziehen, mit er er in Miami schon einmal durchgekommen war – nämlich sich mittels einer gefälschten Dienstmarke Zugang zum Flugzeug verschaffen und dann den hartgesottenen FBI-Agenten spielen. Aber diesmal hatte er Bedenken, und er pflegte sich auf seinen Instinkt zu verlassen.

»Ich bräuchte ein Darlehen«, nuschelte er. »Ein paar hundert – höchstens einen Tausender.« Nachdenklich drehte er sich um und musterte Whitney.

»Vergessen Sie's«, meinte sie schlicht. »Sie schulden mir bereits dreihundert Dollar.«

»Sie bekommen Ihr Geld«, schnappte Doug. »Verdammt, in sechs Monaten kaufe ich Ihnen ein ganz neues Auto. Betrachten Sie es als Investition.«

»Darum kümmert sich mein Börsenmakler.« Lächelnd nippte sie an ihrem Cognac. In dieser Stimmung wirkte er besonders anziehend, wenn seine Augen vor Aufregung funkelten.

»Whitney, hören Sie.« Er ließ sich wieder auf der Sofalehne nieder. »Bloß tausend Dollar. Was ist das schon, nach allem, was wir miteinander durchgemacht haben?«

»Siebenhundert mehr, als Sie mir bereits schulden«, erklärte sie.

»In sechs Monaten zahle ich es Ihnen doppelt und dreifach zurück. Ich muß ein Flugticket kaufen, noch ein paar andere Kleinigkeiten ...« Er sah an sich herunter und lächelte sie dann gewinnend an. »Zum Beispiel ein neues Hemd.«

Ein Spieler, dachte Whitney fasziniert. Was meinte er bloß mit »ein Topf voll Gold«? »Ich müßte schon einiges mehr erfahren, ehe ich mein Geld riskiere.«

Er hatte Frauen schon viel mehr als nur Geld abgeschwatzt. Voller Zuversicht nahm er ihre Hand zwischen die seinen und rieb mit dem Daumen über ihre Knöchel. Seine Stimme wurde zu einem sanften Schnurren. »Es geht um einen Schatz. Etwas, was sonst nur im Märchen vorkommt. Ich werde Ihnen Diamanten für Ihr Haar mitbringen, große, glitzernde Diamanten. Sie werden aussehen wie eine Prinzessin.« Mit einem Finger streichelte er ihre weiche, kühle Wange und verlor für einen Augenblick den Faden. »Wie eine Märchenprinzessin.«

Langsam nahm er ihren Hut ab, den sie immer noch aufhatte, und sah mit einer Mischung aus Erstaunen und Bewunderung zu, wie ihr Haar herabfiel und um ihre Schultern floß. »Haar wie dieses sollte mit Diamanten geschmückt werden.«

Tatsächlich, er war bezaubernd. Ein Teil von ihr war bereit, ihm alles zu glauben, alles zu tun, was er verlangte. Doch der andere Teil, der von kühlem Verstand geprägt war, gewann die Oberhand. »Ich liebe Diamanten. Aber ich kenne eine Anzahl von Leuten, die teuer dafür bezahlt haben und auf wertlosem Glas sitzengeblieben sind. Garantien, Douglas!« Um sich abzulenken, trank sie einen weiteren Schluck Cognac. »Ich unternehme nichts auf blauen Dunst hin.«

Frustriert erhob er sich. Sie mochte ja schwach und beeinflußbar wirken, aber sie war hart wie Stahl. »Wer sollte mich daran hindern, mir einfach zu nehmen, was ich will?« Mit einem raschen Griff schnappte er sich ihre Handtasche und hielt sie in die Höhe. »Entweder verschwinde ich jetzt damit, oder wir kommen ins Geschäft.«

Whitney stand auf und nahm ihm die Tasche aus der Hand. »Ich mache keine Geschäfte, ohne alle Bedingungen zu kennen. Sie haben vielleicht Nerven! Mir zu drohen, nachdem ich Ihnen das Leben gerettet habe.«

»Mir das Leben gerettet?« Doug explodierte förmlich. »Sie haben mich mindestens zwanzigmal fast umgebracht!«

Ihr Kinn hob sich, ihre Stimme klang kalt und hochmütig. »Wenn ich diese Männer nicht ausgetrickst und dabei auch noch mein Auto aufs Spiel gesetzt hätte, dann würden Sie jetzt im East River treiben.«

Dieses Bild kam der Wahrheit bedenklich nahe. »Sie haben wohl zuviele Gangsterfilme gesehen«, konterte er.

»Ich will wissen, was Sie in der Hand haben und wo Sie hinwollen.«

»Ein Puzzle. Ich besitze Teile eines Puzzles, und ich will nach Madagaskar.«

»Madagaskar?« Gefesselt von diesem Wort dachte Whitney nach. Vor ihrem inneren Auge entstanden Bilder heißer, schwüler Nächte, erfüllt vom Lärm exotischer Vögel. Abenteuer! »Was für ein Puzzle? Was für eine Art von Schatz?«

»Das ist meine Sache.« Vorsichtig, um seinen Arm zu schonen, schlüpfte Doug wieder in die Jacke.

»Ich will ihn sehen.«

»Sie können ihn nicht sehen. Er liegt in Madagaskar.« Langsam griff er nach einer Zigarette und schätzte seine Chancen ab. Er würde ihr gerade soviel erzählen, daß ihre Neugier geweckt wurde, ohne daß sie ihm deswegen Schwierigkeiten bereiten konnte. Eine Rauchwolke ausstoßend, blickte er sich in dem Zimmer um. »Es scheint, daß Sie einiges über Frankreich wissen?«

Ihre Augen verengten sich. »Genug, um Schnecken und Dom Perignon zu bestellen.«

»Darauf möchte ich wetten.« Er nahm eine perlenbesetzte Schnupftabakdose von einem mit Antiquitäten vollgestopften Regal. »Sagen wir mal so: Die Sachen, hinter denen ich her bin, haben mit Frankreich zu tun. Dem alten Frankreich.«

Nachdenklich kaute sie auf ihrer Unterlippe. Er hatte ihren wunden Punkt getroffen. Die kleine Schnupftabakdose, die er in der Hand hielt, war zweihundert Jahre alt und gehörte zu einer weltbekannten Sammlung. »Wie alt?«

»Einige Jahrhunderte. Schauen Sie mal, Süße, Sie könnten mir helfen.« Doug stellte die Dose zurück und ging zu ihr hinüber. »Sehen Sie es als kulturelle Investition an. Sie leihen mir das Geld, und ich bringe Ihnen ein paar Schmuckstücke mit.«

Zweihundert Jahre, das bedeutete die Zeit der Französischen Revolution. Marie und Ludwig ... Reichtum, Dekadenz, Hofintrigen … Langsam erschien ein Lächeln auf Whitneys Gesicht. Gerade die französische Geschichte, der Königshof, die Politik, die Philosophen und Künstler dieser Zeit hatten sie seit jeher fasziniert. Wenn er wirklich etwas in der Hand hatte – und der Ausdruck seiner Augen überzeugte sie davon, daß er die Wahrheit sagte –, warum sollte sie sich nicht einen Anteil davon sichern? Und außerdem bereitete eine Schatzsuche ihr ein weit größeres Vergnügen als ein Nachmittag bei Sotheby's.

»Angenommen, ich wäre interessiert«, tastete sie sich vor. »Wie hoch müßte denn der Einsatz sein?«

Doug grinste. Er hätte nicht gedacht, daß sie so bereitwillig nach dem Köder schnappen würde. »Ein paar tausend Dollar.«

»Ich sprach nicht von Geld.« Mit der Lässigkeit der Reichen winkte Whitney ab. »Ich möchte wissen, wie wir da drankommen.«

»Wir?« Sein Grinsen erstarb. »Wer redet denn von ›wir‹?«

Whitney betrachtete prüfend ihre Fingernägel. »Ohne ›wir‹ kein Geld.« Lässig lehnte sie sich zurück. »Ich war noch nie in Madagaskar.«

»Dann setzen Sie sich mit Ihrem Reisebüro in Verbindung, Süße. Ich arbeite alleine.«

»Zu schade.« Lächelnd strich sie ihr Haar zurück. »Nun, es war nett, mit Ihnen zu plaudern. Was die Regulierung des Schadens an meinem Wagen betrifft …«

»Hören Sie, ich habe jetzt keine Zeit, um …« Ein leises Geräusch hinter ihm ließ ihn verstummen. Doug fuhr herum und sah, wie der Türknauf sich langsam bewegte – erst nach rechts, dann nach links. Mit einer Handbewegung bedeutete er Whitney, sich ruhig zu verhalten. »Ducken Sie sich hinter die Couch«, flüsterte er ihr zu, während er den Raum nach einer brauchbaren Waffe absuchte. »Bleiben Sie dort und seien Sie ganz still.«

Erst wollte Whitney protestieren, doch dann hörte sie, wie jemand vorsichtig an dem Türknauf rüttelte und sah, wie Doug eine schwere Porzellanvase hochhob. »Runter!« zischte er erneut, als er das Licht ausschaltete. Es war wohl klüger, seinen Rat zu befolgen. Gehorsam kroch Whitney hinter das Sofa und wartete ab.

Doug stellte sich hinter die Tür und beobachtete, wie sich diese langsam öffnete. Er packte die Vase mit beiden Händen. Wenn er bloß wüßte, mit wie vielen Gegnern er es zu tun hatte! Als der erste Schatten ganz durch die Tür geglitten war, hob er die Vase über seinen Kopf und ließ sie mit aller Gewalt niedersausen. Man hörte ein Krachen, ein Grunzen und dann einen dumpfen Aufprall. Whitney in ihrem Versteck vernahm alle drei Geräusche, ehe das Chaos losbrach.

Füße trappten über den Boden, Glas splitterte – ihr Meißener Teeservice, wenn sie die Richtung des Geräusches richtig geortet hatte –, dann fluchte ein Mann laut. Ein gedämpftes »Plop«, gefolgt von neuerlichem Glassplittern, ließ Whitney an einen Schalldämpfer denken. Oft genug hatte sie dieses Geräusch im Fernsehen gehört. Und tatsächlich – als sie den Kopf wandte, entdeckte sie ein kleines Loch in dem Fenster hinter ihr.

Das würde ihrem Vermieter nicht gefallen. Kein bißchen. Und sie stand ohnehin schon auf seiner schwarzen Liste, seit ihre letzte Party ein wenig außer Kontrolle geraten war. Dieser verdammte Douglas Lord bescherte ihr nichts als Ärger. Hoffentlich war der Schatz – hier zog sie unwillig die Augenbrauen zusammen – hoffentlich war das alles die Sache wert.

Mit einemmal herrschte wieder Stille; eine unheilverkündende Stille. Alles, was sie hören konnte, waren leise Atemzüge.

Doug drückte sich in eine dunkle Ecke und hielt die 45er, die er dem Mann vor ihm abgenommen hatte, fest umklammert. Zwar besaß sein anderer Gegner auch eine Pistole, aber zumindest war er nicht mehr unbewaffnet. Er haßte Schußwaffen. Ein Mann, der sich darauf verließ, fand sich gewöhnlich irgendwann einmal am falschen Ende des Laufes wieder. Sehr beruhigend.

Eigentlich stand er nahe genug an der Tür, um unbemerkt hinausschlüpfen und sich aus dem Staub machen zu können. Wenn die Frau hinter dem Sofa – sowie ein gewisses Schuldgefühl, sie in diese Sache hineingezogen zu haben – nicht gewesen wäre, dann hätte er genau dies versucht. Die Tatsache, daß ihm dieser Weg versperrt war, steigerte nur noch seine Wut. Vielleicht, nur vielleicht mußte er einen Mann töten, um hier herauszukommen. Er hatte früher bereits getötet und war sich darüber im klaren, daß er wahrscheinlich wieder so handeln könnte, doch an diesen Teil seines Lebens dachte er nie, ohne sich miserabel zu fühlen.

Doug befühlte den Verband an seinem Arm. Zu seinem Entsetzen spürte er, daß seine Finger feucht wurden. Sollte er etwa hier stehenbleiben, bis alles durchgeblutet war? Nein. Geräuschlos schlich er an der Wand entlang.

Whitney mußte eine Hand vor den Mund pressen, um einen Schrei zu unterdrücken, als ein Schatten sich zum Sofa hin bewegte. Es handelte sich nicht um Doug – sie sah sofort, daß der Hals zu lang und das Haar zu kurz waren. Dann bemerkte sie eine Bewegung zu ihrer Linken. Der Schatten wandte sich ab. Ohne groß über ihre Handlungsweise nachzudenken, zog Whitney einen Schuh aus, packte das solide italienische Leder mit einer Hand und schmetterte den Blockabsatz mit aller Kraft auf den Kopf des Schattens.

Ein Stöhnen erklang – dann fiel jemand zu Boden.

Triumphierend hielt Whitney ihren Schuh in die Höhe. »Ich hab' ihn erwischt!«

»Großer Gott«, murmelte Doug, nahm sie bei der Hand und zerrte sie mit sich.

»Ich hab' ihn ausgeschaltet«, erzählte sie Doug, der sie in Richtung Treppenhaus schleifte. »Hiermit.« Fröhlich winkte sie mit dem Schuh in ihrer Hand. »Wie haben sie uns bloß gefunden?«

»Dimitri. Anhand Ihres Nummernschildes«, antwortete Doug, der sich über sich selber ärgerte. Daß er daran nicht gedacht hatte! Während er mit ihr die nächstliegende Treppe hinunterhastete, begann er, einen neuen Plan zu entwerfen.

»So schnell?« Whitney lachte aufgeregt. »Ist dieser Dimitri ein gewöhnlicher Sterblicher oder ein Hexenmeister?«

»Er ist ein Mann, der Macht über andere Menschen hat. Er braucht nur zum Telefon zu greifen, und innerhalb einer halben Stunde kennt er Ihren Kreditrahmen und Ihre Schuhgröße.«

Genau wie ihr Vater. Das gehörte zum Geschäft, und davon verstand sie einiges. »Warten Sie mal eine Sekunde. Ich kann doch nicht auf einem Bein herumhüpfen.« Whitney entzog ihm ihre Hand, um ihren Schuh wieder anzuziehen. »Und was nun?«

»Wir müssen in die Garage.«

»Zweiundvierzig Stockwerke zu Fuß?«

»Fahrstühle haben leider selten eine Hintertür.« Mit diesen Worten nahm er wieder ihre Hand und zog sie weiter. »Ich möchte nicht in die Nähe Ihres Autos kommen. Vermutlich hat er dort jemanden postiert, für den Fall, daß wir denen oben entwischen.«

»Und warum müssen wir dann überhaupt in die Garage?«

»Wir brauchen ein Auto. Ich muß zum Flughafen.«

Whitney schlang sich den Riemen ihrer Handtasche um den Körper. »Sie wollen eins stehlen?«

»So habe ich mir das gedacht. Ich werde Sie bei einem Hotel absetzen – tragen Sie sich unter falschem Namen ein, und dann …«

»O nein«, unterbrach sie ihn schroff, dankbar, daß sie bereits die zwanzigste Etage erreicht hatten. »Das werden Sie nicht tun. Eine Windschutzscheibe – dreihundert Dollar, eine Doppelglasscheibe – zwölfhundert, Dresdener Vase aus dem Jahre 1865 – zweitausendzweihundertfünfundsiebzig.« Sie öffnete ihre Tasche und zog ein Notizbuch hervor, ohne im Lauf innezuhalten. »Ich gedenke, das Geld auf Heller und Pfennig einzutreiben.«

»Sie werden Ihr Geld schon bekommen«, erwiderte er grimmig. »Und jetzt sparen Sie sich Ihre Puste.« Whitney gehorchte, doch sie schmiedete bereits eigene Pläne.

Als sie das Garagendeck erreicht hatten, war sie so erschöpft, daß sie sich atemlos gegen die Wand sinken ließ, während er durch einen Spalt in der Tür blinzelte. »Okay, wir nehmen den Porsche hier. Ich gehe zuerst raus. Wenn ich im Auto bin, kommen Sie nach. Und halten Sie den Kopf unten.«

Er zog die Pistole aus der Tasche. Whitney fiel auf, daß in seinen Augen eine Art Abscheu lag. Warum um alles in der Welt schaute er die Waffe an, als handle es sich um ein besonders widerliches Insekt? Sie hatte angenommen, eine Waffe würde gut zu ihm passen – zu einem Mann, der wohl oft genug in düsteren Spelunken und verräucherten Hotelhallen herumhing. Doch dem war nicht so. Ganz und gar nicht. Dann verschwand er hinter der Tür.

Wer war Doug Lord wirklich? fragte Whitney sich. Ein Ganove, ein Betrüger, ein Opfer? Tief in ihrem Inneren spürte sie, daß er von allen dreien etwas hatte. Er übte eine fast magnetische Anziehungskraft auf sie aus, und sie war entschlossen, herauszufinden, warum dem so war.

Doug bückte sich und entnahm seiner Tasche etwas, das wie ein Taschenmesser aussah. Gebannt beobachtete Whitney, wie er einen Moment im Schloß herumstocherte und dann seelenruhig die Beifahrertür öffnete. Was auch immer er sein mochte, er verstand etwas vom Autoknacken. Diesen Gedanken beiseite schiebend, drängte sich Whitney durch den Türspalt. Er saß bereits auf dem Fahrersitz und bastelte an den Drähten unter dem Armaturenbrett herum, als sie in den Wagen kletterte.

»Zum Teufel mit diesen ausländischen Fabrikaten«, brummte er. »Da lobe ich mir einen guten alten Chevy.«

Whitney riß bewundernd die Augen auf, als der Motor zum Leben erwachte. »Können Sie mir beibringen, wie man das macht?«

Doug warf ihr einen mißtrauischen Blick zu. »Nicht jetzt. Und diesmal fahre ich.« Er legte den Rückwärtsgang ein, rangierte den Porsche aus der Parkbox und fuhr Richtung Garagenausfahrt. »Bevorzugen Sie ein bestimmtes Hotel?«

»Ich denke gar nicht daran, in ein Hotel zu gehen. Ich lasse Sie nicht aus den Augen, bis Ihr Konto ausgeglichen ist, Lord. Wo Sie hingehen, da gehe auch ich hin.«

»Hören Sie, ich weiß nicht, wieviel Zeit ich habe.« Während der Fahrt blickte er immer wieder aufmerksam in den Rückspiegel.

»Das einzige, was Sie nicht haben, ist Geld«, erinnerte sie

ihn, nahm ihr Notizbuch und begann, säuberlich Zahlen einzutragen. »Und augenblicklich schulden Sie mir den Gegenwert einer Windschutzscheibe, einer antiken Porzellanvase, eines Meißener Teeservices – elfhundertfünfzig dafür – einer Fensterscheibe – vielleicht noch mehr ...«

»Dann kommt es auf einen weiteren Tausender ja nicht an.«

»Auf tausend Dollar kommt es immer an. Sie haben nur so lange Kredit, wie Sie in Sichtweite sind. Wenn Sie ein Flugticket wollen, dann müssen Sie sich daran gewöhnen, einen Partner zu haben.«

»Partner?« Er drehte sich zu ihr um und fragte sich, warum er ihr nicht einfach die Tasche wegnahm und sie aus dem Auto warf. »Ich arbeite nie mit einem Partner zusammen.«

»Diesmal schon. Fifty-fifty.«

»Aber ich habe alles in der Tasche.« In Wirklichkeit stimmte das nicht so ganz, aber jetzt war nicht der Zeitpunkt, sich um die Einzelheiten zu sorgen.

»Doch Ihnen fehlt das nötige Kleingeld.«

Doug bog auf den FDR-Drive ein. Genau das war der springende Punkt. Er brauchte dringend Geld. Also brauchte er sie, zumindest vorläufig. Später, ein paar tausend Kilometer von New York entfernt, konnte man weitersehen. »Okay, wieviel Bares haben Sie denn dabei?«

»Ein paar hundert Dollar.«

»Hundert? Scheiße!« Der Tacho pendelte sich bei Fünfundfünfzig ein. Er konnte es sich nicht leisten, wegen Geschwindigkeitsübertretung angehalten zu werden. »Damit kommen wir höchstens bis New Jersey.«

»Ich trage nicht gern große Summen mit mir herum.«

»Fantastisch. Ich habe Papiere, die Millionen wert sind, und Sie wollen mit ein paar hundert Dollar einsteigen.«

»Zuzüglich der fünftausend, die Sie mir schulden. Außerdem ...«, sie langte in ihre Tasche, »... habe ich dieses Stückchen Plastik.«

Grinsend hielt sie eine American Express Gold Card hoch. »Ohne die gehe ich nie aus dem Haus.«

Doug starrte die Karte an, dann warf er den Kopf in den

Nacken und lachte schallend. Vielleicht war sie den ganzen Ärger, den sie verursachte, nicht wert, doch mittlerweile hegte er da seine Zweifel.

Die Hand, die nach dem Telefonhörer griff, war plump und sehr weiß, die Fingernägel kurzgeschnitten und sorgfältig gefeilt. Die weißen Hemdärmel wurden am Handgelenk von rechteckig geschnittenen Saphirmanschettenknöpfen zusammengehalten. Auch der Telefonhörer schimmerte weiß und kühl. Drei der Finger, die sich darum schlossen, waren liebevoll manikürt, doch dort, wo der kleine Finger gesessen hatte, sah man nur noch einen vernarbten Stumpf.

»Dimitri.« Eine Stimme wie Musik. Bei ihrem Klang begann Remo am anderen Ende der Leitung aus allen Poren zu schwitzen. Er sog an seiner Zigarette und begann hastig, ehe er den Rauch wieder ausstieß:

»Sie sind uns entwischt.«

Tödliches Schweigen. Dimitri wußte nur zu gut, daß das erschreckender wirkte als Hunderte von Drohungen. Fünf, zehn Sekunden herrschte Stille. Dann: »Drei Männer gegen einen und eine junge Frau. Wie stümperhaft.«

Remo lockerte seine Krawatte, um besser Luft zu bekommen. »Sie haben einen Porsche gestohlen. Wir folgen ihnen, offensichtlich wollen sie zum Flughafen. Sie werden nicht weit kommen, Mr. Dimitri.«

»Nein, sie werden nicht weit kommen. Ich habe noch einige Anrufe zu erledigen, einige – Hebel in Bewegung zu setzen. In ein, zwei Tagen treffen wir uns.«

Erleichtert fuhr sich Remo mit der Hand über den Mund. »Und wo?«

Ein leises, entferntes Lachen tönte aus dem Hörer, und Remos Erleichterung verschwand schlagartig. »Kümmere du dich um Lord, Remo. Ich kümmere mich um dich.«

2

Sein Arm war ganz steif geworden. Mit einem leisen Laut des Unbehagens rollte Doug sich zur Seite und zupfte geistesabwesend an seinem Verband herum. Sein Kopf ruhte auf einem weichen, frischbezogenen Kopfkissen, die Bettdecke, in die er sich kuschelte, spendete angenehme Wärme. Behutsam bewegte er den linken Arm und legte sich auf den Rücken.

Der dunkle Raum vermittelte ihm die Illusion, es sei immer noch Nacht, doch ein Blick auf die Uhr belehrte ihn, daß es bereits Viertel nach neun war. Mist! Er rieb sich mit der Hand über das Gesicht und setzte sich auf.

Eigentlich sollte er sich längst in einem Flugzeug mitten über dem Indischen Ozean befinden, anstatt in einem noblen Washingtoner Hotelzimmer herumzuliegen. Einem ziemlich öden Hotel, wie er sich erinnerte. Wenn er nur an diese mit rotem Teppich ausgelegte Halle dachte! Sie waren um zehn nach eins angekommen, und man hatte ihm nicht einmal mehr einen Drink serviert. Von ihm aus konnten sich die Politiker Washington an den Hut stecken, er bevorzugte jedenfalls New York.

Dann tauchten die Probleme auf. Erstens hielt Whitney den Daumen auf dem Geld. In diesem Punkt hatte sie ihm keine Wahl gelassen. Zweitens hatte sie recht gehabt. Während er nur daran dachte, aus New York herauszukommen, machte sie sich Gedanken um die Details, wie zum Beispiel die Beschaffung von Pässen.

Sie verfügte also in D.C. über Beziehungen, überlegte er. Nun, wenn diese Beziehungen ihm den Weg ebneten, hatte er nichts dagegen einzuwenden. Doug sah sich in dem teuren Hotelzimmer um, das kaum größer als eine Duschkabine war. Den Zimmerpreis würde sie ihm garantiert auch in Rechnung stellen. Mit schmalen Augen starrte Doug auf die Verbindungstür. Whitney MacAllister hatte statt eines Herzens eine Registrierkasse im Leib. Und ein Gesicht wie ein …

Unwillig lächelnd schüttelte er den Kopf und legte sich zurück. Besser, er beschäftigte sich nicht zu sehr mit ihrem Gesicht und ihren sonstigen Reizen. Ihr Geld war es, was er brauchte. Frauen kamen erst einmal an zweiter Stelle. Wenn er das besaß, wohinter er herjagte, dann würde er sich vor ihnen nicht retten können.

Bei dieser angenehmen Vorstellung verstärkte sich sein Lächeln. Blondinen, Brünette, Rotschöpfe, üppig, schlank, groß oder klein, er war da nicht allzu wählerisch, und er hatte die Absicht, sehr großzügig mit seiner Zeit umzugehen. Doch erst einmal mußte er sich einen Paß nebst Visum beschaffen. Gottverdammter Bürokratismus, überlegte er finster. Ein Schatz wartete auf ihn, ein professioneller Totschläger lechzte nach seinem Blut, und zu allem Überfluß hatte er eine verrückte Frau am Hals, die ihm noch nicht einmal ein Päckchen Zigaretten besorgen würde, ohne den Preis in das kleine Büchlein einzutragen, das sie in ihrer zweihundert Dollar teuren Schlangenledertasche mit sich herumtrug.

Dieser Gedanke veranlaßte ihn, eine Zigarette aus der Packung zu ziehen, die auf seinem Nachttisch lag. Er konnte ihre Haltung nicht verstehen. Wenn er Geld in der Tasche hatte, dann ging er äußerst großzügig damit um. Vielleicht zu großzügig, wie er reuevoll zugab. Das Geld zerrann ihm unweigerlich unter den Fingern.

Diese Großzügigkeit war ein Bestandteil seines Charakters. Seine Schwäche waren die Frauen, besonders kleine Frauen mit Schmollmund und großen Augen. Er konnte ihnen einfach nicht widerstehen.

Doch das würde sich ändern, schwor sich Doug. Sollte er tatsächlich den Topf voll Gold in seinen Besitz bringen, dann würde er klüger verfahren. Diesmal würde er seine Traumvilla auf Martinique erwerben und endlich das Leben führen, von dem er schon immer geträumt hatte. Und seinen Bediensteten gegenüber würde er sich spendabel zeigen. Oft genug hatte er hinter den Reichen dieser Welt hergeputzt, um zu wissen, wie gedanken- und gefühllos sie mit ihren Dienstboten umgingen. Natürlich hatte er nur ihre Zimmer aufgeräumt, wenn er sie anschließend ausräumen konnte, doch das änderte nichts an den Tatsachen.

Seinen Hang zum Luxus verdankte er nicht der Arbeit bei wohlhabenden Leuten, damit war er geboren worden. Nur hatte er nie genug Geld gehabt, um ihn auszuleben. Doch andererseits war es vielleicht vorteilhafter, über einen scharfen Verstand zu verfügen. Verstand und, nun, gewisse Begabungen ermöglichten es ihm, anderen Leuten das wegzunehmen, was er brauchte – oder haben wollte –, und zwar so geschickt, daß diese den Verlust kaum bemerkten. Diese Art Job bedeutete ständigen Nervenkitzel. Das Ergebnis, also das Geld, verwendete er dazu, sich zu entspannen – bis zum nächsten Mal.

Er pflegte seine Unternehmungen sehr gründlich zu planen, und er kannte den Wert von Hintergrundinformationen. Aus diesem Grund hatte er sich auch die halbe Nacht um die Ohren geschlagen, um jedes Fitzelchen an Information aufzusaugen, das mit dem Inhalt des kostbaren Umschlags zusammenhing. Ein Puzzle, gewiß, doch er besaß alle Einzelteile. Er brauchte nur Zeit, um sie zusammenzufügen.

Für jeden anderen hätte die sauber getippte Übersetzung, in die er sich vertieft hatte, nur eine unterhaltsame Story oder eine Auffrischung seiner Geschichtskenntnisse bedeutet. Aristokraten, die bemüht waren, ihre Juwelen aus dem von der Revolution gebeutelten Frankreich herauszuschaffen und gleichzeitig ihr kostbares Leben zu retten. Er hatte Worte der Furcht, der Verwirrung und der Verzweiflung gelesen. Aber der Handschrift des plastikverpackten Originals, den hingekritzelten Worten, die er nicht verstand, hatte er noch etwas anderes entnommen: den Eindruck von Hoffnungslosigkeit. Auch von Intrigen, von Königshäusern und von unermeßlichem Reichtum war die Rede gewesen. Marie Antoinette und Robespierre. Diamantkolliers mit exotischen Namen, die hinter losen Ziegelsteinen verborgen wurden. Die Guillotine. Eine verzweifelte Flucht über den Kanal. Ein blutiger Teil der französischen Geschichte. Dennoch – die Diamanten, die Smaragde und die hühnereigroßen Rubine hatten wirklich existiert. Einige waren nie wieder aufgetaucht. Mit anderen wurde das nackte Leben, eine warme Mahlzeit oder Stillschweigen erkauft. Wieder andere waren in die entlegensten Teile der Welt gelangt. Lächelnd massierte Doug seinen Arm. Der Indische Ozean – die Handelsroute der Kaufleute und Piraten. Und an der Küste von Madagaskar, seit Jahrhunderten verborgen und für eine Königin aufbewahrt, lag die Erfüllung seiner Träume. Er würde sie finden – mit Hilfe des Tagebuchs eines jungen Mädchens und der Verzweiflung eines Vaters. War er erst einmal auf dem Weg, würde er nicht mehr zurückblicken.

Wieder dachte er an die junge Französin, die vor zweihundert Jahren ihre Gefühle schriftlich festgehalten hatte. Armes Ding. Doug bezweifelte, daß die Übersetzung, die er gelesen hatte, wirklich das widerspiegelte, was das Mädchen durchmachen mußte. Könnte er doch nur das französische Original verstehen! Achselzuckend erinnerte er sich daran, daß das Mädchen lange tot war und daß ihn dieser Aspekt eigentlich nichts anging. Aber sie war doch noch ein Kind gewesen, ein verängstigtes, verwirrtes Kind.

Warum hassen sie uns so? hatte sie geschrieben. *Warum nur sehen sie uns mit solch haßerfüllten Augen an? Papa sagt, wir müssen Paris verlassen. Werde ich meine Heimat je wiedersehen?*

Sie hatte sie nie wiedergesehen. Krieg und Politik hatten seit Urzeiten das Leben Unschuldiger zerstört, sei es während der Französischen Revolution oder während des Vietnamkrieges. Das würde sich nie ändern. Doug wußte nur zu gut, was es bedeutete, hilflos zu sein. Nie wieder wollte er sich dem aussetzen.

Er räkelte sich wohlig und dachte an Whitney.

Gut, er hatte ein Geschäft mit ihr gemacht, da biß die Maus keinen Faden ab. Trotzdem ging es ihm gegen den Strich, sie um jeden einzelnen Dollar bitten zu müssen.

Dimitri hatte ihn angeheuert, um diese Papiere zu stehlen, weil er, wie Dimitri wußte, ein ausgezeichneter Dieb war. Im Gegensatz zum Rest von Dimitris Mannschaft gab sich Doug nicht dem Trugschluß hin, eine Waffe könne den Verstand ersetzen. Er hatte sich immer auf letzteren verlassen und war sich bewußt, daß sein Ruf, einen Job schnell und sauber zu erledigen, ihm den Anruf von Dimitri eingetragen hatte. Der Auftrag lautete, einen dicken Umschlag aus dem Safe einer Villa in der Park Avenue zu entwenden.

Job blieb Job, und wenn ein Mann wie Dimitri gewillt war, fünf Riesen für ein Bündel Papiere, vergilbt und zum Teil mit ausländischer Schrift bedeckt, springen zu lassen, dann wollte Doug sich nicht auf Diskussionen einlassen. Außerdem fühlte er sich gezwungen, einige Schulden zu bezahlen.

Er mußte zwei ausgeklügelte Alarmanlagen überwinden und sich an vier Wachposten vorbeischleichen, ehe er den Wandsafe knacken konnte, in dem der Umschlag aufbewahrt wurde. Aber schließlich hatte er ein Händchen für Schlösser und Alarmanlagen. Es war – nun, eine Gabe. Ein Mann sollte seine gottgegebenen Talente nicht verschwenden.

Dummerweise hatte er sich an die Spielregeln gehalten und nichts außer den Papieren mitgehen lassen, obwohl sich in dem Safe ein äußerst interessanter schwarzer Aktenkoffer befunden hatte. Als er die Papiere herausnahm, um sie durchzulesen, wollte er eigentlich nur seine Neugierde befriedigen. Nie hätte er angenommen, daß ihn die Übersetzung eines zweihundert Jahre alten Tagebuches und geheimer Dokumente dermaßen in Bann schlagen könnte. Vielleicht hatten seine Vorliebe für eine gute Story oder sein Respekt vor dem geschriebenen Wort seine Phantasie angekurbelt. Doch Faszination hin, Faszination her, Geschäft blieb Geschäft.

In einem Drugstore hatte er sich mit Klebeband versehen. Den Brief auf seiner Brust zu befestigen, betrachtete er als reine Vorsichtsmaßnahme. Wie jede andere Stadt wimmelte New York von Ganoven. Natürlich erschien er eine Stunde vor der vereinbarten Zeit auf dem Spielplatz an der East Side und versteckte sich dort. Ein Mann blieb länger am Leben, wenn er auf seine Haut aufpaßte.

Während er im Nieselregen hinter einem Gebüsch hockte, dachte er über das Gelesene nach – die Briefe, die Dokumente und die Auflistung von Perlen und Juwelen. Wer auch immer diese Informationen zusammengetragen und so peinlich genau übersetzt hatte, mußte mit der Hingabe eines Bibliothekars vorgegangen sein. Flüchtig spielte er mit dem Gedanken, den Rest des Jobs auf eigene Faust zu erledigen, wenn er Zeit und Möglichkeit dazu gehabt hätte. Doch Geschäft blieb Geschäft.

Doug wartete in der festen Absicht, die Papiere zu übergeben und seinen Lohn einzustreichen. Da hatte er noch nicht erfahren, daß man ihm statt der vereinbarten fünftausend Dollar eine Kugel und ein Begräbnis im East River zugedacht hatte.

In Begleitung zweier anderer Männer war Remo in dem schwarzen Lincoln vorgefahren. In aller Ruhe hatten die drei über den besten Weg, ihn zu beseitigen, debattiert. Schließlich einigten sie sich darauf, ihm eine Kugel durch den Kopf zu jagen, doch hinsichtlich des Wann und Wo gab es noch Unstimmigkeiten. Offenbar wollte Remo um jeden Preis vermeiden, daß die Polster des Lincoln mit Blut besudelt wurden.

Zuerst verspürte Doug nichts als Wut. Egal, wie oft er schon betrogen worden war – längst hatte er aufgehört, mitzuzählen –, es versetzte ihn jedesmal aufs neue in Wut. Keine Ehrlichkeit mehr unter den Menschen, dachte er. Das Klebeband auf seiner Brust begann zu jucken. Während er sich darauf konzentrierte, mit heiler Haut aus diesem Schlamassel herauszukommen, dachte er gleichzeitig über seine Chancen nach.

Dimitri stand in dem Ruf, ein Exzentriker zu sein. Zugleich aber sagte man ihm nach, daß er stets das Beste vom Besten verlangte, von den einflußreichsten Politikern auf seiner Lohnliste bis hin zu Spitzenweinen in seinem Keller. Wenn ihm also diese Papiere so viel bedeuteten, daß er ein Nichts wie Doug Lord deswegen eliminieren ließ, dann mußten sie ein Vermögen wert sein. Spontan entschied Doug, daß die Papiere fortan ihm gehörten. Er würde sein Glück selbst versuchen. Nur – dazu mußte er lange genug am Leben bleiben.

Unbewußt berührte er seinen Arm. Ein bißchen steif noch, doch bereits im Heilen begriffen. Er mußte zugeben, daß die verrückte Whitney MacAllister da ganze Arbeit geleistet hatte. Grimmig blies er Rauch durch die Zähne, ehe er die Zigarette ausdrückte. Wahrscheinlich würde sie die Behandlung auf seine Rechnung setzen.

Im Augenblick brauchte er sie noch, wenigstens so lange, bis sie außer Landes waren. In Madagaskar angekommen, würde er schon einen Weg finden, um sie loszuwerden. Langsam breitete sich ein Grinsen auf seinem Gesicht aus. Er hatte einige Erfahrung darin, Frauen auszutricksen, und meistens konnte er Erfolge verzeichnen. Bedauerlich nur, daß er sie nicht toben und fluchen hören könnte, wenn sie bemerkte, daß er sie aufs Abstellgleis geschoben hatte. Das Bild ihrer hellen, glänzenden Haarmähne stieg vor ihm auf. Eigentlich ein Jammer, daß er sie hereinlegen mußte. Es war nicht zu leugnen, daß er in ihrer Schuld stand. Gerade als er seufzend begann, freundlichere Gedanken ihr gegenüber zu hegen, flog die Verbindungstür auf.

»Immer noch im Bett?« Whitney ging zum Fenster, riß die Vorhänge auf und fuchtelte mit der Hand vor ihrem Gesicht herum, um die Rauchwolken zu vertreiben. Er war offenbar schon eine Weile wach, stellte sie fest, rauchend und Pläne schmiedend. Nun, sie hatte sich auch so ihre Gedanken gemacht. Als Doug sie fluchend anschaute, schüttelte sie lediglich den Kopf. »Sie sehen furchtbar aus.«

Er war eitel genug, das Gesicht zu verziehen. Sein Kinn war mit Bartstoppeln bedeckt, das Haar zerzaust, und er hätte ein Königreich für eine Zahnbürste gegeben. Sie dagegen sah aus, als käme sie geradewegs von Elizabeth Arden. Nackt, nur notdürftig von einem Laken bedeckt im Bett zu liegen, vermittelte Doug das Gefühl, sich im Nachteil zu befinden. Worauf er überhaupt keinen Wert legte.

»Klopfen Sie eigentlich nie an?«

»Nicht, wenn ich das Zimmer bezahle«, gab sie obenhin zurück und stieg über die zusammengeknüllten Jeans auf dem Boden. »Das Frühstück ist schon unterwegs.«

»Na wunderbar.«

Ohne auf den Sarkasmus einzugehen, machte Whitney es sich am Fußende des Bettes bequem und streckte die Beine aus.

»Fühlen Sie sich ganz wie zu Hause«, meinte Doug gedehnt.

Whitney warf nur lächelnd ihr Haar zurück. »Ich habe mich mit Onkel Maxie in Verbindung gesetzt.«

»Mit wem?«

»Onkel Maxie« wiederholte Whitney, wobei sie ihre Fingernägel inspizierte. Ehe sie die Stadt verließen, brauchte sie dringend eine Maniküre. »Er ist nicht mein richtiger Onkel. Ich nenne ihn bloß so.«

»Ach, diese Art Onkel«, schnaubte Doug abfällig.

Whitney bedachte ihn mit einem milden Blick. »Werden Sie nicht geschmacklos, Douglas. Ein lieber Freund der Familie. Vielleicht haben Sie schon mal von ihm gehört. Maximilian Teebury.«

»Senator Teebury?«

Sie spreizte die Finger. »Sie sind immer auf dem laufenden, was?«

»Hören Sie zu, Sie Schlaubergerin.« Doug packte sie so hart am Arm, daß sie beinahe auf seinen Schoß fiel. »Was hat denn Senator Teebury mit alledem zu tun?«

»Beziehungen.« Mit einem Finger fuhr sie über seine stoppelige Wange, wobei sie mißbilligend mit der Zunge schnalzte. Dennoch lag in dieser Ungepflegtheit ein gewisser primitiver Reiz. »Mein Vater pflegt zu sagen, daß man zwar ohne Sex auskommen kann, nicht jedoch ohne Beziehungen.«

»Ach ja?« Grinsend zog er sie an sich, so daß ihr Gesicht dem seinen ganz nahe war und ihr Haar auf die Bettdecke floß. Wieder stieg ihm ihr Duft in der Nase, der Duft von Wohlstand und Klasse. »Jeder hat da andere Prioritäten.«

»In der Tat.« Sie hätte ihn gerne geküßt, wie er so dasaß und aussah wie ein Mann nach einer wilden Liebesnacht. Wie würde Doug Lord als Liebhaber sein? Rücksichtslos? Bei diesem Gedanken pochte ihr Herz schneller. Er roch nach Tabak und Schweiß. Ein Mann, der sich stets auf gefährlichem Boden bewegte und dies genoß. Wie gerne würde sie diesen Mund auf ihrem spüren – doch jetzt noch nicht. Beim ersten Kuß würde sie vergessen, daß sie ihm immer einen Schritt voraus sein mußte. »Die Sache liegt so«, murmelte sie, sich sehr dessen bewußt, daß seine Hände durch ihr Haar fuhren und ihre Lippen sich beinahe trafen, »Onkel Maxie kann Ihnen einen Paß und uns zwei Visa – dreißig Tage gültig – für Madagaskar besorgen. Binnen vierundzwanzig Stunden.«

»Wie?«

Amüsiert und verärgert zugleich registrierte Whitney, wie sein verführerischer Tonfall geschäftsmäßiger Kühle gewichen war. »Beziehungen, Douglas«, erwiderte sie munter. »Wozu sind Partner da?«

Er warf ihr einen abschätzenden Blick zu. Langsam wurde sie nützlich. Wenn er nicht achtgab, würde sie sich unentbehrlich machen, und das letzte, was ein kluger Mann gebrauchen konnte, war eine unentbehrliche Frau mit whiskyfarbenen Augen und samtweicher Haut. Dann kam ihm plötzlich in den Sinn, daß sie morgen um diese Zeit schon unterwegs sein würden. Leise seufzend rollte er sich auf sie. Ihr Haar breitete sich fächerförmig auf dem Kissen aus, ihre Augen, halb wachsam, halb lachend, trafen die seinen.

»Laß es uns herausfinden, Partner«, schlug er vor.

Sein Körper fühlte sich so hart an wie seine Augen blicken konnten, und wie die Hand, die ihren Nacken umfaßte. Es war verlockend. Er war verlockend. Doch es empfahl sich, die Vor- und Nachteile abzuwägen. Ehe Whitney sich entscheiden konnte, ob sie nachgeben sollte oder nicht, klopfte jemand an die Tür. »Frühstück«, lachte sie fröhlich, wobei sie sich unter ihm hervorwand. Darüber, daß ihr Herz jetzt deutlich schneller schlug, würde sie später nachdenken. Es gab zuviel zu tun.

Doug verschränkte die Arme hinter dem Kopf und lehnte sich zurück. War es Begierde, die in seinem Inneren rumorte, oder einfach nur Hunger? Vielleicht beides. »Wie wär's, wenn wir im Bett frühstückten?«

Whitney machte ihre Meinung zu diesem Vorschlag deutlich, indem sie nicht darauf einging. »Guten Morgen«, begrüßte sie freundlich den Kellner, der einen Wagen hereinschob.

»Guten Morgen, Miss MacAllister.« Der junge, kräftig gebaute Puertorikaner würdigte Doug keines Blickes. Seine Augen hingen wie gebannt an Whitney. Strahlend überreichte er ihr eine pinkfarbene Rose.

»Oh, danke, Juan. Wie schön!«

»Ich dachte mir, daß sie Ihnen gefallen würde.« Lächelnd zeigte er eine Reihe gesunder, ebenmäßiger Zähne. »Ich hoffe, Sie sind mit dem Frühstück zufrieden. Ich habe auch die Toilettensachen und die Zeitung mitgebracht, um die Sie gebeten haben.«

»Wunderbar, Juan.« Doug bemerkte, daß sie dem dunkelhaarigen Kerl sehr viel mehr Freundlichkeit entgegenbrachte, als sie ihm selbst zukommen ließ. »Ich hoffe, ich habe dir keine Umstände gemacht.«

»Sie doch nicht, Miss MacAllister.«

Hinter dem Rücken des Kellners äffte Doug wortlos dessen Worte und den seelenvollen Gesichtsausdruck nach. Whitney hob bloß eine Augenbraue, dann unterschrieb sie schwungvoll die Rechnung. »Danke, Juan.« Ein Griff in ihre Handtasche förderte einen Zwanzigdollarschein zutage. »Du warst mir eine große Hilfe.«

»War mir ein Vergnügen, Miss MacAllister. Wenn ich noch was für Sie tun kann, dann rufen Sie mich bitte.« Mit der Geschicklichkeit langjähriger Praxis verschwand der Zwanziger in Juans Tasche. »Guten Appetit wünsche ich.« Immer noch lächelnd verließ er das Zimmer.

»Sie mögen es wohl, wenn Männer vor Ihnen kriechen, was?«

Whitney schenkte bereits den Kaffee ein. Lässig winkte sie ihm mit der Rose zu. »Ziehen Sie sich was über und kommen Sie frühstücken.«

»Und außerdem gehen Sie verdammt großzügig mit unserem bißchen Bargeld um!«

Wortlos zückte Whitney ihr kleines Notizbuch.

»Moment mal, Sie waren es schließlich, die dem Kellner ein Riesentrinkgeld gegeben hat, nicht ich!«

»Er hat Ihnen einen Rasierapparat und eine Zahnbürste besorgt«, entgegnete sie milde. »Wir teilen uns das Trinkgeld, da mir Ihre Körperhygiene im Augenblick am Herzen liegt.«

»Zu freundlich« brummte er. Dann, um zu sehen, wie weit er gehen konnte, stieg er langsam aus dem Bett.

Weder zuckte sie zusammen, noch wich sie zurück, noch

errötete sie. Sie warf ihm nur einen langen, abschätzenden Blick zu. Der weiße Verband an seinem Arm bildete einen starken Kontrast zu der dunklen Haut. Mein Gott, hat er einen schönen Körper, dachte sie, und das Blut in ihren Adern begann zu pulsieren. Groß, schlank und muskulös. Wie er so dastand, nackt, unrasiert und lächelnd, war er der gefährlichste und zugleich attraktivste Mann, der ihr je über den Weg gelaufen war. Doch nie würde sie ihm den Triumph gönnen, ihn das wissen zu lassen.

Ohne den Blick von ihm abzuwenden, hob Whitney ihre Kaffeetasse. »Hören Sie auf, so anzugeben, Douglas«, sagte sie freundlich, »und ziehen Sie sich was an. Ihre Eier werden kalt.«

Kühl wie ein Eisberg, dachte er, als er seine Jeans überstreifte. Einmal, nur ein einziges Mal, wollte er sie aus der Fassung bringen. Er ließ sich auf den Stuhl ihr gegenüber fallen und begann, sich mit den Spiegeleiern und dem knusprigen Speck zu beschäftigen. Momentan war er zu ausgehungert, um sich Gedanken darüber zu machen, was ihn dieser Spaß wohl kosten würde. Wenn er den Schatz erst einmal gefunden hatte, konnte er sich ein eigenes Hotel kaufen.

»Whitney MacAllister, wer sind Sie eigentlich?« wollte er mit vollem Mund wissen.

Sie streute etwas Pfeffer über ihre Eier. »Wie meinen Sie das?«

Er grinste, zufrieden, daß sie es ihm nicht leichtzumachen gedachte. »Wo kommen Sie her?«

»Aus Richmond, Virginia«, antwortete sie, wobei sie so mühelos in einen Südstaatenakzent verfiel, daß man hätte schwören können, sie habe schon immer so gesprochen. »Meine Familie lebt dort auf einer Plantage.«

»Warum sind Sie nach New York gekommen?«

»Weil da mehr los ist.«

Doug griff nach dem Toast und musterte prüfend die Auswahl an Marmelade. »Was tun Sie denn in New York?«

»Was mir Spaß macht.«

Ein Blick in ihre blitzenden, whiskyfarbenen Augen bestätigte ihm, daß sie die Wahrheit sagte. »Haben Sie einen Job?«

»Nein, ich habe einen Beruf.« Whitney nahm ein Stückchen Speck in die Finger und knabberte daran. »Ich bin Innenarchitektin.«

Er erinnerte sich an die elegante Einrichtung ihrer Wohnung, die geschmackvoll aufeinander abgestimmten Farben, die Sammlerstücke. »Innenarchitektin also«, meinte er nachdenklich. »Ich vermute, Sie sind gut.«

»Natürlich. Und Sie?« Sie schenkte ihnen beiden Kaffee nach. »Was machen Sie denn so?«

»Ach, dieses und jenes.« Er langte nach der Sahne, ohne sie aus den Augen zu lassen. »Hauptberuflich bin ich Dieb.«

Die Leichtigkeit, mit der er den Porsche geknackt hatte, fiel ihr wieder ein. »Ich vermute, Sie sind auch gut.«

Darüber mußte er lachen. »Natürlich.«

»Dieses Puzzle, das Sie erwähnten, die Papiere. Werden Sie mir die zeigen?«

»Nein.«

Ihre Augen verengten sich. »Und woher soll ich wissen, ob Sie sie überhaupt haben? Woher soll ich wissen, daß sie auch meinen Zeitaufwand wert sind, ganz zu schweigen von meinem Geld?«

Einen Moment schien er zu überlegen, dann bot er ihr Gelee an. »Wie wär's mit Vertrauen?«

Whitney verteilte eine großzügige Portion Erdbeergelee auf ihrem Toast. »Machen Sie sich nicht lächerlich. Wie sind Sie an diese Papiere gekommen?«

»Ich – ich habe sie sozusagen in meinen Besitz gebracht.«

In ihren Toast beißend, betrachtete sie ihn. »Also gestohlen?«

»Genau.«

»Von den Männern, die hinter Ihnen her sind?«

»Von dem Mann, für den die Typen arbeiten«, berichtigte Doug. »Von Dimitri. Unseligerweise wollte er mich bescheißen, also bin ich ihm zuvorgekommen.«

»Verstehe.« Einen Augenblick lang wurde ihr bewußt, daß sie mit einem Dieb am Frühstückstisch saß, einem Dieb, der im Besitz eines mysteriösen Puzzles war. Doch andererseits hatte sie in ihrem Leben schon weit ungewöhnlichere Dinge getan. »Okay, ich formuliere die Frage anders: Woraus besteht dieses Puzzle?«

Doug war drauf und dran, ihr erneut eine ausweichende Antwort zu geben, doch da sah er den Ausdruck ihrer Augen. Kühle Entschlossenheit lag darin. Besser, er warf ihr einige Brocken hin, zumindest bis er Paß und Visum in Händen hielt. »Es handelt sich um Aufzeichnungen, Dokumente, Briefe, die, wie ich Ihnen schon sagte, zweihundert Jahre alt sind. Diese Papiere enthalten ausreichende Informationen, um mich zu besagtem Topf voll Gold zu führen, von dem sonst niemand weiß, daß er überhaupt existiert.« Plötzlich kam ihm ein neuer Gedanke. Stirnrunzelnd sah er sie an. »Sprechen Sie Französisch?«

»Allerdings«, lächelte sie. »Also ist ein Teil des Puzzles in dieser Sprache abgefaßt?« Als er nicht antwortete, bohrte sie weiter: »Warum weiß sonst niemand von Ihrem Topf voll Gold?«

»Jeder, der davon wußte, ist tot.«

Die Art, wie er das sagte, gefiel ihr ganz und gar nicht, doch sie war nicht gewillt, einen Rückzieher zu machen. »Woher wollen Sie wissen, daß Ihre Papiere echt sind?«

Doug kniff die Augen zusammen. »Das hab' ich im Gefühl.«

»Und wer ist dieser Mann, der es auf Sie abgesehen hat?«

»Dimitri? Ein Geschäftsmann erster Güte – steht allerdings auf der falschen Seite. Er ist gerissen, hinterhältig, klug – so ein Typ, der die lateinische Bezeichnung des Schmetterlings kennt, dem er die Flügel ausreißt. Allein die Tatsache, daß er diese Papiere haben will, beweist, daß sie ein Vermögen wert sind. Ein Vermögen!«

»Ich schätze, das werden wir in Madagaskar herausfinden.« Sie schlug die *New York Times* auf, die Juan mitgebracht hatte. Dougs Beschreibung des Mannes, der hinter ihm her war, beunruhigte sie, und die beste Art, ihre Gedanken von ihm abzulenken, war, sich mit etwas anderem zu befassen. Sie blickte auf die Schlagzeile und hielt den Atem an. »Oh, Scheiße!«

Doug, der hingebungsvoll die letzten Eier vertilgte, reagierte nur mit einem zerstreuten »Hmmm?«

»Jetzt haben wir den Salat!« Whitney erhob sich und warf die geöffnete Zeitung auf seinen Teller.

»He, ich bin noch nicht fertig.« Doch ehe er die Zeitung beiseite schieben konnte, lächelte Whitneys Bild ihn an. Darüber prangte eine fette Schlagzeile:

EISKREMERBIN VERSCHWUNDEN

»Eiskremerbin«, brummte Doug und überflog den Text flüchtig, ehe ihm der Sinn dieses Wortes aufging. »Eiskrem...« Mit offenem Mund ließ er die Zeitung fallen. »MacAllisters Eiskrem? Das sind Sie?«

»Indirekt«, informierte ihn Whitney, die im Raum auf und ab ging, um besser nachdenken zu können. »Die Firma gehört meinem Vater.«

»MacAllisters Eiskrem«, wiederholte Doug. »Das beste Pistazieneis im ganzen Land!«

»Selbstverständlich.«

Erst da wurde ihm klar, daß sie nicht nur eine erfolgreiche Innenarchitektin, sondern die Tochter eines der reichsten Männer des Landes war. Millionenschwer. *Millionen.* Und wenn man ihn mit ihr erwischte, würde man ihn wegen Entführung verknacken, ehe er wußte, wie ihm geschah. Zwanzig Jahre bis lebenslänglich, dachte er. Doug Lord zog wirklich die Schwierigkeiten an wie ein Misthaufen die Fliegen.

»Tja, Süße, das ändert wohl einiges.«

»Allerdings«, murmelte sie. »Jetzt muß ich Daddy benachrichtigen. Oh, und Onkel Maxie ebenfalls informieren.«

»Ja.« Er schob sich eine Gabel voll Ei in den Mund. Besser, er aß auf, solange er noch konnte. »Wieso rechnen Sie nicht aus, was ich Ihnen schulde, und dann ...«

»Daddy wird annehmen, daß man Lösegeld fordern wird oder etwas ähnliches.«

»Genau.« Er bediente sich mit dem letzten Toast. Da sie ihn ohnehin für das Frühstück zahlen lassen würde, wollte er es immerhin genießen. »Und ich hege nicht den leisesten Wunsch, von einem Cop erschossen zu werden.«

»Reden Sie keinen Unsinn.« Whitney wischte seinen Einwand beseite, während sie weitere Pläne schmiedete. »Ich werde Daddy schon herumkriegen«, murmelte sie. »Das funktioniert schließlich schon seit Jahren. Ich denke, ich kann ihn dazu überreden, mir Geld zu überweisen, während ich unterwegs bin.«

»Bargeld?«

Sie warf ihm einen langen, abschätzenden Blick zu. »Bei diesem Wort werden Sie munter, was?«

Doug schob den Toast beiseite. »Wissen Sie, Süße, wenn Sie Ihren alten Herrn um den Finger wickeln können, warum sollte ich da Einwände erheben? Plastik ist ja gut und schön, und das Geld, das man damit abheben kann, auch, aber ein größerer Vorrat an diesen grünen Scheinchen würde mich erheblich ruhiger schlafen lassen.«

»Ich werde mich darum kümmern.« Whitney ging zu der Verbindungstür, dann blieb sie stehen. »Sie könnten wirklich eine Dusche und eine Rasur gebrauchen, ehe wir einkaufen gehen, Douglas.«

Er hörte auf, sich das Kinn zu reiben. »Einkaufen?«

»Ich fahre doch nicht mit einer Bluse und einer Hose nach Madagaskar. Und mit Ihnen lasse ich mich nirgendwo sehen, solange Sie in einem Hemd mit abgerissenem Ärmel herumlaufen. Hinsichtlich Ihrer Garderobe müssen wir etwas unternehmen.«

»Ich kann mir meine Hemden selbst aussuchen.«

»Wenn ich mir diese hochelegante Jacke ansehe, kommen mir da einige Zweifel.« Mit diesen Worten schloß Whitney die Tür.

»Das war eine Verkleidung!« brüllte er ihr hinterher, dann stürmte er ins Bad. Dieses verdammte Frauenzimmer mußte doch immer das letzte Wort haben!

Später mußte er zugeben, daß sie einen guten Geschmack hatte. Nach einem zweistündigen Einkaufsbummel war er zwar mit mehr Paketen beladen, als ihm lieb war, doch der Schnitt seines neuen Hemdes ermöglichte es ihm, den bewußten Umschlag wieder unauffällig auf seiner Brust zu befestigen. Außerdem gefiel ihm das weiche, locker fallende

Leinen, genau wie es ihm gefiel, daß sich Whitneys Hüften unter dem dünnen weißen Kleid abzeichneten. Dennoch hielt er es für klüger, sich nicht zu liebenswürdig zu geben.

»Was zum Teufel soll ich in den Wäldern Madagaskars mit einem Anzug?«

Whitney sah ihn an und richtete den Kragen seines Hemdes. Zuerst hatte er sich strikt geweigert, Hellblau zu akzeptieren, doch sie hatte ihm glaubwürdig versichert, daß die Farbe vorzüglich zu ihm passe. Seltsamerweise machte er den Eindruck, als habe er sein Leben lang maßgeschneiderte Anzüge getragen. »Wenn man verreist, sollte man auf alles vorbereitet sein.«

»Ich weiß nicht, welche Strecken wir zu Fuß zurücklegen müssen, Süße – aber das eine sage ich Ihnen: Sie tragen Ihr Gepäck selber.«

Whitney nahm ihre neue Sonnenbrille ab. »Bis zuletzt ein Kavalier.«

»Worauf Sie sich verlassen können.« Bei einem Drugstore blieb er stehen und setzte die Pakete ab. »Ich brauche noch ein paar Kleinigkeiten. Geben Sie mir zwanzig Dollar.« Als Whitney nur die Augenbrauen hob, fluchte er leise. »Was soll das, Whitney, Sie notieren sich doch sowieso jeden Cent. Ohne Geld komme ich mir nackt vor.«

Sie schenkte ihm ein süßes Lächeln und griff in ihre Handtasche. »Heute morgen hat es Sie nicht im geringsten gestört, nackt zu sein.«

Ihre mangelnde Begeisterung beim Anblick seines Körpers fuchste ihn immer noch. Er nahm ihr rasch den Schein aus der Hand. »Da kommen wir später noch mal drauf zurück. Bis gleich in Ihrem Zimmer.«

Sehr zufrieden mit sich kehrte Whitney zum Hotel zurück und durchquerte die Halle. Doug Lord zu ärgern bereitete ihr das größte Vergnügen seit Monaten. Sie nahm die neu erworbene schicke Ledertasche in die andere Hand und drückte auf den Fahrstuhlknopf.

Bislang ließ sich alles bestens an. Ihr Vater war heilfroh, sie in Sicherheit zu wissen und hatte sich kaum darüber aufgeregt, daß sie das Land schon wieder verlassen wollte.

Lachend lehnte sich Whitney gegen die Kabinenwand. In den vergangenen achtundzwanzig Jahren hatte sie ihm einiges Kopfzerbrechen bereitet, doch so war sie nun einmal.

Jedenfalls hatte sie Wahrheit und Erfindung so verknüpft, daß ihr Vater ihre Geschichte glaubte. Mit den tausend Dollar, die er noch am selben Nachmittag an Onkel Maxie schicken wollte, würden Doug und sie in Madagaskar erst einmal auskommen.

Schon der Name zerging ihr auf der Zunge. Madagaskar, sinnierte sie, während sie den Flur entlang zu ihrem Zimmer ging. Exotisch, unbekannt, einzigartig. Orchideen und sattes Grün. Sie wünschte sich brennend, das alles zu sehen, neue Erfahrungen zu machen, ebenso wie sie sich wünschte, Dougs Topf voll Gold möge tatsächlich existieren.

Nicht nach dem Gold als solchem verlangte es sie, dazu war sie zu sehr an Reichtum gewöhnt. Der Gedanke an eine aufregende Suche, an einen möglichen Erfolg lockte stärker. Seltsamerweise verstand sie besser als Doug selbst, daß er die gleichen Gefühle hegte.

Sie würde ihn noch sehr viel besser kennenlernen müssen. Die Art und Weise, wie er mit dem Verkäufer über Schnitt und Material diskutiert hatte, ließ darauf schließen, daß er mit den besseren Dingen des Lebens durchaus vertraut war. In seinem eleganten Leinenhemd konnte er ohne weiteres als Angehöriger der Oberklasse durchgehen – bis man seine Augen sah. Die blickten unruhig, wachsam und hungrig. Und sie nun einmal Partner waren, wollte sie auch herausfinden, warum.

Als sie die Tür aufschloß, kam es ihr in den Sinn, daß sie ein paar Minuten alleine war und daß er vielleicht, nur vielleicht, die Papiere im Zimmer versteckt haben könnte. Schließlich stellte sie das Geld zur Verfügung, sagte sich Whitney, also war es ihr gutes Recht, Bescheid über das zu wissen, was sie finanzierte. Trotzdem bewegte sie sich so leise wie möglich und horchte mit einem Ohr ständig auf Dougs Schritte, als sie die Verbindungstür öffnete. Erschrocken hielt sie den Atem an, preßte eine Hand auf ihr Herz und lachte dann laut.

»Juan, du hast mir vielleicht einen Schrecken eingejagt.« Sie trat ins Zimmer und blickte flüchtig den jungen Kellner an, der an dem immer noch gedeckten Tisch saß. »Wolltest du das Frühstücksgeschirr abräumen?« Seinetwegen brauchte sie ihre Suche nicht abzublasen, dachte sie und begann, Dougs Schrank zu durchstöbern. »Viel los im Hotel, nicht wahr?« fragte sie im Konversationston. »Urlaubszeit. Da kommen die Touristen immer scharenweise.«

Der Schrank war leer. Frustriert musterte sie das Zimmer. Der Nachttisch vielleicht? »Wann kommt denn das Zimmermädchen, Juan? Ich bräuchte noch ein paar frische Handtücher.« Als er sie weiterhin schweigend anstarrte, runzelte Whitney die Stirn. »Du siehst gar nicht gut aus«, meinte sie. »Sie lassen dich hier zu hart arbeiten. Vielleicht solltest du …« Mit einer Hand berührte sie seine Schulter – und langsam sank er vom Stuhl, Blut lief über die Stuhllehne.

Sie wollte schreien, brachte jedoch keinen Ton heraus. Ihre Kehle war wie zugeschnürt. Mit weit aufgerissenen Augen und zitternden Lippen wich sie zurück. Obwohl sie bislang noch nie mit dem Tod direkt in Berührung gekommen war, erkannte sie ihn nur zu gut. Doch noch ehe sie davonlaufen konnte, legte sich eine Hand auf ihren Arm.

»Wen haben wir denn da?«

Der Eindringling hielt ihr eine Pistole unter das Kinn. Tiefe Narben durchzogen sein Gesicht wie ein Spinnennetz, so als habe man ihn mit einer zerbrochenen Flasche bearbeitet. Sein Haar und seine Augen waren so farblos wie Sand. Der Lauf der Waffe fühlte sich auf ihrer Haut eiskalt an. Grinsend ließ er die Pistole an ihrem Hals hinuntergleiten.

»Wo ist Lord?«

Whitney starrte auf den zusammengekrümmten Körper zu ihren Füßen. Rote Flecken leuchteten auf dem blütenweißen Rücken seiner Jacke. Juan würde ihr weder helfen können, noch würde er jemals die zwanzig Dollar ausgeben, die sie ihm erst vor ein paar Stunden zugesteckt hatte. Und wenn sie nicht sehr, sehr vorsichtig war, stand ihr dasselbe Schicksal bevor.

»Ich habe gefragt, wo Lord ist.« Die Waffe drückte härter gegen ihr Kinn.

»Ich habe ihn abgehängt«, erwiderte sie. Ihre Gedanken überschlugen sich. »Jetzt bin ich zurückgekommen, um die Papiere zu suchen.«

»Wolltest wohl deinen eigenen Schnitt machen?« Der Mann spielte mit ihren Haarspitzen. Whitneys Magen begann zu rebellieren. »Kluges Köpfchen.« Er packte so fest ihr Haar, daß ihr Kopf nach hinten flog. »Wann kommt er zurück?«

»Ich weiß es nicht.« Vor Schmerz aufstöhnend, bemühte sie sich, einen klaren Kopf zu behalten. »In einer Viertelstunde, vielleicht einer halben.« Oder jeden Moment, dachte sie verzweifelt. Jeden Moment konnte er hier hereinspazieren, und das wäre das Ende für sie beide. Erneut blickte sie auf den Leichnam des jungen Kellners, und ihre Augen füllten sich mit Tränen. Whitney schluckte ein paarmal. Tränen durfte sie sich nicht erlauben. »Warum haben Sie Juan getötet?«

»Er war zur falschen Zeit am falschen Ort«, grinste ihr Gegner. »Wie du, meine Hübsche.«

»Hören Sie ...« Es fiel ihr leicht, gedämpft zu reden. Wenn sie lauter spräche, würden ihre Zähne klappern. »Ich bin Lord zu nichts verpflichtet. Wenn Sie und ich diese Papiere finden könnten, dann ...« Sie ließ den Satz unbeendet und fuhr einladend mit der Zunge über ihre Lippen, worauf sein Blick gierig über ihren Körper wanderte.

»Kleine Titten«, murmelte er verächtlich, dann trat er einen Schritt zurück und fuchtelte mit seiner Waffe. »Zeig mal, was du sonst noch zu bieten hast.«

Whitney spielte mit dem obersten Knopf ihrer Bluse. Für einen Moment hatte sie ihn zwar davon abgebracht, sie zu töten, aber die Alternative ... Sie wich ein Stück zurück, während sie den nächsten Knopf öffnete, und stieß mit der Hüfte gegen den Tisch. Wie um sich abzustützen, legte sie eine Hand auf die Tischplatte, ohne den Blick von ihm abzuwenden. Ihre Fingerspitzen trafen auf etwas Hartes.

»Vielleicht sollten Sie mir helfen«, flüsterte sie, um ein verführerisches Lächeln bemüht.

Er neigte zustimmend den Kopf und schob die Waffe in seine Jackentasche. »Gute Idee.« Langsam fuhren seine Hände ihren Körper entlang. Whitney packte die Gabel und stieß sie ihm in den Hals.

Blutend und vor Schmerz quiekend sprang er zurück. Als er nach dem Griff tastete, hob Whitney ihre Ledertasche und schwang sie mit aller Kraft gegen seinen Kopf. Ohne sich zu vergewissern, wie tief sie die Zinken in seinen Hals getrieben hatte, rannte sie los.

Nach einem kurzen Flirt mit dem Mädchen an der Rezeption durchquerte Doug in bester Laune die Halle, und Whitney prallte in vollem Lauf mit ihm zusammen.

Er sammelte seine Pakete auf. »Was zum Teufel …«

»Weg hier!« schrie sie, und ohne abzuwarten, ob er ihren Rat befolgte, stürmte sie aus dem Hotel.

Fluchend rannte er neben ihr her. »Was ist denn los?«

»Sie haben uns gefunden.«

Doug spähte über seine Schulter und sah Remo mit zwei anderen gerade aus dem Hotel kommen. »Scheiße«, knurrte er, packte Whitney am Arm und zog sie durch die nächstbeste Tür. Leise Harfenmusik und ein steifnackiger Oberkellner begrüßten sie.

»Haben die Herrschaften reserviert?«

»Wir sind mit Freunden verabredet«, erklärte Doug, wobei er Whitney einen leichten Rippenstoß versetzte.

»Ja, ich hoffe, wir sind nicht zu früh dran.« Suchend blickte sie sich im Lokal um. »Ich hasse es, zu früh zu kommen. Ach, da ist Marjorie ja. Du lieber Himmel, hat die zugenommen.« Whitney beugte sich zu Doug hinüber. »Gott, was für ein scheußliches Kleid. Aber mach ihr trotzdem ein Kompliment, Rodney.«

Unauffällig bewegten sie sich an den Kellnern vorbei auf die Küche zu. »Rodney?« beklagte Doug sich leise.

»Ist mir gerade so eingefallen.«

»Hier.« Ihm war eine Idee gekommen. Er verstaute Pakete und Tüten in Whitneys Tasche und hängte sie sich über die Schulter. »Überlassen Sie das Reden mir.«

In der Küche mußten sie sich an riesigen Herden und vollgestopften Regalen vorbeischlängeln. So rasch wie nur möglich ging Doug auf die Hintertür zu. Ein Klotz von einem Mann, angetan mit einer weißen Schürze, stellte sich ihm in den Weg.

»Gäste haben keinen Zutritt zum Küchenbereich.«

Doug schaute zu ihm empor. Bloß keine gewalttätige Auseinandersetzung. Lieber den Verstand benutzen. »Moment, Moment«, erwiderte er geschäftig und hob den Deckel des brodelnden Topfes zu seiner Rechten. »Sheila, das riecht einfach köstlich. Superb. Dafür geben wir vier Sterne.«

Whitney ging auf das Spiel ein, zückte ihr Notizbuch und kritzelte etwas hinein. »Vier Sterne«, wiederholte sie.

Doug griff nach der Kelle, hielt sie unter seine Nase und schnüffelte genüßlich. »Hmmm.« Der Laut klang so überzeugend, daß Whitney ein Kichern unterdrücken mußte. »*Poisson Veronique*. Wunderbar, wirklich wunderbar. Nun, ich denke, wir können dieses Lokal ohne Bedenken mit an die Spitze setzen. Sie heißen?« fragte er den Küchenchef.

Der bullige Mann lächelte dümmlich. »Henri.«

»Henri«, wiederholte Doug, wobei er Whitney ein Zeichen gab. »Sie werden innerhalb von zehn Tagen benachrichtigt. Komm, Sheila, trödel nicht. Wir haben noch mehr zu tun.«

»Ich drücke Ihnen die Daumen«, meinte Whitney zu Henri, als sie zur Hintertür hinausgingen.

»Okay.« Draußen auf der Straße nahm Doug ihren Arm. »Remo ist nur halb so dumm, wie er aussieht, also haben wir keine Zeit zu verlieren. Wie kommen wir zu Onkel Maxie?«

»Er wohnt in Roslyn.«

»Gut, dann nehmen wir ein Taxi.« Doug setzte sich in Bewegung, doch dann drückte er Whitney plötzlich so fest gegen die Mauer, daß sie nach Luft rang. »Verdammt, da sind sie schon.« Sie würden in dieser Straße nicht mehr lange sicher sein. Seiner Erfahrung nach war man auf Straßen niemals lange sicher. »Wir müssen zurück, das heißt, wir müssen über ein paar Mauern klettern. Bleiben Sie dicht hinter mir.«

Das Bild Juans stand ihr immer noch vor Augen. »In Ordnung.«

»Los!«

Sie liefen geradeaus und schwenkten dann nach rechts. Whitney mußte auf eine Kiste klettern, um über die Hinterhofmauer zu kommen, und ihre Beinmuskeln begannen zu schmerzen. Verbissen lief sie weiter. Wenn er ein bestimmtes Ziel hatte, so konnte sie das jedenfalls nicht erkennen. Er rannte kreuz und quer durch die Straßen und sprang über Gartenmauern, bis ihre Lungen vor Anstrengung brannten; außerdem behinderte der wehende Rock ihres Kleides sie sehr. Passanten blieben stehen und sahen ihnen erstaunt nach, was in New York niemand getan hätte.

Doug schien ständig mit einem Auge über seine Schulter zurückzublicken. Als er sie in eine U-Bahn-Station zerrte, mußte sie sich mit der Hand am Geländer festhalten, um nicht kopfüber die Treppe hinunterzustürzen.

»Blaue Linien, rote Linien«, brummte er. »Was soll das Durcheinander bedeuten?«

»Weiß ich nicht«, keuchte sie atemlos. »Ich bin noch nie mit der U-Bahn gefahren.«

»Dann tun Sie's jetzt zum ersten Mal. Die rote«, verkündete er und nahm sie wieder bei der Hand. Sie hatten ihre Verfolger noch längst nicht abgeschüttelt. Doug konnte sie förmlich riechen. Fünf Minuten, dachte er. Nur fünf Minuten Vorsprung, und sie säßen in einem dieser schnellen Züge und könnten mehr Zeit gewinnen.

Der Bahnsteig war voller Leute, die in einem halben Dutzend verschiedener Sprachen durcheinanderredeten. Je mehr, desto besser, entschied er, als er sich einen Weg durch die Menge bahnte. Vorsichtig blickte er sich um und sah fünf Meter hinter sich Remo, der einen Verband um den Kopf trug. Kompliment, Whitney MacAllister, dachte Doug, der sich ein Grinsen nicht verkneifen konnte. Er schuldete ihr etwas. Zumindest dafür schuldete er ihr etwas.

Jetzt hing alles vom richtigen Timing ab. Rasch schob er Whitney in den Zug. Timing und etwas Glück. Entweder war das Glück auf ihrer Seite, oder nicht. Eingekeilt zwischen

Whitney und einer mit einem Sari bekleideten Inderin beobachtete Doug, wie sich Remo durch die Menge kämpfte.

Als die Türen sich schlossen, winkte er dem fluchenden Mann auf dem Bahnsteig hämisch zu. »Suchen wir uns einen Sitzplatz«, schlug er Whitney vor. »Es geht doch nichts über öffentliche Verkehrsmittel.«

Wortlos folgte sie ihm durch den Wagen, und ebenso wortlos ließ sie sich auf einen freien Platz sinken. Doug war zu sehr mit sich selbst beschäftigt, um davon Notiz zu nehmen. Schließlich grinste er sein Spiegelbild im Fenster an.

»Nun, dieser Hundesohn hat uns zwar entdeckt, aber es dürfte ihm schwerfallen, Dimitri zu erklären, warum er uns wieder verloren hat.« Zufrieden legte er einen Arm auf die Rückenlehne des orangefarbenen Sitzes. »Wie haben Sie die drei eigentlich entdeckt?« fragte er geistesabwesend, schon dabei, den nächsten Schritt zu planen. Geld, Paß und dann zum Flughafen, in genau dieser Reihenfolge, obwohl er vorher noch einen kleinen Abstecher in die Bücherei machen mußte. Sollten Dimitri und seine Bluthunde in Madagaskar auftauchen, würde er sie eben erneut abhängen. »Sie haben scharfe Augen, Süße«, meinte er. »Wir hätten ziemlich alt ausgesehen, wenn uns dieses Empfangskomitee im Hotel begegnet wäre.«

Überlebenswille hatte sie aufrecht gehalten, sie angetrieben, bis sie sich ausruhen konnte. Erschöpft wandte Whitney sich um und starrte ihn an. »Sie haben Juan umgebracht.«

»Wie bitte?« Erst jetzt fiel ihm auf, daß alles Blut aus ihrem Gesicht gewichen war. »Juan?« Doug zog sie an sich und senkte die Stimme zu einem Flüstern. »Den Kellner? Wovon reden Sie überhaupt?«

»Als ich zurückkam, lag er tot in Ihrem Zimmer. Ein Mann wartete dort.«

»Ein Mann? Wie sah er aus?«

»Er hatte sandfarbene Augen. Auf seiner Wange war eine Narbe, eine tiefe, lange Narbe.«

»Butrain«, murmelte Doug. Einer von Dimitris Folterknechten. Sein Griff verstärkte sich. »Hat er Sie verletzt?«

Ihr Blick konzentrierte sich auf ihn. »Ich glaube, ich habe ihn umgebracht.«

»Was?« Fassungslos starrte er in das hübsche Gesicht. »Sie haben Butrain getötet? Wie?«

»Mit einer Gabel.«

»Sie …« Doug brach ab und versuchte, das Gehörte zu verarbeiten. Hätte sie ihn nicht mit riesigen, dunklen Augen angeblickt und wäre ihre Hand nicht kalt wie Eis gewesen, er hätte schallend gelacht. »Sie wollen mir weismachen, daß Sie einen von Dimitris Handlangern mit einer Gabel erledigt haben?«

»Ich hab' ihm anschließend nicht den Puls gefühlt!« Der Zug näherte sich der nächsten Station, und Whitney, der es nicht möglich war, still sitzenzubleiben, sprang auf und drängelte sich hinaus. Fluchend folgte Doug ihr auf den Bahnsteig.

»Schon gut. Jetzt erzählen Sie mir mal ganz genau alles, was passiert ist.«

»Alles?« Plötzlich wütend drehte sie sich zu ihm um. »Sie wollen alles hören? Die ganze blutige Geschichte? Ich bin ins Zimmer gekommen – Juan saß auf einem Stuhl, ich stieß ihn an –, und da lag dieser arme, harmlose Junge in seinem Blut. Dann hat irgendein Scheißkerl mit einem Gesicht wie eine Landkarte mir eine Pistole an den Hals gehalten.«

Ihre Stimme war so laut geworden, daß sich einige Passanten nach ihr umdrehten und sie anstarrten.

»Ruhig bleiben«, knurrte Doug und zog sie zu einem anderen Zug. Sie würden einfach weiterfahren, egal wohin, bis sie sich wieder beruhigt hatte und bis er wußte, was nun zu tun war.

»Ach, seien Sie lieber selber ruhig«, gab Whitney böse zurück. »Immerhin haben Sie mich da reingeritten.«

»Süße, Sie können sich jederzeit verabschieden.«

»Tatsächlich? Und mir von jemanden, der hinter Ihren verdammten Papieren her ist, den Hals aufschlitzen lassen?«

Darauf hatte er keine Antwort, also drückte er sie in eine Ecke und quetschte sich daneben. »Okay, Sie wollen also bei mir bleiben«, sagte er ärgerlich. »Aber wissen Sie was? Ihr Gejammer geht mir auf die Nerven.«

»Ich jammere nicht.« Ihre Augen füllen sich plötzlich mit Tränen. »Der Junge ist tot!«

Sein Ärger wich Schuldgefühlen. Da er nicht wußte, wie er sich verhalten sollte, legte er ungeschickt einen Arm um sie. Er war es nicht gewöhnt, Frauen zu trösten. »Machen Sie sich keine Vorwürfe. Es war nicht Ihre Schuld.«

Erschöpft ließ sie den Kopf auf seine Schulter sinken. »Ist das Ihre Lebenseinstellung, Doug? Handeln Sie immer so verantwortungslos?«

Seine Finger strichen durch ihr Haar. »Ja.«

Sie verfielen in Schweigen, und beide fragten sich, ob diese Antwort der Wahrheit entsprach.

3

Sie mußte darüber hinwegkommen. Doug rutschte unruhig auf seinem Sitz hin und her und wünschte, er könnte ihr helfen, die Trauer abzuschütteln. Bislang hatte er sich immer eingebildet, reiche Frauen zu durchschauen, schließlich verfügte er über einige Erfahrung auf diesem Gebiet. Allerdings, so gab er ehrlich zu, hatte er auch einige Male draufgezahlt. Sein Problem bestand darin, daß er sich unweigerlich wenigstens ein klein wenig in jede Frau verliebte, mit der er mehr als zwei Stunden verbrachte. Sie waren alle so, nun ja – so feminin. Doch die Erfahrung hatte ihn gelehrt, daß Frauen, die über ein dickes Bankkonto verfügten, für gewöhnlich ein Herz aus purem Plastik besaßen. War man bereit, seine materiellen Ziele zugunsten einer echten Beziehung aufzugeben, ließen sie einen fallen.

Gleichgültigkeit. Das war es, woran fast alle reichen Leute krankten. Die Art von Gleichgültigkeit, die sie dazu befähigte, andere Menschen zu zertreten, etwa wie ein Kind einen Käfer zertritt. Andererseits konnten reiche Frauen einem viele Türen öffnen. Sicher, es gab charakterliche Unterschiede, aber generell konnte man alle in bestimmte Kategorien einordnen. Gelangweilt, übersättigt, gefühlskalt – oder schlichtweg dumm. Doch Whitney schien in keine dieser Schubladen zu passen. Wieviele dieser Frauen hätten sich schon an den Namen eines Kellners erinnert, geschweige denn um ihn getrauert?

Sie waren auf dem Weg nach Paris. Doug hoffte nur, daß dieses Ablenkungsmanöver Dimitri von ihrer Fährte abbrachte. Wenn der Umweg ihnen einen Tag Vorsprung verschaffte, dann war er die Sache wert. Wie jeder in diesem Geschäft wußte Doug nur zu gut, wie Dimitri mit Leuten zu verfahren pflegte, die ihn hintergangen hatten. Als traditionsbewußter Mann bevorzugte Dimitri traditionelle Methoden. Nero zum

Beispiel hätte seine Vorliebe für langsame, erfindungsreiche Torturen zu schätzen gewußt. Das Gerücht besagte, daß es auf Dimitris Landsitz in Connecticut einen ganz speziellen Keller gab; vollgestopft mit Antiquitäten – Relikte der spanischen Inquisition. Auch munkelte man von einem erstklassig eingerichteten Filmstudio. Dimitri stand in dem Ruf, seine Grausamkeiten auf Zelluloid zu bannen. Doug hatte weder die Absicht, eines Tages die Hauptrolle in einem derartigen Machwerk zu übernehmen, noch glaubte er an den Mythos von Dimitris gottähnlicher Macht. Er war auch nur ein Mensch, ein Mann aus Fleisch und Blut. Doch sogar hoch über den Wolken beschlich Doug das unbehagliche Gefühl, man habe ihm die Rolle der Fliege, die von der Spinne in ihr Heim eingeladen wird, zugedacht.

Ein weiterer Drink würde helfen, diesen Gedanken zu vertreiben. Ein Schritt nach dem anderen, so wollte er vorgehen – und auf diese Weise überleben.

Hätte er mehr Zeit zur Verfügung, dachte Doug, dann könnte er mit Whitney für einige Tage im Hotel de Crillon wohnen. Immer, wenn er sich in Paris aufhielt, übernachtete er dort. In manchen Städten mietete er nur ein Motelzimmer, in anderen übernachtete er nie. Aber Paris! Paris brachte ihm meistens Glück.

Er hatte es sich zur Gewohnheit gemacht, zweimal jährlich nach Paris zu reisen, und zwar einzig und allein der Küche wegen. Doug war der festen Überzeugung, daß niemand besser kochte als die Franzosen – oder in Frankreich ausgebildete Köche. Deswegen hatte er sich auch eingehend mit der französischen Küche befaßt, ohne allerdings großes Aufheben darum zu machen. Wenn es sich herumspräche, daß er sich, mit einer Schürze bekleidet, in der Küche betätigte, dann würde er bald als Waschlappen gelten – was sich in seinem Beruf als nachteilig erweisen könnte und ihn außerdem in Verlegenheit brächte. Also hatte er diese kulinarischen Trips nach Paris stets unter dem Vorwand unternommen, geschäftlich unterwegs zu sein.

Vor einigen Jahren hatte er sich im Hotel de Crillon eine Woche lang aufgehalten, den reichen Playboy gemimt und in dieser Maske die Zimmer der wohlhabenden Gäste ausgeräumt. Doug erinnerte sich, daß er damals ein wertvolles Saphircollier in seinen Besitz gebracht hatte und somit in der Lage gewesen war, seine Hotelrechnung bis auf den letzten Franc zu begleichen. Man konnte nie wissen, ob man nicht eines Tages zurückkommen würde.

Doch diesmal blieb keine Zeit für eine Auffrischung seiner Kochkünste oder für ein kleines Gaunerstückchen. Bis das Spiel vorüber war, würde er sich nie lange an einem Ort aufhalten können. Eigentlich liebte er das Tempo, die Jagd. Der Reiz lag eher im Spiel selber, nicht im Erreichen des Zieles, das hatte Doug nach seinem ersten größeren Job festgestellt. Die Spannung des Planens, der Nervenkitzel der Durchführung und die überwältigende Erregung, die sich einstellte, wenn der Plan erfolgreich durchgeführt wurde, darauf kam es an. Danach war der Job erledigt, und man sah sich nach dem nächsten um. Und nach noch einem.

Wenn er auf seinen Tutor an der High-School gehört hätte, wäre er heute möglicherweise ein erfolgreicher Anwalt. Die Voraussetzungen dafür brachte er mit: einen scharfen Verstand und eine beachtliche Redegabe. Doug nippte an seinem Scotch. Gottlob hatte er nicht auf seinen Tutor gehört.

Man stelle sich das vor: Douglas Lord, Rechtsanwalt. Ein mit Akten überladener Schreibtisch und dreimal pro Woche eine Verabredung zum Mittagessen. Konnte man so leben? Doug überflog eine weitere Seite des Buches, das er vor ihrer Abreise aus einer Washingtoner Bücherei hatte mitgehen lassen. Nein, ein Beruf, der einen Menschen ans Büro fesselte, fraß ihn letztendlich auf. Da nutzte er seine Geistesgaben doch lieber für eine befriedigendere Tätigkeit.

Das Buch handelte von Madagaskar, seiner Topographie, seiner Geschichte und Kultur. Es enthielt alles, was er wissen mußte, und in seinem Koffer lagen neben einer Pistole und einer Patronenschachtel noch zwei weitere Bücher, mit denen er sich später befassen würde. Der Text des einen brachte detaillierte Angaben über verschwundene Juwelen, der andere Band bot eine ausführliche Zusammenfassung der Französischen Revolution, so daß er sich mit Hilfe dieser Bücher ein ungefähres Bild von dem Schatz machen konnte. Wenn die Angaben in seinen Papieren den Tatsachen entsprachen, dann würde die gute Marie Antoinette mit ihrer Verschwendungssucht und ihrem Hang zu Intrigen ihm zu einem vorzeitigen Ruhestand verhelfen. Der Spiegel von Portugal, der Blaue Diamant, der Sancy-Brillant – sage und schreibe vierundfünfzig Karat! Am französischen Königshof hatte man schon immer guten Geschmack bewiesen, und die gute alte Marie bildete da keine Ausnahme. Zum Glück! Und dann waren da noch die Aristokraten, aus ihrem Land vertrieben, die die Kronjuwelen unter Einsatz ihres Lebens verteidigt und verborgen gehalten hatten; in der Hoffnung, die königliche Familie würde eines Tages wieder an die Macht kommen ...

Den Sancy würde er in Madagaskar nicht finden. Doug hatte seine Hausaufgaben gemacht und wußte daher, daß sich der Stein heute im Besitz der Astors befand. Aber es gab noch unzählige andere Möglichkeiten. Der Spiegel und der Blaue waren nie wieder aufgetaucht, genau wie viele andere bekannte Steine. Das Geheimnis des Diamanthalsbandes – der Tropfen, der das Faß schließlich zum Überlaufen gebracht hatte – blieb ein sagenumwobener Mythos, eine Mischung aus Theorie und Spekulation. Was war letztendlich aus dem Halsband geworden, das im Endeffekt dafür gesorgt hatte, daß Marie den Hals verlor, den es schmücken sollte?

Doug glaubte fest an Schicksal, an Vorbestimmung und sein Glück. Bald würde er knietief in Glitzersteinchen – königlichen Glitzersteinchen – waten. Und Dimitri hätte das Nachsehen.

In der Zwischenzeit wollte er sich alles Wissenswerte über Madagaskar einprägen. Diesmal operierte er weit außerhalb seines üblichen Reviers – genau wie Dimitri auch. Doch Doug war stolz darauf, seinem Gegner in einem Punkt überlegen zu sein: Seine Maxime war, sich auf jede Eventualität vorzubereiten. Er speicherte jede Einzelheit in seinem Gedächtnis, um sich auf der kleinen Insel im Indischen Ozean genauso mühelos zurechtfinden zu können wie in Manhattan. Das konnte sich später als seine Rettung erweisen.

Zufrieden legte Doug das Buch beiseite. Sie waren bereits seit zwei Stunden in der Luft; höchste Zeit, daß Whitney ihr Schweigen brach.

»Okay, jetzt reicht's.«

Sie drehte sich um und musterte ihn mit einem langen, unbeteiligten Blick. »Wie bitte?«

Gut pariert, dachte Doug. Diese eiskalte Art, die so typisch für Frauen mit Geld und Schneid war. Whitney verfügte darüber. »Ich sagte, jetzt reicht's. Ich kann schmollende Weiber nicht ausstehen.«

»Schmollende Weiber?«

Befriedigt registrierte er, daß ihre Augen sich zu schmalen Schlitzen verengt hatten und daß sie die Worte ärgerlich herauszischte. Je wütender sie wurde, desto schneller würde sie sich aus ihrem apathischen Zustand befreien. »Genau. Ich bin zwar kein großer Freund von Frauen, die ohne Punkt und Komma schnattern, aber ein gewisses Maß an Unterhaltung muß schon sein.«

»Finden Sie? Wie schön, daß Sie so klare Ansprüche stellen.« Erbost nahm sie sich eine Zigarette aus dem Päckchen, das er auf die Armlehne gelegt hatte, und zündete sie an. Er hätte nie gedacht, daß eine solche Geste dermaßen hochmütig wirken könnte.

»Zeit für Lektion Eins, Herzchen.«

Mit voller Absicht blies sie ihm den Rauch ins Gesicht. »Ich bin ganz Ohr.«

Da er ihren Kummer erkannte, wartete Doug noch einen Moment. Dann sagte er leise und entschieden: »Es ist ein Spiel. Ein Spiel, bei dem der Bessere gewinnt. Sie kennen doch das alte Sprichwort: Wo gehobelt wird, da fallen Späne?«

Sie starrte ihn fassungslos an. »Betrachten Sie Juan als – Span?«

»Er war zur falschen Zeit am falschen Ort«, erwiderte Doug, sich unbewußt der Worte Butrains bedienend. Doch Whitney hörte noch etwas anderes heraus. Bedauern? Reue? Obgleich sie es nicht genau wußte, klammerte sie sich an diesen Gedanken. »Wir können Geschehenes nicht ungeschehen machen, Whitney. Aber wir geben nicht auf.«

Sie griff nach ihrem bislang unberührten Drink. »Das ist wohl Ihr Motto, wie? Niemals aufgeben.«

»Ich will gewinnen, das ist es. Wenn man gewinnen will, darf man nicht zu oft zurückschauen. Sich mit Selbstvorwürfen zu quälen bringt nichts. Wir sind Dimitri einen, vielleicht zwei Schritte voraus. Und so muß es auch bleiben. In dem Moment, wo er uns einholt, sind wir tot.« Während er sprach, legte er eine Hand über die ihre, nicht, um sie zu trösten, sondern um sich zu vergewissern, daß ihre Hand nicht zitterte. »Wenn Ihnen alles zuviel wird, sollten Sie darüber nachdenken, rechtzeitig auszusteigen. Wir haben einen verdammt langen Weg vor uns.«

Sie würde nicht aussteigen, ihr Stolz verbot das. Bisher hatte sie immer alles bis zum bitteren Ende durchgefochten. Doch wie stand es um ihn? fragte sich Whitney. Welche Kraft trieb Douglas Lord an? »Warum tun Sie das?«

Ihm gefiel das neugierige Glitzern in ihren Augen. Die erste Hürde hatte sie zum Glück überwunden. »Wissen Sie, Whitney, ich liebe die Herausforderung. Je riskanter das Spiel, desto befriedigender ist der Sieg.« Grinsend stieß er eine Rauchwolke aus. »Darin liegt der Reiz.«

Whitney sank in den Sitz zurück, schloß die Augen und schwieg so lange, daß Doug dachte, sie sei eingedöst. Statt dessen rekapitulierte sie jedoch die Ereignisse der letzten Stunden, Schritt für Schritt. »Das Restaurant«, meinte sie dann. »Wie haben Sie das hingekriegt?«

»Welches Restaurant?« Er war in eine Beschreibung der verschiedenen Volksstämme Madagaskars versunken und blickte nicht einmal auf.

»In Washington, als wir mitten durch die Küche gerannt sind und dieser Muskelprotz in Weiß Ihnen den Weg verstellt hat.«

»Man sagt das Erstbeste, was einem in den Sinn kommt«, erläuterte Doug obenhin. »Meistens funktioniert das.«

»Es geht nicht nur darum, was Sie gesagt haben.« Unzufrieden beugte sich Whitney vor. »Von einer Minute zur anderen verwandeln Sie sich von einem durch die Straßen gehetzten Mann in einen Schnösel von Restaurantkritiker und finden auch sofort die richtigen Worte.«

»Baby, was meinen Sie, wozu Sie fähig sind, wenn Ihr Leben auf dem Spiel steht.« Er hob den Kopf und lächelte. »Sie müssen nur wollen, dann können Sie alles erreichen. Normalerweise gehe ich bei meinen Jobs ja anders vor. Ich überlege, ob ich ein Haus durch die Vorder- oder die Hintertür betrete.«

Interessiert bedeutete sie der Stewardess, ihnen zwei frische Drinks zu bringen. »Das müssen Sie mir erklären.«

»Okay, nehmen wir mal Kalifornien. Beverly Hills.«

»Nur das nicht.«

Ohne sie zu beachten, begann Doug zu dozieren. »Erst einmal müssen Sie sich entscheiden, welche dieser Nobelvillen Sie ins Visier nehmen wollen. Ein paar diskrete Erkundigungen, ein bißchen Beinarbeit, dann treffen Sie Ihre Wahl. Was nun? Vorder- oder Hintereingang? Hier folge ich meistens meinem Instinkt. Gewöhnlich kommt man leichter durch den Haupteingang.«

»Wieso?«

»Der Geldadel verlangt nur von Dienstboten Referenzen, nicht aber von Gästen. Ein gewisser Einsatz, ein paar tausend vielleicht, ist notwendig. Checken Sie im Wiltshire Royal ein, mieten Sie sich einen Mercedes, erwähnen Sie ein paar Namen – natürlich nur von Leuten, die gerade nicht in der Stadt sind. Werden Sie auf die erste Party eingeladen, dann haben Sie's geschafft.« Mit einem Stoßseufzer nahm Doug einen Schluck von seinem Drink. »Junge, in Beverly Hills trägt man sein Bankkonto gerne um den Hals.«

»Und Sie marschieren da einfach so rein und räumen ab?«

»Mehr oder weniger. Wichtig ist vor allem, nicht zu habgierig zu werden – und sich vorher zu informieren, wer echte Steine trägt und wer gefärbtes Glas. In Kalifornien gibt es viel Schund. Doch grundsätzlich muß man ein guter Schauspieler sein, sich anpassen können. Die Reichen dieser Welt verlassen sich auf das, was sie gewohnt sind, allzuviel Phantasie haben sie meist nicht.«

»Vielen Dank.«

»Achten Sie darauf, sich angemessen zu kleiden und an den richtigen Orten gesehen zu werden – mit den richtigen Leuten, versteht sich – und niemand wird Ihre Herkunft in Frage stellen. Das letzte Mal, als ich mit dieser Masche gereist bin, kam ich mit dreitausend Dollar im Wilshire an. Mit dreißigtausend habe ich es wieder verlassen. Mir gefällt Kalifornien.«

»Klingt, als könnten Sie nicht so ohne weiteres zurück.«

»Oh, ich war inzwischen wieder da. Mit gefärbtem Haar, einem kleinen Schnurrbart und in Jeans. So habe ich die Rosen von Cassie Lawrence beschnitten.«

»Cassie Lawrence? Diese Piranhalady in der Maske eines Kunstmäzens?«

»Eine zutreffende Beschreibung. Sie kennen sich?«

»Leider. Wieviel haben Sie ihr abgenommen?«

Aus dem Tonfall schloß Doug, daß Whitney hocherfreut wäre, wenn er die Dame um einiges erleichtert hätte. Allerdings hatte er nicht die Absicht, ihr zu erzählen, daß Cassie besonderen Gefallen daran gefunden hatte, ihn zu beobachten, wenn er mit nacktem Oberkörper ihre Azaleen goß. Sie hatte ihn im Bett beinahe aufgefressen. Zum Dank war er mit einem ziselierten Rubincollier und einem Paar Diamantohrringen in der Größe von Tischtennisbällen verschwunden.

»Genug«, antwortete er nach einer Weile. »Ich nehme an, Sie mögen die Lady nicht?«

»Sie hat keine Klasse.« Das kam von einer Frau, der man bestimmt keinen Mangel an Klasse nachsagen konnte. »Haben Sie mit ihr geschlafen?«

Er verschluckte sich an seinem Drink. Hustend stellte er das Glas beiseite. »Ich glaube kaum, daß …«

»Also ja.« Etwas enttäuscht studierte Whitney ihn. »Seltsam, ich sehe keine Narben in Ihrem Gesicht.« Nachdenklich hielt sie inne. »Finden Sie diesen Teil ihres Jobs nicht entwürdigend?«

Für diese Frage hätte er sie ohne mit der Wimper zu zucken erwürgen können. Sicher, ab und zu schlief er mit einem seiner Opfer und genoß es auch noch, wobei er peinlich darauf achtete, daß auch die Frau Freude daran hatte. Aber generell fand er es demütigend, Sex als Mittel zum Zweck einsetzen zu müssen. »Job ist Job«, entgegnete er daher schroff. »Sie können mir doch nicht erzählen, daß Sie noch nie mit einem Klienten geschlafen haben.«

Whitney hob amüsiert eine Augenbraue. »Ich schlafe, mit wem ich will«, erklärte sie in einem Tonfall, der besagte, daß sie in diesem Punkt sehr wählerisch war.

»Einige von uns können sich's nicht aussuchen.« Doug vergrub die Nase in seinem Buch und verfiel in Schweigen.

Er würde sich von ihr keine Schuldgefühle einimpfen lassen. Schuldgefühle versuchte er nach Kräften zu vermeiden. In dem Moment, wo man sich selbst eine Schuld eingestand, war man erledigt.

Komisch, es schien sie überhaupt nicht zu stören, daß er seinen Lebensunterhalt mit Stehlen verdiente. Es störte sie auch nicht, daß seine Opfer meistens aus ihren Kreisen stammten. Sie hatte keine Miene verzogen, obwohl es mehr als wahrscheinlich war, daß er auch einige ihrer Freunde ausgenommen hatte. Es interessierte sie einfach nicht.

Was für ein Typ Frau war sie nur? Er glaubte, ihren Hunger nach Abenteuern, nach Aufregung zu verstehen, sein Leben bestand schließlich aus wenig anderem. Doch ihre kühle Verhaltensweise wollte nicht recht ins Bild passen.

Nein, die Tatsache, daß er ein Dieb war, hatte sie vollkommen unbeteiligt gelassen, doch in ihren Augen war leiser Hohn und, ja, verdammt, Mitleid zu lesen gewesen, als sie herausfand, daß er wegen einer Handvoll Steinchen mit einem der weiblichen Haie der West Coast ins Bett gegangen war.

Und wohin hatte ihn das Resultat dieser Aktion gebracht? Als Doug zurückdachte, fiel ihm ein, daß er die gestohlenen Steine innerhalb von vierundzwanzig Stunden versetzt hatte und nach der üblichen Feilscherei nach Puerto Rico geflogen war, wo er bis auf zweitausend Dollar seine gesamte Barschaft im Kasino verspielte. Was hatte der Coup ihm gebracht? fragte er sich erneut, dann grinste er. Auf jeden Fall ein unvergeßliches Wochenende.

Das Geld rann ihm nun einmal durch die Finger. Immer gab es ein neues Spiel, eine todsichere Sache oder eine rehäugige Frau mit traurigem Schicksal und sanfter Stimme. Trotzdem betrachtete Doug sich nicht als Einfaltspinsel. Er war ein Optimist, schon immer gewesen, und auch fünfzehn Jahre im Geschäft hatten diese Einstellung nicht geändert. Ansonsten hätte er sich ebensogut als Anwalt niederlassen können.

Mehrere hunderttausend Dollar waren durch seine Hände gegangen. Doch diesmal würde er anders handeln. Egal wie oft er sich das schon geschworen hatte, diesmal würde er seinem Vorsatz treu bleiben. Wenn der Schatz nur halb so wertvoll war, wie die Papiere vermuten ließen, dann hätte er ausgesorgt, würde nie wieder arbeiten müssen – bis auf einen kleineren Job dann und wann, nur um in Form zu bleiben.

Er würde sich eine Jacht zulegen und von Hafen zu Hafen segeln, im Süden Frankreichs in der Sonne schmoren und sich mit hübschen Frauen umgeben. Allerdings müßte er dafür sorgen, Dimitri zeit seines Lebens einen Schritt voraus zu bleiben. Denn Dimitri würde niemals aufgeben, solange er lebte. Auch das gehörte zum Spiel.

Doch das Beste war und blieb die Planung, die Durchführung, die Strategie. Seit jeher fand er es erregender, sich den Geschmack des Champagners vorzustellen als die Flasche zu leeren. Madagaskar war nur noch ein paar Stunden entfernt. Erst einmal dort angekommen, konnte er all das anwenden, was er gelesen hatte, plus seiner Fähigkeiten und seiner Erfahrung.

Keinesfalls durfte er Dimitri unterschätzen. Das Problem war, daß Doug nicht wußte, wieviel vom Inhalt des Umschlages seinem früheren Auftraggeber bekannt war. Zu viel, fürchtete er. Unbewußt tastete er nach seiner Brust, wo der Umschlag sicher befestigt war. Dimitri verfügte stets über gute Informationen. Noch nie hatte ihn jemand betrogen und danach lange genug gelebt, um Freude daran zu haben.

Wenn sie erst einmal dort waren … Er blickte zu Whitney hinüber, die sich in ihrem Sitz zusammengekuschelt hatte, die Augen geschlossen. Im Schlaf wirkte sie kühl, gelassen und unerreichbar. Begehren regte sich in ihm, die Begierde, die das Unerreichbare schon immer in ihm ausgelöst hatte. Diesmal würde er sie unterdrücken müssen.

Ihre Beziehung war rein geschäftlicher Natur, grübelte Doug. Rein geschäftlich. Solange, bis er ihr ausreichend Bargeld abknöpfen und sie anschließend fallenlassen konnte. Zwar war sie bislang hilfreicher gewesen, als er vermutet hatte, doch er kannte ihren Typ. Reich und ruhelos. Früher oder später würde die ganze Sache sie langweilen. Er mußte sein Ziel erreichen, ehe dieser Fall eintrat.

Überzeugt, daß ihm das gelingen würde, stellte Doug seine Rückenlehne nach hinten und klappte das Buch zu. Das Gelesene würde er nie mehr vergessen. Sein fotografisches Gedächtnis hätte ihn mühelos durch das Jurastudium gebracht, doch er war mit dem Weg, den er eingeschlagen hatte, sehr zufrieden. Er mußte sich niemals Notizen machen, da er nichts vergaß, und er beschäftigte sich nie zweimal mit dem gleichen Objekt, da ihm Namen und Gesichter in Erinnerung blieben.

Wenn ihm auch das Geld unter den Händen zerrann, die Art und Weise, wie er es sich jeweils beschafft hatte, blieb unauslöschlich in sein Gedächtnis eingebrannt. Doug sah die Sache philosophisch. Es gab immer Mittel und Wege, an Geld zu kommen. Hätte er in Aktien und Wertpapieren investiert, statt auf Pferde und die Kugel zu setzen, wie langweilig wäre sein Leben verlaufen! Doug war zufrieden. Und das Bewußtsein, daß die kommenden Tage lang und hart werden würden, steigerte dieses Gefühl nur noch. Es brachte ihm eine größere Befriedigung, einen Diamanten aus einem Misthaufen auszugraben, als ihn aus einem Schaufenster zu stehlen. Tatsächlich, er freute sich auf die Suche.

Whitney schlief und wurde erst durch den unruhigen Landeanflug geweckt. Gottseidank, war ihr erster Gedanke. Von Flugzeugen hatte sie nun wirklich die Nase voll. Wäre sie allein gereist, hätte sie die Concorde genommen, doch unter diesen Umständen war sie nicht gewillt, den Preisaufschlag für Doug zu bezahlen. Sein Schuldenkonto bei ihr wuchs ständig, und während sie entschlossen war, sich jeden

Cent davon wiederzuholen, wußte sie nur zu gut, daß Doug davon wenig hielt.

Im Schlaf sah er aus wie ein junger Pfadfinder, mit seinem verwuschelten Haar und den über dem Buch gefalteten Händen. Jeder hätte ihn für einen gewöhnlichen Touristen gehalten. Das war ein Teil seines Erfolges, überlegte sie. Die Fähigkeit, mühelos in jeder Rolle zu agieren.

Doch wo gehörte er letztendlich hin? Zu den hartgesottenen, abgebrühten Typen der Unterwelt, die ihre Geschäfte in den dunklen Straßen abwickelten? Sie erinnerte sich an den Ausdruck seiner Augen, als sie ihm von Butrain berichtet hatte. Ja, bestimmt operierte auch er auf dunklen Straßen – aber dazugehören? Nein.

Obwohl sie ihn erst kurze Zeit kannte, war sie sich dessen sicher. Er war ein Einzelgänger, immer auf der Hut, das machte einen Teil seiner Anziehungskraft aus. Natürlich, er war auch ein Dieb, aber trotzdem hatte er einen gewissen Ehrenkodex. Ein Richter würde dies schwerlich erkennen, sie schon. Und sie respektierte diese Einstellung.

Er war nicht gefühllos, das hatte sie in seinen Augen gelesen, als er von Juan sprach. Eher ein Träumer, wie sie aus der Art und Weise schloß, in der er über den Schatz redete. Und ein Realist, das hörte man am Klang seiner Stimme, wenn die Sprache auf Dimitri kam. Ein Realist erkannte die Gefahr. Der Mann war schwer einzuordnen, und doch ...

Er war der Liebhaber von Cassie Lawrence gewesen. Whitney wußte, daß diese Frau als äußerst anspruchsvoll in der Wahl ihrer Bettgenossen galt. Was hatte Cassie so angezogen? Daß er ein junger, kräftiger Mann mit muskulösem Körper war? Vielleicht hatte ihr das gereicht, obwohl Whitney daran zweifelte. Abgesehen davon – hatte sie an jenem Morgen in Washington nicht selbst entdeckt, daß Doug Lord sehr attraktiv war? Und sie war mehr als bereit gewesen. Nicht nur wegen seines Körpers, gab sie zu. Stil, das war es. Doug Lord hatte seinen eigenen Stil, der es ihm ihrer Meinung nach ermöglichte, die Schwelle der Villen von Beverly Hills oder Bel Air zu überschreiten.

Sie hatte geglaubt, ihn zu verstehen, bis ihre Bemerkung

über Cassie Lawrence ihn in Verlegenheit brachte. Verlegenheit und Verärgerung, wo Achselzucken und ein lässiger Spruch zu erwarten gewesen wären. Also hatte er Gefühle – und Werte, dachte Whitney. Das machte ihn noch interessanter – und liebenswerter, wenn man so wollte.

Liebenswert oder nicht, vor allem wollte sie mehr über diesen Schatz herausfinden, und zwar bald. Sie hatte zuviel Geld investiert, um weiterhin im dunkeln zu tappen. Aus einem Impuls heraus war sie mit ihm gegangen, die Umstände zwangen sie nun, bei ihm zu bleiben. Doch abgesehen davon war Whitney zu sehr Geschäftsfrau, um ihr Geld in windigen Aktien anzulegen. Sie würde sich davon überzeugen, daß die Sache Hand und Fuß hatte, und das so schnell wie möglich. Obwohl sie Doug mochte und in gewisser Hinsicht sogar verstand, traute sie ihm nicht über den Weg. Keinen Millimeter.

Doug, noch ein wenig schlaftrunken, kam zu ähnlichen Schlußfolgerungen – über Whitney. Er würde den Umschlag so lange am Leib tragen, bis er den Schatz in Händen hielt.

Als die Maschine zur Landung ansetzte, stellten beide ihre Rückenlehnen senkrecht, lächelten sich an und schmiedeten ihre eigenen Pläne.

Nachdem sie endlich ihr Gepäck erhalten und die Zollformalitäten erledigt hatten, verspürte Whitney nur noch einen einzigen Wunsch – sich auszuruhen.

»Hotel de Crillon«, wies Doug den Taxifahrer an, und Whitney seufzte.

»Entschuldigen Sie, daß ich jemals Ihren Geschmack angezweifelt habe.«

»Süße, ich habe einen ganz einfachen Geschmack: Immer nur das Beste.« Mehr aus Reflex als mit Absicht strich er ihr über das Haar. »Sie sehen müde aus.«

»Die letzten achtundvierzig Stunden waren nicht gerade zur Entspannung geeignet. Nicht, daß ich mich beklage«, fügte sie hinzu. »Aber es wäre wundervoll, die nächsten acht Stunden in der Horizontalen zu verbringen.«

Doug grunzte etwas Unverständliches und schaute angelegentlich aus dem Fenster. Dimitri war sicherlich nicht weit weg. Seine Informanten arbeiteten genauso rasch wie die von Interpol. Er konnte nur hoffen, daß die falschen Fährten, die er gelegt hatte, die Jagd etwas verlangsamten.

Mittlerweile hatte Whitney ein Gespräch mit dem Taxifahrer angefangen. Da die Unterhaltung auf französisch geführt wurde, konnte Doug ihr nicht folgen, doch der Tonfall von Whitneys Stimme klang leicht und freundlich. Seltsam, dachte er. Die meisten Frauen, die im Überfluß aufgewachsen waren, nahmen Bedienstete selten zur Kenntnis. Das war auch einer der Gründe, weshalb man sie so leicht bestehlen konnte. Die Reichen waren schon ein Volk für sich, doch im Gegensatz zu dem, was weniger Begüterte behaupteten, waren sie nicht unglücklich. Doug hatte sich oft genug in ihre Kreise eingeschlichen, um zu wissen, daß man mit Geld auch Glück kaufen konnte. Es wurde nur von Jahr zu Jahr teurer.

»So ein netter kleiner Mann.« Whitney stieg aus und sog den Duft von Paris ein. »Wissen Sie, was er gesagt hat? Ich wäre die schönste Frau, die er seit fünf Jahren in seinem Taxi befördert habe.«

Doug bemerkte, wie sie dem Portier ein paar Scheine zusteckte, ehe sie das Hotel betrat. »Ich wette, damit hat sich der Taxifahrer ein dickes Trinkgeld verdient«, brummte er. So, wie sie das Geld zum Fenster hinauswarf, würden sie wieder pleite sein, noch ehe sie einen Fuß auf den Boden von Madagaskar gesetzt hatten.

»Seien Sie nicht so ein Pfennigfuchser, Douglas.«

Ihre Bemerkung ignorierend, nahm er ihren Arm. »Lesen Sie Französisch genauso fließend, wie Sie es sprechen?«

»Soll ich Ihnen die Speisekarte übersetzen?« begann sie, brach dann aber ab. *»Tu ne parle pas français, mon cher?«* Als er sie schweigend musterte, lächelte sie leicht. »Faszinierend. Ich hätte sofort darauf kommen müssen, daß ein Teil Ihrer Papiere noch nicht übersetzt ist.«

»Ah, Mademoiselle MacAllister.«

»Georges.« Sie schenkte dem Mann an der Rezeption ein strahlendes Lächeln. »Ich mußte ganz einfach wiederkommen.«

»Es ist immer eine Freude, Sie hier zu haben.« Georges'

Augen wanderten zu Doug. »Monsieur Lord. Welch eine Überraschung.«

»Guten Tag, Georges.« Doug fing Whitneys forschenden Blick auf. »Mademoiselle MacAllister und ich reisen gemeinsam. Ich hoffe, Sie haben eine Suite frei.«

Georges witterte eine romantische Beziehung. Hätte er nicht ohnehin eine freie Suite zur Verfügung gehabt, wäre er in diesem Moment versucht gewesen, Abhilfe zu schaffen. »Natürlich, natürlich. Und Ihr Herr Papa, Mademoiselle, geht es ihm gut?«

»Sehr gut, danke, Georges.«

»Charles wird sich um Ihr Gepäck kümmern. Angenehmen Aufenthalt.«

Whitney steckte ihren Schlüssel unbesehen ein. Sie wußte, daß die Betten im Crillon weich und bequem waren und daß das Wasser auch wirklich heiß aus den Hähnen kam. Ein Bad, dann ein wenig Kaviar, und dann ins Bett. Und am nächsten Morgen würde sie sich ein paar Stunden im Schönheitssalon gönnen, ehe sie weiterreisten.

»Ich nehme an, Sie haben hier schon öfter gewohnt.« Whitney trat in den Fahrstuhl und lehnte sich an die Wand.

»Ab und zu, ja.«

»Ein einträglicher Ort, denke ich mir.«

Doug lächelte sie nur an. »Der Service ist hervorragend.«

»Soso.« O ja, sie konnte ihn sich gut in dieser Umgebung vorstellen, Champagner und Austern schlürfend. »Ein Glück, daß sich unsere Wege hier bisher noch nicht gekreuzt haben.« Die Türen öffneten sich, und Whitney trat auf den Flur. Doug nahm ihren Arm und dirigierte sie nach links. »In Ihrem Geschäft spielt vermutlich das richtige Ambiente eine große Rolle«, fügte sie hinzu.

Mit dem Daumen fuhr er sanft ihren Arm entlang. »Ich finde nun einmal Gefallen an den guten Dingen des Lebens.«

Ihr Lächeln besagte, daß er von ihr nur das erhalten würde, was sie bereit war zu geben.

Die Suite entsprach ganz ihren Erwartungen. Whitney gab dem Pagen, der hier und da noch Hand anlegte, ein Trinkgeld und schob ihn aus dem Zimmer. Dann ließ sie sich auf das

Sofa fallen und schleuderte ihre Schuhe von sich. »Geschafft. Wann müssen wir morgen früh los?«

Anstelle einer Antwort zog Doug ein Hemd aus seinem Koffer, knüllte es in der Hand zusammen und warf es dann lässig über einen Stuhl. Whitney sah ihm zu, wie er weitere Kleidungsstücke aus dem Koffer nahm und sie überall in der Suite verteilte.

»Hotelzimmer werden doch erst dann wohnlich, wenn man einige persönliche Dinge um sich hat, nicht wahr?«

Er brummte irgend etwas vor sich hin und ließ ein Paar Socken auf den Boden fallen. Erst als er sich mit ihrem Gepäck beschäftigte, erhob Whitney Einwände.

»Moment mal!«

»Illusion macht die Hälfte des Spiels aus«, erklärte er ihr und warf ein Paar hochhackige Schuhe in die Ecke. »Ich möchte den Eindruck erwecken, daß wir hierbleiben.«

Whitney entriß ihm eine Seidenbluse. »Wir bleiben doch hier!«

»Irrtum. Los, hängen Sie ein paar Sachen in den Schrank, während ich mich um das Badezimmer kümmere.«

Einen Augenblick lang stand sie, die Bluse in der Hand, wie versteinert da, dann folgte sie ihm. »Wovon sprechen Sie eigentlich?«

»Wenn Dimitris Muskelprotze hier anrücken, dann sollen sie glauben, daß wir uns noch hier aufhalten. Das bringt uns zwar nur ein paar Stunden Vorsprung ein, aber die werden reichen.« Systematisch arbeitete Doug sich durch das riesige Badezimmer, packte Seifenstücke aus und warf Handtücher in die Wanne. »Holen Sie etwas von Ihrem Gesichtskleister. Wir lassen einige Flaschen hier.«

»Ich denke ja gar nicht dran! Wie soll ich denn ohne Make-up zurechtkommen?«

»Wir gehen nicht auf einen Ball, Süße.« Doug ging in das große Schlafzimmer, wo er sich auf dem Bett wälzte. »Ein Bett wird reichen«, murmelte er. »Es wird ohnehin keiner glauben, daß wir getrennt schlafen.«

»Schmeicheln Sie Ihrem Ego, oder beleidigen Sie meines?«

Er zündete sich eine Zigarette an und blies den Rauch von

sich, ohne den Blick von ihr abzuwenden. Einen Moment lang, nur einen Moment fragte sich Whitney, wozu er wohl fähig wäre.

Und ob ihr das gefallen würde. Wortlos ging Doug in den angrenzenden Wohnraum zurück und begann, ihre Koffer zu durchsuchen.

»Verdammt, Doug, das sind meine Sachen!«

»Sie kriegen sie zurück.« Er griff sich aufs Geradewohl eine Handvoll Kosmetikartikel und wollte zum Bad gehen.

»Diese Lotion kostet fünfundsechzig Dollar pro Flasche!«

»So viel?« Interessiert drehte er die Flasche in der Hand. »Und ich habe Sie für eine praktisch veranlagte Frau gehalten.«

»Ohne die Flasche werde ich diesen Raum nicht verlassen.«

»Na schön.« Doug warf ihr die Flasche zu. »Das hier tut's auch.« Inzwischen hatte er die halb aufgerauchte Zigarette ausgedrückt und sich sofort eine neue angezündet. »So, jetzt reicht es«, entschied er und beugte sich hinunter, um Whitneys Koffer zu schließen, als sein Blick auf einen durchsichtigen, spitzenbesetzten Bikinislip fiel. Eingehend betrachtete er das Wäschestück. »Da passen Sie rein?« Wider besseres Wissen stellte er sich Whitney in diesem zarten Nichts vor. Der Gedanke war erregend.

Whitney widerstand dem Drang, ihm den Slip aus der Hand zu reißen, doch das Kribbeln in ihrem Magen konnte sie nicht so einfach unterdrücken. »Wenn Sie fertig damit sind, mit meiner Unterwäsche zu spielen, dann verraten Sie mir doch freundlicherweise, was hier eigentlich vorgeht.«

»Wir richten uns häuslich ein.« Nach kurzem Zögern ließ Doug den spitzenbesetzten Fetzen wieder in den Koffer fallen. »Dann nehmen wir unser Gepäck, fahren mit dem Lastenaufzug nach unten und machen uns auf den Weg zum Flughafen. Unsere Maschine geht in einer Stunde.«

»Hätten Sie mir das nicht vorher sagen können?«

Er ließ die Schlösser zuschnappen. »Hab' nicht dran gedacht.«

»Ich verstehe.« Whitney tigerte im Raum auf und ab, bis sie sich wieder in der Gewalt hatte. »Ich will Ihnen mal was sagen. Ich weiß nicht, wie Sie üblicherweise vorgehen, und es interessiert mich auch nicht sonderlich. Doch diesmal ...« Sie drehte sich um und sah ihn voll an, »... diesmal haben Sie einen Partner. Was immer Sie auch aushecken, ich will es wissen.«

»Wenn Sie meine Methoden nicht mögen, können Sie jederzeit aussteigen.«

»Sie schulden mir immerhin einiges.« Als er widersprechen wollte, trat sie auf ihn zu und nahm ihr Notizbuch aus der Tasche. »Soll ich Ihnen die Liste einmal vorlesen?«

»Stecken Sie sich Ihre Liste sonstwohin. Ein paar ziemlich miese Typen sind hinter mir her, da kann ich mir keine Gedanken über Ihre Buchführung machen.«

»Das sollten Sie aber.« Noch immer ganz ruhig, legte sie ihr Buch wieder weg. »Ohne mich gehen Sie mit leeren Taschen auf Schatzsuche.«

»Süße, ein paar Stunden in diesem Hotel, und ich habe genug Geld, um überall hinzukommen.«

Das bezweifelte sie nicht, doch wich sie seinem Blick nicht aus. »Unglücklicherweise haben Sie keine Zeit für ein kleines Gaunerstückchen, wie wir beide wissen. Entweder Partner, Douglas, oder Sie fliegen mit elf Dollar nach Madagaskar.«

Sollte sie doch der Teufel holen! Diese Hexe wußte genau, was er in der Tasche hatte, bis auf den letzten Penny. Wütend drückte Doug seine Zigarette aus, eher er seine eigene Tasche nahm. »Wir müssen ein Flugzeug erwischen. Partner.«

Langsam breitete sich ein Lächeln auf ihrem Gesicht aus, in dem eine solch tiefe Befriedigung lag, daß er beinahe gelacht hätte. Whitney schlüpfte in ihre Schuhe und griff nach einer Ledertasche. »Nehmen Sie bitte den Koffer, ja?« Ihm lag bei dieser Aufforderung eine böse Bemerkung auf der Zunge, doch sie ging bereits zur Tür. »Ich wünschte nur, ich hätte noch ein Bad nehmen können.«

Aus der Selbstverständlichkeit, mit der sie den Lastenaufzug benutzten und das Hotel verließen, schloß Whitney, daß er diesen Fluchtweg schon früher in Anspruch genommen hatte. Sie würde Georges in einigen Tagen schriftlich bitten, ihre Sachen solange aufzubewahren, bis sie sie abholen konnte. Schließlich hatte sie noch keine Gelegenheit gehabt, die Seidenbluse zu tragen. Dabei stand ihr die Farbe hervorragend.

Alles in allem erschien ihr der ganze Aufwand als reine Zeitverschwendung, doch sie war gewillt, Doug nachzugeben, im Moment jedenfalls. Außerdem war er in dieser Stimmung im Flugzeug eher zu ertragen als in einer Hotelsuite, und sie benötigte Zeit zum Nachdenken. Wenn die Papiere – oder zumindest ein Teil davon – in französischer Sprache verfaßt waren, dann konnte er sie offensichtlich nicht lesen. Sie dagegen konnte es. Whitney lächelte. Er wollte sie über den Leisten ziehen, sie war nicht so dumm, etwas anderes zu vermuten, doch sie hatte sich bislang als zu nützlich erwiesen. Jetzt mußte sie ihn nur davon überzeugen, daß es das Beste wäre, wenn er sie einen Teil des fraglichen Textes übersetzen ließe.

Doch sie selbst war auch nicht gerade strahlender Laune, als sie den Flughafen erreichten. Der Gedanke, schon wieder durch den Zoll zu müssen und dann erneut ein Flugzeug zu besteigen, genügte, daß sie Doug anfauchte:

»Wir hätten gut und gerne für ein paar Stunden in ein zweitklassiges Hotel gehen können.« Sie warf ihr Haar zurück und dachte erneut an ein heißes, belebendes Bad. »Langsam kommt es mir so vor, als ob Sie hinsichtlich dieses Dimitri unter Verfolgungswahn leiden. Sie tun so, als wäre er allmächtig.«

»Viele glauben das.«

Whitney blieb stehen und drehte sich um. Die Art, wie er das sagte, so, als ob er selbst halb überzeugt davon wäre, verursachte ihr eine Gänsehaut. »Machen Sie sich nicht lächerlich.«

»Ich bin nur vorsichtig.« Immer wieder schaute sich Doug suchend in der Abflughalle um. »Man soll keine schlafenden Hunde wecken.«

»Sie reden so, als wäre der Mann kein Mensch.«

»Er ist aus Fleisch und Blut«, murmelte Doug, »doch das macht ihn nicht unbedingt zu einem Menschen.«

Erneut rann es ihr eiskalt den Rücken hinunter. Als sie sich zu Doug umwandte, stieß sie mit einem Mann zusammen und ließ ihre Tasche fallen. Mit einem ungeduldigen Seufzer bückte sie sich danach. »Doug, es ist äußerst unwahrscheinlich, daß uns jetzt schon jemand auf der Spur ist.«

»Scheiße!« Doug packte ihren Arm, zog sie in einen Souvenirladen und schob sie hinter einen Berg T-Shirts.

»Wenn Sie ein Andenken wollen …«

»Schauen Sie sich mal um, Schätzchen. Entschuldigen können Sie sich später.« Er legte eine Hand auf ihren Nacken und drückte ihren Kopf nach links. Nach einem Augenblick erkannte Whitney den hochgewachsenen, dunklen Mann, der sie in Washington verfolgt hatte. Der Schnurrbart, der kleine weiße Verband auf seiner Wange. Man mußte ihr nicht mehr sagen, daß die beiden Männer in seiner Begleitung zu Dimitri gehörten. Und wo war Dimitri selber? Unbewußt duckte sie sich tiefer und schluckte.

»Ist das …?«

»Remo.« Doug flüsterte den Namen fast. »Sie sind schneller, als ich gedacht habe.« Leise fluchend rieb er sich mit der Hand über den Mund. Das Gefühl, daß sich das Blatt zu Dimitris Gunsten gewendet haben könne, behagte ihm gar nicht. Wären Whitney und er nur ein paar Meter weitergegangen, hätten sie Remo direkt vor sich gehabt. Doch in diesem Spiel mußte man oft einfach nur Glück haben, erinnerte er sich. Darin lag für ihn der größte Reiz. »Sie werden einige Zeit brauchen, um das Hotel ausfindig zu machen, und dann werden sie dasitzen und warten.« Grinsend nickte er. »Ja, sie werden auf uns warten.«

»Wie« wollte Whitney wissen, »wie um alles in der Welt konnten sie so schnell hier sein?«

»Wenn man es mit Dimitri zu tun hat, dann fragt man nicht nach dem Wie. Man schaut einfach über seine Schulter.«

»Er muß eine Kristallkugel besitzen.«

»Politik«, entgegnete Doug. »Was hat Ihr alter Herr Ihnen beigebracht? Beziehungen muß man haben. Wenn ein Freund von Ihnen beim CIA sitzt, brauchen Sie nur einen Anruf zu tätigen, und Sie wissen alles über Ihre Zielperson, ohne aus Ihrem Sessel aufstehen zu müssen. Ein Anruf bei der Behörde, einer bei der Botschaft, und Dimitri hat Zugriff auf Ihren Paß und Ihr Visum, noch ehe die Tinte darauf getrocknet ist.«

Whitney befeuchtete ihre Lippen. Ihre Kehle war trocken. »Heißt das, er weiß, wo wir hinwollen?«

»Darauf können Sie wetten. Wir müssen ihm nur einen Schritt voraus bleiben. Immer nur einen Schritt.«

Seufzend stellte Whitney fest, daß ihr Herz schneller schlug. Die Erregung hatte sich wieder eingestellt, und sie würde die Angst überwinden. »Scheint, daß Sie vielleicht doch wissen, was Sie tun.« Als er sie finster anblickte, gab sie ihm einen raschen, freundschaftlichen Kuß. »Sie sind nicht so dumm, wie Sie aussehen, Lord. Auf nach Madagaskar.«

Ehe sie aufstehen konnte, nahm er ihr Kinn in die Hand. »Wir werden ein paar Dinge klären, wenn wir dort sind. Ich lasse nie etwas unbeendet.«

Whitney hielt seinem Blick stand. Der Weg, der vor ihnen lag, war zu lang, als daß sie jetzt schon nachgegeben hätte. »Vielleicht«, erwiderte sie. »Aber erst einmal müssen wir dorthin gelangen. Also sehen wir besser zu, daß wir das Flugzeug erwischen.«

Remo hob einen leichten Seidenfetzen auf, den Whitney als Nachthemd bezeichnet hätte. Er zerknüllte ihn in der Faust. Noch vor Morgengrauen würde er Lord und die Frau in seiner Gewalt haben, und diesmal würden sie ihm nicht entwischen und ihn wie einen Idioten dastehen lassen. Sowie Doug Lord durch diese Tür kam, würde er ihm eine Kugel zwischen die Augen jagen. Und die Frau – um die Frau würde er sich danach kümmern. Diesmal … langsam riß er das Nachthemd entzwei. Als das Telefon klingelte, fuhr er hoch und bedeutete seinen Begleitern, sich an der Tür zu postieren. Mit den Fingerspitzen hob er den Hörer. Als er die Stimme erkannte, brach ihm der Schweiß aus.

»Du hast sie schon wieder verfehlt, Remo.«

»Mr. Dimitri.« Remo bemerkte, daß die anderen ihn beobachteten, und drehte ihnen den Rücken zu. Angst sollte man nie zeigen. »Wir haben sie gefunden. Sobald sie zurückkommen, werden wir …«

»Sie kommen nicht zurück.« Mit einem langen Seufzer stieß Dimitri am anderen Ende der Leitung Rauch aus. »Sie sind am Flughafen entdeckt worden, Remo, direkt unter deiner Nase. Zielflughafen ist Antananarivo. Deine Tickets liegen bereit. Beeil dich.«

4

Whitney stieß die hölzernen Fensterläden auf und schaute hinaus. Atananarivo ließ sich überhaupt nicht mit Afrika vergleichen, wie sie zunächst vermutet hatte. Sie war einmal für zwei Wochen in Kenia gewesen und erinnerte sich noch an den Duft gegrillten Fleisches, der die Morgenluft durchzogen hatte, an die sengende Hitze und die kosmopolitische Atmosphäre. Nur ein schmaler Wasserstreifen trennte sie von Afrika, doch von ihrem Fenster aus sah Whitney nichts, was dem Afrika ihrer Erinnerung ähnelte.

Eine tropische Insel hatte sie sich anders vorgestellt. Hier spürte sie nichts von der trägen Heiterkeit, die für sie mit Inseln und Inselbewohnern verknüpft war. Ihr kam es so vor – warum, konnte sie sich nicht erklärten –, als würde sie sich in einer in sich selbst ruhenden Welt befinden.

Dies war die Hauptstadt von Madagaskar, das Herz des Landes, die Stadt, in der traditionelle Märkte in friedlicher Nachbarschaft zu modernen Hochhäusern existierten, in der das Straßenbild von hölzernen Leiterwagen und glänzenden Straßenkreuzern beherrscht wurde. Doch statt des städtischen Getümmels, das sie erwartet hatte, fand sie eine eher verschlafene, friedvolle Atmosphäre vor.

Die kühle Morgenluft ließ sie erschauern, doch sie blieb stehen. Die Luft roch nicht so wie in Paris oder sonst einer europäischen Stadt, sondern irgendwie satter. Der Duft von Gewürzen vermischte sich mit den ersten Anzeichen von Hitze. Roch es nach Tieren? In kaum einer anderen Stadt nahm man in der Luft auch nur andeutungsweise Tiergeruch wahr. In Hongkong roch man den Hafen, in London fast ausschließlich den Verkehr. Atananarivo haftete der Geruch von etwas Älterem an, etwas, das noch nicht vollständig unter Beton und Stahl begraben lag.

Die aufsteigende Hitze trieb Dunstschleier über den kühlen Boden. Whitney konnte fühlen, daß die Temperatur anstieg,

Grad für Grad. In einer Stunde würde der Schweiß zu fließen beginnen und der Luft eine weitere Duftnote verleihen.

Die Stadt vermittelte den Eindruck, als wären die Häuser alle übereinander gebaut; im Morgenlicht leuchteten sie in strahlendem Pink und Lila. Das Gesamtbild erinnerte sie an ein Märchen: niedlich, jedoch mit verborgenen Fallen versehen.

Atananarivo bestand nur aus Hügeln, so steil und atemberaubend, daß man Stufen direkt in den Fels geschlagen hatte, um sie überwinden zu können. Sogar aus der Entfernung wirkten diese Steintreppen ausgetreten und unsicher. Der Steigungswinkel war mörderisch. Whitney beobachtete drei Kinder, die mit ihrem Hund unbekümmert hinunterrasten. Allein vom Zuschauen wurde ihr schwindlig.

Vom Fenster aus konnte sie den Alaotrasee sehen, den heiligen See Madagaskars, stahlblau und still, umgeben von Jacarandabäumen, die ihm die exotische Note verliehen, die sie sich erträumt hatte. Aufgrund der Entfernung vermochte sie sich den süßen, kräftigen Duft nur vorzustellen. Wie in so vielen anderen Städten gab es auch hier moderne Gebäude, Hotels, Apartmentanlagen und ein Krankenhaus, doch dazwischen lagen immer wieder alte, strohgedeckte Häuschen. Nur einen Steinwurf entfernt glänzten sattgrüne, vom Morgentau überzogene Reisfelder in der Sonne. Wenn sie zu dem höchsten Berg hinüberblickte, konnte sie die Paläste sehen, die sich stolz und arrogant über der Stadt erhoben, Anachronismen glanzvoller Zeiten. Von der breiten Straße unterhalb ihres Fensters drang das Geräusch vorbeifahrender Autos empor.

Nun waren sie glücklich angekommen, dachte Whitney und rekelte sich wohlig in der kühlen Luft. Der Flug war langweilig und ermüdend gewesen, doch er hatte ihr die Zeit gegeben, die sie brauchte, um die Ereignisse zu verarbeiten und einige Entscheidungen zu treffen. Wenn sie ganz ehrlich und selbstkritisch nachdachte, mußte sie sich eingestehen, daß sie ihren Entschluß eigentlich schon in der Minute gefaßt hatte, in der sie das Gaspedal durchgetreten und ihre wilde Verfolgungsjagd mit Doug begonnen hatte. Sicher, das war aus einem Impuls heraus geschehen, doch jetzt würde sie dabei bleiben. Spätestens seit dem Zwischenfall in Paris hatte sie erkannt, daß Doug sich zu helfen wußte. In dieser Hinsicht konnte sie sich auf ihn verlassen. Zwar war sie Tausende von Meilen von New York entfernt, doch das Abenteuer wartete auf sie.

An Juans Schicksal konnte sie nichts mehr ändern, aber sie konnte an Dimitri persönlich Rache nehmen, indem sie ihm den Schatz vor der Nase wegschnappte. Dazu jedoch brauchte sie Doug Lord und die Papiere, die sie noch nicht gesehen hatte. Doch das würde schon noch kommen. Es war nur eine Frage der Zeit, bis sie Doug überlisten konnte.

Doug Lord, grübelte Whitney und trat vom Fenster zurück, um sich anzukleiden. Wer und was war er? Wo kam er her, und wo wollte er eigentlich hin?

Ein Dieb. Ja, sie hielt ihn für einen Mann, der das Stehlen zu einem Beruf verfeinert hatte. Allerdings war er kein moderner Robin Hood. Er mochte zwar die Reichen bestehlen, aber die Vorstellung, er könne das Diebesgut an die Armen weitergeben, erschien ihr absurd. Was er – erwarb, das behielt er auch. Dennoch konnte sie ihn dafür nicht tadeln. Zum einen hatte er etwas an sich, das sie faszinierte, etwas, das sie von Anfang an gespürt hatte. Er wirkte unwiderstehlich. Verlockend. Zum anderen war sie schon immer der Auffassung gewesen, daß jeder seine Fähigkeiten nutzen sollte. Sie vermutete, daß er das, was er tat, auch gut tat.

Ein Schürzenjäger? Vermutlich, aber mit dieser Sorte Mann hatte sie schon früher zu tun gehabt, mit echten Profis, die drei Sprachen beherrschten und stets den besten Champagner bestellten. Doch Doug besaß eine Eigenschaft, die diesen Herren fehlte: Humor. Außerdem war er attraktiv, sehr anziehend, wenn er sich nicht gerade mit ihr stritt. Mit dem physischen Teil ihrer Beziehung konnte sie umgehen …

Trotzdem erinnerte sie sich nur zu gut daran, wie er neben ihr gelegen hatte, sein Mund ganz dicht über dem ihren. Diese überwältigende Erfahrung hätte sie gerne länger ausgekostet. Damals hatte sie sich gefragt, wie es wohl wäre, diesen arroganten Mund zu küssen.

Nicht, solange sie Geschäftspartner waren, ermahnte Whitney sich streng und schüttelte einen Rock aus. Sie würde die Situation nicht außer Kontrolle geraten lassen und Doug Lord auf Distanz halten, bis ihr der eigene Anteil am Gewinn sicher war. Was danach geschah, stand auf einem anderen Blatt. Lächelnd dachte sie über diese Möglichkeit nach.

»Zimmerservice!« Doug, ein Tablett in der Hand, betrat das Zimmer, schaute sich kurz um und ließ dann seine Augen über Whitney gleiten, die, nur mit einem glänzenden, hautfarbenen Teddy bekleidet, am Bett stand. Sie konnte einem Mann den Mund schon wäßrig machen. Klasse, dachte er wieder. Doch ein Mann wie er sollte seine Phantasien besser zügeln, wenn sie sich mit einer Frau ihrer Klasse beschäftigten. »Nettes Outfit«, meinte er leichthin.

Ohne erkennbare Reaktion schlüpfte Whitney in den Rock. »Soll das etwa das Frühstück sein?«

Eines Tages würde er diese kühle Fassade durchbrechen, schwor er sich. Wenn er den Zeitpunkt für gekommen hielt. »Kaffee und Brötchen. Wir haben noch einiges zu erledigen.«

Sie streifte eine himbeerfarbene Bluse über. »Als da wäre?«

»Ich hab' mir den Zugfahrplan angesehen.« Doug ließ sich in einen Sessel fallen, legte die Füße auf den Tisch und biß in ein Brötchen. »Um Viertel nach zwölf geht ein Zug Richtung Osten. In der Zwischenzeit müssen wir noch einiges besorgen.«

Whitney nahm ihre Kaffeetasse mit zur Frisierkommode. »Zum Beispiel?«

»Rucksäcke«, erwiderte er. Über der Stadt stieg langsam die Sonne empor. »Ich habe nicht die Absicht, dieses Ledermonstrum durch den Wald zu schleppen.«

Whitney nippte an ihrem Kaffee, ehe sie zu ihrer Bürste griff. Er war stark und zähflüssig wie Schlamm. »Wie die Wandervögel?«

»Sie haben's erfaßt, Süße. Wir brauchen ein Zelt, eines von diesen neuartigen, superleichten, die sich zu einem Nichts zusammenfalten lassen.«

Sie zog die Bürste mit kräftigen Strichen durch ihr Haar. »Haben Sie etwas gegen Hotels?«

Er sah sie nur grinsend an, sagte aber nichts. Im Morgenlicht flimmerte ihr Haar wie Goldstaub. Plötzlich fiel ihm das Schlucken schwer. Er stand auf und ging zum Fenster, weil er ihr so den Rücken zuwenden konnte. »Wir werden öffentliche Verkehrsmittel benutzen, solange ich sie für sicher halte. Ich möchte nicht, daß unsere kleine Expedition publik wird«, knurrte er. »Dimitri wird nicht lockerlassen.«

Whitney dachte an Paris. »Sie haben mich überzeugt.«

»Je weniger wir uns in den größeren Städten aufhalten oder die Hauptverkehrsstraßen benutzen, desto schwerer wird es ihm fallen, unsere Fährte zu verfolgen.«

»Klingt logisch.« Whitney flocht ihr Haar zu einem Zopf und wand ein Band um das Ende. »Wollen Sie mir verraten, wo die Reise hingeht?«

»Mit dem Zug bis Tamatave.« Er drehte sich um. Mit der Sonne im Rücken wirkte er fast ein wenig theatralisch. Sein dunkles, unordentliches Haar fiel ihm bis auf den Kragen, und seine Augen funkelten vor Abenteuerlust. »Dann wenden wir uns nach Norden.«

»Und wann bekomme ich das zu sehen, was uns nordwärts führen soll?«

»Das ist vorerst nicht nötig. Ich habe alles im Kopf.« Dennoch überlegte er bereits, wie er sie veranlassen könnte, einige Teile für ihn zu übersetzen, ohne daß sie zuviel erfuhr.

Whitney klopfte mit der Bürste nachdenklich auf ihre Hand. Wie lange es wohl dauern würde, bis sie einige der Papiere übersetzen und ihre eigenen Schlüsse daraus ziehen konnte? »Doug, würden Sie eine Katze im Sack kaufen?«

»Warum nicht?«

Unwillig lächelnd schüttelte sie den Kopf. »Kein Wunder, daß Sie ständig pleite sind. Sie müssen lernen, Ihr Geld zusammenzuhalten.«

»Ich bin sicher, Sie könnten mir da einige Tips geben.«

»Die Papiere, Douglas.«

Die klebten auf seiner Brust. Als erstes würde er sich einen Rucksack zulegen, in dem er sie sicher verstauen konnte. Seine Haut war von dem Klebeband schon ganz wund. Sicher hatte Whitney irgendeine teure, beruhigende Salbe im Gepäck. Und ebenso sicher würde sie den Preis dafür in ihrem kleinen Notizbuch verzeichnen.

»Später.« Als sie Einspruch erheben wollte, winkte er ab. »Ich habe ein paar Bücher dabei, die Sie vielleicht lesen möchten. Wir haben eine lange Reise vor uns und viel Zeit. Wir sprechen später darüber. Vertrauen Sie mir, okay?«

Einen Moment lang musterte sie ihn. Ihm trauen? So dumm war sie nun wirklich nicht. Doch solange sie den Daumen auf dem Portemonnaie hielt, bildeten sie ein Team. Zufrieden schwang sie ihre Handtasche über die Schulter. Wenn sie sich schon auf die Suche nach dem heiligen Gral begab, konnte sie sich genausogut von einem Ritter begleiten lassen. »Okay, gehen wir einkaufen.«

Doug führte sie die Treppe hinunter. Sie war offensichtlich guter Laune, das mußte er ausnutzen. Freundschaftlich legte er ihr einen Arm um die Schulter. »Haben Sie gut geschlafen?«

»Ja, danke.«

Auf dem Weg durch die Halle pflückte er eine kleine lila Blüte von einem Strauß ab und steckte sie ihr ins Haar. Passionsblumen paßten zu ihr, sie dufteten so süß, wie man es von tropischen Blumen erwartete. Obwohl Whitney der Geste mißtraute, fühlte sie sich angenehm berührt. »Zu schade, daß uns die Zeit fehlt, um Tourist zu spielen«, meinte Doug im Konversationston. »Der Königspalast ist sehenswert.«

»Sie haben eine Vorliebe für das Prunkvolle, nicht wahr?«

»Ich war schon immer der Meinung, daß es sich im Luxus leichter leben läßt.«

Lachend schüttelte sie den Kopf. »Ich ziehe ein Federbett einem goldenen vor.«

»Es heißt, daß Wissen Macht bedeutet. Früher habe ich auch so gedacht, aber inzwischen weiß ich, daß eigentlich Geld damit gemeint ist.«

Whitney blieb stehen und starrte ihn an. Ein Dieb, der Byron zitierte? »Sie verblüffen mich immer wieder.«

»Wenn man viel liest, bleibt einiges hängen.« Mit einem Achselzucken tat Doug das Zitat ab und wandte sich praktischen Dingen zu. »Whitney, wir sind übereingekommen, den Schatz zu teilen.«

»Abzüglich Ihrer Schulden, versteht sich.«

Er biß die Zähne zusammen. »Richtig. Da wir nun einmal Partner sind, scheint es mir nur richtig, daß wir auch unser Bargeld fifty-fifty teilen.«

Whitney wandte den Kopf und schenkte ihm ein freundliches Lächeln. »So, meinen Sie?«

»Es ist einfach praktischer«, hakte Doug nach. »Angenommen, wir werden getrennt.«

»Keine Chance.« Ihr Lächeln blieb unverändert, obwohl sie ihre Handtasche fester umklammerte. »Ich hänge an Ihnen wie eine Klette, bis alles vorüber ist, Douglas. Die Leute werden noch denken, wir wären verliebt.«

Er änderte seine Taktik. »Es ist auch eine Frage des Vertrauens.«

»Wer soll hier wem vertrauen?«

»Sie mir, Süße. Schließlich sind wir Partner, also müssen wir uns gegenseitig vertrauen.«

»Oh, ich traue Ihnen.« Sie legte ihm liebevoll den Arm um die Taille. Der Nebel war nun im Auflösen begriffen, und die Sonne stieg immer höher. »Solange ich das Geld verwalte – Süßer.«

Dougs Augen wurden schmal. Diese Hexe, dachte er grimmig. »Na gut, wie steht's mit einem Vorschuß?«

»Vergessen Sie's.«

Da er nahe daran war, sie zu erwürgen, atmete er ein paarmal tief durch. »Nennen Sie mir einen Grund, warum Sie das ganze Geld behalten.«

»Wollen Sie es gegen die Papiere eintauschen?«

Vor Zorn kochend wandte er sich ab und starrte die weißen Häuser hinter sich an. In den staubigen Nebenstraßen wucherten Blumen und Ranken in üppiger Fülle. Der Duft nach brodelndem Essen und überreifen Früchten stieg ihm in die Nase.

Es gab keine Möglichkeit, sie loszuwerden, solange er keinen Penny in der Tasche hatte. Genausowenig konnte er ihr das Geld entwenden und sie dann mittellos hier zurücklassen. Die einzige Alternative war, vorerst nichts zu unternehmen. Schlimmer noch, wahrscheinlich würde er sie noch brauchen. Früher oder später mußte ihm jemand den französischen Text ganz übersetzen, und zwar einzig und allein, um seine Neugier zu befriedigen. Jetzt noch nicht, dachte er. Noch fühlte er sich nicht sicher genug. »Verdammt, ich habe gerade mal acht Dollar in der Tasche.«

Wenn er mehr hätte, überlegte sie, dann würde er sie ohne mit der Wimper zu zucken fallenlassen. »Der Rest von den zwanzig, die ich Ihnen in Washington gegeben habe?«

Frustriert kletterte er eine steile Treppe hinunter. »Sie haben den Verstand eines gottverdammten Buchhalters.«

»Danke.« Whitney klammerte sich an das Holzgeländer und fragte sich, ob es noch andere Wege nach unten gab. Dann schaute sie sich um. »Oh, sehen Sie mal, ein Basar!« Sie beschleunigte ihren Schritt und zerrte Doug mit sich.

»Jeden Freitag«, grummelte er. »Ich habe Ihnen doch gesagt, Sie sollen die Reiseführer lesen.«

»Ich lasse mich lieber überraschen. Sehen wir uns das Ganze mal an.«

Da es einfacher und vielleicht sogar billiger war, einige notwendige Dinge auf dem Markt zu kaufen statt im Geschäft, ging er widerspruchslos mit. Ein Blick auf seine Uhr sagte ihm, daß bis zur Abfahrt des Zuges noch genug Zeit blieb. Also konnten sie sich genausogut amüsieren.

Der Markt bestand aus strohgedeckten Hütten und von großen weißen Sonnenschirmen überdachten Holzständen. Ein buntes Warengemisch erwartete die Käufer. Whitney, die sich nicht leicht täuschen ließ, stellte fest, daß das Angebot ein interessanter Mischmasch aus Qualität und Ramsch war. Doch man merkte, daß hier auch ernsthafte Geschäfte getätigt wurden. Der Markt war gut durchorganisiert, voll von Menschen, Geräuschen und Gerüchen. Mit Hühnern und Gemüse vollgeladene Ochsenwagen, geführt von Männern mit weißen Turbanen, zuckelten hindurch. Tiere gluckerten, muhten und schnaubten durcheinander, Fliegen summten, und viele Hunde streunten schnüffelnd durch die Gassen, wo sie mit Fußtritten verjagt oder einfach ignoriert wurden.

Whitney roch tierische Ausdünstungen, Gewürze und beißenden menschlichen Schweiß. Dabei waren die Straßen gepflastert, man hörte Verkehrslärm, und ganz in der Nähe glitzerten die Fenster eines First-Class-Hotels in der Sonne. Plötzlicher Lärm erschreckte eine Ziege, die daraufhin wild an ihrem Strick zu zerren begann. Ein Kind, dessen Gesicht von Mangosaft verschmiert war, zupfte seine Mutter am Rock und plapperte in einer Sprache, die Whitney noch nie zuvor gehört hatte. Ein Stand mit im Sonnenlicht funkelnden Amethysten und Granaten lockte sie, doch gerade als sie die Steine berühren wollte, zog Doug sie zu einer Auswahl fester Lederschuhe.

»Für Spielereien haben wir noch genug Zeit«, erklärte er und deutete auf ein Paar Wanderschuhe. »Sie brauchen etwas Solideres als diese Ballettschühchen.«

Achselzuckend begutachtete Whitney die Schuhe. Nun gut, sie waren weit entfernt von den Weltstädten, die sie gewohnt war, weit entfernt von den Spielplätzen der Reichen.

Sie erstand die Schuhe, dann griff sie nach einem handgeflochtenen Korb, wobei sie instinktiv in fließendem Französisch um den Preis feilschte.

Doug konnte ihr seine Bewunderung nicht versagen. Sie war der geborene Kaufmann. Außerdem schien das Handeln ihr Spaß zu machen. Er hatte das Gefühl, daß sie enttäuscht gewesen wäre, wenn die Feilscherei zu schnell gegangen oder der Preis zu drastisch gesenkt worden wäre. Da er sie nicht loswerden konnte, beschloß Doug philosophisch, das Beste aus ihrer Partnerschaft zu machen. Im Moment jedenfalls.

»Jetzt, wo Sie ihn haben«, meinte er, »verraten Sie mir auch, wer ihn tragen soll.«

»Er bleibt bei dem restlichen Gepäck. Wir brauchen einige Lebensmittel, oder etwa nicht? Sie haben doch sicher vor, auf dieser Expedition manchmal zu essen?« Mit leuchtenden Augen nahm sie eine Mango und hielt sie ihm unter die Nase.

Grinsend suchte er eine zweite aus und ließ sie in den Korb fallen. »Daß Sie mir ja nicht verlorengehen.«

Sie schlenderte an den Ständen vorbei, feilschte hier und da und zählte sorgfältig Francs ab. Eine Muschelkette prüfte sie so genau, als stünde sie bei Cartier. Mittlerweile wurden ihr auch die madagassischen Laute vertrauter, und sie antwortete, ja dachte in Französisch. Die Händler schienen zwar zu stolz, um die Käufer allzusehr zu bedrängen, doch Whitney erkannte bei einigen deutliche Zeichen der Armut.

Von woher mochten sie mit ihren Karren wohl gekommen sein? Erschöpft sahen sie jedenfalls nicht aus, dachte Whitney, die anfing, die Menschen genauso intensiv zu betrachten wie die Waren. Sie wirkten zufrieden, obgleich viele noch nicht einmal Schuhe besaßen. Die Kleidung war zwar staubig und häufig abgetragen, jedoch farbenfroh. Die Frauen trugen ihr Haar in Zöpfen geflochten oder aufgetürmt zu kunstvollen, komplizierten Frisuren. Offenbar war der Markt gleichzeitig ein gesellschaftliches Ereignis.

»Beeilen wir uns lieber ein bißchen.« Doug verspürte ein ungutes Gefühl im Magen. Als er sich zum dritten Mal dabei ertappte, wie er unbewußt über seine Schulter spähte, entschied er, daß es Zeit war, weiterzuziehen. »Wir haben heute noch sehr viel mehr zu tun.«

Whitney verstaute die Früchte, Gemüse und ein Säckchen Reis in ihrem Korb. Sollte sie auch zu Fuß gehen und in einem Zelt übernachten müssen, hungern wollte sie deshalb nicht.

Doug fragte sich, ob ihr bewußt war, wie fremdartig sie mit ihrem hellen Haar und der elfenbeinfarbenen Haut unter den dunklen Händlern und den Frauen mit ihren undurchdringlichen Gesichtern wirkte. Eine unverwechselbare Aura von Klasse umgab sie, sogar wenn sie um getrocknete Pfefferschoten feilschte. Eigentlich durchaus nicht sein Typ, sagte Doug sich. Wenn er da an die aufgedonnerten Frauen dachte, mit denen er sonst zu tun hatte … Doch sie war schwer zu übersehen.

Aus einem Impuls heraus nahm er einen weichen Baumwollturban und wand ihn um ihren Kopf. Als sie sich lachend umdrehte, erschien sie ihm so atemberaubend schön, daß es ihm den Atem verschlug. Weiße Seide, dachte er. Sie sollte weiße, kühle Seide tragen. Am liebsten hätte er sie von Kopf bis Fuß darin eingehüllt, um sie dann langsam zu entkleiden, bis nur noch ihre weiche, weiße Haut zu sehen wäre. Er bemerkte, wie sich ihre Augen verdunkelten, wie sie errötete, und er vergaß, daß sie nicht sein Typ war.

Whitney sah die Veränderung in seinem Gesichtsausdruck und spürte die plötzliche Spannung. Ihr Herz begann, schmerzhaft gegen ihre Rippen zu pochen. Hatte sie sich nicht gefragt, wie er als Liebhaber wäre? Stellte sie sich nicht jetzt, wo sie seine Begierde spürte, genau dieselbe Frage? Ein Dieb, ein Philosoph, ein Opportunist? Was auch immer er sein mochte, ihr Leben war mit seinem verknüpft, und es gab kein Zurück. Auf einem Markt voll exotischer Laute und Düfte vergaß sie, daß sie ihn auf Distanz halten wollte.

Doug erkannte, daß er mit dem Feuer spielte. Der Schatz lag fast in Reichweite, Dimitri saß ihm wie ein Bluthund im Nacken; er konnte es sich nicht leisten, die Frau in ihr zu sehen. Frauen – besonders solche mit großen Augen – waren schon immer sein Untergang gewesen.

Sie waren Partner. Er hatte die Papiere, sie das Geld, das allein war schon kompliziert genug.

»So langsam wird es Zeit«, mahnte er, so ruhig er konnte. »Wir müssen uns um die Campingausrüstung kümmern.«

Whitney atmete tief durch und erinnerte sich daran, daß er ihr bereits mehr als siebentausend Dollar schuldete. Es wäre klüger, das nicht zu vergessen. Trotzdem kaufte sie den Turban und redete sich ein, daß es sich lediglich um ein Andenken handelte.

Gegen Mittag warteten sie auf den Zug, beide mit Rucksäcken beladen, die mit Lebensmitteln und anderen Dingen vollgestopft waren. Doug brannte darauf, endlich voranzukommen. Er hatte wegen der Papiere auf seiner Brust sein Leben und seine Zukunft aufs Spiel gesetzt. Im Sommer würde er im Geld schwimmen, an irgendeinem Strand liegen und Rum schlürfen, während ihm eine dunkelhaarige, rehäugige Frau den Rücken einölte. Er würde genug Geld haben, um sicherzustellen, daß Dimitri ihn niemals finden konnte, und sollte er noch mal ein Ding drehen, dann nur zu seinem Vergnügen.

»Da kommt der Zug.« Doug spürte einen neuen Adrenalinstoß. Whitney, einen Schal um die Schultern, trug sorgfältig etwas in ihr Notizbuch ein. Sie wirkte kühl und gelassen, während ihm bereits das Hemd am Leibe klebte. »Hören Sie doch endlich auf, in dem Ding herumzukritzeln«, befahl er und nahm ihren Arm. »Sie sind ja schlimmer als ein Steuerfahnder.«

»Ich notiere nur den Preis Ihrer Fahrkarte, Partner.«

»Mein Gott! Wenn wir unser Ziel erreichen, dann können Sie im Gold baden, und Sie machen sich Gedanken um ein paar lumpige Franc.«

»Seltsam, wie sie sich zusammenläppern, nicht wahr?« Lächelnd steckte sie das Buch wieder ein. »Auf nach Tamatave.«

Ein Auto kam brummend zum Stehen, als Doug hinter Whitney den Zug bestieg.

»Da sind sie.« Remo bleckte die Zähne und tastete nach der Waffe unter seiner Jacke. Mit der anderen Hand strich er über den Verband auf seinem Gesicht. Inzwischen hatte er ein persönliches Interesse daran, Lord auszuschalten. Es würde ihm ein Vergnügen sein. Da legte sich eine kleine Hand mit verstümmeltem Finger wie eine Eisenklammer um seinen Arm. Die Manschetten waren blütenweiß, diesmal mit Ovalen aus gehämmertem Gold geschmückt. Die Berührung der zierlichen Hand, die trotz der Deformation irgendwie elegant wirkte, ließ die Muskeln unter Remos Haut zittern.

»Vorher hat er dich wieder reingelegt.« Die Stimme klang sehr leise und weich, wie die Stimme eines Barden.

»Diesmal ist er ein toter Mann.«

Ein befriedigtes Glucksen erklang, gefolgt von einer Wolke Zigarettenrauch. Remo vermochte sich weder zu entspannen, noch eine Entschuldigung hervorzubringen. Dimitris Launen waren trügerisch, und Remo hatte ihn zuvor schon lachen gehört. Dasselbe milde, zufriedene Lachen hatte er vernommen, als er die Fußsohlen eines seiner Opfer mit seinem Feuerzeug versengte. Weder bewegte Remo den Arm, noch öffnete er den Mund.

»Lord ist schon ein toter Mann, seitdem er mich bestohlen hat.« Ein widerwärtiger Unterton hatte sich in Dimitris Stimme geschlichen, kein Ärger, sondern eher eine kühle, leidenschaftslose Feststellung. Auch Schlangen versprühten ihr Gift leise. »Hol zurück, was mir gehört, dann mach mit ihm, was du willst. Bring mir seine Ohren.«

Remo bedeutete dem Mann auf dem Rücksitz, auszusteigen und Fahrkarten zu besorgen. »Und die Frau?«

Eine weitere Rauchwolke stieg auf, als Dimitri über dieses Problem nachdachte. Übereilte Entscheidungen rächten sich oft, das hatte er beizeiten gelernt. »Eine hübsche Frau, und clever genug, um Butrain die Kehle aufzuschlitzen. Behandele sie vorsichtig und bring sie mir. Ich will mit ihr reden.«

Zufrieden sank er zurück und beobachtete den Zug durch die getönte Windschutzscheibe. Die Angst, die von seinen Handlangern ausging, gefiel ihm. Angst zu verbreiten war und blieb die eleganteste Waffe. Mit seiner verstümmelten Hand winkte er leicht. »Ein ermüdendes Geschäft«, meinte er, als Remo die Autotür zuschlug. Seufzend hielt er sich ein parfümiertes Taschentuch vor die Nase. Der Geruch nach Staub und Tieren störte ihn. »Fahr zum Hotel zurück«, befahl er dem schweigenden Fahrer. »Ich will in die Sauna und mich dann massieren lassen.«

Whitney machte es sich am Fenster bequem, um Madagaskar an sich vorbeiziehen zu lassen. Wie am vergangenen Tag versteckte Doug sich hinter einem Reiseführer.

»Es gibt mindestens neununddreißig verschiedene Lemurenarten in Madagaskar. Und über achthundert Schmetterlingsarten.«

»Faszinierend. Ich wußte gar nicht, daß Sie so an Flora und Fauna interessiert sind.«

Er blinzelte über den Buchrand zu ihr hinüber. »Alle Schlangen sind harmlos«, fügte er hinzu. »Das sind Kleinigkeiten, auf die ich immer achte, wenn ich in einem Zelt schlafe. Ich informiere mich stets über meine Umgebung. Zum Beispiel wimmeln die Flüsse hier von Krokodilen.«

»Also kein Badespaß.«

»Wir werden wohl mit Eingeborenen zusammentreffen. Es gibt viele verschiedene Stämme, und laut diesem Buch gelten alle als friedlich.«

»Das ist mal eine gute Neuigkeit. Haben Sie eine Vorstellung davon, wie lange es dauern wird, bis wir am Punkt X ankommen?«

»Ein bis zwei Wochen.« Er lehnte sich zurück und zündete eine Zigarette an. »Was heißt Diamant auf Französisch?«

»*Diamant*.« Whitney musterte ihn mit schmalen Augen. »Hat dieser Dimitri in Frankreich irgendwie Diamanten gestohlen und hierher geschmuggelt?«

Doug lächelte sie an. Sie war nah dran. »Nein. Aber Dimitri hat etwas damit zu tun.«

»Also geht es wirklich um gestohlene Diamanten?«

Doug dachte an die Papiere. »Das kommt auf Ihren Standpunkt an.«

»War nur ein Gedanke.« Whitney nahm ihm die Zigarette aus der Hand und zog daran. »Haben Sie jemals darüber nachgedacht, was Sie tun werden, wenn kein Schatz mehr da ist?«

»Er ist da.« Langsam stieß er den Rauch aus und blickte sie mit seinen klaren grünen Augen an. »Er ist da.«

Wie immer stellte sie fest, daß sie ihm glaubte. Unmöglich, es nicht zu tun. »Was werden Sie mit Ihrem Anteil anfangen?«

Er streckte grinsend die Beine aus. »Mich darin wälzen.«

Whitney suchte in der Tasche nach einer Mango und warf sie ihm zu. »Was ist mit Dimitri?«

»Wenn ich den Schatz erst einmal habe, kann er von mir aus in der Hölle schmoren.«

»Sie sind ein mieser Hund, Doug.«

Er biß in die Mango. »Möglich. Aber bald bin ich ein reicher mieser Hund.«

Interessiert nahm sie ihm die Mango aus der Hand, um selbst hineinzubeißen. »Ist es Ihnen so wichtig, reich zu sein?«

»Allerdings.«

»Warum?«

Er warf ihr einen schrägen Blick zu. »Sie sprechen mit der Sicherheit von Tonnen von Eiskrem im Rücken.«

Whitney zuckte die Schultern. »Trotzdem bin ich an Ihrer Ansicht interessiert.«

»Wenn man reich ist und verliert beim Pferderennen, dann ist man nur sauer, weil man kein Glück hatte und nicht, weil man das Geld für die Miete in den Wind geschossen hat.«

»Und das ist für Sie der springende Punkt?«

»Schon mal nicht gewußt, wo Sie die Nacht verbringen können, Süße?«

Whitney biß noch einmal in die Mango, ehe sie ihm die Frucht zurückgab. Der ernste Klang seiner Stimme bewirkte, daß sie sich ziemlich naiv vorkam. »Nein.«

Eine Zeitlang schwieg sie, während der Zug weiterrumpelte und nur hier und da an kleinen Bahnhöfen hielt, um Leute ein- und aussteigen zu lassen. Im Inneren war es bereits unerträglich heiß; in der Luft hing ein schwerer Geruch nach Schweiß, Früchten, Staub und Ruß. Ein Mann in weißem Tropenanzug, der ein paar Sitze entfernt saß, wischte sich das hochrote Gesicht mit einem großen Taschentuch ab. Da Whitney glaubte, ihn auf dem Markt gesehen zu haben, lächelte sie ihn an, doch er steckte lediglich das Taschentuch wieder ein und vertiefte sich in seine Zeitung. Beiläufig registrierte sie, daß es sich um ein englisches Blatt handelte, ehe sie sich wieder der Betrachtung der Landschaft zuwandte.

Grasbewachsene Hügel, fast ohne Baumbewuchs, flogen vorbei. Hier und da sah man kleine Dörfer mit strohgedeckten Häusern und riesigen Scheunen, die allesamt nah am Fluß gebaut waren. Welcher Fluß? Doug würde ihr das sicherlich sagen können. Langsam begriff sie, daß er vermutlich in der Lage war, einen viertelstündigen Vortrag darüber zu halten.

Ihr fiel auf, daß das übliche Gewirr von Telefondrähten und -masten fehlte. Die Menschen, die in diesen endlosen, öden Gebieten lebten, mußten ein zähes, unabhängiges, genügsames Volk sein. Obwohl Whitney sie insgeheim bewunderte, hätte sie nicht mit ihnen tauschen mögen.

Zwar war sie ein typisches Kind der Großstadt, an Lärm, Menschenmassen und pulsierendes Leben gewöhnt, doch empfand sie die ruhige Weite dieser Region als angenehm, genau wie sie auch keinen Unterschied zwischen einer Feldblume und einem Chinchillamantel machte. Beides bereitete ihr Freude.

Der Zug war voller Geräusche, er ratterte und fauchte dahin, während die Passagiere unaufhörlich durcheinanderschnatterten. Kaum daß der Schweißgeruch durch den Luftzug gemildert wurde, der durch die offenen Fenster drang. Das letzte Mal, als Whitney mit dem Zug gefahren war, hatte sie ein klimatisiertes Abteil für sich gehabt, das nach Puder und Blumen duftete. Doch war diese Fahrt nicht halb so interessant wie ihre jetzige Reise gewesen.

Ihnen gegenüber saß eine Frau mit einem daumenlutschenden Säugling auf dem Schoß. Der Kleine starrte Whitney mit weit aufgerissenen Augen feierlich an, ehe er mit einem pummeligen Händchen nach ihrem Zopf grabschte. Verlegen hielt ihn seine Mutter zurück und redete auf Madagassisch auf ihn ein.

»Nein, nein, lassen sie ihn.« Lachend streichelte Whitney die Wange des Babys, dessen Fingerchen sich um ihre schlossen. Amüsiert bedeutete sie der Mutter, ihr den Kleinen zu reichen. Diese zögerte einen Moment, dann gab sie Whitney das Baby, die es sich auf den Schoß setzte. »Hallo, kleiner Mann.«

»Ich bin mir nicht sicher, ob man hier schon einmal von Pampers gehört hat«, gab Doug freundlich zu bedenken.

Whitney rümpfte leicht die Nase. »Mögen Sie keine Kinder?«

»Schon, aber nur, wenn sie nicht mehr auslaufen.«

Kichernd widmete sie sich wieder dem Baby. »Mal sehen, was wir da haben«, gluckste sie, wühlte in ihrer Tasche und förderte eine Puderdose zutage. »Wie wär's denn damit? Willst du ein Baby sehen?« Sie hielt dem Kleinen den Spiegel hin und freute sich über dessen gurgelndes Lachen. »Du bist ja ein ganz Süßer«, schmeichelte sie, sehr zufrieden mit sich. Das Baby, das genauso viel Freude an dem Spiel hatte, schob den Spiegel zu ihr hin.

»Wirklich, eine ganz Süße«, kommentierte Doug, was ihm ein Lachen seitens Whitneys einbrachte.

»Hier, nehmen Sie ihn mal.« Ehe er protestieren konnte, reichte sie ihm das Kind. »Babys sind gut für Sie.«

Wenn sie Ärger oder Verlegenheit erwartet hatte, lag sie

falsch. Doug schaukelte das Baby auf seinem Schoß und spielte mit ihm, als ob er sein Leben lang nichts anderes getan hätte.

Der Gauner hatte also auch Schwachstellen. Whitney lehnte sich zurück und beobachtete, wie Doug das Baby auf seinem Knie reiten ließ. »Schon mal daran gedacht, ein ehrliches Leben zu beginnen und vielleicht eine Kindertagesstätte zu eröffnen?«

Doug hob eine Augenbraue und riß ihr den Spiegel weg. »Schau mal«, sagte er zu dem Kleinen, wobei er mit dem Spiegel die Sonnenstrahlen einfing. Quietschend langte das Baby nach der Puderdose und schubste sie Doug fast ins Gesicht.

»Er möchte Ihnen einen Affen zeigen«, grinste Whitney.

»Biest!«

»Das haben Sie gesagt.«

Um das Baby bei Laune zu halten, schnitt Doug im Spiegel Grimassen. Vor Freude hüpfend stieß der Kleine an seine Hand und verdrehte den Spiegel ein wenig, so daß Doug hinter sich ins Abteil sehen konnte. Er zuckte zusammen, dann drehte er den Spiegel weiter und überprüfte den Rest des Waggons.

»Heilige Scheiße!«

»Wie bitte?«

Das Baby noch immer auf dem Arm, starrte er sie an. Schweiß brach ihm unter den Achselhöhlen aus und rann hinunter bis zur Taille. »Lächeln Sie, Süße, und schauen Sie ganz unbefangen. Dahinten sitzen Freunde von uns.«

Obwohl ihre Hände unbewußt die Armlehnen umklammerten, brachte sie es fertig, nach außen hin Ruhe zu bewahren. »Die Welt ist doch wirklich klein.«

»Nicht wahr?«

»Vorschläge?«

»Bin dabei.« Doug schätzte die Entfernung zur Tür ab. Wenn sie an der nächsten Station ausstiegen, würde Remo sie erwischen, noch ehe sie den Bahnsteig überquert hatten. Und wenn Remo hier war, dann war auch Dimitri nicht weit. Er hielt seine Männer gern an der kurzen Leine. Es dauerte eine Minute, bis Doug die aufsteigende Panik unterdrückt hatte. Was sie jetzt brauchten, war ein Ablenkungsmanöver und ein außerplanmäßiger Abgang

»Sie bleiben hinter mir«, befahl er leise. »Und wenn ich ›los‹ sage, dann nehmen Sie Ihren Rucksack und rennen zur Tür.«

Whitney sah sich prüfend um. Frauen, Kinder, Greise. Nicht gerade der geeignete Platz für eine gewalttätige Auseinandersetzung, entschied sie. »Habe ich eine andere Wahl?«

»Nein.«

»Dann renne ich.«

Der Zug verlangsamte seine Fahrt, Bremsen quietschten, die Lokomotive pfiff. Doug wartete, bis die Menge der ein- und aussteigenden Passagiere dicht genug war. »Tut mir leid, alter Junge«, flüsterte er dem Baby zu, dann kniff er es hart in das weiche Hinterteil. Der Kleine stieß einen gellenden Schrei aus, der die besorgte Mutter veranlaßte, von ihrem Platz aufzuspringen. Auch Doug fuhr hoch, bemüht, soviel Verwirrung wie möglich zu stiften.

Whitney, die seine Absicht begriff, stand gleichfalls auf und rempelte den Mann neben ihr so fest an, daß diesem sein Korb aus der Hand fiel. Pampelmusen rollten über den Boden.

Als sich der Zug wieder in Bewegung setzte, befanden sich sechs wild gestikulierende Männer zwischen Doug und Remo. Entschuldigend hob Doug die Arme und riß dabei eine Kiste mit Gemüse aus dem Gepäcknetz. Das Baby kreischte noch immer. Jetzt oder nie, dachte er und packte Whitneys Handgelenk. »Los!«

Zusammen kämpften sie sich zur Tür. Doug blickte sich um und sah, daß Remo aufsprang. Auch der weißgekleidete Mann warf seine Zeitung beiseite und wollte ihnen folgen, die Menge versperrte ihm jedoch den Weg. Eine Sekunde lang fragte sich Doug, wo er dieses Gesicht schon einmal gesehen hatte.

»Was nun?« schrie Whitney.

»Raus hier!« Ohne zu zögern stürzte sich Doug durch die

noch offene Tür und riß sie mit sich aus dem bereits anfahrenden Zug. Schützend preßte er sich an sie, als sie zusammen den Hang hinunterrollten. Erst als der Zug bereits ein gutes Stück entfernt war, rappelten sie sich auf.

»Herrgott noch mal!« explodierte Whitney. »Wir hätten uns den Hals brechen können!«

»Ja.« Zusammengekrümmt blieb er stehen. Seine Hände glitten über ihre Beine, ohne daß er es merkte. »Haben wir aber nicht.«

Unbeeindruckt funkelte sie ihn an. »Sind wir nicht richtige Glückspilze? Und was machen wir jetzt?« fragte sie böse und blies eine Haarsträhne aus dem Gesicht. »Wir befinden uns irgendwo im Niemandsland, meilenweit weg vom Ziel und ohne Transportmittel.«

»Sie haben zwei gesunde Füße«, gab Doug zurück.

»Die anderen auch«, murmelte sie grimmig. »Und am nächsten Bahnhof werden sie aussteigen und nach uns suchen. Sie haben Waffen, wir können nur mit Mangos werfen.«

»Je eher wir aufhören zu streiten und uns auf die Socken machen, desto besser.« Er schob sie vor sich her. »Ich habe Ihnen nie gesagt, daß diese Tour ein Picknick wird.«

»Sie haben auch nie erwähnt, daß Sie mich aus einem fahrenden Zug stoßen wollen.«

»Setzen Sie Ihren Arsch in Bewegung, Süße.«

Whitney rieb ihre schmerzende Hüfte. »Sie sind ein grobes, arrogantes Ekelpaket.«

»Bitte vielmals um Entschuldigung.« Doug machte eine spöttische Verbeugung. »Hätten Sie die Güte, sich von hier fortzubewegen, damit wir es vermeiden können, ein Kügelchen in den Kopf zu bekommen, Herzogin?«

Whitney schulterte ihren Rucksack, der ihr bei dem Aufprall aus der Hand gefallen war, und stürmte vorwärts. »Welche Richtung?«

Doug lud seinen eigenen Rucksack auf die Schulter. »Norden.«

5

Whitney hatte die Berge schon immer geliebt. Zu ihren liebsten Erinnerungen gehörte ein zweiwöchiger Skiurlaub in den Schweizer Alpen, wo sie morgens mit dem Sessellift auf die Piste gefahren war und die herrliche Aussicht genossen hatte. Abends saß man dann zum gemütlichen Après-Ski bei heißem Rum am knisternden Feuer.

Einmal verbrachte sie ein faules Wochenende in einer Villa in Griechenland, die hoch oben auf einem Berg lag und einen herrlichen Blick über die Ägäis bot – von einem bequemen Balkonliegestuhl aus.

Eine gute Bergsteigerin – und hier ging es um schweißtreibende, muskelkatererzeugende Kletterei – war sie jedoch nie gewesen. Die Schönheiten der Natur waren gleich weniger bewundernswert, wenn man zu Fuß unterwegs war.

Nach Norden, hatte er gesagt. Verbissen bemühte sich Whitney, sein Tempo mitzuhalten, bergauf, bergab. Sie würde es Doug schon noch zeigen, schwor sie sich, während ihr der Schweiß über den Rücken rieselte. Er hatte den Umschlag. Doch auch wenn sie mit ihm laufen, schwitzen und kampieren mußte, so brauchte sie deshalb noch lange nicht mit ihm zu sprechen.

Niemand, absolut niemand hatte ihr bislang ungestraft befohlen, ihren Arsch in Bewegung zu setzen.

Es konnte Tage oder auch Wochen dauern, aber dafür würde er büßen. Von ihrem Vater hatte sie eine grundlegende Geschäftsregel übernommen: Rache genoß man kalt.

Norden. Doug sah sich um. Zerklüftete, steile Berghänge umgaben sie von allen Seiten. Flächenweise bedeckte vom Wind zerzaustes Gras den Boden, unterbrochen von klaffenden roten Wunden dort, wo die Erosion die Oberhand gewonnen hatte. Und überall Steine, endloses, abweisendes Gestein. Weiter oben kauerten einige kümmerliche Bäumchen am Hang, doch Doug lockte der Schatten nicht. Seiner

Meinung nach bot diese Gegend genau den Schutz, den er suchte: keine Hütten, keine Häuser, keine Felder. Keine Menschen. Die absolute Einöde.

Letzte Nacht hatte er eingehend eine Karte von Madagaskar studiert, die er aus einem der gestohlenen Bücher herausgerissen hatte, obwohl er es schrecklich fand, ein Buch, gleich welcher Art, zu beschädigen. Bücher waren die Freunde seiner Kinderzeit gewesen, die ihm die Flucht in eine Phantasiewelt ermöglicht hatten. Bücher hatten ihn später durch viele einsame Nächte begleitet. Doch in diesem Fall konnte er es nicht vermeiden. Der herausgerissene Papierfetzen steckte nun in seiner Tasche, und das Buch im Rucksack. Die Region ließ sich in drei parallel verlaufende Gürtel unterteilen. Die Ebenen im Westen waren uninteressant, er hoffte, daß sie sich weit genug davon entfernt hatten. Sie würden sich an die Berge halten und alle Flüsse sowie offene, leicht einzusehende Gebiete so lange wie möglich meiden. Dimitri war näher, als Doug angenommen hatte. Er wollte sich nicht noch einmal verrechnen.

Die Hitze wurde langsam drückend, doch ihr Wasservorrat sollte eigentlich bis zum nächsten Morgen reichen. Sorgen über die Wiederauffüllung konnte er sich dann machen, wenn das Wasser zur Neige ging. Er wünschte nur, er wäre sich ganz sicher, wie lange sie Richtung Norden wandern mußten, ehe sie sich ungefährdet nach Osten, zur Küste hin, wenden konnten.

Vielleicht wartete Dimitri in Tamatave, bei einem Glas Wein und frischem Fisch. Diese Stadt wäre logischerweise ihr erster Zwischenstop gewesen, also mußten sie einen Aufenthalt dort ebenso logischerweise vermeiden. Vorerst einmal.

Doug war, wie er Whitney mehr als einmal erzählt hatte, eine Spielernatur. Je aussichtsloser die Sache, desto süßer der Gewinn. Doch Dimitri … mit Dimitri verhielt es sich anders.

Er verlagerte seinen Rucksack auf der Schulter. Außerdem war er diesmal nicht nur für sich allein verantwortlich. Einer der Gründe, warum er sich so sehr gegen einen Partner gesträubt hatte. Er zog es vor, sich nur um seine Haut Sorgen machen zu müssen – um seine eigene. Doug warf Whitney, die seit Beginn ihres Marsches in eisiges Schweigen verfallen war, einen flüchtigen Blick zu.

Dämliches Frauenzimmer, dachte er erbost. Wenn sie meinte, ihr abweisendes Gehabe würde Eindruck auf ihn machen, dann irrte sie sich gewaltig. Ihre feingekleideten Großstadtbubis mochten um ein freundliches Wort betteln, er nicht. Ihm gefiel sie wesentlich besser, wenn sie den Mund hielt.

Da war sie doch tatsächlich beleidigt gewesen, weil er sie mit heilen Knochen aus dem Zug befördert hatte. Vielleicht hatte sie ein paar Kratzer davongetragen, aber sie atmete schließlich noch. Ihr Problem war, daß sie die Welt durch eine rosarote Brille sah. Dazu paßte auch ihr Nobelapartment – und das winzige Seidenhöschen, das sie unter ihrem Rock trug.

Doug schüttelte diesen speziellen Gedanken rasch ab und konzentrierte sich darauf, auf dem richtigen Weg zu bleiben.

Er würde noch eine Weile – zwei, drei Tage – in den Bergen bleiben. Die Berge boten Schutz, und sie kamen gut voran; schnell genug jedenfalls, um Remo und Dimitris Bluthunde hinter sich zu lassen, da war er sicher. Die waren daran gewöhnt, sich auf den Straßen der Großstädte herumzutreiben, nicht im bergigen Land. Diejenigen, die daran gewöhnt waren, verfolgt zu werden, konnten sich immer schneller an die Umstände anpassen.

Auf einem Hügelkamm hielt er an, holte sein Fernglas heraus und betrachtete lange die Umgebung. Unter ihnen, in westlicher Richtung, machte er eine kleine Siedlung aus. Rotgetünchte Häuschen und große Scheunen säumten die Felder. Dem satten Smaragdgrün nach zu urteilen handelte es sich um Reisfelder. Zum Glück waren keinerlei Strommasten zu erkennen. Je weiter sie sich von der Zivilisation entfernten, desto besser. Wenn die Informationen in seinem Reiseführer stimmten, dann mußte es sich bei der Siedlung um ein Merinadorf handeln. Direkt unter ihnen schlängelte sich ein schmaler Fluß durchs Land, ein Nebenarm des Betsiboka.

Während er dem Flußverlauf mit den Augen folgte, kam Doug eine Idee. Zwar floß der Fluß in nordwestlicher Richtung, aber die Vorstellung, per Boot weiterzureisen, hatte etwas für sich. Krokodile hin, Krokodile her, auf dem Fluß kämen sie schneller voran. Er würde sich kundig machen, welche Flüsse in Frage kamen und wie sich die Madagassen darauf fortbewegten. Dann würde er seine Entscheidung treffen.

Auf jeden Fall wollte er nach weiteren Ansiedlungen Ausschau halten. Früher oder später mußten sie sich mit Lebensmitteln versorgen – und wahrscheinlich darum feilschen. Vielleicht wurde Whitney dann umgänglicher.

Schlechtgelaunt und mit schmerzenden Knochen saß seine Partnerin auf dem Boden. Sie würde sich nicht von der Stelle rühren, ehe sie nicht eine Essenspause eingelegt hätten. Ohne auf Doug zu achten, wühlte sie in ihrem Rucksack. Zuerst einmal mußte sie ihre Schuhe wechseln.

Doug verstaute das Fernglas wieder und wandte sich zu ihr um. Die Sonne stand hoch am Himmel. Vor Einbruch der Dunkelheit konnten sie noch ein gutes Stück Weg zurücklegen. »Weiter geht's.«

Schweigend begann Whitney, eine Banane zu schälen. Sollte er ihr ruhig noch einmal sagen, sie müsse ihren Arsch in Bewegung setzen. Ohne ihn aus den Augen zu lassen, biß sie in die Frucht und kaute genüßlich.

Ihr Rock schob sich über ihre Knie, und die durchgeschwitzte Bluse klebte ihr am Körper. Der ordentlich geflochtene Zopf hatte sich gelöst, so daß seidige blonde Haarsträhnen ihre Wangen kitzelten, doch ihr Gesicht wirkte so kühl und elegant wie das einer Marmorstatue.

»Weiter«, drängte er. Das aufsteigende Verlangen machte ihn nervös. Er würde sie auf keinen Fall zu nah an sich heranlassen, schwor er sich. Jedesmal, wenn ihm eine Frau etwas bedeutet hatte, war er am Ende auf der Verliererstraße gelandet.

Und doch fragte er sich unwillkürlich, wie sich ihr Körper wohl unter ihm anfühlen mochte – nackt, erhitzt und verletzlich.

Whitney lehnte sich an den Fels und biß wieder in die Banane. Lässig kratzte sie ihr Knie. »Du kannst mich mal, Lord«, meinte sie in einem absolut damenhaften Tonfall.

O Gott, er wollte sie lieben, bis sie sich vor Wonne unter ihm wand. Er wollte sie umbringen. »Hören Sie, Süße, wir müssen heute noch eine beachtliche Strecke schaffen. Da wir zu Fuß unterwegs sind ...«

»Ihre Schuld«, erinnerte sie ihn.

Er beugte sich zu ihr, bis ihre Blicke sich trafen. »Durch meine Schuld sitzt Ihr Hohlkopf noch auf Ihren Schultern.« Voller Zorn packte er sie am Kinn. »Dimitri würde nur zu gerne seine fetten Händchen auf ein Klasseweib wie Sie legen. Und glauben Sie mir, seine Phantasie auf diesem Gebiet ist einzigartig.«

Ein kurzer Stoß der Angst durchfuhr sie, doch sie sah ihn unverwandt an. »Dimitri ist Ihr Buhmann, nicht meiner.«

»Er ist nicht wählerisch.«

»Und ich bin nicht ängstlich.«

»Tote haben selten Angst«, schoß er zurück. »Und genau das werden Sie bald sein, wenn Sie nicht tun, was ich sage.«

Whitney stieß seine Hand zurück, erhob sich anmutig und hob eine Augenbraue, als sie ihm die Bananenschale vor die Füße fallen ließ. »Ich tue nie, was man mir sagt, eher das Gegenteil davon. Merken Sie sich das für die Zukunft.«

»Nehmen Sie Vernunft an, sonst haben Sie keine Zukunft:«

Langsam klopfte sie den Staub von ihrem Rock. »Wollen wir gehen?«

Doug versuchte, sich selbst davon zu überzeugen, daß er eine zimperliche, angstschlotternde Frau vorziehen würde. »Sind Sie sicher, daß Sie jetzt soweit sind?«

»Ganz sicher.«

Er blickte auf seinen Kompaß. Norden. Sie würden sich noch eine Zeitlang nordwärts halten, egal ob die Sonne sie unbarmherzig verbrannte, ohne daß erlösender Schatten in Sicht war, egal ob der Untergrund zum Wandern geeignet war oder nicht. War es nun Instinkt oder eine Vorahnung, ihn prickelte etwas im Nacken. Vor Sonnenuntergang würden sie nicht mehr haltmachen.

»Wissen Sie, Herzogin, unter anderen Umständen würde ich Sie für Ihre Ruhe bewundern. Doch im Moment sind Sie nahe daran, sich zur Nervensäge zu entwickeln.«

Lange Beine und ein unbeugsamer Wille trieben sie voran. »Gute Erziehung«, korrigierte sie, »ist immer bewundernswert. Die meisten Leute beneiden mich darum.«

»Behalten Sie Ihre Erziehung, Schwester, und ich die meine.«

Lachend hakte sie ihn unter. »Das habe ich auch vor.«

Er schaute auf ihre gepflegte, manikürte Hand hinunter. Welche andere Frau auf der Welt brachte es fertig, ihm das Gefühl zu vermitteln, er begleite sie auf einen Ball, während sie sich in der späten Nachmittagssonne durch das Gebirge quälten. »Wieder friedlich?«

»Ich denke, statt zu schmollen warte ich lieber auf eine Gelegenheit, Ihnen das hier heimzuzahlen. In der Zwischenzeit – wie weit müssen wir noch laufen?«

»Die Zugfahrt hätte zwölf Stunden gedauert, und wir machen einen ziemlichen Umweg. Sie können sich's ja ausrechnen.«

»Kein Grund, bösartig zu werden«, entgegnete sie ruhig. »Können wir nicht in irgendeinem Dorf ein Auto mieten?«

»Lassen Sie es mich wissen, wenn Sie das erste Hertz-Schild sehen.«

»Sie sollten wirklich etwas essen, Douglas. Ein leerer Magen verursacht meistens schlechte Laune.« Sie hielt ihm ihren Rucksack hin. »Kommen Sie, nehmen Sie sich eine schöne Mango.«

Mühsam unterdrückte er ein Grinsen und kramte in ihrem Rucksack herum.

Sie liefen. Und liefen. Und liefen. Jede Stelle der Haut, die der Sonne ausgesetzt war, rieben sie mit Schutzmittel ein, mußten dann jedoch einsehen, daß ein Sonnenbrand unvermeidlich war. Fliegen summten um sie herum, vom Duft des Öls und des Schweißes angelockt, doch sie lernten, die Plagegeister zu ignorieren. Außer den Insekten hatten sie keine Gesellschaft.

Whitney spürte ihre Beine nicht mehr. Schweißtriefend

setzte sie stur einen Fuß vor den anderen. Verdammter Doug Lord! Wenn sie schwitzen wollte, dann nur in der Sauna. Wenn sie sich verausgaben wollte, dann höchstens beim Tennis.

Doug bemerkte, daß die Sonne tiefer sank. Langsam mußten sie sich nach einem Nachtlager umsehen. Die Schatten wurden länger, und im Westen färbte sich der Himmel bereits rötlich. Normalerweise fand er sich nachts genauso mühelos zurecht wie tagsüber, aber die Hochebene Madagaskars schien ihm nicht der ideale Ort, um sein Glück im Dunkeln zu versuchen.

Seit einiger Zeit wartete er darauf, daß Whitney sich beklagen, jammern oder Forderungen stellen würde – so wie er es unter diesen Bedingungen von einer Frau erwartet hätte. Andererseits war Whitneys Verhalten vom ersten Augenblick ihrer Bekanntschaft an ungewöhnlich gewesen. In Wirklichkeit wünschte er sich fast, daß sie murren oder Theater machen würde, dann könnte er sie mit Fug und Recht bei der erstbesten Gelegenheit sitzenlassen. Nachdem er sich großzügig an ihrem Geld bedient hatte, versteht sich. Würde sie meckern, er täte beides ohne Reue. Aber Tatsache war, daß sie ihn kein bißchen behinderte und sogar ihren Anteil am Gepäck klaglos selber trug. Es war ja auch der erste Tag, beruhigte er sich. Man mußte ihr Zeit lassen. Treibhauspflanzen welkten gewöhnlich schnell, wenn sie mit der Außenwelt in Berührung kamen.

»Sehen wir uns mal diese Höhle an.«

»Höhle?« Whitney legte eine Hand über die Augen und folgte seinem Blick. Sie sah einen winzigen Eingang, ähnlich einem schwarzen Loch. »Diese da?«

»Genau. Wenn sie nicht schon von einem unserer vierbeinigen Freunde bewohnt ist, dann gibt sie ein prima Hotel ab.«

Da drinnen? »Ich würde das Beverly Wilshire vorziehen.«

Doug achtete nicht auf sie. »Zuerst sollten wir mal nachsehen, ob noch etwas frei ist.«

Entsetzt beobachtete Whitney, wie er zu dem Loch hinüberging, seinen Rucksack absetzte und hineinkrabbelte. Es kostete sie einige Überwindung, ihn nicht zurückzurufen.

Jeder hat irgendeine Phobie, sagte sie sich. Und sie hatte nun einmal panische Angst vor engen, geschlossenen Räumen. Obwohl sie todmüde war, würde sie frohen Herzens noch zehn Kilometer marschieren, nur um nicht in dieses winzige Loch kriechen zu müssen.

»Es ist zwar nicht das Wilshire«, meinte Doug, als er wieder herauskroch, »aber es wird schon gehen. Ich habe gerade ein Zimmer reserviert.«

Whitney ließ sich auf einem Felsbrocken nieder und schaute sich lange um. Außer einem Felsenmeer und ein paar verkrüppelten Pinien war nichts zu sehen. »Ich erinnere mich dunkel daran, eine exorbitante Summe für ein Faltzelt ausgegeben zu haben«, erinnerte sie ihn. »Schon mal was von einem Bett unter freiem Himmel gehört?«

»Wenn mir jemand so dicht auf den Fersen ist, dann habe ich lieber eine Wand im Rücken. Ich denke, daß Dimitri uns weiter östlich vermutet, aber ich will kein Risiko eingehen. Außerdem wird es in den Bergen nachts sehr kalt«, fügte er hinzu. »Drinnen können wir es wagen, ein kleines Feuer zu machen.«

»Ein Lagerfeuer?« Whitney inspizierte ihre Nägel. Es war nicht zu leugnen, sie brauchte dringend eine Maniküre. »Wie romantisch. In diesem Loch können wir uns vermutlich selbst räuchern.«

Doug kramte ein kleines Beil aus seinem Rucksack. »Nach ein, zwei Metern kann man aufrecht stehen.« Er wählte eine trockene Pinie aus und begann, die Äste abzuhacken. »Haben Sie schon einmal Höhlenforschung betrieben?«

»Ich kann mir bessere Forschungsobjekte vorstellen.«

»Da haben Sie aber was verpaßt, Süße. Diese hier wird zwar nie eine Touristenattraktion werden, aber sie verfügt über einige sehenswerte Stalaktiten und Stalagmiten.«

»Wie aufregend«, erwiderte Whitney trocken. Allein beim Anblick des düsteren Eingangs brach ihr der kalte Schweiß aus.

Verärgert begann Doug, einen ansehnlichen Haufen Feuerholz zusammenzutragen. »Ich habe mir schon gedacht, daß eine Frau wie Sie sich nicht für Steine interessiert –

außer denen, die man um den Hals tragen kann.« Frauen in französischen Modellkleidern und italienischen Schuhen waren doch alle gleich. Deswegen suchte er sein Vergnügen auch lieber bei Nachtklubtänzerinnen oder Nutten. Die waren auf ihre Weise ehrlich und hatten wenigstens noch Rückgrat.

Whitney blickte ihn finster an. »Was soll das heißen, eine Frau wie ich?«

»Verwöhnt«, fauchte er und ließ das Beil heruntersausen. »Oberflächlich.«

»Oberflächlich?« Whitney sprang auf. Verwöhnt, ja, das mochte stimmen, aber oberflächlich? »Sie haben die Frechheit, mich als oberflächlich zu bezeichnen? Ich klaue mir jedenfalls nicht meinen Lebensunterhalt zusammen.«

»Das hatten Sie auch nie nötig.« Doug wandte den Kopf, so daß sich ihre Blicke trafen. »Und genau das unterscheidet uns, Herzogin. Sie sind mit einem silbernen Löffel im Mund zur Welt gekommen, ich nicht.« Er klemmte sich das Holz unter den Arm und ging zur Höhle zurück. »Wenn Sie essen wollen, Lady, dann bewegen Sie Ihren Hintern da rein. Der Zimmerkellner hat nämlich gerade Urlaub.« Schnell packte er die Riemen des Rucksacks, kroch durch das Loch und verschwand.

Wie konnte er es wagen! Die Hände in die Hüften gestemmt, starrte Whitney auf den Höhleneingang. Wie konnte er es wagen, so mit ihr zu reden, nachdem sie endlose Meilen marschiert war! Vom ersten Moment ihrer Bekanntschaft an war auf sie geschossen worden, man hatte sie bedroht, gejagt und aus einem Zug gestoßen. Wie konnte er es wagen, mit ihr zu sprechen, als wäre sie eine zimperliche, hohlköpfige Debütantin? Das würde er noch büßen müssen.

Flüchtig erwog sie, allein weiterzugehen und diesen schlechtgelaunten Bären in seiner Höhle zurückzulassen. O nein! Nein, das könnte ihm so passen! Dann wäre er sie los und könnte den Schatz für sich behalten. Diesen Triumph würde sie ihm nicht gönnen. Komme, was wolle, sie würde sich an ihn hängen, bis sie jeden Dollar eingetrieben hatte, den er ihr schuldete. Und mehr.

Sehr viel mehr, fügte sie in Gedanken hinzu, als sie sich auf Händen und Knien anschickte, in die Höhle zu kriechen.

Nackte Wut trieb sie das erste Stück voran. Dann brach ihr der kalte Angstschweiß aus, sie begann, keuchend zu atmen und vermochte sich weder vor- noch zurückzubewegen. Lautloses Dunkel umgab sie. Die schwarzen, feuchten Wände nahmen ihr fast den Atem. Whitney senkte den Kopf und kämpfte gegen ihre Hysterie an.

Nein, sie würde nicht aufgeben, niemals! Er war nur ein kurzes Stück vor ihr, konnte ihr ängstliches Wimmern hören. Ihr Stolz war genauso stark wie ihre Angst. Nach Luft japsend kroch sie vorwärts. Hatte er nicht gesagt, weiter hinten würde die Höhle größer? Vielleicht nur noch ein paar Meter, und sie könnte wieder atmen.

O Gott, sie brauchte Licht. Raum. Luft. Mühsam unterdrückte sie einen Schrei. Sie würde sich vor ihm nicht zum Narren machen, nicht seiner Belustigung dienen.

Während sie bewegungslos verharrte und den schwersten Kampf ihres Lebens kämpfte, bemerkte sie plötzlich ein schwaches Flackern. Aufatmend konzentrierte sie sich auf das Geräusch knisternden Holzes und den Geruch brennender Pinienäste. Er hatte Feuer gemacht. Es war nicht mehr dunkel. Nur noch ein kleines Stück …

Dieses Stück kostete sie mehr Kraft und Mut, als sie je bei sich vermutet hätte. Langsam arbeitete sie sich vorwärts, bis der Feuerschein auf ihr Gesicht fiel und die beengenden Wände sie freigaben. Ausgepumpt blieb sie liegen, tief durchatmend.

»Haben Sie sich entschlossen, mir doch noch Gesellschaft zu leisten?« Doug, der ihr den Rücken zukehrte, packte einen Topf und ein zusammenklappbares Gestell aus, um über dem Feuer Wasser zu erhitzen. Der Gedanke an heißen, starken Kaffee hatte ihn die letzte Stunde aufrecht gehalten. »Das Essen ist gleich fertig. Obst, Reis und Kaffee. Ich kümmere mich um letzteren, Sie sehen zu, was Sie mit dem Reis anfangen können.«

Am ganzen Leib zitternd, setzte Whitney sich auf. Es würde gleich vorübergehen, redete sie sich ein. In ein paar Minuten würden Übelkeit und Schwindelgefühl vorbei sein. Und dann würde sie ihn irgendwie dafür büßen lassen.

»Zu schade, daß wir nicht ein Fläschchen Weißwein dabeihaben, aber ...« Er brach ab, als er sie ansah. Lag es am Licht, oder war ihr Gesicht tatsächlich aschfahl? Stirnrunzelnd setzte er Wasser auf, dann wandte er sich ihr wieder zu. Nein, keine optische Täuschung, stellte er fest. Sie wirkte, als würde sie gleich umkippen. Unsicher beugte er sich zu ihr. »Was ist los?«

Mit funkelnden Augen starrte sie ihn an. »Nichts.«

»Whitney.« Vorsichtig nahm er ihre Hand. »Mein Gott, Sie sind ja eiskalt. Kommen Sie ans Feuer.«

»Mir geht es gut.« Aufgebracht entriß sie ihm ihre Hand. »Lassen Sie mich in Ruhe!«

»Moment.« Ehe sie hochfahren konnte, faßte er sie um die Schultern und fühlte ihr Zittern. Warum wirkte sie nur so jung und schutzlos? »Trinken Sie einen Schluck«, murmelte er, öffnete die Feldflasche und hielt sie ihr hin. »Aber langsam.«

Whitney nippte. Das Wasser war warm und hatte einen metallischen Beigeschmack. »Ich bin ganz in Ordnung.« Ihre Stimme klang angespannt und mürrisch. Seine Freundlichkeit nahm ihr den Wind aus den Segeln.

»Ruhen Sie sich eine Minute aus. Wenn Ihnen schlecht ist ...«

»Mir ist nicht schlecht.« Heftig drückte sie ihm die Flasche in die Hand. »Nun ja, ich neige ein wenig zur Klaustrophobie, okay? Aber jetzt bin ich ja drin, und gleich geht es wieder.«

Ein wenig? Ihre Hand war feuchtkalt, und sie zitterte am ganzen Körper. Plötzlich fühlte er sich schuldig. Er hatte ihr keine Pause gegönnt, seit sie aufgebrochen waren, weil er sie bis an die Grenzen ihres Leistungsvermögens treiben wollte. Und das war jetzt das Ergebnis.

»Whitney, das hätten Sie mir sagen sollen.«

»Ich komme mir wie ein Idiot vor.«

»Na und? Das stört mich überhaupt nicht.« Lächelnd strich er ihr das Haar aus dem Gesicht. Zum Glück fing sie nicht an zu weinen.

»Jedenfalls bin ich drin, auch wenn Sie mich vielleicht mit einer Winde hinausbefördern müssen.« Whitney blickte sich in ihrem Nachtquartier um. Schaudernd bemerkte sie eine halbvermoderte Schlangenhaut in einer Ecke.

Doug rieb mit zwei Fingern sanft über ihre Wange, und langsam kehrte die Farbe in ihr Gesicht zurück. »Wir haben ein Seil dabei. Notfalls ziehe ich Sie nach draußen.« Hinter ihm simmerte das Wasser. »Jetzt trinken wir erst einmal Kaffee.«

Seufzend streifte Whitney ihre Last ab. »Ich habe keine Ahnung, wie man Reis kocht.« Sie wühlte in ihrer Tasche und holte eine Tüte Obst heraus. Obwohl die meisten Früchte in der Hitze gelitten hatten und bereits überreif waren, kamen sie ihr so verlockend vor wie ein üppiges Menü.

»Aufgrund unserer beschränkten Möglichkeiten brauchen Sie nur Wasser heißzumachen und umzurühren. Das sollten Sie ja wohl hinkriegen.«

»Und wer erledigt den Abwasch?« erkundigte sie sich, während sie einen zweiten Topf mit Wasser füllte.

»Wir kochen gemeinsam, und wir waschen gemeinsam ab.« Vergnügt grinste Doug sie an. »Schließlich sind wir Partner.«

»Sind wir das?« Mit einem gequälten Lächeln setzte Whitney den Topf aufs Feuer und sog genüßlich den Kaffeeduft ein. Die feuchte, schmutzige Höhle wurde gleich wohnlicher. »Nun, Partner, wann bekomme ich denn die Papiere zu sehen?«

Doug reichte ihr einen Blechbecher voll Kaffee. »Wann bekomme ich denn die Hälfte unserer Barschaft?«

Über den Becherrand blinzelte sie ihn lachend an. »Der Kaffee ist ausgezeichnet, Doug. Sie haben vielfältige Talente.«

»Ich fühle mich geschmeichelt.« Doug stürzte die Hälfte seines Kaffees mit einem Schluck hinunter. »Jetzt überlasse ich Ihnen die Küche, während ich die Betten mache.«

Whitney suchte nach dem Sack mit Reis. »Diese Schlafsäcke sollten sich eigentlich wie Federbetten anfühlen, dem Preis nach zu urteilen.«

»Sie haben einen Dollartick, Süße.«

»Vor allem habe ich die Dollars.«

Doug brummte etwas und beschäftigte sich mit den Schlafsäcken. Grinsend warf Whitney Reis in den Topf. Eine Handvoll, zwei. Wenn der Hauptgang nur aus Reis bestand, dann sollte er wenigstens großzügig bemessen sein. Wieder wühlte sie in der Tasche.

Es dauerte einen Moment, ehe sie begriff, daß man das Campingbesteck auseinanderklappen mußte. Mittlerweile fing das Wasser zu kochen an. Sehr zufrieden mit sich begann Whitney mit dem Löffel zu rühren.

»Nehmen Sie die Gabel«, mahnte Doug, der die Schlafsäcke ausbreitete. »Damit geht's besser.«

»Auch noch Ansprüche stellen«, knurrte sie. »Woher wissen Sie eigentlich soviel über das Kochen?«

»Ich esse gerne und gut«, entgegnete er leichthin. »Leider kann ich es mir nicht oft leisten, dieser Vorliebe zu frönen.« Er rollte den zweiten Schlafsack auseinander und plazierte ihn neben den ersten. Nach einem Augenblick zog er ihn ein Stückchen beiseite. Etwas Distanz war angebracht. »Also habe ich kochen gelernt. Es macht mir Spaß.«

»Solange es jemand anders tut, natürlich.«

Er zuckte bloß die Schultern. »Ich koche wirklich gern. Phantasie und ein paar Gewürze, und Sie speisen wie Gott in Frankreich – sogar in einer miesen Absteige mit nur einer Kochplatte auf dem Herd. Und wenn es gar nicht anders geht, dann arbeite ich eine Zeitlang in einem Restaurant.«

»Ein ehrlicher Job? Rauben Sie mir nicht meine Illusionen.«

Er ließ den Sarkasmus durchgehen. »Das ist die einzige Art von Arbeit, die ich je akzeptiert habe. Außerdem bekommt man genug zu essen und hat die Möglichkeit, die Gäste unter die Lupe zu nehmen.«

»Um ein lohnendes Opfer zu finden.«

»Man soll keine Chance ungenutzt verstreichen lassen.« Lässig streckte er sich auf einem Schlafsack aus und zündete sich eine Zigarette an.

»Ist das ein Pfadfindermotto?«

»Wenn nicht, sollte man eins draus machen. Wie geht's dem Abendessen?«

Whitney rührte den Reis durch. »Bald fertig.« Soweit sie das beurteilen konnte. »Haben Sie einen Vorschlag, wie sich unser Wasservorrat ergänzen ließe?«

»Ich dachte, wir könnten am frühen Morgen dem Dorf unter uns einen Besuch abstatten.«

Whitney kreuzte die Beine und wählte eine weitere Frucht aus. »Halten Sie das für sicher?«

Achselzuckend trank er seinen Kaffee aus. Das war eine Frage der Notwendigkeit, nicht der Sicherheit. »Wir brauchen Wasser, und vielleicht können wir etwas Fleisch bekommen.«

»Bitte, mir knurrt schon der Magen.«

»So, wie ich die Sache sehe, weiß Dimitri, daß der Zug nach Tamatave geht, also wird er uns dort suchen. Bis wir aber da ankommen, hält er sich hoffentlich längst woanders auf.«

Sie biß in die Frucht. »Also hat er keine Ahnung, wo wir eigentlich hinwollen?«

»Nicht mehr als Sie, Süße.« Hoffte er jedenfalls. Doch das Prickeln zwischen seinen Schulterblättern strafte ihn Lügen. Nach einem letzten tiefen Zug warf Doug die Zigarettenkippe ins Feuer. »Soweit ich informiert bin, hat Dimitri die Papiere nie gesehen, oder zumindest nicht alle.«

»Wenn er sie nicht gesehen hat, wieso glaubt er dann, daß es einen Schatz gibt?«

»Er vertraut darauf, Süße, genau wie Sie.«

Der Seitenhieb saß. »Dieser Dimitri scheint mir kein Mann zu sein, der vertrauensvoll alles glaubt.«

»Nennen wir es Instinkt. Es gab da einen Typ namens Whitaker, der diese Papiere dem Meistbietenden verkaufen wollte, um so einen netten Batzen einzustreichen, ohne selbst auf die Suche gehen zu müssen. Die Idee eines verborgenen Schatzes, eines real existierenden Schatzes, hat Dimitri fasziniert.«

»Whitaker ...« Whitney überlegte, warum ihr der Name bekannt vorkam, und vergaß dabei das Rühren. »George Allan Whitaker?«

»Derselbe. Kennen Sie ihn?«

»Flüchtig. Ich bin mal mit einem seiner Neffen ausgegangen. Man sagt, daß er, neben anderen Dingen, dick im Waffenschmuggel drinhängt.«

»Der schmuggelt alles, was nicht niet- und nagelfest ist, besonders in den letzten zehn Jahren. Erinnern Sie sich an den Diebstahl der Geraldi-Saphire? Das muß 1976 gewesen sein.«

Stirnrunzelnd dachte sie nach. »Nein.«

»Sie sollten sich auf dem laufenden halten, Süße. Lesen Sie das Buch, das ich mir in Washington ausgeborgt habe.«

»*Verschwundene Juwelen im Lauf der Jahrhunderte*?« Whitney hob die Schultern. »Wenn ich lese, dann lieber Romane.«

»Erweitern Sie Ihren Horizont. Aus Büchern kann man fast alles lernen.«

»Tatsächlich?« Interessiert musterte sie ihn. »Sie lesen also gerne?«

»Neben Sex ist Lesen mein liebster Zeitvertreib. Doch zurück zu den Geraldi-Saphiren. Die schönsten Steine seit den Kronjuwelen.«

Beeindruckt hob Whitney eine Augenbraue. »Sie haben sie gestohlen?«

»Nein.« Doug lehnte sich an die Wand. »Sechsundsiebzig ging es mir nicht gerade gut. Mir fehlte das Geld, um nach Rom zu fahren. Aber ich hatte meine Verbindungen, genau wie Whitaker.«

»*Er* hat sie gestohlen?« Ihre Augen weiteten sich, als sie an den mageren alten Mann dachte.

»Er war der Drahtzieher«, berichtigte Doug. »Whitaker macht sich nicht gerne die Hände schmutzig. Lieber gibt er vor, ein Archäologieexperte zu sein. Haben Sie zufällig mal eine seiner Fernsehshows gesehen?«

Der Mann wußte wirklich auf den verschiedensten Gebieten Bescheid. »Nein, aber ich habe gehört, er wolle so eine Art zweiter Cousteau werden.«

»Dazu reicht es bei ihm nicht. Trotzdem brachte er es ein paar Jahre lang auf recht beachtliche Einschaltquoten. Er hat einigen großen Tieren eine Menge Geld für irgendwelche windigen Expeditionen abgeluchst und so seine Schäfchen ins Trockene gebracht.«

»Mein Vater hält ihn für einen Scheißkerl«, meinte Whitney ruhig.

»Ihr Vater hat nicht nur Eiskrem im Kopf. Jedenfalls fungierte Whitaker als Mittelsmann für Edelsteine und Kunstobjekte, die über ihn von der einen Seite des Atlantiks auf die andere gelangten. Ungefähr vor einem Jahr hat er irgendeiner Engländerin ein Bündel alter Dokumente und Briefe abgeschwatzt.«

Whitneys Interesse wuchs. »Unsere Papiere?«

Diesmal fiel ihm die Verwendung des Plurals gar nicht auf. »Die Dame betrachtete die Papiere als Dokumente der Geschichte – kulturelle Werte, verstehen Sie? Über dieses Thema hat sie einige Bücher geschrieben. Dann kam so ein General ins Spiel, mit dem sie sich beinahe einig geworden wäre, doch Whitaker verstand offenbar mehr vom Umgang mit älteren Damen. Dummerweise war er damals ziemlich abgebrannt und mußte jemanden auftreiben, der ihm die Expedition finanzierte.«

»Und da trat Dimitri auf den Plan?«

»Genau. Wie ich schon sagte, wollte Whitaker den Meistbietenden mit ins Geschäft nehmen. Als Partner«, fügte er leise lächelnd hinzu. »Doch Dimitri ist kein Freund der freien Marktwirtschaft und machte Whitaker einen anderen Vorschlag.« Doug pellte eine Banane ab. »Whitaker sollte ihm die Papiere aushändigen, und im Gegenzug wollte Dimitri ihn nicht seiner Finger und Zehen berauben.«

Whitney knabberte wieder an ihrer Frucht, doch das Schlucken fiel ihr schwer. »Scheint ja ein abgebrühter Geschäftsmann zu sein, dieser Dimitri.«

»Kann man wohl sagen. Doch unseligerweise war Dimitris Überredungskunst zuviel für Whitaker. Der Alte hatte wohl was am Herzen. Jedenfalls war er hinüber, ehe Dimitri die Papiere oder seinen – Spaß hatte, ich weiß nicht, worüber er mehr verstimmt war. Einen unglücklichen Unfall nannte er es, als er mich anwarb, um die Papiere zu stehlen. Er beschrieb mir in den lebhaftesten Details, wie er Whitaker überzeugt hatte – um mich zu warnen, was mir blühen könne, wenn ich Alleingänge versuchen sollte.« Doug erinnerte sich an die kleine blitzende Zange, mit der Dimitri während der Unterredung herumgespielt hatte.

»Das hat Sie nicht davon abgehalten, die Papiere an sich zu nehmen.«

»Erst nachdem er mich um meinen verdienten Lohn geprellt hat«, erklärte Doug mit vollem Mund. »Hätte er sich an die Abmachung gehalten, hätte ich ihm die Papiere übergeben, mein Geld kassiert und ein paar Wochen Urlaub in Cancun gemacht.«

»Doch jetzt haben Sie sie. Und man soll jede Möglichkeit nutzen.«

»Du sagst es, Schwester. Um Himmels willen!« Doug sprang auf und kam ans Feuer. Automatisch zog Whitney die Beine an den Leib, da sie erwartete, eine glitschige Schlange oder eine widerliche Spinne zu Gesicht zu bekommen. »Verdammt, Mädchen, wieviel Reis haben Sie da reingetan?«

»Ich ...« Sie brach ab und starrte auf den Topf. Der Reis quoll wie ein Lavastrom an den Seiten herab. »Ein paar Hände voll.« Sie mußte sich auf die Lippen beißen, um nicht zu lachen.

»Grundgütiger!«

»Na ja, vier.« Whitney preßte eine Hand vor den Mund, als er einen Teller suchte. »Oder fünf.«

»Vier oder fünf«, murmelte er, während er Reis auf den Teller schaufelte. »Warum muß ausgerechnet ich mit sowas in einer Höhle in Madagaskar landen?«

»Ich habe von Anfang an gesagt, daß ich nicht kochen kann«, erinnerte Whitney ihn und betrachtete die klebrige, bräunliche Masse auf ihrem Teller argwöhnisch. »Das habe ich jetzt bewiesen.«

»Allerdings.« Als er ihr gedämpftes Kichern hörte, funkelte er sie böse an. »Lachen Sie nur. Sie werden Ihre Portion bis auf den letzten Krümel aufessen!«

»Ich bin sicher, es schmeckt nicht schlecht.« Mit der gleichen Gabel, die sie zum Kochen verwendet hatte, nahm sie tapfer einen Bissen. Es schmeckte nicht allzu unangenehm. Achselzuckend aß Whitney weiter. Es hieß ja, daß Bettler nicht wählerisch sein dürfen, und bald schlang sie mit der

Begeisterung eines Kindes, das sich über einen Eisbecher hermacht, Bissen um Bissen hinunter. Ohne daß es ihr bewußt wurde, war sie zum ersten Mal in ihrem Leben ausgehungert.

Doug, der langsamer und mit weit weniger Genuß aß, beobachtete sie. Er hatte schon früher gehungert und würde vermutlich wieder hungern müssen. Aber sie … Obwohl sie nun von einem Blechteller zu Abend aß und ihr Rock vor Schmutz starrte, erkannte man deutlich ihre Klasse. Wider Willen war er fasziniert. Diese Partnerschaft würde ihm wohl noch einige Überraschungen bescheren. Wenn sie noch lange dauerte.

»Doug, was geschah mit der Frau, die Whitaker die Papiere gab?«

»Was soll mit ihr sein?«

»Was geschah mit ihr?«

Er schluckte einen Happen Reis hinunter. »Butrain.«

Als sie aufblickte, sah er einen Anflug von Angst in ihren Augen. Gut so. Besser für sie beide, wenn sie verstand, welche Gefahr ihnen drohte. Doch ihre Hände zitterten nicht, als sie nach der Kaffeetasse griff.

»Verstehe. Also sind Sie der einzige, der diese Papiere gesehen hat und noch am Leben ist.«

»Richtig, Süße.«

»Er will Sie töten und mich dazu.«

»Auch richtig.«

»Aber ich hab' die Papiere doch gar nicht gelesen.«

»Wenn Dimitri Sie in die Finger kriegt, können Sie ja mal versuchen, ihm das klarzumachen.«

Whitney sah ihn eine Minute schweigend an. Dann sagte sie freundlich: »Sie sind ein Hundesohn erster Klasse, Doug.«

Er mußte grinsen, weil er einen Anflug von Respekt aus dieser Bemerkung herausgehört hatte. »Ich habe eine starke Vorliebe für alles Erstklassige, Whitney.«

Zwei Stunden später verfluchte er sie wieder heimlich. Das Feuer war bis auf die Glut heruntergebrannt und tauchte die Höhle in düsteres rotes Licht. Irgendwo weiter hinten tröpfelte Wasser langsam und monoton auf den Boden. Das

Ganze erinnerte ihn an ein teures kleines Bordell in New Orleans.

Beide waren sie erschöpft und todmüde von den Strapazen des Tages. Doug streifte seine Schuhe ab. Er zweifelte nicht daran, daß er schlafen würde wie ein Stein.

»Wissen Sie, wie man mit dem Ding umgeht?« fragte er, als er seinen Schlafsack öffnete.

»Ich denke, daß ich mit einem Reißverschluß fertig werden kann, vielen Dank.«

Dann machte er den Fehler, zu ihr hinüberzusehen – und nicht sofort wieder wegzuschauen.

Ohne falsche Scham zog Whitney ihre Bluse aus. Er erinnerte sich daran, wie dünn und durchsichtig ihr Teddy im Morgenlicht gewirkt hatte. Als sie jetzt auch den Rock zu Boden fallen ließ, wurde sein Mund trocken.

Whitney konnte sich kaum noch auf den Beinen halten und wäre auch nie auf den Gedanken gekommen, die Prüde spielen zu wollen. Ihrer Meinung nach war sie mit dem Teddy ausreichend bekleidet, und ihr einziger Wunsch im Moment war, in den Schlafsack zu kriechen, die Augen zu schließen und die Welt um sich herum zu vergessen. Ohne über die Wirkung nachzudenken, die sie auf Doug ausübte, schlüpfte sie in den Schlafsack und schloß den Reißverschluß, so daß nur noch eine Wolke blonden Haares sichtbar war.

Doug starrte an die Decke, mit einem Mal wieder hellwach. Und ihm taten nicht nur die Knochen weh.

6

Irgend etwas kitzelte sie am Handrücken. Schlaftrunken wedelte Whitney langsam mit der Hand und gähnte.

Sie hatte sich schon immer nach ihrer inneren Uhr gerichtet. Wenn sie bis Mittag schlafen wollte, dann tat sie das, konnte aber auch schon beim Morgengrauen aufstehen. Je nach Lust und Laune arbeitete sie achtzehn Stunden an einem Stück – oder schlief genauso lange.

Im Augenblick war sie noch ganz in dem angenehmen Traum gefangen, der sie nicht loslassen wollte, und als sie wieder das fedrige Kitzeln an ihrer Hand spürte, seufzte sie nur unwillig und schlug die Augen auf.

Auf ihrer Hand saß die dickste, fetteste Spinne, die sie je zu Gesicht bekommen hatte; riesig, schwarz und pelzig. Und dieses Ungetüm krabbelte direkt auf ihr Gesicht zu. Vom Schlaf noch ganz benommen, starrte Whitney das Tier fassungslos an.

Ihr Gesicht!

Schlagartig schaltete sich das Bewußtsein ein. Mit einem unterdrückten Schrei schleuderte Whitney die Spinne von sich, die mit einem hörbaren Laut auf den Boden klatschte und dann betäubt davonkrabbelte.

Eigentlich hatte ihr die Spinne gar keine Angst eingejagt. Sie war noch nicht einmal auf den Gedanken gekommen, das Tier könne giftig sein. Es war schlicht und einfach häßlich, und Whitney hegte eine tief verwurzelte Abneigung gegen alles Häßliche.

Sich schüttelnd vor Ekel setzte sie sich auf und kämmte ihr zerzaustes Haar mit den Fingern durch. Nun, wenn man in einer Höhle nächtigte, waren unangenehme Besucher nicht auszuschließen. Doch warum hatten die nicht lieber Doug mit ihrer Anwesenheit beglückt? Whitney sah keinen Grund, warum ihr Partner in Ruhe schlafen sollte, nachdem sie auf so rüde Art geweckt worden war. Sie drehte sich um, weil sie ihm einen harten Stoß versetzen wollte.

Er wart fort. Sein Schlafsack desgleichen.

Unbehaglich fröstelnd, doch nicht in Panik, sah sie sich um. Die Höhle, die mit ihren Steinformationen wie ein verlassenes, verwunschenes Schloß wirkte, war leer. Das Feuer glühte nur noch schwach, und die Luft roch süßlich. Einige der Früchte begannen bereits zu gären. Auch Dougs Rucksack war verschwunden.

Dieser elende, gottverdammte Dreckskerl. Er hatte sich mitsamt den Papieren aus dem Staub gemacht und sie in dieser miesen Höhle zurückgelassen, zusammen mit etwas Obst, einem Sack Reis und einer Spinne so groß wie eine Untertasse.

Vor Wut kochend stürmte sie durch die Höhle und kroch in den Tunnel. Obgleich ihr Atem keuchend ging, kämpfte sie sich vorwärts. Zur Hölle mit dieser Phobie! Niemand durfte sie für dumm verkaufen und ungestraft davonkommen. Um Doug zu erwischen, mußte sie aus der Höhle heraus. Und wenn sie ihn hatte …

Da war der Ausgang! Voller Rachedurst krabbelte Whitney hinaus ans Sonnenlicht, rappelte sich hoch, holte tief Atem und brüllte, so laut sie konnte: »Lord! Lord, Sie Mistkerl!« Das Echo trug ihren Schrei zurück, zwar nur halb so laut, dafür aber doppelt so wütend. Hilflos blickte Whitney sich um. Nur Steine und Berge. Woher sollte sie wissen, welchen Weg er eingeschlagen hatte?

Norden. Doch er hatte den Kompaß. Und die Karte. Whitney fletschte die Zähne, dann kreischte sie erneut: »Lord, Sie Hundesohn, das werden Sie mir büßen!«

»Was denn?«

Sie fuhr herum und prallte beinahe gegen ihn. »Wo zum Teufel waren Sie?« fauchte sie, packte in einer Mischung von Ärger und Erleichterung sein Hemd und schüttelte ihn. »Wo zum Teufel wollten Sie hin?«

»Ruhig, Süße.« Er gab ihr einen freundschaftlichen Klaps auf die Kehrseite. »Wenn ich gewußt hätte, daß Sie mir an die Wäsche wollen, dann wäre ich noch ein Weilchen geblieben.«

»Erwürgen könnte ich Sie!« Schnell ließ sie ihn los.

»Haben Sie gedacht, ich würde Sie im Stich lassen?«

»Bei der erstbesten Gelegenheit.«

Zugegeben, dumm war sie nicht. Er hatte tatsächlich mit diesem Gedanken gespielt, es dann aber nicht übers Herz gebracht, sie in einer Höhle mitten im Niemandsland zurückzulassen. Aber irgendwann einmal ...

Versöhnlich meinte er: »Whitney, wir sind Partner. Und Sie sind eine Frau. Was für ein Typ Mann wäre ich denn, wenn ich Sie an einem Ort wie diesem alleine ließe?«

Sie erwiderte sein aufmunterndes Lächeln. »Der Typ Mann, der dem Familienhund die Hütte über dem Kopf weg verkaufen würde, wenn der Preis stimmt. Also, wo waren Sie?«

Er hätte nicht nur die Hütte, sondern auch den Hund verkauft, wenn es nötig gewesen wäre. »Seien Sie nicht so streng mit mir. Sie haben geschlafen wie ein Baby.«

Und zwar die ganze Nacht lang, während er sich von einer Seite auf die andere gewälzt und mit erotischen Wunschvorstellungen herumgequält hatte. Irgendwann würde er ihr das heimzahlen. »Ich wollte mir die Gegend ansehen, ohne Sie zu wecken.«

Das klang einleuchtend, und er war ja wieder da. »Wenn Sie das nächste Mal auf Fährtensuche gehen, dann wecken Sie mich bitte.«

»Wie Sie wollen.«

Ein Vogel flog über sie hinweg. Whitney sah ihm nach, bis sie sich wieder beruhigt hatte. Der Himmel war klar, die Luft kühl und rein. Die Stille wirkte besänftigend auf sie.

»Nun, wenn Sie schon auf Erkundung waren, wie steht's mit einem Lagebericht?«

»Im Dorf ist alles ruhig.« Doug zündete sich eine Zigarette an, die Whitney ihm sofort aus der Hand nahm. »Ich bin nicht nahe genug herangekommen, um Einzelheiten zu erkennen, aber es scheint ein ganz gewöhnliches Dorf zu sein. Meiner Meinung nach ist jetzt eine gute Zeit, ihm einen Besuch abzustatten.«

Whitney blickte auf ihren schmutzverschmierten Teddy. »So wie ich aussehe?«

»Leider bin ich weder an einem Schönheitssalon noch an einer Boutique vorbeigekommen.«

»Sie mögen ja ungepflegt herumlaufen.« Whitneys Blick glitt an seinem Körper herunter. »Ich für meinen Teil beabsichtige, mich zu waschen und umzuziehen.«

»Bitte sehr. Vielleicht ist noch genug Wasser übrig, damit Sie sich den Dreck aus dem Gesicht wischen können.«

Als sie instinktiv über ihre Wange strich, grinste er. »Wo ist Ihr Gepäck?«

Sie drehte sich nach der Höhle um. »Noch drinnen.« Kampfbereit funkelte sie ihn an, doch ihre Stimme blieb fest. »Ich gehe da nicht noch mal rein.«

»Okay, ich hole Ihr Zeug. Aber verbringen Sie nicht den ganzen Morgen damit, sich anzupinseln. Ich will keine Zeit verlieren.«

Whitney hob hochmütig eine Braue. »Ich pinsele mich nie an«, entgegnete sie »Das ist nicht nötig.«

Mit einem unverständlichen Grunzen verschwand er. Nachdenklich kaute sie auf ihrer Lippe, sah zur Höhle hin und dann wieder auf seinen Rucksack, den er neben dem Eingang abgelegt hatte. Jetzt oder nie! Ohne Zögern bückte sie sich und begann, seine Sachen zu durchsuchen.

Sie fand Kochgeschirr, Kleidungsstücke und eine recht kostspielige Haarbürste. Wo die wohl herstammte? Sie kannte doch jedes einzelne Stück, das sie bezahlt hatte. Klebrige Finger, dachte sie und packte die Bürste weg.

Da war ein Umschlag. Vorsichtig zog sie ihn heraus. Das mußte er sein. Nach einem Blick auf die Höhle öffnete sie ihn, entnahm ihm einen vergilbten, in Plastik verschweißten Bogen und überflog ihn. Er war mit der sauberen, feinen Handschrift einer Frau bedeckt, in französischer Sprache. Ein Brief, dachte sie. Oder nein, der Teil eines Tagebuches. Und das Datum, mein Gott! Mit weit aufgerissenen Augen studierte sie die ordentliche, verblaßte Handschrift. 15. September 1793. Hier stand sie, auf einem verwitterten Felsen mitten in der Sonne, und hielt ein Stück Geschichte in der Hand.

Rasch versuchte sie, einzelne Sätze zu entziffern, die von Angst, Besorgnis und Hoffnung sprachen. Geschrieben von einem jungen Mädchen, das schloß sie aus der häufigen Erwähnung von ›Maman‹ und ›Papa‹. Eine junge Aristokratin, verwirrt, voller Furcht, was ihr und ihrer Familie zustoßen würde. Wußte Doug eigentlich, was er da mit sich herumtrug?

Jetzt war nicht der geeignete Zeitpunkt, um sich eingehender damit zu befassen. Später …

Sorgfältig schloß Whitney den Rucksack wieder und legte ihn an seinen alten Platz. Nachdenklich tippte sie mit dem Umschlag gegen ihre Hand. Es war doch zu schön, einen Mann mit seinen eigenen Waffen zu schlagen, dachte sie. Dann hörte sie Geräusche.

Den Umschlag noch in der Hand, sah sie an sich hinab. Wo zum Teufel sollte sie ihn verstecken? Mata Hari mußte mindestens einen Sarong getragen haben. Verzweifelt versuchte sie, ihn in den Ausschnitt des Teddys zu schieben, doch dann sah sie die Absurdität dieses Tuns ein. Ebensogut hätte sie ihn sich auf die Stirn kleben können. Entschlossen ließ sie ihn den Rücken hinuntergleiten und vertraute auf ihr Glück.

»Ihr Gepäck, Miss MacAllister.«

»Trinkgeld bekommen Sie später.«

»Das sagen sie alle.«

»Gute Arbeit lohnt sich immer.« Sie schenkte ihm ein Lächeln, das er prompt erwiderte. Whitney hatte ihm gerade den Rucksack aus der Hand genommen, als ihr ein Gedanke kam. Wenn sie den Umschlag so leicht hatte entwenden können, dann würde er … Sie öffnete den Rucksack und wühlte nach ihrer Brieftasche.

»Machen Sie voran, Süße. Wir sind schon spät dran.« Er wollte gerade ihren Arm nehmen, als sie ihm den Rucksack in den Magen stieß. Der zischende Laut, den er von sich gab, tat ihr sehr gut. »Meine Brieftasche, Douglas!« Sie nahm sie heraus, öffnete sie und stellte fest, daß er ihr großzügigerweise ganze zwanzig Dollar gelassen hatte. »Sieht so aus, als ob Sie Ihre Finger da drin hatten.«

»Was man findet, darf man behalten – Partner.« Obwohl er gehofft hatte, sie würde ihm nicht so rasch auf die Schliche kommen, zuckte er nur die Schultern. »Keine Angst, Sie kriegen ein Taschengeld.«

»Ach wirklich?«

»Sagen wir, ich bin ein konservativer Mensch.« Mit der neuen Situation sehr zufrieden, wollte Doug seinen Rucksack schultern. »Ich bin der Meinung, der Mann sollte das Geld verwalten.«

»Und ich bin der Meinung, daß Sie ein Idiot sind.«

»Wie auch immer, ab heute verwalte ich die Barschaft.«

»Schön.« Ihrem süßen Lächeln mißtraute er sofort. »Und ich verwalte den Umschlag.«

»Vergessen Sie's.« Er reichte ihr den Rucksack. »Jetzt seien Sie ein braves Mädchen und ziehen Sie sich um.«

Böse Worte lagen ihr auf der Zunge, doch Whitney hielt sich zurück. »Ich sagte, ich verwalte den Umschlag.«

»Und ich …« Der Ausdruck in ihrem Gesicht ließ ihn verstummen. Eine Frau, die man soeben bis aufs letzte Hemd ausgenommen hatte, sollte nicht so selbstgefällig aussehen. Doug musterte seinen Rucksack. Sie konnte doch nicht … O doch, sie konnte!

Er warf den Rucksack zu Boden und kramte darin herum. Mehr als einen Augenblick brauchte er nicht. »Okay, wo ist er?«

Whitney stand im vollen Sonnenlicht, die Hände erhoben. Der knappe Teddy verbarg nichts. »Es ist doch bestimmt nicht nötig, mich zu durchsuchen.«

Seine Augen wurden schmal. »Rücken Sie ihn raus, Whitney, oder Sie stehen in fünf Sekunden splitterfasernackt da.«

»Und Sie haben eine gebrochene Nase.«

Kampfbereit standen sie sich gegenüber, jeder fest entschlossen, aus dieser Auseinandersetzung als Sieger hervorzugehen. Und jeder hatte keine andere Wahl, als ein Unentschieden zu akzeptieren.

»Die Papiere«, befahl er, bemüht, männliche Kraft und Dominanz in seine Stimme zu legen.

»Das Geld«, gab sie zurück, auf ihre weiblichen Waffen vertrauend.

Fluchend griff Doug in seine Gesäßtasche und zog eine

Rolle Banknoten hervor. Als sie danach langte, hielt er sie hoch. »Die Papiere«, wiederholte er.

Whitney betrachtete ihn eingehend. Er hatte einen offenen, klaren Blick, dachte sie. Und er konnte lügen, ohne rot zu werden. Trotzdem, in einigen Punkten konnte man ihm trauen. »Ihr Ehrenwort«, forderte sie. »Falls das etwas gilt.«

Was sein Wort galt, bestimmte immer noch er. In ihrem Fall war es entschieden mehr wert. »Sie haben es.«

Nickend langte sie nach hinten, doch der Umschlag war zu tief nach unten gerutscht. »Es gibt viele Gründe, warum ich Ihnen nur äußerst ungern den Rücken zukehre. Aber ...« Achselzuckend wandte sie sich um. »Sie müssen ihn sich selber holen.«

Sein Blick wanderte über ihren glatten Rücken, über die sanft geschwungenen Hüften. Viel war an ihr nicht dran, dachte er, aber was sie zu bieten hatte, ließ nichts zu wünschen übrig. Langsam glitt seine Hand unter ihren Teddy und rutschte tiefer.

»Nur den Umschlag, Douglas. Keine Extratouren.« Whitney faltete die Arme unter den Brüsten und blickte starr geradeaus. Seine streichelnden Finger auf ihrer Haut elektrisierten jeden Nerv, und sie war es nicht gewohnt, so heftig zu reagieren.

»Ist offenbar ziemlich tief gerutscht«, murmelte er. »Kann eine Weile dauern, bis ich ihn finde.« Ihm kam der Gedanke, daß er sie innerhalb von Sekunden aus Ihrem Teddy geschält haben könnte. Was würde sie dann wohl machen? Sollte er sie neben sich auf den Boden zerren – und dann das tun, wovon er die halbe Nacht geträumt hatte?

Andererseits, dachte er, als seine Finger auf den Umschlag trafen, hätte sie dann mehr Macht über ihn, als er es sich leisten konnte. Denk an die Prioritäten, ermahnte er sich. Alles war eine Frage der Prioritäten.

Whitney mußte ihre ganze Willenskraft aufbieten, um stillzuhalten. »Douglas, ich gebe Ihnen zwei Sekunden, um ihn herauszuholen, oder Sie können Ihre rechte Hand eine Zeitlang nicht mehr gebrauchen.«

»Bißchen schreckhaft, wie?« Wenigstens war sie genauso

aufgewühlt wie er. Der heisere Unterton und das leichte Zittern in ihrer Stimme waren ihm nicht entgangen. Mit den Fingerspitzen zupfte er den Umschlag heraus.

Whitney, eine Hand ausgestreckt, drehte sich rasch um. Nun hatte er Karte, Umschlag und Geld. Außerdem war er vollständig bekleidet, sie dagegen halbnackt. Bestimmt konnte sie bis ins Dorf gelangen und dort irgendein Transportmittel auftreiben, das sie zur Hauptstadt zurückbrachte. Wenn er sie wirklich fallenlassen wollte, gab es keinen besseren Zeitpunkt.

Ihre Augen ruhten weiterhin unverwandt auf ihm. Zweifellos konnte sie ihm seine Gedanken vom Gesicht ablesen.

Obwohl er anfangs zögerte, brachte Doug es nicht fertig, sein Wort zu brechen. Er klatschte ihr die Scheine in die Hand. »Ganovenehre ...«

»... ist schon fast sprichwörtlich«, fuhr sie fort. Einen Augenblick lang war sie nicht sicher gewesen, wie das ausgehen würde. Erleichtert griff sie nach ihrem Rucksack und der Feldflasche und ging zu einer Pinie hinüber. »Sie sollten sich rasieren, Douglas!« rief sie ihm zu. »Ich hasse es, wenn meine Begleiter mit einem Dreitagebart herumlaufen.«

Doug fuhr sich mit der Hand über das Kinn, fest entschlossen, sich die nächsten Wochen überhaupt nicht mehr zu rasieren.

Whitney fiel das Laufen leichter, seit das Ziel in Sicht war.

In diesem Fall bestand das Ziel aus einer Ansammlung kleiner Häuschen, sattgrüner Felder und einem schmutzigbraunen Fluß, doch nach einem Tag Fußmarsch und einer Nacht in einer Höhle erschien es Whitney wie der Garten Eden.

Weiter entfernt arbeiteten Männer und Frauen auf den Reisfeldern. Man hatte einen Großteil des Waldes geopfert, um die Felder anzulegen, und die praktisch veranlagten Madagassen arbeiteten hart, um diese Entscheidung zu rechtfertigen. Von dem träge vor sich hinplätschernden üblichen Inselleben war hier nichts zu spüren. Whitney beobachtete die Menschen und fragte sich, wieviele von ihnen schon jemals das Meer gesehen hatten.

Rinder zottelten in ihrem Gehege umher und schlugen gelangweilt mit dem Schwanz nach Fliegen. Ein uralter Jeep, dem die Reifen fehlten, war auf Steinen aufgebockt. Von irgendwoher klang das monotone Dröhnen von Metall, das auf Metall traf.

Frauen hängten Wäsche auf eine Leine, helle, farbenfrohe Hemden, die sich deutlich von ihrer schlichten Arbeitskleidung abhoben. Männer in weiten, sackartigen Hosen gruben ein Gartenstück um. Einige sangen bei der Arbeit, aber wohl eher, um sich zu motivieren, als aus Freude am Gesang.

Als sie näherkamen, drehten sich die Menschen nach ihnen um und hielten in der Arbeit inne, doch außer einem mageren schwarzen Hund, der sie kläffend umkreiste, kam niemand auf sie zu.

Egal wo sie sich befand, Whitney erkannte Neugier und Mißtrauen, wenn sie damit konfrontiert wurde, und bedauerte heftig, nichts Hübscheres als nur eine schlichte Hose und ein Hemd zu tragen. Sie warf Doug einen kurzen Blick zu. Mit seinem unrasierten Gesicht und dem unordentlichen Haar sah er aus, als käme er gerade von einer Party – einer langen Party.

Jetzt waren sie so nah, daß Whitney Kindergeplapper hören konnte. Einige der Kleinsten wurden von Männern wie Frauen auf dem Rücken oder auf der Hüfte getragen. Essensdunst und der Geruch nach Tieren hing in der Luft. Whitney rieb sich den knurrenden Magen und stolperte hinter Doug her, der die Nase in den Reiseführer steckte.

»Muß das jetzt sein?« schimpfte sie. Als er nur grunzte, verdrehte sie die Augen. »Ihnen fehlt nur noch eine kleine Leselampe, dann können Sie sich auch noch nachts hinter Büchern vergraben.«

»Wir werden eine besorgen. Die Merina sind asiatischer Abstammung, sie gehören zu den angesehensten Stämmen der Insel, quasi die Oberschicht. Bestimmt fühlen Sie sich dort wohl, Lady.«

»Zweifellos.«

Ohne auf den Sarkasmus in ihrer Stimme einzugehen, las

Doug weiter. »Sie haben eine Art Kastensystem, das den Adel von der Mittelschicht trennt.«

»Sehr vernünftig.«

Als er ihr über den Buchrand hinweg einen bitterbösen Blick zuwarf, lächelte Whitney nur. »Vernünftigerweise«, gab er zurück, »wurde das Kastensystem gesetzlich verboten, nur richtet sich niemand danach.«

»Altüberlieferte Traditionen lassen sich nicht so einfach abschaffen.«

Doug sah hoch und blinzelte. Die Menschen drängten sich zusammen, wirkten allerdings kaum wie ein Empfangskomitee. Wenn man dem, was er gelesen hatte, Glauben schenken durfte, dann hatten die circa zwanzig verschiedenen Volksstämme Madagaskars ihre Speere und Bogen bereits vor Jahren eingemottet. Und doch … Doug blickte in Dutzende schwarzer Augenpaare. Whitney und er mußten die Dinge auf sich zukommen lassen.

»Was glauben Sie, wie uneingeladene Gäste empfangen werden?« Whitney hakte sich bei ihm unter. Sie war nervöser, als sie zugeben wollte.

Doug hatte sich schon bei mehr Leuten uneingeladen eingeschlichen, als er zählen konnte. »Wir werden einfach unseren Charme einsetzen.« Meistens funktionierte das.

»Dann versuchen Sie mal Ihr Glück«, meinte sie und ging die letzten Meter neben ihm her.

Obwohl Whitney sich unbehaglich fühlte, zwang sie sich dazu, mit gestrafften Schultern weiterzugehen. Die Menge begann zu murmeln und teilte sich dann, um einem hochgewachsenen schlanken Mann, der einen schwarzen Umhang über einem gestärkten weißen Hemd trug, den Weg freizugeben. Er konnte der Häuptling, der Priester oder sonstwas sein, doch Whitney erfaßte mit einem Blick, daß der Mann bedeutend war … und nicht sehr erfreut über die Eindringlinge.

Außerdem war er zwei Köpfe größer als sie. Whitney vergaß ihren Stolz und zog sich hinter Dougs Rücken zurück.

»Dann versprühen Sie mal Ihren Charme«, stichelte sie leise.

Doug musterte den großen Mann und die schweigende Menge hinter ihm und räusperte sich. »Kein Problem.« Er setzte ein gezwungenes Lächeln auf. »Morgen. Alles klar?«

Der große Mann neigte mißbilligend den Kopf und stieß einen Schwall madagassischer Laute aus.

»Wir sind mit Ihrer Sprache nicht sehr vertraut, Mr., äh ...« Immer noch grinsend streckte Doug eine Hand aus, die zwar angestarrt, sonst jedoch ignoriert wurde. Mit einem eingefrorenen Lächeln nahm Doug den Arm Whitneys und schubste sie nach vorne. »Versuchen Sie's mit Französisch.«

»Aber Ihr Charme zeigt doch solche Wirkung.«

»Jetzt ist nicht der Moment zum Lästern, Süße.«

»Sie sagten, die Leute seien friedfertig.«

»Vielleicht haben sie den Reiseführer nicht gelesen.«

Whitney sah zu dem zerfurchten, wie versteinert wirkenden Gesicht hoch über ihr auf. Vielleicht hatte Doug recht. Also lächelte sie liebenswürdig, klimperte mit den Wimpern und versuchte ihr Glück mit einer förmlichen französischen Begrüßungsfloskel.

Der Mann im schwarzen Umhang sah sie einige Sekunden schweigend an, ehe er den Gruß erwiderte. Vor Erleichterung mußte sie beinahe kichern. »Okay, gut. Jetzt entschuldigen Sie sich«, ordnete Doug an.

»Wofür?«

»Dafür, daß wir hier hereingeschneit sind«, zischte er und drückte ihren Arm. »Sagen Sie ihm, wir sind auf dem Weg nach Tamatave, haben uns aber verirrt, und unsere Vorräte gehen zur Neige. Und lächeln Sie!«

»Das ist nicht schwer, wenn Sie grinsen wie ein Honigkuchenpferd.«

Leise fluchend sagte Doug in freundlichem Tonfall: »Machen Sie ein hilfloses Gesicht, so, als ob Sie an der Autobahn stehen und versuchen würden, einen Reifen zu wechseln.«

Mit hochgezogenen Brauen drehte Whitney sich zu ihm um. »Wie bitte?«

»Tun Sie's einfach, Whitney, um Himmels willen!«

»Ich werde es ihm sagen«, erwiderte Whitney überheblich, »aber ganz bestimmt werde ich nicht hilflos aussehen.« Als sie sich umwandte, lag ein freundliches Lächeln auf ihrem Gesicht. »Ich bitte vielmals um Entschuldigung, daß wir in Ihr Dorf eingedrungen sind«, begann sie auf französisch. »Aber wir wollen nach Tamatave, und mein Begleiter ...« sie deutete auf Doug, »... ist vom Weg abgekommen. Unsere Lebensmittel- und Wasservorräte werden knapp.«

»Nach Tamatave ist es sehr weit. Sie sind zu Fuß unterwegs?«

»Leider.«

Der Mann musterte Doug und Whitney mit einem langen, abschätzenden Blick. Gastfreundschaft war eine alte madagassische Tradition und ein fester Bestandteil ihrer Kultur. Allerdings war sie schon häufig schamlos ausgenutzt worden. Doch in den Augen der Fremden las er nur Nervosität, keinen bösen Willen. Nach einem Moment verbeugte er sich. »Wir freuen uns, Gäste empfangen zu dürfen. Sie sollen unser Essen und Trinken mit uns teilen. Ich heiße Louis Rabemananjara.«

»Freue mich sehr, Sie kennenzulernen«, Whitney reichte ihm die Hand, und diesmal wurde die Geste akzeptiert. »Ich bin Whitney MacAllister, und das ist Douglas Lord.«

Louis wandte sich zu der wartenden Menge und verkündete, daß dies ihre Gäste seien. »Meine Tochter Marie.« Bei diesen Worten trat eine zierliche junge Frau mit kaffeebrauner Haut und kohlschwarzen Augen vor. Whitney bewunderte im stillen die kompliziert geflochtene Frisur und fragte sich, ob ihr Coiffeur das wohl kopieren könnte.

»Marie wird sich um Sie kümmern. Nachdem Sie sich ausgeruht haben, werden Sie unser Mahl teilen.« Mit diesen Worten trat Louis in die Menge zurück.

Nach einem flüchtigen Blick auf Whitneys grünes Hemd und die engen Hosen schlug Marie die Augen nieder. Ihr Vater würde ihr nie gestatten, sich so aufreizend zu kleiden. »Sie sind uns willkommen. Wenn Sie mir bitte folgen wollen, dann zeige ich Ihnen, wo sie sich waschen können.«

»Danke, Marie.«

Sie folgten dem Mädchen durch die Menge. Eines der Kinder deutete auf Whitneys Haar und plapperte aufgeregt drauflos, ehe es von seiner Mutter zum Schweigen gebracht wurde. Ein Wort von Louis, und die Menschen wandten sich wieder ihrer Arbeit zu, noch ehe Marie ein kleines einstöckiges Haus erreicht hatte. Sie öffnete die Tür und ließ die Gäste eintreten.

Das Innere des Hauses blitzte vor Sauberkeit. Zwar waren die Möbel schlicht, doch lagen bunte Kissen auf den Stühlen, und am Fenster blühten in einem Tontopf gänseblümchenähnliche Blumen.

»Hier finden Sie Wasser und Seife.« Marie führte sie weiter ins Haus, wo es merklich kühler war. Aus einer kleinen Nische holte sie große Holzschüsseln, einen Wasserkrug und ein Stück braune Seife. »Bald gibt es Essen, und Sie sind unsere Gäste. Zu essen gibt es reichlich.« Zum ersten Mal lächelte das Mädchen. »Wir bereiten ein Essen wie bei einer *fadamihana* vor.«

Ehe Whitney sich bei Marie bedanken konnte, nahm Doug ihren Arm. Er konnte der französischen Unterhaltung zwar nicht folgen, hatte aber dieses eine Wort aufgeschnappt. »Sagen Sie ihr, daß auch wir die Vorfahren ehren werden.«

»Was?«

»Sagen Sie's einfach.«

Whitney tat, was Doug ihr sagte, und wurde von Marie mit einem strahlenden Lächeln belohnt. »Sie sind uns willkommen«, sagte sie noch einmal, ehe sie beide alleine ließ.

»Was sollte das?«

»Sie sagte etwas von *fadamihana*.«

»Ja, sie bereiten das vor, was immer es auch sein mag.«

»Ein Totenfest.«

Whitney hielt inne. »Wie bitte?«

»Ein alter Brauch. Zur madagassischen Religion gehört auch ein gewisser Ahnenkult. Wenn jemand stirbt, wird er immer im Familiengrab bestattet, und alle paar Jahre gräbt man die Toten wieder aus und gibt ein Fest für sie.«

»Man gräbt sie aus?« Whitney würgte es in der Kehle. »Wie ekelhaft.«

»Es ist ein Teil ihrer Religion, eine Respektsbezeugung.«

»Ich hoffe bloß, daß mich niemand auf diese Weise ehrt«,

begann sie, doch ihre Neugier war stärker. Als Doug Wasser in eine Schüssel goß, runzelte sie die Stirn. »Wozu dient das Ganze?«

»Wenn die Leichen aus den Gräbern geholt werden, bekommen sie einen Ehrenplatz bei dem Fest, saubere Tücher und Palmwein, und man erzählt ihnen alles, was so vorgefallen ist.« Er tauchte beide Hände in die Schüssel und spritzte sich Wasser ins Gesicht. »So ehren sie die Vergangenheit, denke ich; indem sie den Menschen, die nicht mehr unter ihnen weilen, Respekt erweisen. Ahnenkult ist in der madagassischen Religion tiefverwurzelt. Es gibt Musik und Tanz, so daß alle, die Lebenden wie die Toten, sich richtig wohl fühlen.«

Also wurden die Toten nicht betrauert, grübelte Whitney. Sie wurden miteinbezogen. Man feierte den Tod, oder vielleicht eher das Band zwischen Leben und Tod. Plötzlich verstand sie den Sinn dieser Zeremonie, und ihre Ablehnung schwand.

Sie nahm die Seife, die Doug ihr hinhielt, und lächelte. »Ich finde das schön.«

Doug rieb sich mit einem kleinen, rauhen Handtuch das Gesicht ab. »Schön?«

»Man wird nicht vergessen, selbst wenn man tot ist. Man wird quasi kurzfristig ins Leben zurückgeholt, bekommt einen Platz in der ersten Reihe, erfährt den neuesten Klatsch und es wird auf dein Wohl getrunken. Das Schlimmste am Tod ist, daß die Freude am Leben unwiderruflich zu Ende ist.«

»Das Schlimmste am Tod ist das Sterben«, konterte er.

»Sie sehen das zu nüchtern. Ich frage mich, ob man den Gedanken an den Tod leichter erträgt, wenn man weiß, daß man sich auch danach noch auf etwas freuen kann.«

Doug konnte sich nicht vorstellen, was ihm den Gedanken an den Tod versüßen könnte. Der Tod kam, wenn man nicht mehr in der Lage war, das Leben zu überlisten. »Sie sind eine interessante Frau, Whitney.«

»Selbstverständlich.« Lachend schnupperte sie an der Seife. Sie duftete nach verwelkten Blumen. »Außerdem habe ich einen Bärenhunger. Mal sehen, was auf der Speisekarte steht.«

Als Marie zurückkam, hatte Whitney einen knielangen bunten Rock angezogen. Draußen waren die Dorfbewohner eifrig damit beschäftigt, einen langen Tisch mit Essen und Getränken zu beladen. Whitney, die eine Handvoll Reis und einen Schluck Wasser erwartet hatte, wollte Marie erneut danken.

»Sie sind unsere Gäste.« Ernst und feierlich senkte das Mädchen den Blick. »Mein Vater hat gesagt, daß heute Ihnen zu Ehren ein Fest stattfindet.«

»Ich weiß nur, daß ich Hunger habe.« Whitney berührte die Hand des Mädchens. »Wir sind euch sehr dankbar.«

Am Tisch langte sie kräftig zu, obwohl sie außer Obst und Reis keine der Speisen kannte. Das Fleisch, auf dem offenen Feuer gegrillt, schmeckte köstlich, und der Wein war schwer und süß.

Musik setzte ein, Trommeln, Saiteninstrumente und Flöten; offenbar konnten die Felder noch einen Tag warten. Besucher waren selten und wurden, einmal akzeptiert, begeistert gefeiert.

Ein bißchen beschwipst, schloß sich Whitney einer Gruppe von Tänzern an.

Die Männer und Frauen nickten zustimmend, als sie versuchte, die Tanzschritte nachzuahmen. Whitney dachte an die verräucherten, überfüllten Clubs, die sie sonst aufzusuchen pflegte. Elektrische Musik, elektrisches Licht und Menschen, denen es nur darum ging, aufzufallen. Sie wirbelte herum und beugte sich über Doug.

»Tanzen Sie mit mir«, forderte sie ihn auf.

Lachend schüttelte er den Kopf. »Sie tanzen genug für uns beide.«

»Seien Sie kein Spielverderber.« Whitney piekte ihm einen Finger in die Brust. »Sie brauchen nur Ihre Füße zu bewegen.«

»Nur meine Füße?« Doug sprang auf und zog sie mit sich. »Dann zeigen Sie mal, was Sie können, Süße.«

Er wirbelte sie so schnell herum, daß sich alles um sie drehte. Dann preßte er sie an sich, bis sein Mund ganz nah an ihrem war.

Ein Schritt nur, eine leichte Kopfbewegung, und ihre Lippen würden sich treffen.

Sie mußten sich nur ein winziges Stück näherkommen. Und dann?

»Was zur Hölle ...?« knurrte Doug. Obwohl seine Hand sich fest um ihre Taille schloß, obwohl ihre Wimpern flatterten, hörte er das Brummen eines Motors. Sein Kopf fuhr herum, und sein Körper spannte sich an.

»Scheiße!« Whitney mit sich zerrend rannte er los und suchte nach Schutz. Da ihm nichts anderes übrigblieb, drückte er Whitney an eine Hauswand und preßte sich gegen sie.

»Was soll das denn? Ein einziger Tanz, und sie führen sich auf wie ein Verrückter.«

»Nicht bewegen!«

»Ich ...«, dann hörte sie das Geräusch ebenfalls, laut und deutlich über ihnen. »Was ist denn das?«

»Hubschrauber.« Er konnte nur hoffen, daß das überhängende Dach und der Schatten sie verdeckten.

Vorsichtig blinzelte sie über Dougs Schulter, konnte aber nichts erkennen. »Das kann sonstwer sein.«

»Kann, kann. Ich setze mein Leben nicht so ohne weiteres aufs Spiel. Dimitri verliert nicht gern Zeit.« Und wie zum Teufel hatte er sie in dieser Einöde gefunden? Aufmerksam sah er sich um. Wegrennen war unmöglich. »Dieser blonde Haarschopf leuchtet ja meilenweit.«

»Sogar in einer Zwangslage bleiben Sie ein Charmeur, Douglas.«

»Jetzt können wir nur hoffen, daß sie nicht landen, um sich genauer umzusehen.« Kaum hatte er diese Worte ausgesprochen, als der Motorenlärm lauter wurde und die Rotorblätter den Staub aufwirbelten.

»Sie haben ihn auf eine Idee gebracht.«

»Halten Sie mal eine Minute die Klappe, ja?« Doug schaute sich um und suchte nach einem Ausweg. Aber welchen? Sie waren richtiggehend in die Enge getrieben worden.

Ein Flüstern hinter ihm ließ ihn mit geballten Fäusten herumfahren. Marie hob eine Hand und bedeutete ihm, ihr zu folgen. Eng an die Wand gepreßt schob sie sich zur Tür hin. Obwohl er es haßte, sein Schicksal erneut in die Hände einer Frau zu legen, folgte ihr Doug mit Whitney.

Kaum befanden sie sich im Inneren des Hauses, signalisierte er den beiden Frauen, sich ruhig zu verhalten, schlich zum Fenster und spähte vorsichtig hinaus.

Der Hubschrauber war am Fuß des Berges gelandet, und Remo bewegte sich bereits auf die feiernde Menge zu.

»Dreckskerl«, murmelte Doug. Früher oder später würde er mit Remo abrechnen, er wollte nur sichergehen, daß er in diesem Fall den Heimvorteil hatte. Im Moment verfügte er nur über ein Taschenmesser, das als Waffe wenig nutzte. Und genau da fiel ihm ein, daß Whitney und er ihre Rucksäcke draußen, in der Nähe der Tische gelassen hatten.

»Ist das …«

»Zurück«, befahl er, als Whitney sich hinter ihn schlich. »Es ist Remo, er hat zwei von Dimitris Zinnsoldaten dabei.« Irgendwann einmal würde er es mit Dimitri persönlich zu tun bekommen, und dann brauchte er eine gehörige Portion Glück. Seine Gedanken überschlugen sich, während er den Raum nach einer geeigneten Waffe absuchte. »Sagen Sie ihr, daß diese Männer uns suchen, und fragen Sie sie, was ihre Leute tun werden.«

Whitney blickte zu Marie hinüber, die gelassen an der Tür stand. Kurz und knapp übersetzte sie Dougs Instruktionen.

Marie faltete die Hände. »Sie sind unsere Gäste«, antwortete sie schlicht. »Die anderen nicht.«

Lächelnd sagte Whitney zu Doug: »Wir haben Asyl, das ist doch schon mal was.«

»Alles schön und gut, aber denken Sie daran, was mit Quasimodo passiert ist.«

Er beobachtete Remo, der auf Louis einredete. Der Dorfhäuptling stand stocksteif da, die Augen hart wie Stahl, und antwortete in abgehacktem Madagassisch. Wortfetzen drangen durch das geöffnete Fenster. Remo zog irgend etwas aus seiner Tasche.

»Fotos«, flüsterte Whitney. »Er zeigt ihm Fotos von uns.«

Ihm, stimmte Doug im stillen zu, und jedem anderen Dorfbewohner zwischen hier und Tamatave. Sollten sie heil hier herauskommen, würde es keine Parties mehr geben. Es war ein Fehler gewesen zu glauben, er könne sich eine Pause leisten, wenn Dimitri ihm im Nacken saß, das sah er nun ein.

Zusätzlich zu den Fotos wedelte Remo nun noch mit einigen Geldscheinen. Beides wurde nicht zur Kenntnis genommen.

Während Remo versuchte, Louis zu erweichen, schlenderte ein anderer Mann zu den Tischen und begann, das Essen zu probieren. Hilflos bemerkte Doug, wie er den Rucksäcken immer näher kam.

»Fragen Sie sie, ob sie hier ein Gewehr oder so was hat.«

»Ein Gewehr?« Whitney schluckte. Diesen Tonfall hatte sie bei ihm noch nie zuvor gehört. »Aber Louis wird doch nicht ...«

»Fragen Sie!« Remos Begleiter schenkte sich ein Glas Palmwein ein. Er mußte nur nach links schauen, dann würde es ihnen nichts mehr nützen, daß die Dorfbewohner auf ihrer Seite standen. Und sie waren unbewaffnet. »Verdammt, Whitney, fragen Sie sie!«

Marie nickte ausdruckslos, nachdem Whitney Dougs Worte übersetzt hatte. Sie verschwand im Nebenzimmer und kam mit einer langen, gefährlich aussehenden Flinte und Patronen zurück. Als Doug sie nahm, packte Whitney ihn am Arm.

»Doug, die haben garantiert auch Waffen. Da draußen sind Kinder!«

Grimmig entschlossen lud er das Gewehr. Jetzt mußte er schnell sein, verdammt schnell. »Ich unternehme nichts, solange ich nicht dazu gezwungen werde.« Er beugte sich hinunter, legte den Lauf auf das Fensterbrett und zielte. Sein Finger, der am Abzug lag, war feucht geworden.

Er haßte Schußwaffen, seit jeher, und es war ihm dabei egal, auf welcher Seite des Laufes er sich befand. Nur ungern erinnerte er sich daran, daß er bereits getötet hatte, in Vietnam zum Beispiel, wo er Dinge gelernt hatte, die er weder lernen noch anwenden wollte.

Er haßte Schußwaffen. Doch er hielt das Gewehr ruhig.

Einer von Whitneys Tanzpartnern stieß ein hohes, schrilles Lachen aus, hielt einen Weinkrug über seinen Kopf und stieß gegen den Mann neben den Rucksäcken; gleichzeitig gab er den Taschen einen Tritt, so daß sie unter dem Tisch verschwanden. Fluchend rieb sich der Ganove den Arm.

»Benimm dich nicht wie ein Idiot«, fauchte Remo seinen Partner an, ehe er weiter mit den Fotos vor Louis' Gesicht herumfuchtelte. Dessen Antwort bestand aus einem strafenden Blick und einem donnernden madagassischen Redeschwall.

Doug sah, daß Remo Fotos und Geld wieder in die Tasche stopfte und zu dem wartenden Hubschrauber zurückging, der dröhnend und staubaufwirbelnd abhob. Erst als er weit über dem Boden schwebte, entspannte Doug sich ein wenig.

Das Gefühl, ein Gewehr in der Hand zu halten, behagte ihm nicht, und nachdem der Lärm des sich entfernenden Hubschraubers langsam erstarb, entlud er das Ding.

»Sie hätten jemanden verletzen können«, murmelte Whitney vorwurfsvoll, als sie Marie das Gewehr reichte.

»Ja.«

Doch als er sich umdrehte, lag eine Entschlossenheit in seinen Augen, die sie noch nie zuvor an ihm bemerkt hatte, und ihr wurde klar, daß er auf seine Weise genauso hart und zäh war wie die Männer, die sie verfolgten. Whitney war sich nicht sicher, ob sie diesen neuen Charakterzug so leicht akzeptieren konnte.

Marie kam wieder ins Zimmer, und sein Gesichtsausdruck änderte sich schlagartig. Er nahm ihre Hand und zog sie an die Lippen. »Sagen Sie ihr, daß wir ihr unser Leben verdanken. Wir werden es nicht vergessen.«

Obwohl Whitney übersetzte, starrte Marie weiterhin Doug an. Als Frau verstand Whitney diesen Blick. Und Dougs Lächeln zeigte ihr, daß er diesen Blick gleichfalls richtig gedeutet hatte – und ihn genoß.

»Vielleicht wärt ihr zwei lieber allein«, sagte sie trocken, ging zur Tür und riß sie auf. »Schließlich sind drei einer zuviel.« Die Tür fiel mit einem lauteren Knall ins Schloß als notwendig.

»Nichts?« Hinter dem brokatbezogenen Lehnstuhl stieg eine Rauchwolke auf.

Remo scharrte mit den Füßen. Dimitri mochte keine schlechten Neuigkeiten. »Krentz, Weis und ich haben die ganze Gegend abgesucht, in jedem Dorf nachgefragt. Fünf Männer überwachen die Stadt. Kein Zeichen von unserem Wild.«

»Kein Zeichen.« Dimitris Stimme klang mild und wohltönend. Seine Mutter hatte – neben anderen Dingen – großen Wert auf eine gepflegte Ausdrucksweise gelegt. Die dreifingrige Hand spielte mit der Zigarette. »Wenn man die Augen offenhält, dann gibt es immer Zeichen, mein lieber Remo.«

»Wir werden sie finden, Mr. Dimitri. Wir brauchen nur noch etwas Zeit.«

»Ich mache mir ernsthaft Sorgen.« Vom Tisch zu seiner rechten nahm Dimitri ein geschliffenes, mit tiefrotem Wein gefülltes Kristallglas. An der gesunden Hand trug er einen klotzigen Goldring mit einem großen Diamanten. »Sie sind dir jetzt dreimal ... nein, viermal entwischt. Dein Versagen wird langsam zur unangenehmen Gewohnheit.« Seine Stimme wurde zu einem sanften Schnurren; er zündete sein Feuerzeug an und hielt die Flamme so, daß sie Remos Gesicht beleuchtete. »Du weißt, was ich von Versagern halte.«

Remo schluckte. Er kannte Dimitri zu gut, um nach Entschuldigungen zu suchen. Dimitri haßte Ausreden. Langsam lief Schweiß seinen Nacken hinab.

»Remo, Remo.« Der Name klang wie ein Seufzer. »Du warst wie ein Sohn für mich.« Das Feuerzeug klickte, und erneut zog eine dünne Rauchwolke durch die Luft. Er sprach niemals schnell. Ein Gespräch, das bis zum letzten Wort ausgekostet wurde, wirkte furchteinflößender als offene Drohungen. »Ich bin ein geduldiger, großzügiger Mann.« Dimitri wartete auf Remos Kommentar und war hochzufrieden, als dieser ausblieb. »Aber ich erwarte Resultate. Ich will Ergebnisse sehen, Remo. Ein Arbeitgeber muß auf Disziplin achten.« Ein Lächeln, das nicht bis in seine Augen drang, umspielte seine Lippen. Die Augen blieben unberührt und leidenschaftslos. »Disziplin«, wiederholte er.

»Ich werde diesen Kerl finden, Mr. Dimitri. Und dann serviere ich ihn Ihnen auf einem Silbertablett.«

»Ein angenehmer Gedanke, kein Zweifel. Hol mir die Papiere.« Die Stimme wurde merklich kälter. »Und die Frau. Diese Frau fesselt mich mehr und mehr.«

Unbewußt tastete Remo nach der Narbe auf seiner Wange. »Ich werde auch die Frau erwischen.«

7

Eine Stunde vor Sonnenuntergang brachen sie auf. Zuvor hatten die Merina, die den Besuch offenbar genossen hatten, ihnen zeremoniell Wasser, Lebensmittel und Wein überreicht.

Mit einer Freigiebigkeit, die Doug zusammenzucken ließ, drückte Whitney einige Scheine in die Hand von Louis. Doch die Erleichterung, als dieser das Geld zurückwies, war nur von kurzer Dauer. Whitney beharrte darauf, das Geld sei als Gabe für das ganze Dorf gedacht, und fügte aus einer Eingebung heraus hinzu, daß sie außerdem auf diese Weise ihrer Hochachtung für die Vorfahren Ausdruck verleihen wollten.

Die Scheine verschwanden daraufhin in Louis' Hemd.

»Wieviel haben Sie ihm gegeben?« erkundigte sich Doug, der seinen wiederaufgefüllten Rucksack schulterte.

»Nur hundert Dollar.« Als er sie böse ansah, tätschelte sie seine Wange. »Seien Sie nicht so ein Geizkragen, Douglas. Das paßt gar nicht zu Ihnen.« Vor sich hinsummend, zog sie ihr Notizbuch aus der Tasche.

»O nein, Sie werfen mit dem Geld um sich, nicht ich.«

Whitney verzeichnete schwungvoll den Betrag in ihrem Buch. Dougs Schuldenberg wuchs an, es war nicht zu übersehen. »Mitgehangen, mitgefangen. Außerdem habe ich noch eine Überraschung für Sie.«

»Was denn, zehn Prozent Ermäßigung?«

»Unsinn.« Das Geräusch eines stotternden Motors kam näher. Whitney deutete in diese Richtung. »Ein Transportmittel.«

Der Jeep hatte schon entschieden bessere Tage gesehen. Zwar glänzte er frischgewaschen, doch der Motor spuckte und fauchte, als ein Merina mit buntem Stirnband die mit Schlaglöchern übersäte Straße entlangfuhr.

Als Fluchtauto war der genauso gut zu gebrauchen wie ein

blindes Maultier, dachte Doug. »Der schafft doch kaum noch dreißig Kilometer.«

»Das sind dreißig Kilometer, auf denen wir unsere Füße schonen können. Sagen Sie artig danke, Douglas, und spielen Sie nicht den Grobian. Pierre bringt uns in die Provinz Tamatave.«

Ein Blick auf Pierre bestätigte Doug, daß der Mann offenbar dem Palmwein allzu reichlich zugesprochen hatte. Sie konnten froh sein, wenn die Fahrt nicht in einem Reisfeld endete. »Na großartig.« Voll böser Vorahnungen und mit schmerzendem Kopf – vom übermäßigen Weingenuß – verabschiedete sich Doug formell von Louis.

Whitneys Abschied fiel entschieden herzlicher aus. Doug kletterte auf den Rücksitz des Jeeps und streckte die Beine aus. »Setzen Sie Ihren Arsch in Bewegung, Schätzchen. In einer Stunde wird es dunkel.«

»Du kannst mich mal, Lord.« Lächelnd stieg Whitney ein, verstaute den Rucksack im Fußraum und lehnte sich bequem zurück. »*Avant*, Pierre.«

Der Jeep machte einen Satz nach vorne, bockte und ratterte dann die Straße hinunter, wobei jedes Schlagloch in Dougs Kopf eine hämmernde Explosion auslöste. Er schloß die Augen und zwang sich zum Schlafen.

Whitney nahm die mörderische Fahrt gelassen hin. Sie hatte gegessen, getrunken und getanzt. Dasselbe tat sie in New York, wenn sie einen Club und anschließend eine Broadwayshow besuchte, doch dafür war dies hier ein einmaliges Erlebnis. Eine Droschkenfahrt durch den Central Park mochte wesentlich bequemer sein, aber andererseits konnte sich jeder mit zwanzig Dollar in der Tasche etwas derartiges leisten. Sie dagegen hoppelte in einem altersschwachen, von einem Eingeborenen gesteuerten Jeep durch Madagaskar, während hinter ihr ein Dieb leise vor sich hinschnarchte. Das war doch entschieden interessanter als eine ruhige Fahrt durch den Park.

Die Szenerie blieb größtenteils eintönig. Rote Berge, fast ohne Baumbewuchs, weite Täler mit rechteckig angeordneten Feldern. Jetzt, da die Sonne tief stand, kühlte es sich merklich ab, doch die Tageshitze hatte die Erde ausgedörrt. Staub bedeckte die Straßen, wirbelte unter den Reifen auf und legte sich wie ein Schleier über den frischgewaschenen Jeep. Obwohl sich die Landschaft kaum veränderte, schlug deren Weite Whitney in Bann.

Meilenweit nichts als weites Land und weiter Himmel, sann sie, nichts, was den Blick versperrte. Die Faszination, die diese karge Landschaft auf sie ausübte, konnte ein Stádtbewohner wohl schwerlich nachempfinden.

In New York vermißte sie ab und an den freien Himmel. Wenn sie dieses Gefühl überkam, sprang sie gewöhnlich in das nächstbeste Flugzeug, flog an den ersten Ort, der ihr einfiel, und blieb solange, bis ihre Stimmung wieder umschlug. Ihre Freunde nahmen diese Launen hin, weil sie nichts daran ändern konnten, und ihre Eltern tolerierten sie, weil sie hofften, daß ihre Tochter eines Tages zur Ruhe kommen würde.

Vielleicht lag es an der beruhigenden Wirkung der Landschaft, vielleicht an ihrem vollen Magen; Whitney empfand ein merkwürdiges Gefühl der Zufriedenheit. Es würde nicht lange anhalten, sie kannte sich selbst zu gut, um etwas anderes zu vermuten. Sie war nicht der Typ, der über einen längeren Zeitraum hinweg ausgeglichen und zufrieden blieb, sondern eher ein Mensch, der dem Leben hinterherjagte, immer in Erwartung einer neuen Erfahrung.

Doch jetzt lehnte sie sich im Jeep zurück und genoß den Zustand der Gelassenheit.

Die Sonne ging in einem spektakulären Farbenmeer unter. Whitney drehte sich um und kniete sich auf den Sitz, um das Farbenspiel am Himmel besser beobachten zu können. Es gehörte zu ihrem Beruf, Farben harmonisch zusammenzustellen, und während sie zusah, wie die Sonne versank, überlegte sie, ob sie nicht einen Raum in diesen Farben einrichten sollte. Blutrot, sattes Gold, tiefes Saphirblau und dazu als aufhellenden Akzent eine Malvenfarbe. Eine ungewöhnliche, intensive Farbkombination. Ihr Blick blieb auf dem schlafenden Doug haften. Ein solcher Raum würde zu ihm passen, entschied sie. Leuchtende, kräftige Farben, die seinen Charakter widerspiegelten.

Die Zunge zwischen den Lippen blickte Whitney von ihm zum Boden. Der Rucksack – darin der Umschlag – stand zu seinen Füßen. Vorsichtig lehnte sie sich zurück, immer auf der Hut vor ersten Anzeichen des Erwachens. Der Rucksack befand sich außerhalb ihrer Reichweite. Der Jeep ruckelte, als sie sich langsam aufrichtete und über die Lehne reckte. Doug schnarchte ruhig weiter. Ihre Finger klammerten sich um den Trageriemen, und sie begann, den Rucksack behutsam anzuheben.

Ein lauter Knall ließ sie zusammenfahren. Noch ehe sie nach einem sicheren Halt suchen konnte, brach der Jeep aus und schleuderte sie auf den Rücksitz.

Doug erwachte von einem Stoß in die Magengrube, der ihm die Luft raubte. Als er die Augen öffnete, sah er Whitney quer über seiner Brust liegen. Sie roch nach Wein und Früchten. Gähnend fuhr er mit der Hand über ihre Hüfte. »Sie können einfach nicht die Finger von mir lassen, stimmt's?«

Whitney blies sich das Haar aus den Augen und blitzte ihn an. »Ich wollte mir vom Rücksitz aus den Sonnenuntergang ansehen.«

»So, so.« Seine Hand legte sich über ihre, die noch immer den Riemen seines Rucksacks festhielt. »Klebrige Finger, Whitney?« Er schnalzte leise mit der Zunge. »Ich bin sehr enttäuscht.«

»Ich weiß überhaupt nicht, wovon Sie reden.« Whitney rappelte sich auf und rief Pierre etwas zu. Obwohl der französische Wortschwall an ihm vorbeirauschte, brauchte Doug keinen Übersetzer, um zu verstehen, worum es sich handelte. Der Merina war nämlich ausgestiegen und trat wütend gegen den rechten Vorderreifen.

»Wir haben einen Platten.« Doug machte Anstalten, auszusteigen, dachte an seinen Rucksack und nahm ihn mit. Whitney tat es ihm nach, ehe sie ihm folgte. »Was haben Sie vor?« fragte Doug.

Sie inspizierte den Reservereifen, den Pierre aus dem Kofferraum geholt hatte. »Herumstehen und ein hilfloses Gesicht machen, was sonst? Außer Sie möchten, daß ich einen Abschleppdienst anrufe.«

Fluchend ließ sich Doug auf dem Boden nieder und begann, mit einem Schraubenschlüssel die Radmuttern zu lösen. »Der Reservereifen ist so glatt wie ein Kinderpopo. Sagen Sie unserem Fahrer, daß wir zu Fuß weitergehen. Er kann froh sein, wenn er bis zum Dorf zurückkommt.«

Eine Viertelstunde später standen sie mitten auf der Straße und sahen dem Jeep nach. Gutgelaunt hakte Whitney sich bei Doug unter. »Ein kleiner Verdauungsspaziergang, mein Bester?«

»So sehr ich es hasse, Ihnen etwas abzuschlagen, aber wir suchen uns einen sicheren Platz zum Zelten. In einer Stunde ist es so dunkel, daß wir nicht mehr die Hand vor den Augen sehen können. Da drüben«, beschloß er, auf eine Ansammlung von Felsen deutend. »Wir bauen das Zelt dahinter auf. Aus der Luft können sie uns sehen, das läßt sich nicht vermeiden, aber wir sind außer Sichtweite der Straße.«

»Also denken Sie, daß die Kerle zurückkommen?«

»Sie werden zurückkommen, aber dann sind wir nicht mehr da.«

Whitney hatte sich schon gefragt, ob es in Madagaskar überhaupt eine nennenswerte Anzahl Bäume gebe, daher war sie entzückt, als sie an einem Waldgebiet anlangten.

Doug sah den Wald als willkommenen Schutz an. Whitney hielt ihn für eine willkommene Abwechslung.

Die Luft war zwar mild, doch nach einer Stunde angestrengten Kletterns klebte Whitney am ganzen Körper. Es gab entschieden angenehmere Wege, um auf Schatzsuche zu gehen, da wir sie sicher. Ein klimatisierter Wagen wäre ihre erste Wahl.

Der Wald mochte nicht über eine Klimaanlage verfügen, doch er war kühl. Whitney trat zwischen einige hochaufgeschossene, fedrige Farnbäume. »Sehr hübsch«, meinte sie.

»Sie können Reisenden das Leben retten.« Doug brach ein Blatt am Stengel ab. Klares Wasser tropfte aus der Schnittstelle in seine Handfläche. »Nützliches Gewächs. Lesen Sie den Reiseführer.«

Whitney tauchte den Finger in die kleine Pfütze und steckte

ihn dann in den Mund. »Es baut Ihr Ego wohl ungemein auf, wenn Sie Ihr Wissen herauskehren können.« Hinter ihr raschelte es, sie sah sich um und erhaschte noch einen Blick auf ein pelziges weißes Etwas mit langem Schwanz, das im Unterholz verschwand. »Das gibt's doch nicht! Ein Hund!«

»Hmmm.« Doug packte ihren Arm, ehe sie hinterherrennen konnte. »Ein Sifaka. Sie haben soeben Ihren ersten Lemur gesehen. Da!«

Whitney folgte seinem Finger und sah einen schneeweißen, schwarzköpfigen Lemuren, der sich in der Baumkrone entlanghangelte. Lachend beobachtete sie das Tier. »Sind die niedlich! Und ich dachte schon, wir kriegen außer Bergen, Gras und Felsen in Madagaskar nichts zu sehen.«

Ihr Lachen gefiel ihm, außer daß es vielleicht ein bißchen zu häufig erklang. Frauen. Es war verdammt lange her, seit er das letzte Mal eine Frau gehabt hatte. »Das ist keine Rundreise«, sagte er kurz angebunden. »Wenn wir den Schatz gefunden haben, können Sie ja eine buchen. Aber jetzt müssen wir sehen, daß wir vorankommen.«

»Wozu diese Eile?« Whitney verlagerte ihren Rucksack und eilte an Dougs Seite. »Mir scheint, daß Dimitris Chancen, uns zu finden, sinken, je länger wir unterwegs sind.«

»Mir ist es ungemütlich, wenn ich nicht weiß, wo er ist. Vor uns, hinter uns, wer weiß.« Unwillkürlich mußte er an Vietnam denken, wo der Dschungel zuviel verbarg. Er zog die dunklen Straßen der Stadt vor.

Whitney blickte über ihre Schulter und verzog das Gesicht. Der Wald hatte sich bereits hinter ihnen geschlossen. Sie wollte den beruhigenden Effekt des dunklen Grüns, der Feuchtigkeit und der kühlen Luft genießen, doch dank Doug sah sie schon Gespenster. »Außer uns befindet sich niemand in diesem Wald. Bislang waren wir ihnen immer einen Schritt voraus.«

»Bislang, ja. Und so soll es auch bleiben.«

»Warum vertreiben wir uns die Zeit nicht mit einer Unterhaltung? Sie könnten mir von den Papieren erzählen.«

Er hatte bereits resigniert festgestellt, daß sie nicht lockerlassen würde. Besser, er gab ihr einige Informationen, damit sie endlich aufhörte, ihn zu bedrängen. »Was wissen Sie über die Französische Revolution?«

Whitney verlagerte beim Laufen den verhaßten Rucksack und beschloß, ihm vorerst nicht zu gestehen, daß sie bereits einen flüchtigen Blick auf die erste Seite geworfen hatte. Doug würde ihr mehr erzählen, wenn er dachte, sie wüßte von nichts.

»Genug, um auf dem College einen Kurs in französischer Geschichte erfolgreich zu absolvieren.«

»Wie sieht es mit Steinen aus?«

»Geologie war mein schlechtestes Fach.«

»Ich rede nicht von Kalkstein und Quarzen. Richtige Steine, Süße. Diamanten, Smaragde, Rubine so groß wie Ihre Faust. Dann nehmen Sie noch die Schreckensherrschaft und flüchtige Aristokraten, und wir kommen der Sache näher. Halsbänder, Ohrringe, ungefaßte Smaragde. Eine Menge wurde gestohlen.«

»Und noch mehr versteckt und außer Landes geschmuggelt.«

»Richtig. Wenn man darüber nachdenkt ... es sind mehr Steine verschwunden, als man jemals wiederfinden kann. Und wir werden uns einen kleinen Teil davon holen. Mehr will ich gar nicht.«

»Der Schatz ist zweihundert Jahre alt«, sagte Whitney ruhig und dachte wieder an das Papier, das sie überflogen hatte. »Ein Teil der französischen Geschichte.«

»Die Schätze des Königshauses«, murmelte Doug. Sie waren zum Greifen nah.

»Königshaus?« Das Wort ließ sie aufhorchen. Er blickte träumerisch ins Leere. »Der Schatz gehörte dem König von Frankreich?«

Genug damit, entschied Doug. Jetzt hatte er schon mehr verraten, als notwendig war. »Er gehörte dem Mann, der schlau genug war, ihn in die Finger zu bekommen. Und er wird mir gehören. Uns«, korrigierte er sich rasch. Doch Whitney schwieg.

»Wer war eigentlich die Frau, die Whitaker Papiere und Karte gegeben hat?« fragte sie nach einer Weile.

»Die Engländerin? Ach ja – Smythe-Wright. Genauer – Lady Smythe-Wright.«

Als dieser Name fiel, schlug eine kleine Glocke in Whitneys Kopf an. Lady Olivia Smythe-Wright gehörte zu den wenigen Angehörigen des Landadels, die diesen Titel zu Recht trugen. Sie widmete sich sowohl der Kunst als auch der Wohltätigkeit mit einer fast religiös zu nennenden Hingabe. Wie sie oft betonte, lag einer der Gründe für ihr Handeln darin, daß sie eine Nachfahrin Marie Antoinettes war. Königin, Kokotte, Opfer – eine Frau, die von einigen Historikern als egoistische Närrin, von anderen als Opfer der Umstände bezeichnet wurde. Whitney hatte einige von Lady Smythe-Wrights Vorträgen besucht und die Frau heimlich bewundert.

Marie Antoinette und verschwundene französische Juwelen … Eine Tagebuchseite mit dem Datum von 1793. Das ergab einen Sinn. Wenn Olivia die Papiere für historisch bedeutend gehalten hatte … Whitney erinnerte sich daran, ihre Todesanzeige in der *Times* gelesen zu haben. Ein grausamer Mord ohne ersichtliches Motiv. Die Behörden hatten die Ermittlungen noch nicht abgeschlossen.

Butrain, dachte Whitney. Er würde sich vor keinem irdischen Gericht mehr verantworten müssen; er war tot, genau wie Whitaker, Lady Smythe-Wright und ein junger Kellner namens Juan. Das Motiv für all diese Morde steckte in Dougs Tasche. Wieviele Menschen hatten wohl sonst noch ihr Leben für den Schatz einer Königin gegeben?

Nein, so durfte sie die Sache nicht sehen, jetzt nicht. Sonst müßte sie kehrtmachen und aufgeben. Ihr Vater hatte ihr vieles beigebracht, aber seine erste, wichtigste Regel lautete, das zu Ende zu bringen, was man angefangen hatte, egal um welchen Preis. So hatte sie schon immer gehandelt, und sie war stolz darauf.

Sie würde weitermachen, Doug helfen, den Schatz zu finden. Dann würde sie entscheiden, was damit geschehen sollte.

Doug sah sich bei jedem Rascheln aufmerksam um. Laut Reiseführer wimmelte der Wald von Tieren, aber keines davon wurde Menschen gefährlich, wenn er sich recht erinnerte. Außerdem fürchtete er die zweibeinigen Raubtiere entschieden mehr.

Mittlerweile würde Dimitri außerordentlich wütend sein. Und Doug waren einige Geschichten zu Ohren gekommen, wie Dimitri zu verfahren pflegte, wenn er wütend war. Er wollte es nicht am eigenen Leibe erfahren.

Mühsam versuchte er, sich zu entspannen. Zum Teufel mit Dimitri! Er war meilenweit entfernt und drehte sich vermutlich im Kreis. Noch nicht einmal er konnte sie in dem riesigen, unbewohnten Waldgebiet ausfindig machen. Das Prickeln in seinem Nacken kam vom Schweiß. Der Umschlag war sicher in seinem Rucksack verstaut, auf dem er letzte Nacht vorsichtshalber geschlafen hatte. Der Schatz am Ende des Regenbogens war ihm so nah wie noch nie.

»Schön hier«, meinte er, blickte hoch und sah ein paar fuchsgesichtige Lemuren in den Baumkronen herumturnen.

»Da bin ich aber froh, daß es Ihnen gefällt«, gab Whitney zurück. »Vielleicht können wir langsam eine Frühstückspause einlegen, da Sie es heute morgen ja so eilig hatten?«

»Bald. Holen wir uns erst noch etwas Appetit.«

Whitney preßte eine Hand auf ihren knurrenden Magen. »Sie machen wohl Witze.« Dann sah sie einen Schwarm von zwanzig oder dreißig großen Schmetterlingen auffliegen, eine tiefblaue, leuchtende Wolke, die in der Luft auf und ab tanzte. Die Intensität der Farben tat ihr beinahe in den Augen weh. »O Gott, für ein Kleid in dieser Farbe könnte ich sterben.«

»Den Einkaufsbummel machen wir später.«

Whitney beobachtete die Schmetterlinge, die von Blüte zu Blüte flatterten. Der Anblick half ihr, den stundenlangen Marsch zu ertragen. »Ein Königreich für ein Stück dieses seltsamen Fleisches und eine Banane!«

Doug ließ sich wie immer von ihrem Lächeln und dem verführerischen Augenaufschlag erweichen. »Wir veranstalten ein Picknick.«

»Herrlich!«

»Aber später.«

Er nahm sie bei der Hand und führte sie weiter. Der Wald hier duftet genauso angenehm wie eine Frau, dachte er. Und wie eine Frau hatte der Wald Schattenseiten und verborgene Fallen. Besser, man blieb auf dem Teppich und hielt die Augen offen. Hier war, dem Unterholz nach zu urteilen, noch niemand vor ihnen gewesen, und er konnte sich nur nach dem Kompaß richten.

»Ich verstehe nicht, warum Sie einen solchen Marathon veranstalten.«

»Weil uns jeder Schritt dem Topf voll Gold näherbringt, Süße. Wenn wir nach Hause kommen, können wir uns jeder ein Penthouse kaufen.«

»Aber Douglas.« Kopfschüttelnd bückte sie sich und pflückte eine blaßrosa, zartgefiederte Blüte ab, die sie sich lächelnd ins Haar steckte. »Sie sollten materiellen Werten keine solche Bedeutung beimessen.«

»Nein, wenn man alles hat, ist das nicht mehr wichtig.«

Achselzuckend pflückte sie eine weitere Blüte und wedelte damit vor seiner Nase. »Sie machen sich zuviele Gedanken um Geld.«

»Wie bitte?« Er blieb stehen und blitzte sie böse an. »Ich? Ich mache mir Gedanken um Geld? Wer von uns beiden vermerkt denn jeden einzelnen Cent in einem kleinen Büchlein? Wer schläft denn mit der Brieftasche unter dem Kopfkissen?«

»Das gehört zum Geschäft«, sagte Whitney leichthin. »Und ist somit ganz etwas anderes.«

»Blödsinn. Ich habe noch nie erlebt, daß jemand jeden einzelnen Cent abrechnet. Wenn ich mich verletzen würde, dann würden Sie noch einen Dollar für Pflaster berechnen.«

»Höchstens fünfzig Cent«, korrigierte sie. »Und es besteht absolut keine Notwendigkeit, so zu schreien.«

»Ich muß diesen Radau übertönen.«

Wie auf Kommando blieben beide stehen. Der Krach, den sie gerade erst bemerkt hatten, dröhnte wie Motorengeräusch. Nein, dachte Doug, kein Motor. Dazu war es zu gleichmäßig, zu grollend. Donner? Nein. Wieder nahm er Whitneys Hand.

»Kommen Sie, wir wollen mal sehen, was das ist.«

Das Geräusch wurde lauter, je mehr sie sich östlich hielten, und verlor alle Ähnlichkeit mit Motorlärm. »Wasser gegen Steine«, vermutete Whitney. Als sie auf eine Lichtung traten, zeigte sich, daß sie beinahe recht hatte. Wasser traf auf Wasser.

Der Wasserfall ergoß sich in eine klare, gurgelnde Lagune. Die weiße Gischt funkelte in der Sonne kristallklar und färbte sich am Ende des Falls tiefblau. Unbewußt lehnte Whitney den Kopf an Dougs Schulter.

»Wunderschön«, flüsterte sie. »Als ob der Platz für uns geschaffen wäre.«

Doug legte einen Arm um sie. »Hübsches Plätzchen für ein Picknick. Sind Sie nicht froh, daß wir gewartet haben?«

Sie erwiderte sein Lächeln. »Ein Picknick«, stimmte sie mit leuchtenden Augen zu. »Und ein Bad.«

»Ein Bad?«

»Ein wundervolles, kühles, erfrischendes Bad.« Zu seiner Überraschung gab sie ihm einen schallenden Kuß, dann rannte sie auf die Lagune zu. »Das lasse ich mir doch nicht entgehen, Douglas.« Sie ließ ihren Rucksack fallen, wühlte darin herum und holte ein Stück französischer Seife und eine kleine Flasche Shampoo heraus. »Allein der Gedanke, den Schmutz der letzten Tage abwaschen zu können, treibt mich zum Wahnsinn.«

Doug nahm die Seife und schnupperte daran. Sie roch wie Whitney – frisch und sehr weiblich. Kostspielig. »Teilen wir?«

»Okay. Und da ich heute in Spendierlaune bin, berechne ich Ihnen nichts dafür.«

Er grinste, als er ihr die Seife zuwarf. »Mit Kleidern können Sie aber nicht baden.«

Die Herausforderung, die in seinen Augen lag, entging ihr nicht. »Ich habe nicht die Absicht, etwas anzubehalten.« Langsam knöpfte sie ihre Bluse auf, während seine Augen ihr folgten. Eine leichte Brise zerrte an den Enden und kitzelte den Streifen nackter Haut. »Alles, was Sie zu tun haben«, sagte sie freundlich, »ist, sich umzudrehen.« Als er sie nur lächelnd anblickte, winkte sie mit dem Seifenstück. »Oder es gibt keine Seife.«

»Spielverderber«, murmelte er, drehte sich aber gehorsam um.

Innerhalb weniger Sekunden hatte Whitney ihre Kleider abgestreift, war ins Wasser gesprungen und planschte darin herum. »Jetzt sind Sie dran.« Vor lauter Freude, Wasser auf ihrer Haut zu spüren, legte sie den Kopf nach hinten, so daß ihre Haare auf dem Wasser trieben. »Vergessen Sie das Shampoo nicht.«

Das Wasser war so klar, daß er die verführerische Silhouette ihres Körpers erkennen konnte. Wasser umspielte ihre Brüste. Wieder verspürte er einen prickelnden, gefährlichen Anflug von Begierde und konzentrierte sich auf ihr Gesicht. Es half nichts.

Ihr Gesicht strahlte vor Freude, das aufwendige Make-up, das sie jeden Morgen auflegte, hatte das Wasser abgewaschen. Ihr glattes Haar, vor Nässe dunkel, umrahmte die hohen Wangenknochen, die ihre Schönheit so charakteristisch machten. Doug griff nach der kleinen Plastikflasche mit Shampoo und drehte sie in der Hand.

Unter diesen Umständen hielt er es für klüger, die Situation mit Humor zu nehmen. Er hatte einen Millionenschatz in greifbarer Nähe, einen zu allem entschlossenen und sehr gerissenen Feind im Nacken und war im Begriff, zusammen mit einer Eiskremprinzessin ein Bad unter freiem Himmel zu genießen.

Nachdem er sein Hemd über den Kopf gezogen hatte, fingerte er am Reißverschluß seiner Jeans herum. »Sie wollen sich wohl nicht umdrehen, was?«

Dieses herausfordernde Grinsen war zuviel für Whitney. Beiläufig begann sie einen Arm einzuseifen. Ihr war gar nicht bewußt geworden, wie sehr sie dieses kühle, erfrischende Gefühl vermißt hatte. »Angeben wollen Sie, wie, Douglas? Ich bin aber nicht leicht zu beeindrucken.«

Er setzte sich hin, um seine Schuhe auszuziehen. »Lassen Sie mir meinen Anteil an der Seife übrig.«

»Dann machen Sie voran.« Mit denselben langsamen, streichelnden Bewegungen seifte sie den anderen Arm ein, dann legte sie sich aufs Wasser und ließ sich treiben. Als er aufstand und seine Jeans fallenließ, musterte sie ihn kritisch mit ausdruckslosem Gesicht. Lange, muskulöse Beine, ein flacher Bauch und schmale, von einem knappen Slip bedeckte Hüften. Er hatte den Körperbau eines Läufers. Vermutlich war er auch einer.

»Na ja«, meinte sie nach einem Augenblick. »Da Sie sich offenbar gern zur Schau stellen, ist es um so bedauerlicher, daß ich meine Polaroid vergessen habe.«

Ungerührt streifte er den Slip ab. Einen Moment lang stand er nackt am Ufer der Lagune, ehe er ins Wasser sprang und in ihrer Nähe auftauchte. Was er unter Wasser zu Gesicht bekommen hatte, ließ seine Begierde steigen.

»Seife«, sagte er so kühl wie möglich und bot ihr das Shampoo zum Tausch an.

»Ohren waschen«, mahnte sie und verteilte eine großzügige Dosis Shampoo auf der Handfläche.

»Hey, die Hälfte gehört mir!«

»Sie kriegen schon noch was ab. Außerdem habe ich mehr Haar als Sie.«

Er fuchtelte mit der Seife herum, ehe er seine Brust einseifte. »Und ich habe mehr Körperfläche.«

Lachend tauchte Whitney unter. Als sie wieder an die Oberfläche kam, rief sie: »Es ist einfach herrlich! Wir sollten uns für das Wochenende hier einmieten.«

Die Sonne ließ die Wassertröpfchen in ihrem Haar wie Kristalle glitzern. »Nächstes Mal. Jetzt könnte ich das Shampoo gebrauchen.«

»Ach ja?« Er wirkte auf gefährliche Weise attraktiv. Whitney stellte fest, daß sie einen Hauch von Gefahr bei einem Mann zu schätzen begann. Der Begriff Langeweile, das einzige Wort, das sie am liebsten aus ihrem Vokabular verbannt hätte, ließ sich auf ihn beileibe nicht anwenden. Zweifellos steckte er voller Überraschungen.

Um ihn und vielleicht sich selbst auf die Probe zu stellen, paddelte sie langsam auf ihn zu, bis sich ihre Körper ganz nah waren. »Wir tauschen«, schlug sie vor und hielt ihm die Flasche hin.

Seine Finger schlossen sich um die glitschige Seife, so daß sie ihm beinahe aus der Hand flutschte. Worauf zum Teufel war sie aus, fragte er sich. Er war genug herumgekommen, um diesen Gesichtsausdruck bei einer Frau richtig zu deuten. Vielleicht, sollte das heißen. Und – bring mich doch soweit. Dummerweise war Whitney mit keiner anderen Frau, die er je gekannt hatte, zu vergleichen. Er wußte nicht recht, wie er sich verhalten sollte.

»Klar.« Er öffnete die Hand, damit sie sich das nasse Seifenstück nehmen konnte. Zum Dank warf sie die Flasche hoch in die Luft und lachte, als Doug sie auffing.

»Ich hoffe, Jasminduft stört sie nicht.« Langsam hob sie ein Bein aus dem Wasser und seifte die Wade ein.

»Ich kann's vertragen.« Er rieb sich Shampoo ins Haar, drehte die Flasche zu und warf sie ans Ufer. »Schon mal in einem öffentlichen japanischen Bad gewesen?«

»Nein.« Neugierig sah sie ihn an. »Sie etwa?«

»In Tokio, vor ein paar Jahren. Eine interessante Erfahrung.«

»Ich beschränke die Anzahl der Personen in meiner Badewanne lieber auf zwei. Gemütlich, aber nicht zu voll.«

»Jede Wette.« Er tauchte kurz unter, um das Shampoo abzuspülen.

»Außerdem sehr praktisch«, fügte Whitney hinzu, als er wieder auftauchte. »Besonders, wenn man den Rücken geschrubbt bekommen will.« Lächelnd hielt sie ihm die Seife wieder hin. »Würde es Ihnen etwas ausmachen?«

Also wollte sie Spielchen spielen. Nun, das konnte sie haben; er nahm ihr die Seife aus der Hand und rieb ihre Schultern damit ein. »Wunderbar«, meinte sie nach einem Moment. Obwohl ihr Magen sich zusammenzog, gelang es ihr, ihre Stimme unter Kontrolle zu halten. »Aber ich nehme an, ein Mann in Ihrem – Beruf muß eben geschickte Hände haben.«

Seine Hand glitt an ihrem Rückgrat hinab und langsam wieder nach oben. Whitney durchfuhr es wie ein elektrischer Schlag, und sie begann zu zittern. Doug grinste.

»Kalt?«

Was hatte sie da herausgefordert, fragte sie sich. »Das Wasser wird kühl, wenn man sich nicht bewegt.« Vorsichtig schwamm sie seitlich weg, wobei sie sich einredete, daß dies keinesfalls ein Rückzug war. So nicht, Süße, dachte Doug. Er warf die Seife dem Shampoo hinterher und packte sie schnell am Knöchel.

»Irgendwelche Probleme?«

Ohne Anstrengung zog er sie zu sich zurück. »Solange wir hier Spielchen spielen ...«

»Ich weiß gar nicht, wovon Sie reden ...«, begann Whitney, doch der Satz erstarb in einem keuchenden Atemzug, als ihre Körper sich trafen.

»Von wegen!«

Die Unsicherheit, der Ärger und die aufflackernde Erkenntnis in ihren Augen gefielen ihm. Absichtlich umklammerte er ihre Beine mit den seinen, so daß sie sich an seinen Schultern festhalten mußte, um nicht unterzugehen.

»Seien Sie vorsichtig, Lord«, warnte sie.

»Ich liebe Wasserspiele, Whitney.«

Seine Hand strich über ihre Brüste. »Sie nicht?«

Sie hatte es nicht anders gewollt, doch wurde sie kein bißchen zugänglicher. Zwar wollte sie ihre Spielchen mit ihm treiben, aber zu ihren Bedingungen und wann es ihr beliebte. Ihre Stimme wurde kühl, und die Augen blickten eisig.

»Sie glauben doch nicht wirklich, daß wir im selben Verein sind, oder?« Schon vor langer Zeit hatte sie herausgefunden, daß kalt und gelassen hervorgebrachte Beleidigungen die beste Verteidigung waren.

»Nein, aber ich habe noch nie viel auf Klassenunterschiede gegeben. Wenn Sie die Herzogin spielen wollen, nur zu.« Seine Daumen spielten mit ihren Brustwarzen, und er hörte, wie sie vernehmlich Atem holte. »Wenn ich mich recht entsinne, hatten sogar Königinnen eine Vorliebe dafür, sich gewöhnliche Bauern ins Bett zu holen.«

»Ich habe nicht die Absicht, Sie in mein Bett zu holen.«

»Sie wollen mich doch.«

»Schmeicheln Sie sich selbst?«

»Lügen Sie etwa?«

Whitney wollte aufbrausen, doch die angenehme Wärme in ihrem Inneren sprach dagegen. »Mir wird kalt, Douglas. Ich will aus dem Wasser raus.«

»Sie wollen, daß ich Sie küsse.«

»Eher würde ich eine Kröte küssen.«

Er grinste. Sie hatte ihn förmlich angezischt. »Zumindest habe ich keine Warzen.«

Kurz entschlossen preßte er seinen Mund auf ihren.

Whitney erstarrte. Niemand hatte je gewagt, sie ohne ihre Einwilligung zu küssen. Wer, zum Teufel, bildete er sich ein zu sein?

Und ihr Herz pochte gegen seines. Ihr Puls raste, der Kopf wurde leicht.

Es interessierte sie einen feuchten Kehricht, wer er war.

Leidenschaftlich erwiderte sie seinen Kuß und spielte mit seiner Zunge. Seine Zähne knabberten an ihrer Unterlippe, während sie die Arme um ihn schlang und ihn enger an sich zog. Welche Überraschung, dachte er und verlor selbst fast die Besinnung. Die Lady steckte voller Überraschungen.

Sie schmeckte kühl, frisch und anders als jede andere Frau. Die Leidenschaft drohte sie beide zu überwältigen. Sich umklammernd versanken sie im Wasser, kämpften sich, noch immer Mund an Mund, wieder an die Oberfläche.

Noch nie hatte sie einen Mann wie ihn gekannt. Er fragte nicht, sondern nahm. Seine Hände wanderten mit einer Intimität, die sie stets zu vermeiden gesucht hatte, über ihren Körper. Sie wählte ihre Liebhaber manchmal aus einem Impuls heraus, manchmal aus Berechnung aus, aber immer war *sie* es, die die Wahl traf. Diesmal war ihr keine Wahl geblieben. Diese Hilflosigkeit übertraf alles, was sie bisher erlebt hatte.

Wenn er sie schon mit einem Kuß so erregen konnte, würde er sie im Bett zum Wahnsinn treiben. Er würde mit ihr machen, was er wollte.

Und dann, dachte sie, würde er sich mit einem frechen

Grinsen verabschieden und in der Nacht verschwinden. Einmal ein Dieb, immer ein Dieb, ob es nun um Geld oder das Herz einer Frau ging. Nun, sie mochte den Anfang nicht bestimmt haben, aber das Ende würde nach ihren Vorstellungen verlaufen.

Sie wischte einen Anflug von Bedauern beiseite. Schmerzen mußten um jeden Preis vermieden werden, auch auf Kosten des Vergnügens.

Whitney machte sich ganz leicht, als ob sie sich ihm total hingeben wollte. Dann hob sie die Hände zu seinen Schultern und drückte Doug hart nach unten.

Ohne die Chance, vorher nach Luft zu schnappen, ging er unter.

Ehe er wieder an die Oberfläche kam, war Whitney am Ufer der Lagune angelangt und kletterte aus dem Wasser. »Spiel, Satz und Sieg.« Sie packte ihre Bluse und zog sie an, ohne sich die Mühe zu machen, sich vorher abzutrocknen.

Nackte Wut. Er hatte geglaubt, dieses Gefühl zu kennen. Frauen! Er hatte geglaubt, genau zu wissen, wie man sie behandeln mußte. Jetzt stellte Doug fest, daß er dazulernte. Er schwamm ans Ufer und stieg aus dem Wasser. Whitney schlüpfte gerade in ihre Hose.

»Ein netter Zeitvertreib«, meinte sie. Nun, da sie wieder vollständig bekleidet war, fühlte sie sich sicherer. »Sollten wir nicht endlich zum Picknick übergehen? Ich sterbe vor Hunger.«

»Lady ...« Ohne die Augen von ihr zu lassen, hob Doug seine Jeans auf. »Was ich im Sinn habe, hat mit Picknick überhaupt nichts zu tun.«

»Tatsächlich?« Whitney suchte in ihrem Rucksack herum und fand ihre Haarbürste. Langsam kämmte sie sich die blonde Mähne durch. »Sie sehen aus, als könnten Sie ein paar Bissen rohes Fleisch vertragen. Benutzen Sie diesen furchterregenden Blick, wenn Sie kleinen alten Damen ihre Handtaschen abnehmen?«

»Ich bin ein Dieb, kein Gewalttäter.« Doug zog seine Jeans hoch, strich sich das feuchte Haar aus dem Gesicht und kam drohend auf sie zu. »Aber in ihrem Fall könnte ich gut und gerne eine Ausnahme machen.«

»Tun Sie nichts, was Sie später bereuen«, riet Whitney ihm sanft.

Er biß die Zähne zusammen. »Ich werde jede Minute ohne Reue genießen.« Als er sie an den Schultern packte, blickte sie ernst zu ihm hoch.

»Sie sind einfach kein gewalttätiger Typ«, erwiderte sie. »Aber wie dem auch sei ...«

Ihre Faust traf blitzschnell hart in seine Magengrube. Keuchend krümmte er sich zusammen.

»Ich dagegen schon.« Whitney ließ die Bürste in ihren Rucksack fallen und hoffte nur, daß er zu benommen war, um zu merken, daß ihre Hand zitterte.

»Das war zuviel!« Er hielt sich den Magen und warf ihr einen Blick zu, der Dimitri veranlaßt hätte, sein Tun noch einmal zu überdenken.

»Douglas ...« Sie hob eine Hand, wie um einen bösartigen Straßenköter im Zaum zu halten. »Atmen Sie tief durch! Zählen Sie bis zehn!« Was sonst noch? überlegte sie verzweifelt. »Treten Sie auf der Stelle! Verlieren Sie nicht die Nerven!«

»Ich bin ganz ruhig«, knirschte er durch die Zähne, während er sich näher an sie heranpirschte. »Das werde ich Ihnen gleich beweisen.«

»Ein andermal. Trinken wir lieber ein Glas Wein. Wir können ...« Sie brach ab, als sich seine Hand um ihre Kehle schloß. »Doug!« Der Name kam nur als Quietschen heraus.

»Jetzt ...«, fing Doug an, dann blickte er zum Himmel. Motorengeräusch dröhnte über ihnen. »Hurensohn!«

Den Lärm eines Hubschraubers würde er kein zweites Mal verkennen. Er war beinahe über ihnen, und sie befanden sich im offenen Gelände. Gottverdammte Scheiße, dachte Doug wütend, gab Whitney frei und rannte los. »Bewegen Sie Ihren Arsch!« brüllte er. »Das Picknick ist vorbei.«

»Wenn Sie mir noch ein einziges Mal sagen, ich soll meinen Arsch bewegen ...«

»Tun Sie's einfach.« Er warf ihr den ersten Rucksack zu und lud sich den zweiten auf. »Jetzt benutzen Sie Ihre schönen langen Beine, Süße. Wir haben nicht mehr viel Zeit.« Er umklammerte ihre Hand und rannte, so schnell er konnte, zu den Bäumen. Whitneys Haar flog hinter ihr her.

Über ihnen in einer engen Hubschrauberkabine senkte Remo sein Fernglas. Zum ersten Mal seit Tagen erschien ein Grinsen unter dem Schnurrbart. Lässig strich er über die Narbe, die seine Wange verunstaltete. »Wir haben sie entdeckt. Funkt Mr. Dimitri an.«

8

»Glauben Sie, daß sie uns gesehen haben?«

Im vollen Lauf wandte Doug sich nach Osten, wo der Wald am dichtesten war. Wurzeln und Ranken behinderten ihn, ohne daß er deshalb sein Tempo verlangsamte. Er folgte seinem Instinkt durch einen Wald von Bambus und Eukalyptus, genau wie er es in Manhattan tat. Zweige schwangen hin und her, als sie sich hindurchkämpften. Normalerweise hätte sich Whitney bitter beklagt, wenn sie ihr ins Gesicht peitschten, doch sie war zu sehr damit beschäftigt, nach Luft zu schnappen.

»Ja, ich fürchte, sie haben uns gesehen.« Doug verschwendete keine Zeit an Wut, Frust oder Panik, obwohl ihn all das quälte. Jedesmal, wenn er meinte, Zeit gewonnen zu haben, stellte er fest, daß Dimitri ihnen wie ein guttrainierter Bluthund auf den Fersen war. Er mußte seine Strategie überdenken, und zwar beim Laufen. Erfahrung hatte ihn gelehrt, daß dies der beste Weg war. Wenn man zuviel Zeit zum Grübeln hatte, machte man sich zuviele Gedanken um die Konsequenzen. »Hier im Wald haben sie keine Landemöglichkeit.«

Das ergab einen Sinn. »Also bleiben wir im Wald?«

»Nein.« Er lief wie ein Marathonläufer, gleichmäßig und ohne außer Atem zu geraten. Whitney hätte ihn dafür erwürgen können, obwohl sie ihn heimlich bewunderte. Über ihnen schnatterten Lemuren aufgeregt durcheinander. »In einer Stunde kämmen Dimitris Männer das ganze Gebiet durch.«

Auch das ergab einen Sinn. »Dann verlassen wir den Wald?«

»Nein.«

Vom Laufen erschöpft, blieb Whitney stehen, lehnte sich gegen einen Baum und ließ sich dann auf den feuchten Boden gleiten. Arroganterweise hatte sie geglaubt, gut in Form zu sein. Alle Beinmuskeln schmerzten sie. »Was machen wir dann?« erkundigte sie sich. »Uns in Luft auflösen?«

Doug runzelte die Stirn, nicht ihretwegen, auch nicht wegen des unentwegten Zischens der Rotorblätter über ihnen. Er starrte blicklos in den Wald, während ein Plan in seinem Kopf Gestalt annahm.

Er war mit Risiken verbunden. Tatsächlich war er tollkühn bis an die Grenze zur Dummheit. Er blinzelte nach oben. Nur ein Blättermeer trennte sie von Remo und einer Maschinenpistole.

Aber es könnte funktionieren.

»Uns in Luft auflösen«, murmelte er. »Genau das werden wir tun.« Er beugte sich hinunter und öffnete seinen Rucksack.

»Suchen Sie Ihren Zauberstab?«

»Ich suche nach einer Möglichkeit, Ihre Alabasterhaut zu retten, Süße.« Doug zog den Turban hervor, den Whitney in Antananarivo erstanden hatte, rollte ihn auseinander und drapierte das Tuch um ihren Kopf, wobei er darauf achtete, soviel wie möglich zu verdecken. »Auf Wiedersehen, Whitney MacAllister – hallo, madagassische Bauersfrau.«

Whitney blies eine hellblonde Haarsträhne aus dem Gesicht. »Sie machen wohl Witze?«

»Haben Sie eine bessere Idee?«

Whitney blieb einen Moment still sitzen. Der Motorlärm beeinträchtigte die Ruhe des Waldes, der Schatten, die Bäume und der würzige Geruch versprachen nicht länger Schutz. Schweigend verknotete sie die Tuchenden unter ihrem Kinn. Eine schlechte Idee war besser als gar keine. Meistens.

»Okay, los geht's.« Er nahm ihre Hand und zog sie auf die Füße. »Wir haben noch einiges zu tun.«

Zehn Minuten später fand er, was er gesucht hatte.

Am Fuße eines steinigen, unebenen Hanges lag eine kleine Lichtung, auf der einige Bambushütten standen. Gras und Buschwerk hatte man abgebrannt, um Reisfelder anlegen zu können. In den gepflegten kleinen Gärten wucherten büschelige Bohnensträucher. Whitney konnte eine eingezäunte leere

Weide erkennen, daneben ein winziges Gehege, in dem Hühner nach Futter scharrten.

Das Gelände war so wellig, daß man die Häuser teilweise auf Pfählen errichtet hatte, um die Unebenheiten des Bodens auszugleichen. Sogar aus der Entfernung war ersichtlich, daß die Strohdächer dringend einer Reparatur bedurften. Grob in den Fels gehauene Stufen führten zu einem schmalen, ausgetretenen Pfad direkt unter ihnen. Der Pfad verlief in östlicher Richtung. Doug duckte sich hinter struppige Büsche und hielt nach Anzeichen von Leben Ausschau.

Whitney, die sich mit einer Hand an seiner Schulter festhielt, spähte über seinen Kopf. Die Häuschen wirkten irgendwie heimelig und erinnerten an das Merinadorf. Sie vermittelten ihr ein Gefühl der Sicherheit.

»Sollen wir uns da unten verstecken?«

»Uns zu verstecken, bringt uns auf Dauer nicht viel.« Doug holte sein Fernglas hervor, legte sich auf den Bauch und inspizierte die Häuser genauer. Kein Rauch stieg auf, nichts bewegte sich hinter den Fenstern. Absolute Ruhe. Kurz entschlossen reichte er Whitney das Glas. »Können Sie pfeifen?«

»Ob ich was kann?«

»Pfeifen.« Er gab einen langanhaltenden Ton von sich.

»Das kann ich entschieden besser«, schnüffelte sie beleidigt.

»Na wunderbar. Beobachten Sie das Dorf. Und wenn Sie irgendjemanden sehen, der sich den Hütten nähert, pfeifen Sie.«

»Wenn Sie glauben, ich lasse Sie dort alleine hinuntergehen, dann …«

»Ich lasse die Rucksäcke hier. Beide.«Doug griff um ihren Nacken und zog ihr Gesicht ganz nah zu sich heran. »Ich schätze, Ihnen liegt mehr daran, am Leben zu bleiben, als den Umschlag in die Finger zu bekommen.«

Sie nickte kühl. »Am Leben zu bleiben hat seit einiger Zeit absoluten Vorrang.«

Bei ihm hatte dies immer Vorrang. »Also tun Sie, was ich sage.«

»Warum möchten Sie da runter?«

»Wenn wir uns als madagassisches Pärchen ausgeben wollen, dann müssen wir uns einige notwendige Dinge besorgen.«

»Besorgen?« Sie hob eine Augenbraue. »Das heißt im Klartext, Sie wollen sie stehlen.«

»Korrekt, Süße, und Sie stehen Schmiere.«

Nach kurzer Überlegung befand Whitney, daß ihr die Idee, Schmiere zu stehen, zusagte. Zu einem anderen Zeitpunkt und an einem anderen Ort hätte sie empört abgelehnt, doch sie war schon immer der Meinung gewesen, daß man die Feste feiern sollte, wie sie fallen.

»Wenn ich jemanden zurückkommen sehe, dann pfeife ich.«

»Kluges Kind. Aber bleiben Sie in Deckung. Remo könnte mit dem Hubschrauber dieses Gebiet überfliegen.«

Die Sache fing an, ihr Spaß zu machen. Whitney rollte sich auf den Bauch und justierte das Fernglas. »Tun Sie Ihr Arbeit, Lord, und ich tue meine.«

Nach einem kurzen Blick zum Himmel kletterte Doug behutsam den steilen Abhang hinter den Hütten hinunter. Die Stufen, wenn man sie denn als solche bezeichnen wollte, wollte er lieber nicht benutzen, da er dort ungeschützt den Blicken von oben ausgesetzt war. Lose Steinchen kullerten vor ihm, und einmal gab der ausgewaschene Boden unter ihm nach, so daß er ein gutes Stück den Hang hinunterrutschte, ehe er wieder festen Halt fand. Dabei war er schon eifrig dabei, einen Alternativplan auszuarbeiten, für den Fall, daß er auf Menschen stieß. Er beherrschte die Landessprache nicht, und seine Dolmetscherin für Französisch stand für ihn Schmiere. Gott steh mir bei, dachte er inständig. Aber immerhin hatte er ein paar – wirklich nur ein paar – Dollar in der Tasche. Im Notfall konnte er das, was sie am dringendsten benötigten, auch kaufen.

Er hielt einen Moment lauschend inne, dann rannte er ins Freie, auf die Hütten zu.

Es wäre ihm lieber gewesen, ein komplizierteres Schloß vorzufinden. Doug hatte es immer entschieden befriedigender gefunden, eine raffinierte Sicherung zu überlisten – oder eine raffinierte Frau. Er blickte hoch und dann zu der wartenden Whitney. Mit ihr war er noch lange nicht fertig, aber hinsichtlich des Schlosses hatte er getan, was nötig war. Innerhalb von Sekunden stand er im Inneren.

Whitney, behaglich auf dem weichen Waldboden ausgestreckt, beobachtete ihn durch das Fernglas. Er bewegte sich flink und geschickt, stellte sie fest. Da sie von dem Moment ihrer ersten Begegnung an mit ihm auf der Flucht gewesen war, hatte sie bislang die Harmonie seiner Bewegungen nie bewußt wahrgenommen. Beeindruckend, dachte sie und leckte sich über die Lippe. Ihr fiel wieder ein, wie er sie im Wasser festgehalten hatte.

Und er war viel gefährlicher, mahnte sie sich, als sie anfangs vermutet hatte.

Als er in der Hütte verschwunden war, suchte Whitney langsam mit dem Fernglas ihre Umgebung ab. Zweimal schien sich etwas zu bewegen, doch es handelte sich nur um Tiere, die unter den Bäumen herumhuschten. Ein igelähnliches Tier watschelte ans Licht, hob schnuppernd den Kopf und verschwand dann wieder in den Büschen. Fliegen und andere Insekten summten in der Luft. Der Rotorenlärm des Hubschraubers war verstummt. Sie konzentrierte ihre Gedanken auf Doug und hoffte, er möge sich beeilen.

Obwohl das Dörfchen unter ihr armselig und schäbig wirkte, erschien ihr dieser Teil Madagaskars viel fruchtbarer und üppiger als der, durch den sie in den letzten zwei Tagen gekommen waren; grün, feucht und voller Leben. Sie wußte, daß das Rascheln in den Bäumen über ihr von Vögeln und anderen Tieren herrührte. Einmal meinte sie, durch das Glas ein fettes Rebhuhn ausgemacht zu haben.

Es roch nach Gras und den wilden Blumen, die im Schatten wuchsen. Whitney blieb ganz still liegen. Über dem Wald lag eine friedvolle Stille, ein Hauch jener geheimnisvollen Aura, die mit Madagaskar verbunden zu sein schien.

War es wirklich erst ein paar Tage her, grübelte sie, seit er in ihrem Apartment ungeduldig auf und ab getigert war und versucht hatte, ihr ein Darlehen zu entlocken? Schon jetzt erschien ihr alles, was vor jener Nacht geschehen war, wie eine weit entfernte, traumähnliche Erinnerung. Keine einzige interessante Einzelheit ihrer Parisreise fiel ihr ein. Aber seit Doug in Manhattan in ihr Auto gesprungen war, hatte sie sich keine Sekunde mehr gelangweilt.

Gedankenverloren sah Whitney durch das Fernglas. Sie war so in ihren Tagträumen versunken, daß sie beinahe vergessen hätte, den Osten zu überprüfen. Zusammenzuckend richtete sie das Glas nach rechts und stellte die Entfernung scharf ein.

Die Eltern kommen nach Hause, dachte sie. Und Klein-Doug würde mit den Fingern im Haferbrei erwischt werden.

Sie wollte gerade tief Luft holen, um zu pfeifen, als eine Stimme hinter ihr sie vor Schreck erstarren ließ.

»Entweder erledigen wir sie an Ort und Stelle, oder wir nehmen sie mit.« Blätter raschelten hinter und über ihr. »Egal, wie, aber Lords Glückssträhne geht zu Ende.« Der Sprecher hatte nicht vergessen, daß eine Whiskyflasche mit seinem Gesicht kollidiert war und berührte seine Nase, die Doug ihm in der Bar in Manhattan gebrochen hatte. »Ich will als erster mit Lord abrechnen.«

»Ich will mich als erster mit der Frau beschäftigen«, piepste eine hohe, weinerliche Stimme. Whitney kam es vor, als sei etwas Schleimiges, Widerliches über ihren Körper gekrochen.

»Pervers, wie?« brummte der erste Mann, der sich einen Weg durch den Wald bahnte. »Du kannst deine Spielchen mit ihr treiben, Barns, aber denk daran, daß Dimitri sie unversehrt geliefert bekommen möchte. Was Lord angeht, bei dem ist es egal, in wieviel Einzelteile du ihn zerlegst.«

Whitney blieb regungslos mit vor Angst geweiteten Augen und staubtrockenem Mund liegen. Irgendwo hatte sie einmal gelesen, daß wahre Angst alle Sinne vernebelt. Jetzt konnte sie diese Erfahrung am eigenen Leibe machen. Flüchtig kam ihr in den Sinn, daß es sich bei der Frau, über die hier so gleichgültig geredet wurde, um sie selber handelte. Jetzt mußten sie nur noch die Anhöhe absuchen, der sie sich näherten, und würden sie dort auf dem Boden liegen sehen wie einen Fisch auf dem Trockenen.

Verzweifelt blickte sie zu den Hütten hinunter. Doug würde ihr sicher eine große Hilfe sein, dachte sie grimmig. Jeden Moment konnte er ins Freie treten. Von ihrer Position auf der Anhöhe aus würden Dimitris Männer ihn packen wie ein Falke eine Maus. Blieb er aber noch länger in der Hütte, würden die Madagassen, die auf dem Heimweg waren, vermutlich leicht verärgert sein, wenn sie ihn dabei überraschten, wie er systematisch ihr Hab und Gut durchstöberte.

Eins nach dem anderen, beruhigte sich Whitney. Sie brauchte bessere Deckung, und zwar schnell. Nur den Kopf bewegend blinzelte sie zu jeder Seite. Den besten Schutz bot ein ausladender Baum mit bis zur Erde hängenden Ästen, der zwischen ihr und einigen Büschen stand. Ohne weiter darüber nachzudenken, griff Whitney nach beiden Rucksäcken, schlich zu dem Baum hin und drängte sich in das Geäst; dabei schürfte sie sich die Haut an der Rinde ab und rutschte aus.

»War da nicht was?«

Whitney hielt den Atem an und preßte sich gegen den Stamm. Jetzt konnte sie weder die Hütten noch Doug sehen, dafür aber eine Armee kleiner, rostfarbener Insekten, die sich in den halb abgestorbenen Stamm fraßen. Sie unterdrückte ihren Abscheu und blieb still stehen. Nun war Doug auf sich allein gestellt, dachte sie. Genau wie sie selbst.

Von oben erklang ein Rascheln, das wie Donner in ihrem Kopf widerhallte. Eine Welle panischer Angst überschwemmte sie. Wie zum Teufel sollte sie ihrem Vater erklären, daß sie im Wald von Madagaskar von einer Verbrecherbande gekidnappt worden war, während sie gemeinsam mit einem Dieb einem verlorenen Schatz nachjagte?

Sein Sinn für Humor war damit wohl überfordert.

Da sie die Wutausbrüche ihres Vaters kannte und Dimitri nicht, überwog die Angst vor ersterem die vor letzterem bei weitem. Whitney kroch förmlich in den Baum hinein.

Erneut raschelte es. Die Unterhaltung der Männer war

verstummt, die Suche wurde schweigend fortgesetzt. Whitney versuchte sich vorzustellen, daß die Männer auf sie zukamen, sie einkreisten, sie bald finden würden, doch die eisige Furcht lähmte ihre Gedanken. Schweißtropfen traten auf ihre Stirn.

Sie kniff die Augen fest zusammen, wie ein Kind, das glaubt, es könne nicht gesehen werden, solange es selbst nichts sieht. Es fiel ihr leicht, leise Atem zu holen, da ihr die nackte Angst die Lungen zusammenpreßte. Über ihr auf einem Ast bewegte sich etwas. Ergeben öffnete sie die Augen und sah einen schwarzgesichtigen Lemuren, der sie neugierig anstarrte.

Die Erleichterung war nur von kurzer Dauer. Sie konnte hören, daß die Männer sich vorsichtig näher heranpirschten und fragte sich, ob eine Treibjagd im Central Park ihr dieselbe eiskalte Angst einjagen würde. »Hau ab!« zischte sie dem Lemur zu. »Verschwinde!« Sie lag da und schnitt ihm Grimassen, da sie sich nicht zu rühren wagte. Offensichtlich eher belustigt als eingeschüchtert fing das Tier an, ihre Fratzen nachzuahmen. Seufzend schloß Whitney die Augen. Der Lemur stieß ein lautes Schnattern aus, das die Männer zur der Anhöhe lockte.

Sie hörte, wie ein Hahn gespannt wurde, ein Schuß dröhnte, und über ihr splitterte das Holz. Im selben Moment sprang der Lemur vom Ast und verschwand im Unterholz.

»Idiot!« Whitney vernahm das Klatschen einer Ohrfeige, und dann unglaublicherweise ein Kichern. Dieses Kichern, irr und bösartig, jagte ihr einen Schauer über den Rücken.

»Beinahe hätte ich ihn erwischt. Ein Stückchen höher, und ich hätte den kleinen Mistkerl abgeknallt.«

»Ja, und der Schuß hat Lord vermutlich aufgescheucht wie ein erschrecktes Kaninchen.«

»Ich schieße gern Kaninchen. Die kleinen Wichser zittern nur und starren dich direkt an, wenn du abdrückst.«

»Scheiße.« Whitney hörte Abscheu aus der Stimme des anderen Mannes heraus und empfand fast so etwas wie Sympathie. »Mach voran. Remo will, daß wir Richtung Norden weitersuchen.«

»Hätte fast einen Affen erwischt.« Das Kichern erklang von neuem. »Hab noch nie einen Affen kaltgemacht.«

»Perverser Hund!«

Die Worte und das darauffolgende Gelächter entfernten sich. Whitney blieb eine Weile stocksteif liegen. Die Insekten zeigten mittlerweile genausoviel Interesse für ihren Arm wie für den Baum, trotzdem rührte sie sich nicht. An diesem Ort könnte sie gut und gerne die nächsten Tage verbringen.

Als sich eine Hand über ihren Mund legte, fuhr sie zu Tode erschrocken hoch.

»Kleines Nachmittagsschläfchen?« flüsterte Doug ihr ins Ohr. Er blickte sie an und sah, wie die Überraschung in ihren Augen sich in Erleichterung und die Erleichterung sich in Wut verwandelte. Vorsichtshalber hielt er sie einen Moment länger fest. »Ruhig, Süße. So weit sind sie noch nicht weg.«

Sowie er ihren Arm freigab, legte sie los. »Beinahe wäre ich erschossen worden«, fauchte sie ihn an. »Und zwar von einem widerlichen kleinen Schleimer mit einer großen Kanone.«

Zwar bemerkte er das gesplitterte Holz oberhalb ihres Kopfes, doch zuckte er lediglich die Schultern. »Sie sehen aber ganz munter aus.«

»Das habe ich bestimmt nicht Ihnen zu verdanken.« Angeekelt wischte sie sich die Insekten von der Bluse. »Während Sie da unten Robin Hood spielten, kamen hier zwei Widerlinge mit genauso widerlichen Kanonen vorbei. Ihr Name wurde auch erwähnt.«

»Die Last des Ruhmes«, murmelte er. Das war knapp gewesen, wie das gesplitterte Holz bewies. Zu knapp. Egal, welche Ausweichmanöver er anwandte, egal, wie oft er seine Taktik änderte, Dimitri blieb am Ball. Doug kannte das Gefühl, in der Falle zu sitzen. Er wußte auch, wie das Wild sich vorkam, wenn der Jäger es in die Enge trieb. Doch er würde nicht verlieren. Doug blickte sich im Wald um und zwang sich, Ruhe zu bewahren. Er würde nicht verlieren, wenn der Sieg schon so nahe war.

»Übrigens sind Sie zum Schmierestehen nicht zu gebrauchen.«

»Ich bitte vielmals um Entschuldigung, aber ich war zu beschäftigt, um zu pfeifen.«

»Ich wäre beinahe in eine ziemlich knifflige Situation geraten.« Zurück zum Geschäft, mahnte er sich. Wenn Dimitri ihnen schon so dicht auf die Pelle gerückt war, dann sollten sie besser sehen, daß sie weiterkamen. »Jedenfalls habe ich einige Kleinigkeiten eingesackt, ehe es dort unten zu voll wurde.«

»Kann ich mir denken.« Es spielte keine Rolle, daß sie erleichtert war, ihn unversehrt wiederzusehen und daß sie sich freute, daß er wieder bei ihr war. Das würde sie ihn mit Sicherheit nicht merken lassen. »Das war dieser Lemur, und …« Whitney brach ab, als sie sah, was er mitgebracht hatte. »Was«, begann sie in einem zugleich beleidigten und neugierigen Tonfall, »was in aller Welt ist das?«

»Ein Geschenk.« Doug hielt ihr den Strohhut hin. »Ich hatte leider keine Zeit, es einzupacken.«

»Er ist häßlich und absolut unmodern.«

»Dafür hat er eine breite Krempe«, gab Doug zu bedenken und setzte ihr den Hut auf den Kopf. »Da ich Ihnen keine Tüte über den Kopf ziehen kann, muß es so gehen.«

»Sehr schmeichelhaft.«

»Ich habe Ihnen auch ein passendes Kostüm beschafft.« Er warf ihr ein steifes, unförmiges Baumwollkleid zu, das von der Sonne ausgebleicht war.

»Also wirklich, Douglas.« Whitney rieb ein Stück Stoff zwischen Daumen und Zeigefinger. Der Widerwille, den sie dabei empfand, stand ihrem Ekel vor den Insekten in nichts nach. Häßlich blieb häßlich. »Das Ding möchte ich nicht mal als Totenhemd anziehen.«

»Genau das wollen wir vermeiden, Süße.«

Whitney erinnerte sich, wie die Kugel ein kleines Stück über ihrem Kopf eingeschlagen war. »Und wenn ich dieses reizende Modell trage, was machen Sie?«

Doug zog einen weiteren Strohhut, der eher einer Schirmmütze ähnelte, hervor.

»Hochelegant.« Sie verkniff sich ein Grinsen, als er ein langes, kariertes Hemd und weite Baumwollhosen hochhielt.

»Unserem Gastgeber scheint sein Reis geschmeckt zu haben«, kommentierte Doug, als er die enorme Bundweite der Hose sah. »Aber es wird schon gehen.«

»Ich bringe ja nur ungern den überwältigenden Erfolg Ihrer letzten Verkleidung zur Sprache, aber …«

»Dann lassen Sie's sein.« Er rollte die Kleidungsstücke zusammen. »Morgen früh verwandeln wir beide uns in ein frischverliebtes madagassisches Pärchen auf dem Weg zum Markt.«

»Warum nicht in eine madagassische Frau, die mit ihrem schwachsinnigen Bruder auf dem Weg zur Stadt ist?«

»Treiben Sie's nicht zu weit.«

Whitney begutachtete ihre Hose, die sie sich an der rauhen Baumrinde zerrissen hatte. Das Loch am Knie ärgerte sie weit mehr als die Kugel, die an ihrem Kopf vorbeigepfiffen war. »Jetzt sehen Sie sich das mal an!« forderte sie. »Wenn das so weitergeht, habe ich bald kein anständiges Kleidungsstück mehr. Erst habe ich mir einen Rock und eine entzückende Bluse ruiniert, und jetzt das.« Sie konnte bequem drei Finger durch das Loch stecken. »Ich habe diese Hose gerade erst in D.C. gekauft.«

»Dafür steht Ihnen ja ein anderes Kleid zur Verfügung, oder nicht?«

Whitney blinzelte zu dem Knäuel aus Kleidungsstücken hinüber. »Sehr witzig.«

»Stänkern können Sie später«, schlug er vor. »Zuerst erzählen Sie mir mal, ob Sie etwas Wissenswertes mitbekommen haben.«

Sie warf ihm einen giftigen Blick zu, kramte in ihrem Rucksack und förderte ihr Notizbuch zutage. »Die Hose setze ich auf Ihre Rechnung, Douglas.«

»Wie alles.« Mit vorgerecktem Kopf schaute er zu, welche Summe sie notierte. »Fünfundachtzig Dollar? Wer zum Teufel bezahlt fünfundachtzig Dollar für eine simple Baumwollhose?«

»Sie«, erwiderte Whitney süß. »Freuen Sie sich, daß ich nicht die Mehrwertsteuer dazurechne. Und nun …« Zufrieden ließ sie das Büchlein wieder in den Rucksack fallen. »Einer der Kerle war ein richtiger Widerling.«

»Nur einer?«

»Ich spreche von einem wirklich ekelhaften Typen mit öliger Stimme. Er kicherte.«

Für einen Augenblick vergaß Doug seine ständig wachsende Rechnung. »Barns?«

»Genau. Der andere Mann nannte ihn Barns. Er hat versucht, einen dieser goldigen Lemuren abzuschießen, und mir dabei fast die Nase abrasiert.« Nachträglich suchte sie im Rucksack nach ihrer Puderdose, um sich davon zu überzeugen, daß kein größerer Schaden entstanden war.

Wenn Dimitri seinen Lieblingsschoßhund von der Leine ließ, dann mußte er sehr zuversichtlich sein. Barns stand nicht wegen seiner geistigen Fähigkeiten auf der Lohnliste. Er tötete nicht um des Profits willen, sondern aus Spaß. »Was hat er gesagt? Was konnten Sie hören?«

Beruhigt tupfte sie Puder auf ihre Nase. »Es wurde ganz deutlich, daß der erste Mann mit Ihnen abrechnen wollte. Schien was Persönliches zu sein. Was Barns angeht …« Nervös langte sie in Dougs Tasche und suchte nach einer Zigarette. »Er zieht mich vor. Worin eine gewisse Diskriminierung liegt.«

Nackte Wut stieg so rasch in ihm hoch, daß es ihn in der Kehle würgte. Um sich zu beruhigen, nahm Doug eine Schachtel Streichhölzer heraus und zündete die Zigarette an. Da ihr Vorrat langsam knapp wurde, mußten Whitney und er sie teilen. Wortlos nahm er ihr die Zigarette aus der Hand und sog genüßlich den Rauch ein.

Er hatte Barns noch nie in Aktion erlebt, aber davon gehört. Und was er gehört hatte, klang äußerst abstoßend.

Barns hegte eine Vorliebe für Frauen; schmale, zierliche Dinger. Es grassierte eine besonders schauerliche Geschichte über das, was er einer kleinen Chicagoer Hure angetan hatte – und was danach noch von ihr übriggeblieben war.

Doug beobachtete Whitneys schlanke, elegante Finger, die mit der Zigarette spielten. Barns würde keine Gelegenheit bekommen, seine feuchten Hände auf sie zu legen. Eher würde er sie ihm am Handgelenk abhacken.

»Was noch?«

Diesen Tonfall hatte sie bei ihm erst ein- oder zweimal gehört – als er die Flinte in der Hand hielt und als sich seine Finger um ihren Hals schlossen. Mit ihm zu albern fiel ihr leichter, wenn Doug halb amüsiert, halb frustriert schien. Wurden seine Augen kalt und schmal, so wie jetzt, dann sah die Sache anders aus.

Whitney erinnerte sich an ein Hotelzimmer in Washington und einen jungen Kellner, auf dessen blütenweißer Jacke häßliche rote Flecken prangten.

»Doug, ist es das alles wert?«

Ungeduldig blickte er auf. »Was?«

»Ihr Ende des Regenbogens, Ihr Topf voll Gold. Diese Männer wollten Sie tot sehen – und Sie wollen mit Gold in Ihren Taschen klimpern.«

»Ich will nicht damit klimpern, ich will darin baden.«

»Während Sie baden, schießt man auf Sie.«

»Ja, aber es lohnt sich wenigstens.« Sein Blick blieb an ihr hängen. »Auf mich ist schon früher geschossen worden. Ich bin seit Jahren auf der Flucht.«

Whitney hielt seinem Blick stand. »Und wann gedenken Sie, damit aufzuhören?«

»Wenn ich bis an mein Lebensende ausgesorgt habe. Und diesmal werde ich es schaffen.« Doug blies Rauch in die Luft. Wie sollte er ihr verständlich machen, wie es war, am Morgen mit nichts als zwanzig Dollar und seinem Verstand aufzuwachen? Würde sie ihm glauben, wenn er ihr erzählte, daß er nach Höherem strebte als dem, was jeder Kleinganove erreichen konnte? Er hatte einen klugen Kopf und die notwendigen Fingerfertigkeiten. Alles, was er brauchte, war Kapital – ein großes Kapital. »Ja, das ist es wert.«

Whitney schwieg einen Moment. Sie wußte, daß sie den dringenden Wunsch nach Besitz nie verstehen würde. Dazu mußte man schon einmal vor dem Nichts gestanden haben. Habgier, ja, das hätte ihr eingeleuchtet. Doch Doug gelüstete es nicht allein nach Reichtum, er wollte außerdem seine Träume verwirklichen. Und ob sie immer noch ihrem ersten Impuls nachgab oder mittlerweile vielschichtigere Gefühle hegte – auf jeden Fall würde sie bei ihm bleiben.

»Sie wollten weiter nach Norden – der erste Mann sagte, Remo hätte es so befohlen. Sie haben auch die Frage erörtert, ob sie uns an Ort und Stelle beseitigen oder uns von hier fortschaffen sollen.«

»Logisch.« Sie reichten die Zigarette wie eine Kostbarkeit hin und her. »Also bleiben wir heute nacht hier.«

»Hier?«

»So nahe bei den Hütten, wie es uns möglich ist, ohne gesehen zu werden.« Bedauernd drückte er die bis auf den Filter verglühte Zigarette aus. »Kurz nach Morgengrauen brechen wir auf.«

Whitney nahm ihn am Arm. »Ich will mehr.«

Er warf ihr einen langen Blick zu, der sie an den Moment am Wasserfall erinnerte. »Mehr wovon?«

»Man hat mich gejagt und auf mich geschossen. Noch vor wenigen Minuten habe ich hinter diesem Baum gelegen und mich gefragt, wie lange ich wohl noch zu leben habe.« Sie mußte tief durchatmen, damit ihre Stimme nicht zitterte, aber ihre Augen wichen nicht von seinem Gesicht. »Ich habe genauso viel zu verlieren wie Sie, Doug. Deshalb will ich jetzt die Papiere sehen.«

Er hatte sich bereits gefragt, wann sie ihn wohl in die Enge treiben würde, und lediglich gehofft, sie würden vorher ihrem Ziel näher sein. Auf einmal wurde ihm bewußt, daß er nicht länger nach Möglichkeiten suchte, sie loszuwerden. Offenbar hatte er letztendlich doch einen Partner ins Geschäft genommen.

Aber das bedeutete noch lange nicht, daß sie in allen Punkten fifty-fifty teilen mußten. Er ging zu seinem Rucksack und blätterte die Papiere durch, bis er auf einen noch nicht übersetzten Brief stieß, den man vermutlich als zu unbedeutend angesehen hatte, um ihn ins Englische zu übertragen. Andererseits – er konnte ihn ja nicht lesen. Vielleicht stieß Whitney auf nützliche Informationen.

»Hier.« Er reichte ihr die Seite und setzte sich wieder auf den Boden.

Mißtrauisch musterten sie sich einen Augenblick lang, ehe Whitney ihre Aufmerksamkeit dem Bogen zuwandte. Er trug das Datum vom Oktober 1794.

»Meine liebe Louise«, las sie, »ich hoffe und bete, daß dieser Brief Dich bei guter Gesundheit antrifft. Sogar hier, soviele Meilen entfernt, kommen uns Nachrichten über Frankreich zu Ohren. Dieses Dorf ist sehr klein, und die Menschen gehen mit gesenktem Blick umher. Wir sind dem einen Krieg entkommen, nur damit uns der nächste bedroht. Wie es scheint, kann man politischen Intrigen nicht aus dem Weg gehen. Jeden Tag halten wir nach Anzeichen von französischen Truppen Ausschau, doch tief in meinem Herzen bin ich mir nicht sicher, ob ich sie willkommen heißen oder mich vor ihnen verstecken würde.

Dennoch liegt über dieser Landschaft eine eigenartige Schönheit. Das Meer ist nahe, und ich gehe morgens häufig mit Danielle Muscheln sammeln. Sie ist in den letzten Monaten zu schnell erwachsen geworden. Eine Mutter kann es nur schwer ertragen, wenn die Tochter so viel Leid mit ansehen muß. Gottlob schwindet der angstvolle Ausdruck in ihren Augen aber langsam. Oft pflückt sie Blumen – Blumen, wie ich sie noch nie zuvor gesehen habe. Obwohl Gerald immer noch um die Königin trauert, fühle ich, daß wir im Laufe der Zeit hier glücklich werden könnten.

Louise, ich flehe Dich an, denke darüber nach, zu uns zu kommen. Selbst in Dijon bist Du nicht mehr in Sicherheit. Ich höre schreckliche Geschichten von niedergebrannten und geplünderten Häusern, von Menschen, die ins Gefängnis geworfen oder getötet werden. Hier lebt ein junger Mann, der kürzlich die Nachricht erhalten hat, daß man seine Eltern aus ihrem Heim bei Versailles fortgebracht und gehängt hat. Des Nachts träume ich von Dir und fürchte um Dein Leben. Ich will meine Schwester bei mir haben, Louise, und in Sicherheit wissen. Gerald will einen Laden aufmachen, und Danielle und ich haben einen Garten angelegt. Unser Leben hier ist einfach, aber zumindest nicht von Guillotine und Schrecken bestimmt.

Schwester, es gibt Dinge, über die ich mit Dir reden muß;

Dinge, die ich in einem Brief nicht zu erwähnen wage. Ich darf Dir nur sagen, daß Gerald von der Königin einige Monate vor ihrem Tod eine Botschaft und einen Auftrag erhalten hat, die ihn sehr belasten. In einem schlichten Holzkästchen liegt ein Teil von Frankreich – und von Marie –, der ihn nicht losläßt. Ich bitte Dich, klammere Du Dich nicht an das, was sich gegen Dich gewendet hat. Hänge nicht, wie mein Mann, Dein Herz an unwiderruflich Vergangenes. Mache Dich frei von Frankreich und dem, was vorbei ist. Komm nach Diego-Suarez. Deine Dich liebende Schwester Magdaline.«

Langsam gab Whitney den Bogen an Doug zurück. »Wissen Sie, was das ist?«

»Ein Brief.« Da auch er nicht unberührt geblieben war, schob Doug das Blatt wieder in dem Umschlag. »Die Familie floh vor der Revolution nach Madagaskar. Laut anderer Dokumente war dieser Gerald eine Art Kammerdiener Marie Antoinettes.«

»Das ist wichtig«, murmelte sie.

»Verdammt richtig. Jedes dieser Papiere ist wichtig, weil jedes ein Teilchen des Puzzles bildet.«

Whitney sah zu, wie er den Umschlag im Rucksack verstaute. »Ist das alles?«

»Was denn noch?« Er warf ihr einen Blick zu. »Sicher tut mir die Dame leid, aber schließlich ist sie schon eine geraume Weile tot. Ich dagegen bin noch am Leben.« Vielsagend klopfte er auf seinen Rucksack. »Und dies hier wird mir dazu verhelfen, daß ich genauso leben kann, wie ich es immer gewollt habe.«

»Der Brief ist beinahe zweihundert Jahre alt.«

»Das ist richtig, und das einzige, was von dem darin erwähnten noch existiert, liegt in einem Holzkästchen. Es wird mir gehören.«

Whitney betrachtete ihn einen Moment lang, die leuchtenden Augen, den empfindsamen Mund. Seufzend schüttelte sie den Kopf. »Das Leben ist nicht leicht, nicht wahr?«

»Nein.« Da er den verlorenen Ausdruck aus ihrem Gesicht vertreiben wollte, lächelte er sie an. »Aber wer will das auch.«

Später würde sie über alles nachdenken, beschloß Whitney. Später würde sie verlangen, den Rest der Papiere durchsehen zu können. Jetzt wollte sie nur noch ausruhen, sie war sowohl körperlich als auch seelisch erschöpft. »Was nun?«

»Nun ...« Er prüfte die nähere Umgebung. »Wir machen es uns so bequem wie möglich.«

Also schlugen sie mitten im Wald ihr Lager auf, aßen Fleisch und tranken Palmwein. Feuer wurde keines gemacht. Nachts hielten sie abwechselnd Wache, und zum ersten Mal seit Beginn ihrer gemeinsamen Reise wurde kaum gesprochen.

Zwischen ihnen lag noch der kalte Hauch der Gefahr und die Erinnerung an einen wilden, leidenschaftlichen Moment unter einem Wasserfall.

Die Morgendämmerung tauchte den Wald in ein sattes, dunkles Grün, in dem goldene Strahlen glänzten. Die Luft roch wie in einem Treibhaus, dessen Türen sich gerade öffneten. Vögel zwitscherten fröhlich und begrüßten den neuen Tag. Tau lag auf dem Gras und den Blättern, die winzigen Tröpfchen wurden von den ersten Sonnenstrahlen in glitzernde Diamanten verwandelt. Es gab also doch noch vergessene Paradiese auf Erden.

Träge und zufrieden kuschelte sich Whitney enger an die Wärme neben ihr und seufzte, als eine Hand ihr Haar streichelte. Von angenehmen Gefühlen durchflutet, legte sie den Kopf an eine Männerschulter und schlief weiter.

Sie zu betrachten war ein angenehmerer Zeitvertreib, als Nachtwache zu schieben. Doug gönnte sich einen Moment des Vergnügens. Sie war wirklich eine Klassefrau, und im Schlaf umgab sie eine Weichheit, die tagsüber hinter ihrem scharfen Verstand verborgen lag. In ihrem Gesicht dominierten vor allem die Augen, doch nun, da sie diese geschlossen hatte, konnte man die Schönheit der Gesichtszüge und die reine Haut bewundern.

Eine Frau wie sie konnte einen Mann leicht zu Fall bringen. Obwohl Doug stets Vorsicht hatte walten lassen, war er selbst schon ein- oder zweimal gestolpert.

Zwar begehrte er sie, doch in seinem Leben hatte er schon viele Dinge begehrt. Eine seiner wichtigsten Maximen lautete, darauf zu achten, was man von dem, was man begehrte, auch bekommen konnte, ohne einen zu hohen Preis dafür zu bezahlen. Er begehrte Whitney und sah eine gute Chance, sie auch zu bekommen, doch sein Instinkt sagte ihm, daß der Preis zu hoch sein würde.

Eine Frau wie sie legte ihre Netze aus, um sie dann fest zuzuziehen, sobald sich ein Mann darin gefangen hatte. Doug beabsichtigte nicht, sich an die Kette legen zu lassen. Nimm das Geld und renn, ermahnte er sich. Whitney bewegte sich im Schlaf und seufzte leise. Doug tat es ihr nach.

Zeit, ein wenig auf Distanz zu gehen. Er streckte eine Hand aus und rüttelte sie an der Schulter. »Raus aus den Federn, Herzogin.«

»Hmm?« Wie eine wärmesuchende Katze schmiegte sich Whitney an ihn. Unwillkürlich sog Doug scharf die Luft ein.

»Whitney, setzen Sie Ihren Arsch in Bewegung.«

Dieser Satz vertrieb die letzten Nebel des Schlafes. Stirnrunzelnd schlug Whitney die Augen auf. »Ich bin mir nicht sicher, ob die Hälfte eines Topfes voll Gold es wert ist, Ihre bezaubernde Stimme jeden Morgen zu ertragen.«

»Wir wollen ja nicht zusammen alt werden. Wenn Sie aussteigen wollen, dann brauchen Sie's nur zu sagen.«

In diesem Augenblick fiel ihr auf, daß sie aneinandergepreßt dalagen wie Liebende nach einer Nacht voller Leidenschaft. Eine schmale, elegant geschwungene Augenbraue stieg in die Höhe. »Was glauben Sie eigentlich, was Sie da tun, Douglas?«

»Ich wecke Sie auf«, entgegnete er leichthin. »Sie sind diejenige, die auf mich draufgekrabbelt ist. Dabei wissen Sie doch, wie schwer es Ihnen fällt, meinem Körper zu widerstehen.«

»Ich weiß, wie schwer es mir fällt, nicht die Zähne hineinzuschlagen.« Sie schob ihn von sich, setzte sich auf, warf ihr Haar zurück und schaute nach oben. »O Gott!«

Er reagierte blitzschnell, warf sich mit aller Kraft über sie, so daß sie keine Luft mehr bekam. Und keiner von beiden hatte bemerkt, daß er eine der wenigen absolut selbstlosen Handlungen seines Lebens vollführte. Er schützte ihren Körper mit dem seinen, ohne einen einzigen Gedanken an seine eigene Sicherheit oder an möglichen Profit zu verschwenden. »Was ist?«

»Mann, müssen Sie mich denn ständig mißhandeln?« Mit einem gottergebenen Seufzer deutete Whitney nach oben. Vorsichtig folgte er ihrem ausgestreckten Zeigefinger.

Direkt über ihren Köpfen standen Dutzende von Lemuren in den Bäumen, die schlanken Körper hoch aufgerichtet, die langen, dünnen Arme zum Himmel erhoben. Sie glichen heidnischen Priestern, die eine rituelle Opferung durchführten.

Fluchend entspannte sich Doug wieder. »Von diesen kleinen Burschen werden Sie noch jede Menge zu Gesicht kriegen«, meinte er, als er sich zur Seite rollte. »Ich wäre Ihnen dankbar, wenn Sie nicht jedes Mal loskreischen würden.«

»Ich hab nicht gekreischt.« Whitney war von dem Schauspiel viel zu angetan, um verärgert zu sein. Sie zog die Knie an und schlang die Arme darum. »Sie sehen aus, als ob sie beten oder den Sonnenaufgang begrüßen.«

»So steht es auch in den alten Legenden«, stimmte Doug zu, der das Lager abzubauen begann. Früher oder später würden Dimitris Männer zurückkommen, und er wollte keinerlei Spuren ihrer Anwesenheit hinterlassen. »Aber eigentlich wärmen sie sich nur auf.«

»Ich bevorzuge die geheimnisvollere Version.«

»In Ihrem neuen Kleid werden Sie selbst geheimnisvoll genug aussehen.« Doug warf ihr den Fetzen zu. »Ziehen Sie es an, ich will von unten noch etwas holen.«

»Wenn Sie schon einkaufen gehen, dann schauen Sie doch bitte nach etwas Hübscherem. Ich mag Seide, darf auch Rohseide sein. Etwas in Blau, vielleicht mit Faltenrock.«

»Ziehen Sie es an«, befahl Doug und verschwand.

Widerwillig und weit davon entfernt, Freude zu empfinden, zog Whitney die teure – und ruinierte – Jeans und die

Bluse aus, die sie in Washington erstanden hatte, und streifte das formlose Gewand über den Kopf. Es fiel sackartig bis auf ihre Knie.

»Vielleicht mit einem schönen, breiten Ledergürtel«, murrte sie. »In Scharlachrot, mit einer riesigen Schnalle.« Sie strich mit der Hand über die rauhe Baumwolle und verzog das Gesicht.

Der Saum saß schief, und die Farbe war einfach schauderhaft. Whitney haßte es, schlampig herumzulaufen. Aber wenigstens konnte sie an ihrem Gesicht etwas tun. Sie setzte sich auf den Boden und wühlte ihr Schminktäschchen heraus.

Als Doug zurückkehrte, war sie eifrig damit beschäftigt, verschiedene Möglichkeiten auszuprobieren, wie man das Tuch um die Schultern drapieren konnte. »Nichts«, schimpfte sie voller Ekel, »absolut nichts kann diesen Sack verschönern. Da würde ich ja noch lieber Ihre Hose und das Hemd anziehen. Zumindest ...« Abrupt brach sie ab. »Großer Gott, was ist denn das?«

»Ein Ferkel«, erwiderte er trocken, mit einem quietschenden Bündel kämpfend.

»Das sehe ich selber. Wozu soll das gut sein?

»Als Tarnung.« Doug befestigte das um den Hals des kleinen Schweins geschlungene Seil an einem Baum. Empört quiekend legte das Tier sich ins Gras. »Die Rucksäcke kommen in die Körbe, die ich geklaut habe, dann sieht es so aus, als ob wir Waren zum Markt tragen. Das Ferkel gibt uns noch mehr Sicherheit. Hier in dieser Region treiben viele Bauern lebendes Vieh zum Markt.« Beim Sprechen zog er bereits sein Hemd aus. »Wozu schmieren Sie sich das ganze Zeug ins Gesicht? Sinn und Zweck dieser Verkleidung ist es, so wenig aufzufallen wie möglich.«

»Ich mag ja gezwungen sein, dieses Leichenhemd zu tragen, aber ich weigere mich, wie eine Hexe auszusehen.«

»Eitelkeit ist offenbar Ihr größter Fehler«, meinte Doug, als er das neue Hemd anzog.

»Ich sehe Eitelkeit nicht als Fehler an«, konterte sie. »Nicht, wenn sie gerechtfertigt ist.«

»Schieben Sie Ihr Haar unter den Hut – alles.«

Sie gehorchte und drehte sich etwas zur Seite, als er aus seinen Jeans stieg und diese durch die Baumwollhose ersetzte. Da sie viel zu weit war, schlang er sich ein Stück Seil um die Taille. Als sie sich wieder umwandte, musterten sich beide wortlos.

Die Hose schlug Falten, bauschte sich über seinen Hüften und schleifte um die Knöchel am Boden. Um Schultern und Rücken hatte er ein Tuch geschlungen, das seine Statur verbergen sollte, und der Hut beschattete sein Gesicht und verbarg sein Haar fast vollständig.

Solange keiner genauer hinsah, konnte er damit durchkommen, entschied Whitney.

Das lange, weite Kleid verbarg sämtliche Rundungen ihres Körpers und ließ nur Füße und Knöchel unbedeckt. Viel zu elegante Knöchel, stellte Doug fest und beschloß, sie mit Staub und Straßenschmutz unkenntlich zu machen. Hände und Arme würden unter dem Tuch nicht auffallen.

Der Strohhut ließ sich keinesfalls mit dem weißen Filzhut vergleichen, den sie einst getragen hatte, doch abgesehen davon, daß er Kopf und Haar verdeckte, trat die klassische und sehr westliche Schönheit ihres Gesichts klar hervor.

»So kommen wir nicht weit«, murmelte er.

»Was meinen Sie?«

»Ihr Gesicht. Himmel, müssen Sie eigentlich aussehen, als wären Sie gerade der Titelseite von *Vogue* entstiegen?«

Ihre Lippen krümmten sich leicht. »Ja.«

Unzufrieden zog Doug das Tuch höher, so daß ihr Kinn in den Falten verschwand, dann drückte er den Hut tiefer auf ihren Kopf und knickte die Krempe herunter.

»Wie zum Henker soll ich so etwas sehen? Oder atmen?«

»Sie können die Krempe hochschlagen, wenn niemand in Sicht ist.« Die Hände in die Hüften gestemmt, trat er einen Schritt zurück, um sie einer kritischen Musterung zu unterziehen. In ihrer provisorischen Verkleidung wirkte sie unförmig und geschlechtslos … bis sie aufsah und ihm einen Blick zuwarf.

Diese Augen waren alles andere als geschlechtslos und erinnerten ihn daran, was unter all dieser Baumwolle verborgen lag. Er verstaute die Rucksäcke in den Körben und bedeckte sie mit den restlichen Früchten und Lebensmitteln. »Wenn wir auf offener Straße sind, dann halten Sie den Kopf gesenkt und gehen hinter mir her, wie es sich für eine gute Ehefrau gehört.«

»Das beweist, wieviel Sie von Ehefrauen verstehen.«

»Lassen Sie uns abhauen, ehe die anderen auf die Idee kommen, diesen Teil des Waldes noch einmal zu durchsuchen.« Er wuchtete sich einen Korb auf die Schulter, nahm den anderen in die Hand und wandte sich dem steilen, unebenen Pfad zu.

»Haben Sie nicht etwas vergessen?«

»Sie nehmen das Ferkel, Liebling.«

Da ihr keine andere Wahl blieb, löste Whitney das Seil vom Baum und zog das sich sträubende Tier hinter sich her. Doch schließlich fand sie es einfacher, es wie ein widerspenstiges Kind auf den Arm zu nehmen.

»Na komm, Klein-Douglas, Daddy geht mit uns auf den Markt.«

»Kratzbürste«, grollte Doug, konnte sich jedoch ein Grinsen nicht verkneifen.

»Es besteht sogar eine gewisse Ähnlichkeit«, kicherte Whitney. »Um den Rüssel herum.«

»Wir nehmen die Straße Richtung Osten«, sagte Doug, ohne auf sie zu achten. »Mit etwas Glück schaffen wir's vor Einbruch der Dunkelheit bis zur Küste.«

Whitney, das zappelnde Ferkel auf dem Arm, nahm die ausgetretenen, steilen Stufen in Angriff.

»Um Himmels willen, Whitney, setzen Sie das verdammte Schwein auf den Boden. Es kann selber laufen.«

»Bitte nicht vor dem Kind fluchen.« Liebevoll setzte sie das Tier zu Boden und zog an dem Seil, so daß das Ferkel neben ihnen herwatscheln konnte. Berge, Strauchwerk und die damit verbundene Deckung lagen nun hinter ihnen. Aus der Luft gesehen könnte man sie vielleicht tatsächlich für Bauern halten, dachte sie. Aber aus der Nähe betrachtet …

»Was, wenn wir unseren unfreiwilligen Gastgebern begegnen?« fragte sie mit einem Blick zurück zu den Hütten. »Sie könnten dieses Designermodell wiedererkennen.«

»Wir müssen es halt drauf ankommen lassen.« Doug, an der Straße angelangt, musterte Whitneys Füße. Nach einem Kilometer Marsch würden sie schmutzig genug sein. »Mit denen werden wir leichter fertig als mit Dimitris Gorillabande.«

Da die vor ihnen liegende Straße endlos schien und der Tag gerade erst begonnen hatte, ging Whitney nicht näher darauf ein.

9

Nach einer halben Stunde bekam Whitney unter dem Umschlagtuch kaum noch Luft. Es war einer jener Tag, an denen sie normalerweise so wenig wie möglich am Leibe trug und jede überflüssige Bewegung vermied. Statt dessen steckte sie in einem bodenlangen, langärmligen Sack, war in ein riesiges Tuch gehüllt und hatte vierzig Kilometer Fußmarsch vor sich.

Ein guter Titel für ihre Memoiren, beschloß sie. *Unterwegs mit meinem Schwein.*

Der kleine Kerl war ihr ans Herz gewachsen. Er watschelte hocherhobenen Hauptes vor ihnen her, als würde er eine Prozession anführen. Ob er wohl eine überreife Mango mochte?

»Wissen Sie, ich fange an, das Tierchen zu mögen.«

Doug blickte auf das Ferkel hinunter. »Gegrillt mag ich es noch lieber.«

»Sie sind ekelhaft.« Whitney warf ihm einen mißtrauischen Blick zu. »Das würden Sie doch nicht tun!«

Nein, das würde sein Magen nicht verkraften. Aber er sah keinen Grund, Whitney wissen zu lassen, daß er ein wenig empfindlich war. Er bevorzugte Schinken in abgehangenem und verpacktem Zustand.

»Ich kenne da ein Rezept für Schweinefleisch süß-sauer. Ist Gold wert.«

»Verleiben Sie's Ihrer Rezeptsammlung ein«, erwiderte sie forsch. »Dieses Schweinchen steht unter meinem Schutz.«

»Ich hab mal drei Wochen in einem Chinarestaurant in San Francisco gearbeitet. Als ich die Stadt verließ, hatte ich das schönste Rubincollier, das man sich denken kann, eine Krawattennadel mit einer schwarzen Perle, so groß wie ein Rotkehlchenei, und ein ganzes Buch voller Rezepte.« Geblieben waren ihm nur die Rezepte, aber die waren großartig. »Man legt das Schweinefleisch über Nacht ein. Es wird so zart, daß es einem auf der Zunge zergeht.«

»Verfressener Kerl!«

»Schweinswürstchen mit Kräutern. Frisch vom Grill.«

»Sie denken wohl nur mit dem Magen?«

Je weiter sie die Berge hinter sich ließen, desto breiter und ebener wurde die Straße. Die östliche Ebene war üppig, feucht und grün. Und für Dougs Geschmack viel zu frei einzusehen. Strommasten kamen in Sicht. Noch ein Nachteil. Dimitri konnte seine Befehle telefonisch weitergeben. Aber von wo aus? Folgte er der Spur, die Doug so dringend zu verwischen suchte? War er hinter ihnen und schloß auf?

Sie wurden verfolgt, soviel stand fest. Er kannte dieses Gefühl, das er seit ihrer Abreise aus New York nicht losgeworden war. Und doch ... Doug schob den Korb höher auf seine Schulter. Er konnte den Gedanken nicht abschütteln, daß Dimitri ihr Ziel kannte und geduldig wartete, bis die Falle zuschnappte. Wieder blickte er sich um. Er würde ruhiger schlafen, wenn er wüßte, aus welcher Richtung ihnen die Gefahr drohte.

Obwohl sie nicht riskieren konnten, das Fernglas zu benutzen, erkannten sie weitläufige, sauber angelegte Plantagen – mit viel freier Fläche, die einem Hubschrauber die Landung ermöglichte. Der Tag war klar, die Sicht ausgezeichnet. Um so leichter war es, zwei Menschen und ein Schwein, die die Straße nach Osten entlangwanderten, auszumachen. Doug behielt ein gleichmäßiges Tempo bei, in der Hoffnung, auf eine Gruppe Reisender zu stoßen, denen sie sich tarnungshalber anschließen konnten. Ein Blick auf Whitney zeigte ihm, daß ihr jetziges Vorgehen keine dauerhafte Lösung war.

»Müssen Sie so gehen, als würden Sie durch Bloomingdale's schlendern?«

»Wie bitte?« Whitney hatte sich gerade gefragt, ob ein Schwein wohl ein interessanteres Haustier als ein Hund abgeben würde.

»Sie gehen zu selbstbewußt. Versuchen Sie, etwas unterwürfiger auszusehen.«

Sie stieß einen resignierten Seufzer aus. »Douglas, ich bin schon gezwungen, dieses abstoßende Kleid zu tragen und ein

Schwein an der Leine zu führen, aber ich werde mich mit Sicherheit nicht unterwürfig verhalten. Und jetzt hören Sie auf zu meckern, Douglas, und genießen Sie den Spaziergang. Hier ist es wunderschön, alles grün, und die Luft riecht nach Vanille.«

»Das kommt von der Plantage da drüben. Vanille wird hier angebaut.« Auf einer Plantage gab es Fahrzeuge. Er fragte sich, wie riskant es wohl wäre, sich eines zu verschaffen.

»Wirklich?« Whitney blinzelte in die Sonne. Die Felder waren weit und leuchtend grün, hier und da sah man einen einzelnen Arbeiter. »Sie ähnelt Bohnengewächsen, nicht wahr? Ich liebe diese dünnen weißen Duftkerzen.«

Doug warf ihr einen nachsichtigen Blick zu. Weiße Kerzen, weiße Seide, das war so ihr Stil. Dann wandte er seine Aufmerksamkeit wieder den Feldern zu, an denen sie vorbeikamen. Zu viele Menschen arbeiteten dort, und das Gelände war viel zu übersichtlich, als daß er es im Moment wagen würde, ein Auto zu stehlen.

»Das Wetter nimmt ja tropische Formen an.« Schwitzend wischte sich Whitney mit der Hand über die Stirn.

»Der Passatwind bringt Feuchtigkeit mit sich. Bis ungefähr nächsten Monat bleibt es heiß und feucht, aber wir haben wenigstens die Zeit der Wirbelstürme verpaßt.«

»Es gibt doch noch gute Nachrichten«, murmelte sie. Ihr kam es so vor, als könne sie die Hitze in Wellen von der Straße aufsteigen sehen. Seltsamerweise kamen ihr nostalgische Erinnerungen an New Yorks heiße Sommertage in den Sinn, an denen die Bürgersteige vor Hitze förmlich glühten und wo man fast keine Luft mehr bekam.

Ein spätes Frühstück im Palm Court wäre jetzt schön – bei Erdbeeren mit Schlagsahne und einem riesigen Eiskaffee. Kopfschüttelnd zwang sie sich, an etwas anderes zu denken.

»An einem Tag wie heute wäre ich gerne auf Martinique.«

»Wer wäre das nicht gerne?«

Ohne auf den gereizten Unterton in seiner Stimme zu achten, fuhr sie fort: »Ein Freund von mir besitzt dort eine Villa.«

»Darauf möchte ich wetten.«

»Vielleicht haben Sie schon einmal von ihm gehört – Robert Madison. Er schreibt Spionagethriller.«

»Madison?« Überrascht horchte Doug auf. Der mit dem Roman »*Sternbild Fische?*«

Beeindruckt, daß er das ihrer Meinung nach beste Werk Madisons kannte, blickte sie ihn unter der Hutkrempe hervor an. »Genau. Haben Sie etwas von ihm gelesen?«

»Ja.« Doug hievte die Tasche höher auf die Schulter. »Ich habe ziemlich vielseitige Interessen.«

Das hatte sie bereits festgestellt. »Nun ja, ich bin ein großer Fan von ihm. Wir kennen uns seit Jahren. Bob ist nach Martinique gezogen, als die Steuerbehörde ihm in den Staaten das Leben sauer machte. Seine Villa bietet einen traumhaften Blick aufs Meer. Und jetzt würde ich gern auf der Poolterrasse sitzen, eine eisgekühlte Margarita schlürfen und halbnackte Menschen am Strand beobachten.«

Genau das war ihr Lebensstil, dachte er verärgert. Swimmingpool mit Terrasse, schwüle Luft und weißgekleidete Hausboys, die auf Silbertabletts Drinks servierten, während irgend so ein Wichser mit hübschem Gesicht und hohlem Kopf ihr den Rücken mit Sonnenöl einrieb. Beides, das Einreiben und das Servieren, hatte er zu seiner Zeit selbst schon getan. Solange die Kasse stimmte.

»Wenn Sie an einem Tag wie diesem nichts besonderes vorhätten, was würden Sie tun?«

Doug verscheuchte das Bild einer halbnackten Whitney aus seinen Gedanken. »Ich würde im Bett liegen. Mit einer großäugigen Rothaarigen mit großen …«

»Ein ziemlich gewöhnlicher Wunsch«, unterbrach Whitney.

»Ich habe ziemlich gewöhnliche Bedürfnisse.«

Sie gab vor zu gähnen. »Wie unser Ferkel, dessen bin ich sicher. Sehen Sie«, fuhr sie fort, ehe er den Schlag parieren konnte, »da kommt etwas.«

Staubwolken stiegen von der Straße auf. Doug schaute wachsam nach rechts und links. Wenn nötig, konnten sie über die Felder flüchten, aber sehr weit würden sie nicht kommen.

Wenn ihre provisorische Verkleidung ihre Wirkung verfehlte, war in ein paar Minuten alles vorbei.

»Halten Sie den Kopf gesenkt«, befahl er Whitney. »Und egal wie sehr es Ihnen gegen den Strich geht, machen Sie einen demütigen, unterwürfigen Eindruck.«

Sie neigte den Kopf und schielte ihn unter der Hutkrempe hervor an. »Ich habe nicht die leiseste Idee, wie das geht.«

»Halten Sie den Kopf gesenkt und gehen Sie weiter.«

Der Motor des Lieferwagens hörte sich kraftvoll und gleichmäßig an. Obwohl das Fahrzeug schmutzverkrustet war, konnte Doug sehen, daß es fast neu wirkte. Er hatte gelesen, daß viele Plantagenbesitzer durch den Anbau von Vanille, Kaffee und Gewürznelken zu Wohlstand gelangt waren. Als der Lieferwagen sich näherte, verbarg er sein Gesicht so gut es ging hinter dem Korb auf seiner Schulter. Das Auto verlangsamte seine Fahrt kaum, als es sie überholte. Wie schnell wären sie an der Küste, wenn er so eines in die Finger bekommen könnte!

»Es hat geklappt!« Whitney hob grinsend den Kopf. »Er ist vorbeigefahren, ohne uns eines Blickes zu würdigen.«

»Die Leute sehen eben nur das, was sie sehen wollen oder zu sehen erwarten.«

»Welch tiefsinnige Bemerkung.«

»Die Natur des Menschen«, gab er zurück, im stillen bedauernd, daß nicht er hinter dem Steuer saß. »Ich bin in der Uniform eines Hoteldieners und mit einem trinkgeldheischenden Lächeln in unzählige Hotelzimmer reingekommen.«

»Sie haben die Hotels bei vollem Tageslicht ausgeraubt?«

»Zufällig sind die Leute meistens tagsüber nicht im Zimmer.«

»Waren Sie jemals im Gefängnis?«

»Nein. Eines der kleinen Vergnügen im Leben, das mir versagt geblieben ist.«

Sie nickte. Das bestätigte ihren Eindruck, daß er in seinem Job – gut war. »Was war das größte Ding, das Sie je gedreht haben?«

Obwohl ihm ein Schweißrinnsal über den Rücken rann,

mußte er lachen. »Wo haben Sie denn Ihr Vokabular her? Aus ›Starsky and Hutch‹-Serien?«

»Kommen Sie, Douglas, das nennt man Ablenkung.« Und wenn sie sich nicht ablenken konnte, würde sie mitten auf der Straße vor Erschöpfung zusammenbrechen. Als sie durch die Berge marschiert waren, hatte sie gedacht, dies sei das Anstrengendste überhaupt. Irrtum. »Sie müssen doch während Ihrer steilen Karriere einen großen Coup gelandet haben.«

Einen Moment schaute er schweigend die schnurgerade, endlose Straße entlang, nahm aber den Staub und die von der Mittagssonne verkürzten Schatten gar nicht wahr. »Einmal hatte ich einen faustgroßen Diamanten in der Hand.«

»Einen Diamanten?« Sie hatte nun einmal eine Vorliebe für diese eisglitzernden, ein wenig protzigen Steine.

»Ja, aber nicht irgendeinen, sondern den Großvater aller Diamanten. Den schönsten Klunker, den ich je gesehen habe. Den Sydney.«

»Den Sydney?« Whitney blieb, nach Luft schnappend, stehen. »Mein Gott, vierundachtzig und ein halbes Karat, absolut perfekt. Ich erinnere mich, er wurde vor drei, nein, vier Jahren in San Francisco ausgestellt. Dann wurde er gestohlen …« Sie brach verblüfft und tief beeindruckt ab. »Sie?«

»Richtig, Süße.« Er genoß den Ausdruck faszinierter Überraschung auf ihrem Gesicht. »Ich hatte diesen Burschen in der Hand. Ich schwöre, er hat regelrecht Hitze ausgestrahlt, und wenn man ihn ans Licht hielt, sah man hundert verschiedene Bilder darin. Es war, als hielte man eine nach außen hin kühle, aber innerlich heißblütige Blondine im Arm.«

Sie konnte die reine physische Erregung nachempfinden. Seit ihrer ersten Perlenkette hatte Whitney häufig Diamanten und andere Steine getragen. Das bereitete ihr Vergnügen. Doch die Vorstellung, den Sydney in der Hand zu halten, das pulsierende Leben in ihm zu spüren, mußte ungleich erregender sein.

»Wie lief das?«

»Melvin Feinstein. Der Wurm. Der kleine Mistkerl war mein Partner.«

An Dougs verkniffenem Mund konnte Whitney erkennen, daß diese Geschichte kein Happy-End haben würde. »Und?«

»Der Wurm machte seinem Namen in mehrerer Hinsicht alle Ehre. Er war so ungefähr einen Meter fünfzig groß. Ich schwöre, der konnte unter einem Türspalt hindurchkriechen. Er hatte die Baupläne des Museums, aber nicht genug Verstand, um die Alarmanlage auszuschalten. Da kam ich ins Spiel.«

»Sie haben die Alarmanlage überlistet?«

»Jeder hat so sein Spezialgebiet.« Doug dachte an die Zeit in San Francisco zurück, an die heißen Tage und kühlen Nähte. »Wir haben den Coup wochenlang geplant, jede Möglichkeit bedacht. Die Alarmanlage war die kniffligste, die mir je untergekommen ist.« Eine gute Erinnerung; die Herausforderung, durch logisches Denken die Elektronik zu überwinden.

»Alarmanlagen sind wie Frauen«, erzählte er weiter. »Sie locken Sie, zwinkern Ihnen zu. Mit etwas Charme und den richtigen Kenntnissen findet man heraus, was sie ticken läßt.« Geduld, dachte er. Faß sie richtig an, und du hast sie da, wo du sie haben willst.

»Ein faszinierende Analogie.« Whitney musterte ihn kühl. »Man könnte auch sagen, sie gehen hoch, wenn sie provoziert werden.«

»Aber nicht, wenn man einen Schritt vorausdenkt.«

»Erzählen Sie lieber die Geschichte zu Ende, Douglas, ehe Sie Ärger bekommen.«

»Wir sind durch die Luftschächte eingestiegen. Für den Wurm eine Kleinigkeit. Dann mußten wir ein Drahtseil spannen und uns daran entlanghangeln, da der Fußboden mit Infrarotstrahlen gesichert war. Weil der Wurm zwei linke Hände hatte und außerdem nicht an die Auslage heranreichte, mußte ich mich kopfüber hinunterhängen lassen. Sechseinhalb Minuten brauchte ich, um das Glas zu durchschneiden. Dann hatte ich ihn.«

Sie konnte förmlich sehen, wie ein schwarzgekleideter Doug mit dem Kopf nach unten über der Auslage hing, während der Diamant unter ihm glitzerte.

»Der Sydney ist nie wieder aufgetaucht.«

»Korrekt, Süße. Er ist auch in dem Buch in meinem Rucksack aufgeführt.« Es gab keine Worte, um die Freude und gleichzeitig den Frust zu beschreiben, den er empfunden hatte, als er die Eintragung las.

»Und warum leben Sie heute nicht in einer Villa auf Martinique?«

»Gute Frage.« Halb lächelnd, halb wütend schüttelte er den Kopf. »Eine verdammt gute Frage«, murmelte er halb zu sich selbst und zog den Hut tiefer ins Gesicht, da ihn die Sonne blendete. »Eine Minute lang war ich reich.«

»Was ist passiert?«

»Wir machten uns auf den Rückweg. Wie ich schon sagte – der Wurm konnte durch die Luftschächte gleiten wie eine Schnecke. Bis ich hinterherkam, war er verschwunden. Der kleine Scheißer hat mir den Stein aus der Tasche geklaut und sich dann in Luft aufgelöst. Um das Maß vollzumachen, rief er anonym bei der Polizei an. Als ich zurückkam, wimmelte das Hotel von Bullen. Ich bin mit nichts als einem Hemd am Leib auf einen Frachter gesprungen. Danach verbrachte ich dann einige Zeit in Tokio.«

»Was geschah mit dem Wurm?«

»Das letzte, was ich gehört habe, war, daß er sich eine Jacht zugelegt hat und ein Nobelkasino betreibt. Eines Tages…« Einen Moment lang malte er sich genüßlich aus, wie er Rache nehmen würde, dann zuckte er die Schultern. »Wie dem auch sei, das war das letzte Mal, daß ich mit einem Partner gearbeitet habe.«

»Bis jetzt«, erinnerte sie ihn.

Er blickte sie aus schmalen Augen an. Hier war die Realität, hier war Madagaskar. Und Whitney. »Bis jetzt.«

»Falls Sie irgendwelche Absichten hegen, es Ihrem Freund, dem Wurm, gleichzutun, dann muß ich Sie warnen, Douglas. Es gibt kein Loch, das tief genug ist, um sich vor mir zu verkriechen.«

»Süße …«, er kniff sie ins Kinn. »Vertrauen Sie mir.«

»Lieber nicht, danke.«

Eine Zeitlang wanderten sie wortlos weiter. Whitney lächelte gedankenverloren zwei Kindern zu, die auf dem Feld zu ihrer Linken spielten. Vielleicht arbeiteten deren Eltern auf der Plantage, vielleicht gehörten die Felder ihnen. Und trotzdem führten sie ein einfaches Leben. Interessant, wie erstrebenswert Einfachheit manchmal schien. Das Baumwollkleid kratzte sie an der Schulter. Andererseits hatte auch Luxus etwas für sich. Eine Menge sogar.

Beide fuhren sie zusammen, als erneut Motorengeräusch hinter ihnen ertönte. Sie drehten sich um, doch da war der Lkw fast bei ihnen angelangt. Wenn sie fliehen mußten, würden sie nicht weit kommen. Doug verfluchte sich und fluchte erneut, als der Fahrer sich aus dem Fenster lehnte und ihnen etwas zurief.

Der Lkw war weder so neu wie der Lieferwagen, der sie vorher überholt hatte, noch so ein Schrotthaufen wie der Marinajeep. Der Motor lief ruhig und gleichmäßig, und die Ladefläche war mit Waren wie Töpfen und Körben bis hin zu Holztischen und Stühlen vollgestopft.

Ein fahrender Händler offenbar. Whitney begutachtete bereits das Angebot und fragte sich, wieviel er wohl für den bunten Tontopf verlangen könne. Auf einem Tischchen würde er sich als Kakteenübertopf gut machen.

Der Fahrer muß ein Betsimiraka sein, überlegte Doug, wenigstens nach der Gegend hier und dem aus Europa stammenden Hut zu urteilen. Beim Lächeln zeigte er einen Mund voller gesunder weißer Zähne, als er ihnen bedeutete, näherzukommen.

»Und was nun?« zischelte Whitney.

»Ich schätze, wir haben eine Fahrgelegenheit, Süße, ob wir wollen oder nicht. Versuchen wir's nochmal mit Ihrem Französisch und meinem Charme.«

»Beschränken wir uns auf mein Französisch, ja?« Ohne darauf zu achten, unterwürfig zu wirken, ging sie zu dem Lkw hin und schenkte dem Fahrer ein strahlendes Lächeln, während sie sich eine plausible Geschichte ausdachte.

Sie und ihr Mann – das Wort wollte ihr nicht über die Lippen – waren auf dem Weg von ihrer Farm in den Bergen zur Küste, wo ihre Familie lebte. Ihre Mutter war krank, beschloß sie spontan. Die neugierigen dunklen Augen des Fahrers glitten über ihr blasses Gesicht unter dem Strohhut. Whitney rasselte rasch ihre Erklärung herunter, die ihn offenbar zufriedenstellte, denn er wies auf die Tür. Er fuhr zur Küste und würde sie gern mitnehmen.

Aufatmend nahm Whitney das Schwein auf den Arm. »Komm, Douglas, wir haben einen neuen Chauffeur.«

Doug verstaute die Körbe auf dem Rücksitz und kletterte neben sie. Das Glück war launisch, soviel wußte er, doch diesmal war er bereit zu glauben, daß es auf ihrer Seite stand.

Whitney legte sich das Schwein wie ein krankes Kind auf den Schoß. »Was haben Sie ihm erzählt?« erkundigte sich Doug und nickte dem Fahrer freundlich zu.

Whitney seufzte und genoß das Gefühl, gefahren zu werden. »Ich sagte, wir wollten zur Küste. Meine Mutter ist krank.«

»Das tut mir in der Seele weh!«

»Sie liegt auf dem Sterbebett, also machen Sie ein trauriges Gesicht.«

»Ihre Mutter konnte mich noch nie leiden.«

»Das steht außer Frage. Außerdem wollte sie, daß ich Tad heirate.«

Doug, der gerade dem Fahrer eine Zigarette anbot, hielt inne. »Tad wer?«

Der mißvergnügte Ausdruck auf seinem Gesicht gefiel ihr. »Tad Carlyse IV. Sei nicht eifersüchtig, Liebling. Ich habe mich ja für dich entschieden.«

»Ich Glücklicher«, brummte Doug. »Wie haben Sie denn die Klippe, daß wir keine Einheimischen sind, umschifft?«

»Ich bin Französin. Mein Vater, ein Seemann, hat sich hier an der Küste niedergelassen. Sie sind ein Lehrer, der hier Urlaub machte. Wir haben uns leidenschaftlich ineinander verliebt, gegen den Willen unserer Eltern geheiratet und bewirtschaften jetzt eine kleine Farm in den Bergen. Sie sind übrigens Brite.«

Doug überdachte die Geschichte und entschied, daß er es nicht hätte besser machen können. »Gut ausgedacht. Wie lange sind wir verheiratet?«

»Weiß nicht, warum?«

»Ich frage mich, ob ich mich liebevoll oder gelangweilt geben soll.«

Whitneys Augen verengten sich. »Sie können mich mal.«

»Sogar als Neuvermählte sollten wir uns vor anderen Leuten nicht mit solchen Zärtlichkeiten überschütten.«

Leise in sich hineinkichernd schloß Whitney die Augen und stellte sich vor, sie säße in einer Luxuslimousine. Innerhalb von wenigen Minuten lag ihr Kopf an Dougs Schulter, während das Schwein friedlich in ihrem Schoß schnarchte.

Dougs Stimme riß sie unsanft aus ihren Träumen. »Jetzt reicht's dann, Süße.«

»Lord, Sie Mistkerl!«

»Raus aus den Federn. Wir sind da.«

»Sie Wurm«, murmelte sie.

»So spricht man nicht mit seinem Ehemann.«

Sie öffnete die Augen und blickte in sein grinsendes Gesicht. »Sie verdamm ...«

Er schnitt ihr das Wort ab, indem er sie langanhaltend küßte. Zu spät fiel ihr ein, die Lippen zusammenzukneifen. »Wir sollen ein Liebespaar darstellen, Süße. Unser liebenswürdiger Fahrer könnte einige dieser rüden englischen Ausdrücke verstehen.«

Benommen blinzelte sie ihn an. »Ich hatte geträumt.«

»Scheint so. Und ich bin offenbar nicht allzugut weggekommen.« Doug sprang aus dem Wagen, um die Körbe von der Ladefläche zu holen.

Whitney schüttelte sich, dann blickte sie durch die Windschutzscheibe. Eine Stadt! Zwar war sie klein, und in der Luft hing ein verdächtiger Geruch nach faulendem Fisch, doch Whitney war so begeistert, als wäre sie an einem Aprilmorgen in Paris erwacht. Rasch kletterte sie aus dem Lkw.

Eine Stadt bedeutete ein Hotel. Und ein Hotel bedeutete eine Badewanne, heißes Wasser und ein echtes Bett.

»Liebling, du bist großartig.« Das zwischen ihnen eingeklemmte Ferkel quiekte empört, als sie Doug umarmte.

»Mein Gott, Whitney, ich spüre nur noch Schwein.«

»Absolut großartig«, wiederholte sie und gab ihm einen Kuß.

»So, so.« Seine Hand legte sich auf ihre Hüfte. »Vor einer Minute war ich noch ein Wurm.«

»Vor einer Minute wußte ich noch nicht, wo wir sind.«

»Und jetzt wissen Sie's? Vielleicht klären Sie mich mal auf.«

»In einer Stadt.« Das Ferkel knuddelnd wirbelte sie herum. »Fließendes Wasser, heiß und kalt, Betten mit richtiger Matratze. Wo ist das Hotel?« Suchend sah sie sich um.

»Ich hatte eigentlich nicht vor, hierzubleiben ...«

»Da!« rief sie triumphierend.

Es war sauber und schmucklos, eher ein Gasthaus als ein Hotel. Die Stadt war von Seeleuten und Fischern bevölkert, der Indische Ozean lag direkt dahinter. Ein hoher Deich schützte sie vor den mit den Stürmen auftretenden Flutwellen. Netze lagen hier und da zum Trocknen in der Sonne ausgebreitet. Auf einem Telefonmast schlief eine Möwe. Die gerade Küstenlinie bildete zwar keinen direkten Hafen, doch das kleine Küstenstädtchen lebte offenbar nicht zuletzt vom Tourismus.

Whitney bedankte sich bereits beim Fahrer. Zu seiner eigenen Überraschung brachte Doug es nicht fertig, ihr zu sagen, daß sie nicht bleiben konnten, da er nur die Vorräte auffüllen und sich um ein Transportmittel kümmern wollte, ehe sie weiterzogen. Er sah, wie sie den Fahrer anlächelte.

Eine Nacht würde nicht schaden, beschloß er; dann konnten sie sich am Morgen ausgeruht auf den Weg machen. Und wenn Dimitri in der Nähe war, hatte Doug zumindest die nächsten Stunden eine Wand im Rücken. Dies und ein paar Stunden, um den nächsten Schritt zu planen. Er schwang sich einen Korb auf jede Schulter. »Geben Sie ihm das Ferkel und verabschieden Sie sich.«

Whitney lächelte dem Fahrer ein letztes Mal zu und ging dann über die Straße. Zertretene Muscheln knirschten unter ihren Füßen und vermischten sich mit Schmutz und scharfen kleinen Kieselsteinen. »Unseren Erstgeborenen einem fahrenden Händler überlassen? Wirklich, Douglas, genausogut könnten wir ihn an Zigeuner verkaufen.«

»Rührend. Stelle ich da eine gewisse Zuneigung fest?«

»Die würden Sie auch spüren, wenn Ihr Herz nicht in den Magen gerutscht wäre.«

»Aber was um alles in der Welt sollen wir mit dem Tier anfangen?«

»Wir suchen ihm ein gutes Zuhause.«

»Whitney.« Noch vor dem Gasthaus nahm er ihren Arm. »Das ist doch Unsinn.«

»Schschtt.« Sie drückte das Schwein beschützend an sich und betrat das Gasthaus.

Es war herrlich kühl. Große Deckenventilatoren zischten leise und erinnerten sie an Rick's Place aus *Casablanca*. Die Wände waren weißgetüncht, der Boden bestand aus dunklem, verwittertem, jedoch sauber geschrubbtem Holz. Irgendwer hatte als einzigen Schmuck handgewebte, ausgebleichte Matten an die Wände gehängt. Einige Leute saßen am Tisch, Gläser mit einer dunkelgoldenen Flüssigkeit vor sich. Whitney stieg ein undefinierbarer, köstlicher Geruch in die Nase. Er schien aus einer halb geöffneten Tür im hinteren Teil des Gebäudes zu kommen.

»Fischsuppe«, murmelte Doug, dem der Magen knurrte. »Irgend etwas Bouillabaisseähnliches, mit einem Hauch – Rosmarin«, sagte er, die Augen schließend. »Und ein wenig Knoblauch.«

Whitney mußte schlucken, da ihr das Wasser im Mund zusammenlief. »Klingt nach Mittagessen.«

Eine Frau, die sich die Hände an einer weißen Schürze abwischte, kam durch die Tür. Obwohl ihr Gesicht von tiefen Falten durchzogen war und die Hände sowohl Spuren der Arbeit als auch des Alters zeigten, trug sie ihre Haare wie ein junges Mädchen in einer Zöpfchenfrisur. Sie musterte Whitney und Doug, sah das Schwein einen Augenblick lang an und sprach sie dann in einem raschen Englisch mit ausgeprägtem Akzent an. Soviel zur Wirkung von Dougs Verkleidung.

»Wünschen Sie ein Zimmer?«

»Ja bitte.« Whitney lächelte, bemüht, nicht dauernd zur Tür, der die Essensdüfte entströmten, hinüberzublicken.

»Meine Frau und ich möchten ein Zimmer für die Nacht, ein Bad und etwas zu essen.«

»Für zwei?« fragte die Frau, dann sah sie wieder zu dem Schwein hin. »Oder für drei?«

»Ich habe das Schweinchen alleine auf der Straße gefunden«, improvisierte Whitney, »und wollte es nicht da sitzen lassen. Vielleicht wissen Sie jemanden, der sich darum kümmert?«

Die Frau beäugte das Ferkel in einer Weise, die Whitney veranlaßte, es fester an sich zu drücken. Dann lächelte sie. »Mein Enkel wird das übernehmen. Er ist zwar erst sechs, aber verantwortungsbewußt.« Sie streckte die Arme aus, und Whitney reichte ihr widerwillig ihr erstes und einziges Haustier. Das Schwein unter den Arm geklemmt suchte die Frau in der Schürzentasche nach Schlüsseln. »Das Zimmer ist fertig; die Treppe hoch, und dann die zweite Tür rechts. Herzlich willkommen.«

Whitney beobachtete, wie sie, das Schwein immer noch unter dem Arm, in die Küche zurückging.

»Aber, aber, Süße, jede Mutter muß ihr Kind eines Tages vom Schürzenzipfel lassen.«

Schnüffelnd wandte sich Whitney zur Treppe. »Wehe, es steht heute abend auf der Speisekarte.«

Das Zimmer war entschieden kleiner als die Höhle, in der sie übernachtet hatten, dafür hingen ein paar hübsche Seelandschaften an der Wand, und das Bett war mit einem buntgemusterten Überwurf bedeckt. Das durch eine Bambustür vom Schlafzimmer getrennte Bad war bestenfalls eine Nische.

»Himmlisch«, meinte Whitney nach dem ersten Blick und ließ sich bäuchlings auf das Bett fallen, das ganz leichten Fischgeruch verströmte.

»Ich habe keine Ahnung, wie man sich im Himmel fühlt« – Doug prüfte das Schloß und befand, es würde schon standhalten – »aber bevor wir dort ankommen, nehmen wir erst einmal hiermit vorlieb.«

»Ich krieche jetzt in die Wanne und verbringe da die nächsten Stunden.«

»Okay, Sie zuerst.« Achtlos ließ er die Körbe zu Boden

plumpsen. »Ich werde mich inzwischen mal umsehen und versuchen, ein Transportmittel aufzutreiben, das uns weiterbringt.«

»Am liebsten wäre mir ein schöner, bequemer Mercedes.« Seufzend bettete sie den Kopf zwischen die Hände. »Aber ich wäre auch mit einem Leiterwagen und einem dreibeinigen Pony davor zufrieden.«

»Vielleicht gibt es noch irgendwas dazwischen.« Vorsichtshalber nahm Doug den Umschlag aus seinem Rucksack und verstaute ihn sicher unter seinem Hemd. »Verbrauchen Sie nicht alles heiße Wasser, Süße. Ich bin bald zurück.«

»Sorgen Sie dafür, daß der Zimmerservice pünktlich ist. Ich hasse es, wenn das Essen zu spät auf dem Tisch steht.« Als die Tür ins Schloß fiel, streckte sie sich wohlig aus. So sehr sie auch vor allem den Wunsch nach Schlaf verspürte, lieber noch wollte sie zuvor baden.

Sie stand auf und ließ das lange Baumwollkleid zu Boden fallen. »Herzlichen Dank an den Vorbesitzer«, murmelte sie, dann schleuderte sie den Strohhut wie eine Frisbeescheibe durch den Raum. Das Haar fiel ihr golden glänzend über die nackten Schultern. Fröhlich ließ sie Wasser einlaufen und suchte in ihrem Rucksack nach Badelotion. Zehn Minuten später lag sie im schäumenden, wohlriechenden Wasser.

»Himmlisch«, wiederholte sie, die Augen schließend.

Draußen machte sich Doug rasch mit der Stadt vertraut. Es gab einige kleine Läden mit Kunsthandwerk im Schaufenster. Buntgeflochtene Hängematten baumelten an Verandageländern, die man mit Haifischzähnen verziert hatte. Offensichtlich waren die Menschen hier an Touristen und deren Vorliebe für unnützen Tinnef gewöhnt. Als er sich dem Kai näherte, wurde der Fischgeruch strenger. Dort angelangt bewunderte er die Boote, die aufgerollten Seile und die zum Trocknen ausgebreiteten Netze.

Er hatte sich bereits für den Wasserweg als den schnellsten und praktischsten entschieden. Der Karte im Reiseführer hatte er entnommen, daß sie auf dem Palangankanal bis Maroantsetra fahren konnten. Von dort mußten sie dann durch den Regenwald weiterreisen.

Inmitten der feuchten Hitze des Urwalds, der ihnen Deckung bot, würde er sich sicherer fühlen. Der Kanal war der beste Weg. Nun mußte er nur noch ein Boot und einen Führer auftreiben.

Gegenüber lag ein kleiner Laden. Da er seit Tagen keine Zeitung mehr gelesen hatte, beschloß er, hinüberzugehen und eine zu kaufen, auch wenn er sich auf Whitney als Übersetzerin verlassen mußte. Als er zum Türknauf griff, hielt er verwirrt inne. Aus dem Laden drang die unverwechselbare Stimme von Pat Benatar, die ihren neuesten Hit sang.

Hinter der Theke stand ein großer, schlaksiger Mann, dessen dunkle Haut vor Schweiß glänzte, während er sich zu der Musik, die aus einem kleinen, aber teuren tragbaren Stereorecorder dröhnte, rhythmisch bewegte. Dabei polierte er die Glasplatte der Theke und sang aus vollem Halse mit.

Als die Tür hinter Doug zufiel, blickte er auf. »Guten Tag.« Der Akzent war eindeutig französisch, obwohl sein verwaschenes T-Shirt die Aufschrift des City College of New York trug. Sein jugendfrisches Grinsen wirkte äußerst anziehend. Auf den Regalen hinter ihm stapelte sich allerlei Krimskrams, Wäsche, Dosen und Flaschen. Ein Kaufhaus in Nebraska hätte keine größere Auswahl bieten können.

»Kann ich Ihnen helfen?«

»Guter Song, wie?« fragte Doug, als er über den Holzfußboden schritt.

»Amerikaner!« Beinahe ehrfürchtig drehte der Mann die Musik leiser, ehe er Doug die Hand hinstreckte. »Sie kommen aus den Staaten?«

»Ja, aus New York.«

Der junge Mann sprang hoch wie von der Tarantel gestochen. »New York! Mein Bruder« – er zupfte an seinem T-Shirt – »besucht dort das College. Studentenaustausch. Anwalt wird er, yessir, ein ganz großes Tier.«

Es war unmöglich, nicht zu schmunzeln. Doug schüttelte die Hand, die der Mann ihm bot, freundlich. »Mein Name ist Doug Lord.«

»Jacques Tsirana. Amerika!« Widerwillig gab er Dougs

Hand frei. »Nächstes Jahr gehe ich selbst dorthin, zu Besuch. Kennen Sie sich in New York gut aus?

»Ja.« Und bis zu diesem Moment war ihm gar nicht bewußt geworden, wie sehr er es vermißte. »Ja, selbstverständlich.«

»Ich habe ein Foto.« Jacques suchte hinter der Theke herum und zeigte Doug einen zerknitterten Schnappschuß, auf dem ein mit Jeans bekleideter, hochgewachsener, gutgebauter Mann, der vor Tower Records stand, zu sehen war.

»Mein Bruder; er kauft die Platten und nimmt sie mir auf Band auf. Amerikanische Musik«, verkündete er. »Rock'n Roll. Wie gefällt Ihnen Pat Benatar?«

»Heiße Röhre«, meinte Doug und reichte den Schnappschuß zurück.

»Was tun Sie hier, wenn Sie in New York sein könnten?«

Doug schüttelte den Kopf. Dieselbe Frage hatte er sich auch schon gestellt. »Meine, äh, Freundin und ich reisen an die Küste.«

»Ferien?« Jacques musterte Dougs Kleidung flüchtig. Er war wie ein armseliger madagassischer Bauer gekleidet, doch in seinen Augen blitzte Autorität.

»So was ähnliches.« Wenn man von den bewaffneten Verfolgern einmal absah. »Ich dachte, sie würde vielleicht gern mal den Kanal entlangfahren. Eindrücke, verstehen Sie?«

»Schöne Landschaft«, stimmte Jacques zu. »Wie weit?«

»Bis hier.« Doug zog die Karte aus der Tasche und fuhr mit dem Zeigefinger die Route entlang. »Nach Maroantsetra.«

»Junge, Junge«, murmelte Jacques. »Zwei Tage, zwei lange Tage. An manchen Stellen ist der Kanal schwer zu befahren.« Seine Zähne leuchteten. »Krokodile.«

»Sie ist zäh«, behauptete Doug, der an die gepflegte samtweiche Haut denken mußte. »Der Typ, der auf Camping und Lagerfeuer steht. Wir brauchen nur einen Führer und ein stabiles Boot.«

»Sie zahlen mit amerikanischen Dollar?«

Dougs Augen wurden schmal. Sollte sich das Blatt tatsächlich zu ihren Gunsten gewendet haben? »Das läßt sich einrichten.«

Jacques piekte mit dem Finger an seinen T-Shirt-Aufdruck. »Dann bringe ich Sie hin.«

»Haben Sie ein Boot?«

»Das beste Boot in der Stadt. Selbstgebaut. Hundert Dollar.«

Doug blickte auf Jacques' Hände. Zuverlässig und kräftig. »Fünfzig jetzt gleich. Wir wollen morgen früh aufbrechen. Acht Uhr.«

»Bringen Sie Ihre Freundin um acht her. Wir werden ihr schon etwas bieten.«

Whitney, die von den ihr zugedachten Freuden nichts ahnte, döste in der Wanne vor sich hin. Jedesmal wenn das Wasser zu kühl wurde, ließ sie heißes nachlaufen. Was sie betraf, so konnte sie getrost die Nacht darin verbringen. Ihr Kopf lehnte am Wannenrand, ihr nasses, glänzendes Haar fiel nach hinten.

»Wollen Sie einen Weltrekord aufstellen?« fragte Doug hinter ihr.

Mit einem leisen Aufschrei fuhr sie hoch, so daß das Wasser bedenklich schwappte. »Sie haben nicht angeklopft«, beschwerte sie sich. »Und ich hatte die Tür abgeschlossen.«

»Geknackt«, sagte er leichthin. »Ich darf nicht aus der Übung kommen. Wie ist das Wasser?« Ohne ihre Antwort abzuwarten, tauchte er einen Finger hinein. »Riecht gut. Aber ihr Schaum schwindet dahin.«

»Er hält noch ein paar Minuten. Ziehen Sie doch diese lächerlichen Klamotten aus.«

Grinsend begann er, sein Hemd aufzuknöpfen. »Dachte schon, Sie würden nie fragen.«

»Auf der anderen Seite der Tür.« Lächelnd steckte sie einen Zeh aus dem Wasser und wackelte damit. »Ich gehe raus, dann sind Sie an der Reihe.«

»Eine Schande, all das heiße Wasser zu verschwenden.« Doug stützte sich auf den Wannenrand und lehnte sich über sie. »Da wir Partner sind, sollten wir auch teilen.«

»Meinen Sie?« Sein Mund war ihr ganz nah, und sie fühlte

sich vollkommen entspannt. Ein feuchter Finger fuhr über seine Wange. »Was haben Sie denn vor?«

»Etwas Unvollendetes – « er berührte zart ihre Lippen – »zu vollenden.«

»Ach so.« Lachend streichelte sie seinen Nacken. »Schon wieder ein Tauschhandel?« Aus einem Impuls heraus zog sie ihn so, wie er war, in die Wanne. Wasser schappte über. Kichernd wie ein Schulmädchen sah sie zu, wie er sich Schaum aus dem Gesicht wischte. »Douglas, Sie haben noch nie besser ausgesehen.«

Er bemühte sich, nicht unterzugehen. »Die Lady mag Spielchen.«

»Nun, Sie haben so verschwitzt ausgesehen.« Großzügig bot sie ihm die Seife an und mußte wieder lachen, als er sie auf seinem nassen Hemd verrieb.

Auf der Hut und doch belustigt, nahm sie ihm die Seife weg. »Warum ziehen Sie nicht …?«

Beide erstarrten, als es an der Tür klopfte.

»Nicht bewegen«, flüsterte Doug.

»Hatte ich nicht vor.«

Doug machte sich los und kletterte triefnaß aus der Wanne. Das Wasser schwappte in seinen Schuhen, als er zu seinem Rucksack ging und die Pistole herausholte. Seit ihrer Abreise aus Washington hatte er sie nicht mehr in der Hand gehabt, und sie gefiel ihm jetzt keinen Deut besser.

Wenn Dimitri sie aufgespürt hätte, dann wäre er bestimmt anders vorgegangen. Trotzdem – Doug blickte zum Fenster hinter ihnen. In Sekundenschnelle wäre er draußen und weg. Dann sah er zu der Bambustür. In der Badewanne saß Whitney, nackt und vollkommen schutzlos. Doug warf dem Fenster und somit der Fluchtmöglichkeit einen letzten bedauernden Blick zu.

»Scheiße.«

»Doug …«

»Ruhe.« Er umklammerte die Waffe und ging zur Tür. Es war an der Zeit, sein Glück erneut auf die Probe zu stellen. »Ja bitte?«

»Hier ist Captain Sambirano, Polizei. Zu Ihren Diensten.«

»Scheiße.« Doug sah sich rasch um und steckte dann die

Waffe hinten in den Bund seiner Hose. »Ihre Dienstmarke bitte, Captain.« Sprungbereit öffnete er die Tür einen Spalt und betrachtete erst die Marke, dann den Mann. Einen Cop roch er zehn Meilen gegen den Wind. Widerwillig machte er die Tür auf. »Was kann ich für Sie tun?«

Der kleine, rundliche, nach westlicher Art gekleidete Captain trat ein. »Offenbar störe ich.«

»Ich bade gerade.« Zu Dougs Füßen bildete sich eine kleine Pfütze. Rasch langte er nach einem Handtuch.

»Entschuldigung, Mr. ...«

»Wallace, Peter Wallace.«

»Mr. Wallace. Ich habe es mir zur Gewohnheit gemacht, jeden Gast in unserer Stadt persönlich zu begrüßen.« Vorsichtig zupfte der Captain am Kragen seiner Jacke. Doug bemerkte, daß seine Nägel kurzgefeilt und poliert waren. »Ab und an haben wir Gäste, die mit unseren Gesetzen und Sitten nicht vertraut sind.«

»Ich bin gerne bereit, die Polizei zu unterstützen.« Doug lächelte breit. »Aber leider reise ich morgen weiter.«

»Ein Jammer, daß Sie Ihren Aufenthalt nicht verlängern können. Sind Sie in Eile?«

»Peter...« Whitney steckte den Kopf und eine nackte Schulter zur Tür heraus. »Oh, Entschuldigung.« Bemüht, ein Erröten vorzutäuschen, schlug sie die Augen nieder.

Vielleicht funktionierte der Trick, jedenfalls nahm der Captain den Hut ab und verbeugte sich. »Madam ...«

»Meine Frau Cathy. Cath, das ist Captain Sambirano.«

»Sehr erfreut.«

»Ganz meinerseits.«

»Sie entschuldigen bitte, daß ich nicht herauskomme, aber Sie sehen ja ...« Lächelnd brach sie ab.

»Natürlich. Entschuldigen Sie bitte die Störung, Mrs. Wallace, Mr. Wallace. Wenn ich Ihnen während Ihres Aufenthalts behilflich sein kann, bitte zögern Sie nicht.«

»Wie reizend.«

Schon halb zur Tür hinaus, wandte sich der Captain noch einmal um. »Und wo wollen Sie hin, Mr. Wallace?«

»Ach, immer der Nase nach«, behauptete Doug. »Cathy

und ich sind Studenten, kurz vor dem Examen. Botanik. In dieser Hinsicht hat Ihr Land viel zu bieten.«

»Peter, das Wasser wird kalt.«

Doug schielte über seine Schulter, dann grinste er. »Wir sind auf Hochzeitsreise, Sie verstehen.«

»Selbstverständlich. Darf ich Ihnen zu Ihrem guten Geschmack gratulieren? Schönen Tag noch.«

»Ja, danke.«

Doug schloß die Tür und lehnte sich fluchend dagegen. »Das gefällt mir nicht.«

Whitney, in ein Handtuch gewickelt, kam hinter der Tür hervor. »Was hatte denn das zu bedeuten?«

»Ich wünschte, ich wüßte es. Aber eins ist sicher – wenn die Cops anfangen, herumzuschnüffeln, dann suche ich mir eine andere Unterkunft.«

Whitney blickte lange auf das einladende Bett. »Aber Doug!«

»Tut mir leid, Süße. Ziehen Sie sich an.« Er streifte bereits seine tropfnassen Sachen ab. »Wir nehmen das Boot, aber etwas früher als geplant.«

»Gibt es etwas Neues?« Dimitri spielte mit einer gläsernen Schachfigur, dann rückte er den Läufer vor.

»Wir glauben, daß sie auf dem Weg zur Küste sind.«

»Glauben?« Dimitri schnippte mit den Fingern, und ein schwarzgekleideter Mann gab ihm einen Kristallkelch in die Hand.

»In den Bergen gibt es eine kleine Siedlung.« Remo sah Dimitri trinken und schluckte. Seine Kehle war wie ausgedörrt. Seit einer Woche hatte er nicht mehr richtig geschlafen. »Als wir sie überprüft haben, war eine Familie ganz außer sich. Jemand hat sie bestohlen, während sie auf dem Feld arbeiteten.«

»Ich verstehe.« Der Wein war vorzüglich, aber natürlich hatte er seinen eigenen Vorrat mitgebracht. Dimitri liebte zwar das Reisen, wollte aber nicht auf seinen gewohnten Komfort verzichten. »Und was genau wurde diesen Leuten entwendet?«

»Zwei Hüte, Kleidung, Körbe ...« Er zögerte.

»Und?« drängte Dimitri beunruhigend sanft.

»Ein Ferkel.«

»Ein Ferkel«, wiederholte Dimitri glucksend. Remo entspannte sich ein wenig. »Genial. Ich fange an zu bedauern, daß wir Lord beseitigen müssen. Einen Mann wie ihn könnte ich gut brauchen. Fahr fort, Remo. Den Rest.«

»Ein paar Kinder haben beobachtet, wie ein Händler in einem Lkw am späten Morgen einen Mann, eine Frau und ein Ferkel mitgenommen hat. Sie fuhren Richtung Osten.«

Es gab eine lange Pause, die Remo um nichts in der Welt unterbrochen hätte. Dimitri betrachtete nachdenklich sein Weinglas, ehe er genüßlich daran nippte. Er konnte förmlich hören, daß Remos Nerven zum Zerreißen gespannt waren. Dann blickte er auf.

»Ich schlage vor, du begibst dich gleichfalls nach Osten, Remo. Ich dagegen habe andere Pläne.« Seine Finger strichen über eine weitere Schachfigur; er bewunderte die geschickte, detailgetreue Handarbeit. »Ich habe berechnet, in welchem Gebiet unser Wild auftauchen wird. Während du sie verfolgst, werde ich warten. Ich bin die ewigen Hotels leid, obwohl der Service hier nichts zu wünschen übrigläßt. Doch wenn ich mich mit unserem Gast befasse, wünsche ich eine privatere Atmosphäre.«

Er setzte das Weinglas ab und nahm den weißen König und die passende Königin in die Hand. »Ich freue mich schon darauf.« Mit einer raschen Bewegung schlug er die Figuren gegeneinander. Scherben rieselten leise klirrend auf den Tisch.

10

»Wir haben noch nicht gegessen.«

»Später.«

»Das sagen Sie immer. Und noch etwas«, schimpfte Whitney. »Ich verstehe immer noch nicht, warum wir auf diese Weise verschwinden müssen.« Sie schnitt dem Haufen ›geliehener‹ Kleider auf dem Boden eine Grimasse. Noch nie hatte sie jemanden sich so schnell bewegen sehen wie Doug in den letzten fünf Minuten.

»Schon mal was von vorbeugenden Maßnahmen gehört, Süße?«

»Interessiert mich nicht, wenn ich Hunger habe.« Whitney blickte stirnrunzelnd auf seine Fingerspitzen auf dem Fensterbrett. Eine Sekunde später waren sie verschwunden, und sie hielt den Atem an, als sie ihn zu Boden springen sah.

Dougs Beine schmerzten ein wenig. Außer einer fetten, räudigen Katze, die in der Sonne döste, schien niemand den Sprung beobachtet zu haben. Er sah hoch und machte Whitney ein Zeichen. »Werfen Sie die Rucksäcke herunter.« Das tat sie mit solcher Vehemenz, daß es ihn fast von den Füßen riß. »Ruhig«, zischte er durch die Zähne, schob die Taschen beiseite und stellte sich unter dem Fenster auf. »Jetzt Sie.«

»Ich?«

»Sonst ist nichts mehr da. Los schon, ich fange Sie auf.«

Nicht, daß sie an ihm zweifelte. Schließlich war sie so vorsichtig gewesen, die Brieftasche aus ihrem Rucksack zu nehmen – und sicherzustellen, daß er dies sah –, ehe er durch das Fenster geklettert war. Er hingegen hatte den Umschlag in den Bund seiner Jeans gesteckt. Vertrauen unter Dieben war wohl doch nur ein Mythos.

Doch seltsamerweise wirkte der Abstand zwischen Fensterbrett und Boden jetzt viel größer. Whitney sah Doug böse an.

»Eine MacAllister verläßt das Hotel immer durch den Vordereingang.«

»Wir haben keine Zeit für Familientraditionen. Um Himmels willen, machen Sie voran, ehe wir Publikum bekommen.«

Mit zusammengebissenen Zähnen schwang sie ein Bein über das Fensterbrett, hielt sich fest und ließ sich herab. Im selben Moment wurde ihr klar, daß es ihr ganz und gar nicht zusagte, am Fensterbrett eines madagassischen Gasthauses herumzuturnen. »Doug ...«

»Loslassen«, befahl er.

»Ich bin nicht sicher, ob ich das kann.«

»Sie können, es sei denn, Sie wollen, daß ich mit Steinen werfe.«

Doug brachte das fertig. Whitney schloß die Augen, hielt den Atem an und ließ los.

Sie fiel vielleicht einen Herzschlag lang ins Nichts, ehe sich seine Arme um ihre Hüften schlossen. Der abrupte Zusammenprall verschlug ihr den Atem.

»Sehen Sie?« meinte er, als er sie sanft zu Boden stellte. »Kein Problem. Sie haben echtes Talent zum Fassadenkletterer.«

»Verdammter Mist!« Sie drehte sich um und inspizierte ihre Hände. »Ich hab mir einen Nagel abgebrochen. Was soll ich denn jetzt machen?«

»Das ist wirklich tragisch.« Doug bückte sich nach den Rucksäcken. »Ich könnte Ihnen den Gnadenschuß geben, um Sie von Ihrem Elend zu erlösen.«

Wütend riß sie ihm ihren Rucksack aus der Hand. »Sehr komisch. Ich hasse es, mit nur neun intakten Fingernägeln herumzulaufen.«

»Stecken Sie einfach die Hände in die Taschen«, schlug er vor und setzte sich in Bewegung.

»Und wo gehen wir jetzt hin?«

»Ich habe eine kleine Bootsfahrt arrangiert.« Doug schulterte seinen Rucksack. »Wir müssen nur noch das Boot finden. Möglichst unauffällig.«

Whitney folgte ihm, als er an den Rückfronten der Häuser,

abseits der Straße, vorbeischlich. »All das nur, weil ein dicker kleiner Polizist vorbeigeschaut hat, um Hallo zu sagen.«

»Fette kleine Polizisten machen mich nervös.«

»Er war sehr höflich.«

»Fette kleine höfliche Polizisten machen mich noch nervöser.«

»Wir waren zu der netten alten Dame, die unser Ferkel genommen hat, sehr unfreundlich.«

»Na und, Süße? Noch nie eine Rechnung nicht bezahlt?«

»Bestimmt nicht«, schniefte sie und rannte hinter ihm her, als er eine enge Seitenstraße überquerte. »Und ich habe auch nicht die Absicht, damit anzufangen. Ich habe ihr zwanzig Dollar dagelassen.«

»Zwanzig!« Doug hielt bei einem Baum neben Jacques' Laden an und packte sie. »Warum denn, zur Hölle? Wir haben doch nicht einmal das Bett benutzt.«

»Dafür aber das Bad«, erinnerte sie ihn. »Wir beide.«

»Und ich hab noch nicht einmal die Klamotten ausgezogen.« Resigniert betrachtete er das kleine Fachwerkhaus neben ihnen.

Während sie darauf wartete, daß Doug etwas unternahm, sah sich Whitney voller Bedauern nach dem Hotel um und wollte sich gerade beklagen, als ein Mann im weißen Anzug die Straße überquerte. Unbehaglich beobachtete sie ihn, bis ihr der Schweiß über den Rücken rieselte.

»Doug.« Eine unerklärliche Furcht hatte ihr die Kehle zugeschnürt. »Doug, der Mann dort. Sehen Sie.« Sie packte seine Hand und verdrehte sie leicht. »Ich schwöre, das ist derselbe, der mir auf dem Markt und dann wieder im Zug begegnet ist.«

»Sie sehen Gespenster«, murmelte Doug, blickte sich jedoch um.

»Nein.« Whitney zog ihn am Arm. »Ich habe ihn gesehen. Zweimal. Warum ist er wieder aufgetaucht? Warum ist er hier?«

»Whitney...« Doch er brach ab, als der Mann die Straße entlang auf den Captain zuging, der ebenfalls aufgetaucht war. Sich plötzlich erinnernd sah er einen Mann mitten in der größten Verwirrung im Zug von seinem Sitz aufspringen, eine Zeitung zu Boden fallen lassen und ihm direkt in die Augen blicken. Zufall? Doug schob Whitney hinter einen Baum. Er glaubte nicht an Zufälle.

»Ist das einer von Dimitris Männern?«

»Ich weiß es nicht.«

»Wer sollte es sonst sein?«

»Verdammt, ich weiß es nicht.« Frust nagte an ihm. Er spürte, daß er von allen Seiten verfolgt wurde, wußte es, konnte es aber nicht verstehen. »Wer auch immer das sein mag, wir verduften.« Er sah sich nach Jacques' Laden um. »Besser, wir gehen durch die Hintertür hinein. Er könnte Kundschaft haben, und je weniger Leute uns sehen, desto sicherer.«

Die Hintertür war verschlossen. Doug bückte sich, zückte sein Taschenmesser und ging ans Werk. Innerhalb von fünf Sekunden sprang das Schloß auf. Whitney hatte mitgezählt.

Beeindruckt sah sie zu, wie das Messer wieder in seiner Tasche verschwand. »Können Sie mir beibringen, wie das geht?«

»Eine Frau wie Sie muß keine Schlösser knacken. Man öffnet Ihnen freiwillig die Tür.« Während sie noch darüber nachdachte, schlüpfte er bereits ins Haus.

Es diente als Lagerraum, Schlafzimmer und Küche zugleich. Neben dem ordentlich gemachten Bett stapelte sich ein halbes Dutzend Kassetten, durch die aus mannshohen Regalen bestehende Wand hämmerte ein Song von Elton John. Neben einem weiteren Wandregal hing ein Poster von Tina Turner in Lebensgröße, daneben eine Werbetafel für Budweiser – dem König der Biere, ein Wimpel der New York Yankees und eine Nachtaufnahme des Empire State Buildings.

»Wieso komme ich mir so vor, als hätte ich soeben einen Raum in der Second Avenue betreten?« Und da dies so war, fühlte sie sich auf lächerliche Weise geborgen.

»Sein Bruder ist Austauschstudent in den USA.«

»Das erklärt alles. Wessen Bruder?«

»Schschtt.« Doug schlich wie eine Katze auf leisen Pfoten

zur Tür, die den Raum mit dem Laden verband, öffnete sie einen Spalt und spähte hindurch.

Jacques lehnte an der Theke, offensichtlich mitten in einer größeren Transaktion, die den detaillierten Austausch von Klatschgeschichten einschloß. Das knochige dunkeläugige Mädchen schien eher zum Flirten als zum Einkaufen gekommen zu sein. Kichernd stöberte sie zwischen bunten Garnspulen herum.

»Was geht da vor?« Whitney schielte unter Dougs Arm hindurch durch den Türspalt. »Aha, eine Romanze«, verkündete sie. »Ich frage mich, wo sie diese Bluse herhat. Sehen Sie sich doch nur die Stickereiarbeit an.«

»Die Modenschau kommt später.«

Das Mädchen kaufte zwei Garnspulen, kicherte noch ein wenig und ging. Doug schob die Tür etwas weiter auf und pfiff durch die Zähne. Er konnte aber mit Elton John nicht mithalten, Jacques fuhr fort, im Rhythmus der Musik die Hüften zu schwenken. Mit einem Blick zum zur Straße liegenden Fenster öffnete Doug die Tür noch weiter und rief Jacques' Namen.

Der schrak zusammen und warf dabei beinahe die Garnspulen um, die er arrangierte. »Mann, haben Sie mich erschreckt!« Doug krümmte einen Finger und bedeutete ihm, näherzukommen. »Warum verstecken Sie sich hier hinten?«

»Fahrplanänderung«, entgegnete Doug, nahm Jacques' Hand und zog ihn ins Zimmer, wobei ihm auffiel, daß dieser nach English Leather roch. »Wir wollen schon jetzt aufbrechen.«

»Jetzt?« Jacques' Augen verengten sich, als er Doug mißtrauisch musterte. Er mochte sein gesamtes Leben in einem kleinen Küstenstädtchen verbracht haben, aber er war kein Narr. Wenn ein Mann auf der Flucht war, konnte man das an seinen Augen ablesen. »Sie sind in Schwierigkeiten?«

»Hallo, Jacques.« Whitney trat vor und hielt ihm die Hand hin. »Ich bin Whitney MacAllister. Sie müssen es Doug nachsehen, daß er uns nicht vorgestellt hat. Er ist oft recht unhöflich.«

Jacques ergriff die schmale weiße Hand – und war verloren. Noch nie hatte er eine so schöne Frau gesehen. Sie übertraf Tina Turner, Pat Benatar und Linda Ronstadt bei weitem. Er brachte kein Wort heraus.

Whitney kannte diesen Blick. Bei den Managertypen der Fifth Avenue langweilte er sie, wenn sie ihn in einem schicken Club der West Side auffing, amüsierte er sie, doch bei Jacques fand sie ihn bezaubernd. »Wir müssen uns entschuldigen, daß wir einfach so eingedrungen sind.«

»Das ist ...« Die Amerikanismen, die ihm sonst auf der Zunge lagen, wollten ihm nicht einfallen. »Okay«, stieß er hervor.

Ungeduldig legte Doug ihm eine Hand auf die Schulter. »Wir müssen los.« Sein Sinn für Fairness ließ nicht zu, daß er den jungen Mann blindlings mit ins Verderben zog, doch sein Überlebenswille hielt ihn davon ab, die Wahrheit zu sagen. »Die lokale Polizei hat uns einen Besuch abgestattet.«

Mühsam wandte Jacques den Blick von Whitney ab. »Sambirano?«

»Genau.«

»Dieses Arschloch!« rief Jacques voller Stolz, daß er das Wort so locker über die Lippen brachte. »Machen Sie sich wegen dem keine Sorgen. Der ist bloß neugierig wie ein altes Weib.«

»Mag sein, aber da gibt es ein paar Leute, die uns suchen. Und wir wollen nicht gefunden werden.«

Jacques schaute kurz vom einen zum anderen. Ein eifersüchtiger Ehemann, schoß es ihm durch den Kopf. Mehr bedurfte es nicht, um an seinen Sinn für Romantik zu appellieren. »Wir Madagassen machen uns keine Gedanken um die Zeit. Die Sonne geht auf, die Sonne geht unter. Sie wollen jetzt los, wir gehen jetzt.«

»Prima. Unsere Vorräte sind etwas knapp.«

»Kein Problem. Warten Sie hier.«

»Wo haben Sie ihn denn aufgetrieben?« wollte Whitney wissen, als Jacques wieder in den Laden ging. »Er ist wunderbar.«

»Klar, weil er Ihnen Plüschaugen macht.«

»Plüschaugen?« Grinsend ließ sie sich auf der Kante von

Jacques' Bett nieder. »Wirklich, Douglas, ich möchte mal wissen, wo Sie einige Ihrer blumigen Ausdrücke herhaben.«

»Die Augen fielen ihm ja fast aus dem Kopf.«

»Ja.« Sie fuhr sich mit der Hand durchs Haar. »Ist ja ein Ding.«

»Sie verleiben sich wohl jeden ein, was?« Verärgert lief er in dem kleinen Raum auf und ab und wünschte, er könnte etwas tun. Irgendwas. Der Ärger lag förmlich in der Luft, und er war nicht mehr so weit entfernt, wie er es gewünscht hätte. »Sie mögen es wohl, wenn Ihnen die Männer zu Füßen liegen?«

»Sie waren auch nicht gerade beleidigt, als die kleine Marie Ihnen beinahe die Füße küßte. Wenn ich mich recht entsinne, schwoll Ihnen der Kamm wie einem Gockel.«

»Sie hat unsere Haut gerettet. Das war reine Dankbarkeit.«

»Mit einem Hauch reinen Verlangens dabei.«

»Verlangen?« Er blieb direkt vor ihr stehen. »Sie kann nicht älter als sechzehn gewesen sein.«

»Was das Ganze noch abstoßender macht.«

»Na klar, unser alter Jacques hier hat bestimmt schon das reife Alter von zwanzig erreicht.«

»Tatata.« Whitney holte ihre Nagelfeile heraus und feilte den abgebrochenen Nagel rund. »Das hört sich aber reichlich eifersüchtig an.«

»Scheiße.« Er tigerte von einer Tür zur anderen. »Hier steht ein Mann, der sich wegen Ihnen nicht zum Narren macht, Herzogin. Ich habe Besseres zu tun.«

Lächelnd feilte Whitney weiter und summte im Takt mit Elton John.

Einige Augenblicke später herrschte Ruhe. Als Jacques wiederkam, war er mit einem großen Sack und seinem tragbaren Stereorecorder beladen. Grinsend packte er seine restlichen Kassetten ein. »Jetzt kann's losgehen. Rock'n Roll!«

»Wird sich denn niemand wundern, warum Sie so früh schließen?« Doug öffnete die Hintertür einen Spaltbreit und blinzelte hinaus.

»Früh schließen, spät schließen. Wen interessiert's?«

Nickend hielt Doug ihm die Tür auf. »Dann los.«

Sein Boot lag einen halben Kilometer entfernt vor Anker. Etwas Vergleichbares hatte Whitney noch nie gesehen. Es war sehr lang und schmal und erinnerte sie an ein Kanu, mit dem sie während eines Ferienlageraufenthalts einmal herumgepaddelt war. Leichtfüßig hüpfte Jacques hinein und begann, das Gepäck zu verstauen.

Sein Kanu war original madagassisch, sein Hut eine Fankappe der New York Yankees, und er ging barfuß. Whitney hielt ihn für eine seltsame, aber sympathische Kombination zweier Welten.

»Hübsches Boot«, brummte Doug und wünschte, irgendwo wäre ein Motor zu sehen.

»Selbstgebaut.« Mit einer Geste, die Whitney anrührend fand, hielt er ihr eine Hand hin. »Sie können sich hier hinsetzen«, sagte er und wies auf einen Platz in der Mitte. »Sehr bequem.«

»Danke, Jacques.«

Als er sah, daß Whitney sich ihm gegenüber niedergelassen hatte, reichte er Doug eine lange Stange. »Solange das Wasser seicht ist, staken wir.« Jacques nahm eine zweite Stange zur Hand und stakte das Boot vom Ufer weg. Wie ein auf einem See dahingleitender Schwan trieb es hinaus. Whitney entspannte sich und befand, daß eine Bootsfahrt durchaus Vorteile hatte – den Geruch des Wassers, die leise im Wind tanzenden Blätter, das sanfte Schaukeln des Bootes. Dann sah sie ganz in der Nähe einen häßlichen, ledrigen Kopf auf der Wasseroberfläche.

»Igitt«, war alles, was sie hervorbrachte.

»Allerdings.« Mit einem glucksenden Lachen stakte Jacques weiter. »Diese Krokos sind überall. Sie müssen aufpassen.« Er gab einen Laut von sich, der einem Mittelding zwischen Zischen und Brüllen glich. Wortlos holte Doug seine Pistole wieder aus dem Rucksack und schob sie in seinen Gürtel. Diesmal erhob Whitney keine Einwände.

Als das Wasser tief genug war, daß sie die Paddel benutzen konnten, schaltete Jacques seinen Stereorecorder ein, der Musik der Rolling Stones hinausschmetterte. Sie waren unterwegs.

Jacques paddelte unermüdlich, mit einer Energie und Begeisterung, die Whitney nur bewundern konnte. Dazu begleitete er die Stones mit seinem reinen Tenor und grinste, als sie einfiel.

Aus den Vorräten, die Jacques mitgebracht hatte, stellten sie sich eine improvisierte Mahlzeit zusammen, bestehend aus Kokosnuß, Beeren und kaltem Fisch. Whitney nahm einen langen Schluck aus der Feldflasche, die Jacques ihr reichte, da sie reines Wasser erwartete. Sie rollte die Flüssigkeit auf der Zunge. Es schmeckte nicht unangenehm, war aber keinesfalls Wasser.

»*Rano vola*«, erklärte Jacques. »Gut für die Reise.«

Dougs Paddel glitt gleichmäßig durch das Wasser. »Man läßt Reis am Topfboden anbrennen, gibt Wasser hinzu und rührt gut um.«

Whitney schluckte unauffällig. »Verstehe.« Schulterzuckend reichte sie die Flasche an Doug weiter.

»Sie kommen auch aus New York?«

»Ja.« Whitney steckte eine Beere in den Mund. »Doug sagte, Ihr Bruder geht dort aufs College?«

»Jura.« Die Buchstaben auf seinem T-Shirt zitterten förmlich vor Stolz. »Er wird mal ein ganz großes Tier. Bei Bloomingdale's war er auch schon.«

»Whitney lebt praktisch da«, sagte Doug im Flüsterton.

Ihn ignorierend, fragte Whitney weiter: »Haben Sie vor, auch einmal nach Amerika zu kommen?«

»Nächstes Jahr.« Er legte das Paddel quer über seinen Schoß. »Meinen Bruder besuchen. Wir werden uns die ganze Stadt ansehen. Times Square, Macy's, McDonalds.«

»Dann rufen Sie mich doch an.« Als säße sie in einem Nobelrestaurant, zog Whitney eine Visitenkarte aus ihrer Brieftasche und händigte sie ihm aus. Wie die Besitzerin war die Karte schmal, kostspielig und elegant. »Wir veranstalten eine Party.«

»Party?« Jacques' Augen leuchteten. »Eine New Yorker Party?« Visionen von laserbestrahlten Tanzflächen, wilden Farben und heißer Musik entstanden vor seinem inneren Auge.

»Ganz genau.«

»Mit soviel Eiskrem, wie Sie essen können.«

»Seien Sie nicht so gehässig, Douglas. Sie dürfen gerne auch kommen.«

Jacques schwieg einen Moment und genoß die faszinierende Idee einer Party in New York. Sein Bruder hatte ihm von Frauen berichtet, deren Röcke noch nicht einmal bis zum Knie reichten, und von Autos, so lang wie sein Kanu. Einmal hatte sein Bruder sogar im gleichen Restaurant wie Billy Joel gegessen.

New York, träumte Jacques. Vielleicht kannten seine neuen Freunde Billy Joel und würden ihn zu der Party einladen. Liebevoll strich er über die Karte, ehe er sie einsteckte.

»Sie beide sind...« Er war nicht sicher, ob der amerikanische Ausdruck, den er im Sinn hatte, zutraf.

»Geschäftspartner.« Whitney half ihm lächelnd aus der Klemme.

»O ja, rein geschäftlich.« Gereizt stieß Doug sein Paddel ins Wasser.

Jacques war zwar noch jung, aber beileibe nicht von gestern. »Geschäfte? Welcher Art?«

»Im Moment Reisebranche und Ausgrabungen.«

Whitney quittierte Dougs Terminologie mit einem spöttischen Anheben der Augenbraue. »Ich bin Innenarchitektin in New York. Und Doug ist ...«

»Freiberuflich tätig«, beendete er. »Ich arbeite auf eigene Rechnung.«

»Ist am besten«, stimmte Jacques zu. »Als Junge habe ich auf einer Kaffeeplantage gearbeitet. Tu dies, tu das.« Kopfschüttelnd lächelte er. »Jetzt habe ich meinen eigenen Laden. Ich sage zu mir, tu dies, tu das. Aber ich muß keine Befehle ausführen.«

Kichernd lehnte Whitney sich zurück. Die Musik erinnerte sie an zu Hause.

Als die Sonne unterging, meinte sie, sich in der Karibik zu befinden. Der Wald zu beiden Seiten des Kanals schien dichter, dunkler, irgendwie dschungelähnlicher geworden zu sein. Das Ufer war mit dünnem, bräunlichem Schilf bewachsen, das später von dichtem Laubwerk abgelöst wurde. Der Anblick des ersten Flamingos, zart pinkfarben gefiedert und langbeinig, entzückte sie. In den Büschen sah sie etwas irisierend Blaues aufblitzen und vernahm eine kurze, sich wiederholende Tonfolge, die Jacques als die eines Eisvogels identifizierte. Ein- oder zweimal meinte sie, einen gelenkigen, flinken Lemuren zu erblicken. Das Wasser, ab und an so seicht, daß sie die Stangen benutzen mußten, schimmerte rötlich. Tausende von Insekten tanzten darauf. Zwischen den Bäumen hindurch schien der Himmel wie bei einem Waldbrand zu leuchten. Whitney stellte fest, daß die Fahrt in einem offenen Kanu entschieden vergnüglicher war als eine Ausflugsfahrt auf einem Themsedampfer – von den gelegentlich auftauchenden Krokodilen einmal abgesehen.

Die Stille des Dschungels wurde nur von der Musik aus Jacques' Stereorecorder unterbrochen, der Hit um Hit hinausdröhnte. Whitney hätte stundenlang so auf dem Wasser treiben können.

»Wir sollten besser unser Lager aufschlagen.«

Sie riß sich vom Anblick des Sonnenuntergangs los und lächelte Doug zu, der sich schon vor einiger Zeit sein Hemd abgestreift hatte. Seine nackte Brust glänzte im Dämmerlicht vor Schweiß. »Jetzt schon?«

Doug verbiß sich eine giftige Antwort. Er wollte nicht unbedingt zugeben, daß seine Arme aus Gummi zu bestehen schienen und seine Handflächen wie Feuer brannten. Nicht, wenn der junge Jacques aussah, als könne er bis Mitternacht weiterpaddeln, ohne sein Tempo zu verlangsamen.

»Bald wird es dunkel«, meinte er daher nur.

»Okay.« Jacques' Muskeln spielten unter seiner Haut, als er sich reckte. »Wir suchen uns einen erstklassigen Campingplatz.« Mit seinem scheuen Lächeln wandte er sich an Whitney. »Sie müssen sich ausruhen. Es war ein langer Tag auf dem Wasser.«

Doug brummte etwas und paddelte zum Ufer.

Jacques gestattete ihr nicht, einen Rucksack zu tragen. Er lud sich ihren und seinen eigenen auf und vertraute ihr den Stereorecorder an. Sie wanderten ein Stückchen in den von rosa Licht erleuchteten Wald hinein. Unsichtbare Vögel zwitscherten, der Himmel wurde dunkler und ließ die Blätter in der allgegenwärtigen Feuchtigkeit tiefgrün schimmern. Ab und zu hielt Jacques an, um mit einer kleinen Sichel Ranken und Bambus abzuhacken. Die Luft war erfüllt vom Duft der Blumen, die unter Gestrüpp und Buschwerk wucherten. Nie zuvor hatte Whitney eine solche Farbenvielfalt gesehen. Insekten schwebten summend und brummend im Dämmerlicht umher, und mit einem lauten Rascheln brach ein Reiher aus dem Busch und flatterte Richtung Kanal. Der heiße, feuchte, dichte Urwald vereinigte alle Elemente des Exotischen in sich.

Zu der Musik von Bruce Springsteens *Born in the USA* bauten sie ihr Zelt auf.

Als das Feuer brannte und das Kaffeewasser brodelte, machte Doug eine erfreuliche Entdeckung. In Jacques' Sack fanden sich einige kleine Gewürzdosen, zwei Zitronen und der sorgfältig eingewickelte Rest des Fisches. Dazu zwei Päckchen Marlboro, die ihn im Moment jedoch weit weniger interessierten als die restliche Beute.

»Wenigstens etwas.« Er hielt sich einen nach süßlichem Basilikum riechenden Behälter vor die Nase. »Eine Mahlzeit mit Stil.« Auch wenn er auf dem Boden sitzen mußte, umgeben von dicken Ranken und Insekten, die sich zum Angriff formierten, so konnte er doch der Herausforderung nicht widerstehen, ein Menü zuzubereiten, das mit dem eines erstklassigen Restaurants mithalten konnte. Er suchte das Kochgeschirr zusammen, bereit, sich ins Vergnügen zu stürzen.

»Doug ist ein richtiger Gourmet«, erzählte Whitney Jacques. »Leider mußten wir bislang mit dem auskommen, was wir kriegen konnten. Es war nicht leicht für ihn.« Dann schnupperte sie genüßlich. Das Wasser lief ihr im Mund zusammen, als sie sich umdrehte und sah, wie Doug den Fisch über dem offenen Feuer sautierte. »Douglas.« Sein Name kam nur gepreßt über ihre Lippen. »Ich glaube, ich habe mich verliebt.«

»Ah ja?« Seine Hände blieben ganz ruhig, als er den Fisch mit Kennerblick betrachtete. »Das ist kein Wunder.«

Diese Nacht schliefen sie alle drei tief und fest, gesättigt von gutem Essen, Pflaumenwein und Rock'n Roll.

Der dunkle Sedan, der kurz nach Morgengrauen in dem kleinen Städtchen ankam, zog eine beträchtliche Menge Schaulustiger an. Ein nervöser, ungeduldiger Remo stieg aus und bahnte sich den Weg durch eine Gruppe von Kindern, die ihm mit dem sicheren Instinkt der Jungen und Hilflosen sofort Platz machten. Mit einer Kopfbewegung bedeutete er seinen beiden Begleitern, ihm zu folgen.

Selbst wenn die drei Männer auf Mauleseln und in einheimischer Tracht in die Stadt gekommen wären, hätten sie immer noch fehl am Platz gewirkt. Die Aura professioneller Verbrecher umgab sie wie ein Mantel.

Obwohl die Einwohner von Natur aus Fremden gegenüber eine gewisse Scheu an den Tag legten, folgten sie üblicherweise dem Gebot der Gastfreundschaft. Trotzdem näherte sich keiner von ihnen den Männern. Der madagassische Begriff für das Unantastbare, Verpönte lautete *fady*. Remo und seine Begleiter waren, obwohl sie maßgeschneiderte Anzüge und italienische Schuhe trugen, definitiv *fady*.

Remo entdeckte das Gasthaus, gab seinen Männern ein Zeichen, es zu umstellen, und ging hinein.

Die Wirtin trug nun eine saubere Schürze. Aus der Gaststube, in der nur zwei Tische besetzt waren, drangen Frühstücksdüfte. Ein Blick auf Remo genügte der Frau, um zu beschließen, kein Zimmer frei zu haben.

»Wir suchen diese Leute«, bellte Remo, obwohl er nicht erwartete, daß irgend jemand auf dieser gottverlassenen Insel Englisch sprach. So hielt er der Wirtin die Fotos von Doug und Whitney unter die Nase.

Sie zuckte mit keiner Wimper und gab kein Zeichen des Erkennens von sich. Die zwei mochten ja sehr plötzlich abgereist sein, aber auf dem Nachttisch hatte sie zwanzig amerikanische Dollar vorgefunden. Zudem erinnerte sie der lächelnde Remo stark an einen Hai, also schüttelte sie verneinend den Kopf.

Remo zupfte eine Zehndollarnote aus dem Packen, den er

bei sich trug. Die Frau hob lediglich die Schultern und gab ihm die Fotos zurück. Am Abend zuvor hatte ihr Enkel eine Stunde lang mit seinem kleinen Ferkel gespielt, dessen Geruch ihr wesentlich mehr zusagte als Remos Rasierwasser.

»Hör zu, Oma, wir wissen, daß sie von hier aus aufgebrochen sind. Mach uns allen die Sache nicht so schwer.« Ein weiterer Zehner wurde verlockend vor die Nase der Wirtin gehalten.

Sie sah ihn ausdruckslos an und zuckte erneut die Schultern. »Sie sind nicht hier«, sagte sie zu Remos Überraschung in einwandfreiem Englisch.

»Ich werde mich selbst davon überzeugen.« Remo wandte sich zur Treppe.

»Guten Morgen.«

Wie Doug konnte Remo einen Cop überall auf der Welt erkennen.

»Ich bin Captain Sambirano.« Steif und förmlich bot er Remo die Hand, bewunderte dessen Anzug, bemerkte die frische Narbe auf seiner Wange und die kalte Entschlossenheit, die in seinen Augen lag. Auch das dicke Bündel Banknoten entging ihm nicht. »Vielleicht kann ich Ihnen behilflich sein.«

Remo hatte nicht gern mit Cops zu tun, er hielt sie allesamt für wankelmütig. In einem Jahr konnte er das Dreifache vom Durchschnittsgehalt eines Polizeileutnants verdienen, für die gleiche Arbeit. Nur andersherum.

Doch keinesfalls wollte er mit leeren Händen zu Dimitri zurückkehren. »Ich suche meine Schwester.«

Doug hatte behauptet, Remo sei nicht dumm. Das stellte er nun unter Beweis.

»Sie ist mit diesem Kerl, diesem zweitklassigen Gauner durchgebrannt. Das Mädchen ist ihm völlig hörig, wenn Sie verstehen, was ich meine.«

Der Captain nickte höflich. »Natürlich.«

»Papa ist krank vor Sorge«, spann Remo den Faden weiter, bot dem Captain eine handgerollte kubanische Zigarre aus seinem goldenen Etui an und notierte befriedigt, wie dessen Augen beim Anblick des Edelmetalls aufleuchteten. Jetzt wußte er, welchen Köder er auswerfen mußte. »Ich konnte ihr bis hierher folgen, aber nun …« Er ließ den Satz ausklingen, bemüht, wie ein besorgter Bruder auszusehen. »Wir würden alles tun, um sie wiederzubekommen, Captain. Alles.«

Während er dies wirken ließ, zog Remo erneut die Fotos hervor. Dieselben Fotos, hielt der Captain bei sich fest, die ihm der andere Mann am Tag zuvor gezeigt und ihm dabei etwas von einem Vater, der seine Tochter suchte, erzählt hatte. Auch von ihm war ihm Geld angeboten worden.

»Mein Vater hat für jeden, der uns weiterhilft, eine Belohnung ausgesetzt. Es handelt sich schließlich um seine einzige Tochter. Das Nesthäkchen«, setzte er der Wirkung halber hinzu. Ohne große Zuneigung erinnerte er sich daran, wie seine jüngste Schwester verhätschelt worden war. »Er wird sich als sehr großzügig erweisen.«

Sambirano betrachtete die Fotos von Doug und Whitney eingehend. Das waren sie – die Jungvermählten, die ziemlich plötzlich aus der Stadt verschwunden waren. Dann blickte er zu der Wirtin hinüber, die ihre Lippen mißbilligend zusammenkniff. Die beim Frühstück sitzenden Gäste verstanden diesen Blick und widmeten sich wieder ihrer Mahlzeit.

Der Captain war von Remos Story nicht mehr beeindruckt als von der Dougs am Tag zuvor. Doch Whitney hatte Eindruck auf ihn gemacht. »Ein hübsche Frau.«

»Dann können Sie sich sicher vorstellen, Captain, was in meinem Vater vorgeht. Sie bei einem Mann wie ihm zu wissen! Abschaum!«

Remo spie das Wort förmlich aus, und der Captain merkte sofort, daß die Abneigung nicht vorgetäuscht war. Wenn diese Männer aufeinandertrafen, würde nur einer von ihnen die Begegnung überleben. Was ihn jedoch wenig interessierte, solang es nicht in seiner Stadt geschah. Sollte er den Mann im weißen Anzug erwähnen, der ihm ähnliche Fotos gezeigt hatte? Nein, besser nicht.

»Ein Bruder«, sagte er langsam, wobei er genüßlich an der Zigarre schnupperte, »ist für das Wohlergehen seiner Schwester verantwortlich.«

»Ja, ich kann nachts vor lauter Sorge kaum noch schlafen. Der Himmel weiß, was dieser Kerl tut, wenn ihr das Geld ausgeht oder er sie einfach leid wird. Wenn Sie irgendwie behilflich sein können … ich werde mich erkenntlich zeigen.«

Der Captain war Polizist geworden, da er nicht sehr ehrgeizig war und in der kleinen Stadt nicht viel geschah. Dieser Job lag ihm mehr, als auf den Feldern zu schwitzen oder sich die Hände an Fischernetzen schmutzig zu machen. Doch einem kleinen Nebengeschäft war er nie abgeneigt. Er reichte Remo die Fotos zurück. »Ich fühle mit Ihrer Familie. Wissen Sie, ich habe selbst eine Tochter. Kommen Sie doch bitte mit in mein Büro, dann können wir die Sache besprechen. Ich denke schon, daß ich Ihnen helfen kann.«

Als er zur Tür hinausging, tastete Remo nach der Narbe auf seiner Wange. Er konnte Dougs Blut beinahe schon riechen. Dimitri, dachte er erleichtert, würde erfreut sein. Hocherfreut.

11

Beim Frühstückskaffee setzte Whitney fünfzig Dollar Vorschuß für Jacques auf Dougs Rechnung und addierte die Endsumme. Eine Schatzsuche brachte doch beträchtliche Unkosten mit sich.

Während die anderen beiden geschlafen hatten, Doug neben ihr im Zelt, Jacques im Freien, hatte Whitney lange Zeit wachgelegen und über die Reise nachgedacht. In vieler Hinsicht war es ein interessanter, aufregender und ein wenig verrückter Urlaub geworden, komplett mit Andenken und einigen exotischen Mahlzeiten. Wenn sie den Schatz nicht fanden, könnte sie das Ganze einfach als eine neue Erfahrung abtun – bis auf die Erinnerung an einen jungen Kellner, der ihretwegen sterben mußte.

Einige Menschen kommen mit einer Art bequemer Naivität zur Welt, die sie nie ablegen, hauptsächlich deshalb, weil ihr Leben ohne Probleme verläuft. Geld kann Zynismus sowohl fördern als auch mildern.

Vielleicht hatte ihr materieller Wohlstand Whitney bis zu einem gewissen Grad abgeschirmt, doch naiv war sie noch nie gewesen. Sie achtete auf das Geld, nicht, weil sie mit dem Pfennig knauserte, sondern weil sie für ihr Geld einen entsprechenden Gegenwert erwartete. Komplimente nahm sie liebenswürdig, jedoch unter Vorbehalt entgegen. Und sie wußte, daß einigen Menschen ein Leben nichts galt.

Der Tod konnte gezielt eingesetzt werden, als Mittel der Rache, des persönlichen Vergnügens oder um des Profits willen, wobei letzterer von der Person abhing, der das Ende zugedacht war. Das Leben eines Politikers wurde auf dem freien Markt sicherlich höher gehandelt aus das eines Drogendealers in den Slums. Den einen konnte man zum Preis eines Schusses Heroin beseitigen lassen, für den anderen mußte man schon hunderttausend Schweizer Franken hinlegen.

Einige Profis betrieben das Geschäft mit dem Tod nach den Maßstäben einer durchorganisierten Firma. Diese Tatsache war Whitney durchaus bekannt gewesen, doch sie hatte sie mit dem selben Gleichmut hingenommen, mit dem man dem täglichen Elend der sozial im Abseits Stehenden begegnet. Nun allerdings war sie erstmals persönlich betroffen. Ein unschuldiger Mann hatte sein Leben verloren, und sie selbst höchstwahrscheinlich den Tod eines weiteren herbeigeführt. Darüber hinaus konnte sie nur vermuten, wieviele andere Leben wegen dieses Topfes voll Gold ausgelöscht worden waren.

Dollars und Cents, grübelte sie, als sie auf die ordentlich aufgelisteten Summen in ihrem Notizbuch blickte. Längst ging es ihr nicht mehr allein um Geld. Vielleicht hatte sie, wie so viele der Wohlhabenden dieser Welt, das Leben bislang nur oberflächlich betrachtet, ohne die Abgründe zu sehen, die sich vor den weniger Glücklichen ständig aufzutun drohten. Essen und ein Dach über dem Kopf hatte sie bis vor wenigen Wochen als selbstverständlich hingenommen. Whitneys Sinn für richtig und falsch wurde oft vom Grad ihrer persönlichen Betroffenheit beeinflußt, doch verfügte sie über einen ausgeprägten Sinn für Gut und Böse.

Doug Lord mochte ein Dieb sein, der in seinem Leben unzählige Dinge getan hatte, die nach Maßstäben der Gesellschaft falsch waren, doch Whitney pfiff auf die gesellschaftlichen Normen. Sie war überzeugt, daß er im Grunde seines Herzens ein guter Mensch war, genauso wie sie glaubte, daß Dimitri das abgrundtief Böse verkörperte.

Noch etwas hatte sie getan, während die anderen schliefen. Sie hatte endlich beschlossen, einen Blick in die Bücher zu werfen, die Doug aus der Bibliothek in Washington ›entliehen‹ hatte. Nur zum Zeitvertreib, redete sie sich ein, als sie die Taschenlampe einschaltete, doch als sie zu lesen begann, nahm die Geschichte der im Laufe der Jahrhunderte verschollenen Juwelen sie gefangen. Die Illustrationen imponierten ihr wenig; Diamanten und Rubine bevorzugte sie in dreidimensionaler Form. Doch sie regten ihr Denken an.

Nachdem sie sich in die Geschichte dieses verschwundenen Diamanthalsbandes vertieft hatte, konnte sie endlich verstehen, was Männer und Frauen bewogen hatte, dafür ihr Leben aufs Spiel zu setzen. Habgier, Verlangen, der Wunsch, es zu besitzen. Obwohl sie selbst nicht der Typ Mensch war, für eine Leidenschaft in den Tod zu gehen.

Doch wie stand es mit der Loyalität? Whitney rief sich Magdalines Brief ins Gedächtnis. Von der Trauer ihres Mannes über den Tod seiner Königin war die Rede gewesen, aber mehr noch von seiner Verpflichtung ihr gegenüber. Wieviel hatte dieser Gerald der Loyalität wegen geopfert, und für eine kleine Holzschachtel, die die Juwelen enthielt? Hatte er das Erbe einer Ära verborgen gehalten und einem Leben nachgetrauert, das nie wieder werden konnte wie früher?

Geld, Kunst oder Geschichte? Als Whitney das Buch zuklappte, war sie immer noch nicht sicher. Sie hatte Lady Smythe-Wright Respekt entgegengebracht, ihren Fanatismus jedoch nie ganz nachempfinden können. Nun war sie gestorben, nur um ihrer Überzeugung willen, daß die Geschichte der Menschheit, ob sie nun in verstaubten Büchern ruhte oder als glitzender Beweis in einem Holzkästchen, allen gehörte.

Antoinette hatte, wie hunderttausende mit ihr, ihr Leben unter dem Fallbeil der Guillotine beendet. Menschen waren aus ihren Heimen vertrieben, gejagt und hingerichtet worden. Andere verhungerten auf der Straße. Für ihre Ideale? Nein. Whitney hegte ihre Zweifel, daß viele Menschen für ihre Ideale in den Tod gingen, genausowenig wie sie aus voller Überzeugung dafür kämpften. Sie starben, weil sie in einen Sog gerieten, dem sie nicht mehr entkommen konnten. Eine Handvoll Juwelen konnte einer Frau doch nicht soviel bedeuten, daß sie deswegen die Guillotine in Kauf nahm.

Das ließ die Schatzsuche eigentlich sinnlos erscheinen, außer – ja, außer sie hatte doch einen tieferen Sinn. Vielleicht war es an der Zeit, daß Whitney diesen herausfand.

Deswegen, und wegen eines jungen Kellners namens Juan, war Whitney fest entschlossen, den Schatz zu finden und dadurch Dimitri dort zu treffen, wo es ihn am meisten schmerzte.

Sie sah dem Morgen zuversichtlich entgegen. Nein, naiv war sie nicht, und doch huldigte sie der Überzeugung, daß das Gute letztendlich das Böse besiegte – besonders wenn der Vertreter des Guten ausgesprochen clever war.

»Was machen Sie bloß, wenn die Batterien zu Ende gehen?«

Whitney lächelte Doug zu, ehe sie den kleinen Taschenrechner samt Notizbuch wieder in der Tasche verschwinden ließ. Was er wohl sagen würde, wenn er wüßte, daß sie einige Stunden damit verbracht hatte, ihn und ihr Tun zu analysieren. »Duracell«, entgegnete sie liebenswürdig. »Möchten Sie Kaffee?«

»Ja bitte.« Doug setzte sich, leicht argwöhnisch, da sie ihm so zuvorkommend Kaffee eingoß. Dann nahm er die Tasse entgegen und trank einen tiefen Schluck.

»Ein schönes Fleckchen«, meinte Whitney, zog die Knie an und schlang die Arme darum.

Er blickte sich um. Mit einem sanften Plip-Plop fielen Tropfen von den Blättern auf den feuchten, aufgeweichten Boden. Gereizt schlug er nach einer angriffslustigen Mücke und fragte sich, wie lange sein Mückenschutz wohl noch vorhalten würde. Kleine Nebelschwaden stiegen vom Boden auf, wie der Dampf in einem türkischen Bad. »Wenn Sie Saunen mögen ...?«

Whitney zwinkerte spöttisch. »Wohl mit dem linken Bein zuerst aufgestanden, wie?«

Seine Antwort bestand aus einem Grunzen. Er war mit diesem ruhelosen Gefühl aufgewacht, welches sich einstellt, wenn ein gesunder Mann die Nacht neben einer Frau verbrachte, ohne daß er dem Ruf der Natur Folge leisten konnte.

»Sehen Sie es mal so, Douglas. In Manhattan würden sich die Leute auf so einem Fleckchen Erde übereinanderstapeln.« Sie hob die Hände. Lautes Vogelgezwitscher erklang, ein Chamäleon kroch auf einen schiefergrauen Fels und verschmolz langsam damit. Die Blüten der Blumen öffneten sich, und die leuchtendgrünen Blätter und Farne, noch feucht vom Tau, verliehen dem Ganzen einen unwirklichen Reiz. »Wir haben es ganz für uns alleine.«

Er goß sich eine zweite Tasse Kaffee ein. »Ich dachte, eine Frau wie Sie würde die Menschenmenge vorziehen.«

»Alles zu seiner Zeit, Douglas«, murmelte sie. »Alles zu seiner Zeit.« Dann lächelte sie so liebevoll, daß ihm beinahe das Herz stehenblieb. »Ich bin gerne hier, zusammen mit Ihnen.«

Er hatte sich an dem heißen Kaffee die Zunge verbrannt, achtete aber nicht darauf, sondern schluckte und starrte sie an. Mit seinem rauhen, etwas spöttischen Charme, den er seit seiner Jugend kultivierte, hatte er bei Frauen noch nie Probleme gehabt. Doch nun, wo das Ziel seiner Wünsche so nahe schien, ließ ihn dieser im Stich. »Tatsächlich?« stieß er hervor.

Belustigt, daß er so leicht aus dem Gleichgewicht zu bringen war, nickte Whitney. »Ja. Ich habe darüber nachgedacht.« Sich über ihn beugend, gab sie ihm einen leichten Kuß. »Wie denken Sie darüber?«

Auch wenn er stolperte, jahrelange Erfahrung hatte ihn gelehrt, auf seinen Füßen zu landen. Er vergrub seine Hand in ihrem Haar. »Vielleicht sollten wir«, er knabberte an ihrer Lippe, »das ausdiskutieren.«

Sie liebte die Art, wie er sie küßte, wie er sie hielt. »Vielleicht sollten wir das.«

Ihre Lippen berührten sich spielerisch. Jeder von ihnen wollte die Führung übernehmen, die Kontrolle behalten. Den Kopf zu verlieren, das war der größte Fehler, sowohl in Belangen der Liebe als auch des Geldes, da waren sich beide einig. Und keiner von beiden wollte als erster Schwächen zeigen.

Doch je länger dieser Kuß andauerte, desto mehr verlagerten sich die Prioritäten.

Seine Hand krallte sich in ihr Haar, ihre an seinem Hemd fest. In diesem Moment begannen die Gefühle, Oberhand über den Verstand zu gewinnen. Und jeder gab ohne Zögern oder Bedauern nach.

Durch die dichten, feuchten Blätter drang die helle Stimme Cyndi Laupers.

Wie Kinder, die mit dem Finger in der Marmelade erwischt werden, fuhren Whitney und Doug auseinander. Jacques' reiner Tenor stimmte mit ein. Beide mußten sich erst einmal räuspern.

»Wir kriegen Gesellschaft«, kommentierte Doug und langte nach einer Zigarette.

»Ja.« Whitney erhob sich und klopfte ihre dünne, weite Hose ab. Sie war ein wenig feucht geworden, doch die Sonne trocknete den Boden bereits aus. Sonnenstrahlen fielen durch das Laub der Zypressen. »Wie ich schon sagte, ein solches Fleckchen Erde zieht die Menschen an. Nun, ich denke, ich ...« Überrascht brach sie ab, als sich seine Hand um ihren Knöchel schloß.

»Whitney.« Seine Augen wurden dunkel. »Eines Tages werden wir dies hier zu Ende führen.«

Whitney war nicht daran gewöhnt, daß man ihr sagte, was sie tun würde, und sie sah keinen Grund, jetzt damit anzufangen. Sie warf ihm einen langen, unpersönlichen Blick zu. »Vielleicht.«

»Bestimmt.«

Der unpersönliche Blick verwandelte sich in ein Lächeln. »Doug, Sie werden schon noch herausfinden, daß ich ziemlichen Oppositionsgeist entwickeln kann.«

»Und Sie werden noch herausfinden, daß ich mir nehme, was ich will.« Seine Stimme klang weich, und ihr Lächeln verblaßte. »Das ist mein Beruf.«

»Mannomann, wir haben Kokosnüsse!« Ein Netz schwenkend, kam Jacques durch das Buschwerk.

Whitney lachte, als er ihr eine zuwarf. »Hat jemand einen Korkenzieher?«

»Kein Problem.« Jacques schleuderte die Kokosnuß hart gegen den Fels. Das Chamäleon krabbelte lautlos davon. Grinsend brach er die Frucht entzwei und reichte Whitney beide Hälften.

»Gut ausgedacht.«

»Etwas Rum, und wir hätten Piña Colada.«

Mit hochgezogenen Brauen gab sie Doug eine Hälfte ab. »Nicht sauer werden, Liebling. Ich bin sicher, auch Sie hätten auf eine Palme klettern können.«

Mit einem kleinen Messer löste Jacques das Fruchtfleisch

von der Schale. »Es ist *fady*, an einem Mittwoch etwas Weißes zu essen«, sagte er mit einer Selbstverständlichkeit, die Whitney veranlaßte, ihn genauer zu mustern. Mit einem schuldbewußten Lächeln stopfte er sich die Kokosnuß in den Mund. »Aber es ist schlimmer, gar nichts zu essen.«

Whitney blickte auf die Baseballkappe, das T-Shirt, das tragbare Radio. Es fiel ihr schwer, sich daran zu erinnern, daß er ein Madagasse war. Im Gegensatz zu Louis vom Merinavolk sah Jacques aus, als könne man ihm auf dem Broadway begegnen.

»Sind Sie abergläubisch, Jacques?«

Er hob die Schultern. »Ich besänftige die Götter und Geister, das hält sie bei Laune.« Aus seiner Tasche zog er etwas, das wie eine kleine Muschel an einer Kette aussah.

»Ein *ody*«, erklärte Doug nachsichtig. Er selbst verließ sich nicht auf einen Talisman, sondern auf sich selbst. »So etwas wie ein Amulett.«

Whitney betrachtete es, verwirrt durch den Kontrast zwischen Jacques' amerikanischer Kleidung und seinem tiefverwurzelten Glauben an Tabus und Geister. »Bringt das Glück?« fragte sie ihn.

»Nur zur Sicherheit. Die Götter sind launisch.« Er rieb die Muschel zwischen den Fingern, dann hielt er sie Whitney hin. »Sie tragen es heute.«

»Gut.« Sie hängte sich die Kette um den Hals. Schließlich, dachte sie, war das gar nicht so seltsam. Ihr Vater trug eine babyblau gefärbte Hasenpfote mit sich herum. Das Amulett fiel in dieselbe Kategorie – oder vielleicht ähnelte es eher einer Christophorusmünze. »Zur Sicherheit.«

»Ihr zwei könnt euren kulturellen Austausch später fortsetzen. Wie wollen los.« Doug warf die Frucht zu Jacques hinüber.

Whitney zwinkerte diesem zu. »Ich sagte ja, er ist ziemlich ungehobelt.«

»Kein Problem«, meinte Jacques, dann griff er erneut in die Tasche und holte einen Blütenstengel heraus, den er Whitney reichte.

»Eine Orchidee!« Sie war von einem reinen, strahlenden

Weiß und so zart, daß Whitney meinte, sie würde in ihrer Handfläche schmelzen. »Wie schön!« Ehe sie den Stengel in ihrem Haar befestigte, rieb sie ihre Wange leicht an der Blüte. »Danke.« Als sie ihm einen Kuß gab, hörte sie ihn hart schlucken.

»Sieht hübsch aus.« Rasch sammelte er das Gepäck ein. »Viele Blumen hier in Madagaskar. Welche Sie auch suchen, hier wachsen sie.« Immer noch weiterschwatzend, packte er die Sachen ins Kanu.

»Wenn Sie eine Blume wollen«, knurrte Doug, »dann brauchen Sie sich nur zu bücken und eine zu pflücken.«

Whitney streichelte die Blütenblätter über ihrem Ohr. »Manche Männer haben eben noch Sinn für Romantik, und andere nicht.«

»Romantik«, grollte Doug, der mit den restlichen Taschen kämpfte. »Ich habe eine Meute von Bluthunden im Nacken, und sie will Romantik.« Vor sich hinschimpfend, trat er das Feuer aus. »Dabei hätte ich ihr dutzendweise Blumen pflücken können.« Als Whitneys helles Lachen erklang, blickte er über die Schulter. »Oh, Jacques, wie schön!« äffte er sie nach und überprüfte wutschnaubend seine Waffe, ehe er sie wieder in den Gürtel schob. »Und eine gottverdammte Kokosnuß kann ich auch öffnen!« Er versetzte dem Feuer einen letzten Tritt, ehe er sich das restliche Gepäck auflud und zum Kanu ging.

Als Remo mit der Spitze seines teuren Schuhs in die Feuerstelle tippte, war nur noch ein Haufen kalter Asche übrig. Die Sonne brannte erbarmungslos vom Himmel, noch nicht einmal der Schatten brachte Abkühlung. Remo hatte Anzugjacke und Krawatte abgelegt – etwas, das er sich vor Dimitri niemals erlaubt hätte. Sein handgenähtes Hemd klebte vor Schweiß. Langsam, aber sicher ging ihm Doug Lord auf die Nerven.

»Sieht aus, als hätten sie hier übernachtet.« Weis, ein hochgewachsener, wie ein Manager wirkender Mann, dem man die Nase mit einer Whiskyflasche gebrochen hatte, wischte sich den Schweiß von der Stirn. Eine Reihe von Insektenstichen im Nacken quälte ihn. »Schätzungsweise sind sie uns vier Stunden voraus.«

»Was bist du, ein halber Apatsche?« Wütend trat Remo in die Asche und drehte sich um. Sein Blick blieb an Barns haften, dessen rundes Mondgesicht Lachfalten zeigte. »Was hast du denn zu grinsen, du kleines Arschloch?«

Doch Barns grinste, seit Remo ihm befohlen hatte, sich um den madagassischen Captain zu kümmern. Er wußte, daß Barns diesen Befehl ausgeführt hatte, doch noch nicht einmal ein Mann von Remos Erfahrung mochte Einzelheiten hören. Es war allgemein bekannt, daß Dimitri Barns hätschelte wie einen Hund, der einem verstümmelte Hühner und zerfleischte Nagetiere zu Füßen legte. Er wußte auch, daß Barns von Dimitri oft dazu benutzt wurde, sich ehemaliger Angestellter zu entledigen. Dimitri hielt nichts von Arbeitslosenunterstützung.

»Weiter«, befahl er schroff. »Vor Sonnenuntergang haben wir sie.«

Whitney hatte es sich zwischen den Rucksäcken bequem gemacht. Ihr Gesicht wurde von Jacques' Schirmkappe beschattet, sie lag ausgestreckt im Kanu und hatte die Füße auf den Rand gelegt. Halb dösend hielt sie eine von Jacques gefertigte Angel in der Hand.

Mittlerweile hatte sie herausgefunden, was Huck Finn an einer Floßfahrt auf dem Mississippi so fasziniert haben mußte. Zum größten Teil wohl das pure Herumgammeln, vermischt mit einem Schuß Abenteuer. Eine, wie Whitney fand, sehr erfreuliche Kombination.

»Und was haben Sie vor, wenn ein Fisch in geistiger Umnachtung an dieser verbogenen Sicherheitsnadel anbeißt?«

Langsam und genüßlich räkelte Whitney sich. »Na, den werfe ich dann Ihnen in den Schoß, Douglas. Sie sind doch unser Fischexperte.«

»Sie kochen gut.« Jacques paddelte mit den kraftvollen, gleichmäßigen Schlägen, die das Herz eines jeden Wassersportfans höher schlagen lassen. Tina Turner half ihm, im

Takt zu bleiben. »Ich dagegen ...« Er schüttelte den Kopf. »Sehr schlecht. Wenn ich einmal heirate, muß ich darauf achten, daß meine Frau gut kochen kann. Wie meine Mama.«

Whitney gab einen schnaubenden Laut von sich. Eine Fliege hatte sich auf ihrem Knie niedergelassen, doch es war ihr zu anstrengend, sie fortzuscheuchen. »Noch ein Mann, bei dem die Liebe durch den Magen geht.«

»Der Junge hat recht. Essen ist wichtig.«

»Für manche ist es schon fast eine Religion.« Whitney schob sich die Kappe aus dem Gesicht, damit sie Jacques besser sehen konnte. Jung, dachte sie, gutaussehend und gutgebaut. Er dürfte keine Schwierigkeiten haben, die Mädchen für sich zu interessieren. »Also setzen Sie Ihren Magen mit Ihrem Herzen gleich, Jacques. Was tun Sie denn, wenn Sie sich in ein Mädchen verlieben, das nicht kochen kann?«

Jacques überlegte. Er war gerade erst zwanzig. Sein Lächeln war so jung, unschuldig und frech zugleich, daß Whitney kicherte. »Ich bringe sie zu meiner Mutter, damit sie es lernt.«

»Sehr vernünftig«, stimmte Doug zu. Er unterbrach seinen Rhythmus, um sich ein Stück Kokosnuß in den Mund zu schieben.

»Vermutlich haben Sie auch nie daran gedacht, selbst kochen zu lernen.« Whitney konnte förmlich sehen, wie es in Jacques' Kopf arbeitete, während seine langen, kräftigen Arme das Paddel führten. Lächelnd strich sie mit dem Finger über die Muschel, die genau über ihren Brüsten lag.

»Eine madagassische Frau hat zu kochen.«

»Während sie sich so ganz nebenbei um Haus und Kinder kümmert und ein wenig auf dem Feld arbeitet, nehme ich an«, warf Whitney ein.

Jacques nickte grinsend. »Aber sie verwaltet auch das Geld.«

Whitneys Brieftasche steckte in ihrer Gesäßtasche. »*Das* nenne ich auch vernünftig«, stimmte sie zu, Doug anlächelnd.

Der Umschlag war sicher in *seiner* Tasche verstaut. »Ich dachte mir, daß Ihnen das gefällt.«

»Jeder soll tun, wozu er am besten geeignet ist.« Sie wollte sich gerade wieder zurücksinken lassen, als es an der Angelschnur ruckte. »O Gott, ich glaube, ich hab einen!«

»Einen was?«

»Einen Fisch!« Die Rute fest umklammert haltend, beobachtete sie die tanzende Schnur. »Einen großen, fetten Fisch!«

Ein breites Grinsen erschien auf Dougs Gesicht, als er sah, wie sich die improvisierte Angelschnur spannte. »Da ist der Bursche. Jetzt ganz langsam«, ordnete er an, als sie sich auf die Knie niederließ und das Boot zu schaukeln begann. »Lassen Sie ihn nicht los. Das ist heute abend unser Hauptgericht.«

»Ich lasse ihn nicht los«, zischte sie durch die Zähne. Leider hatte sie keine Ahnung, was als nächstes zu tun war. Hilfesuchend drehte sie sich zu Jacques um. »Was nun?«

»Ziehen Sie ihn langsam ins Boot. Das ist ein großer Kerl.« Jacques zog das Paddel ins Boot und kam leichtfüßig auf sie zu, bemüht, das Boot im Gleichgewicht zu halten. »Yessir, wir essen dich heute abend. Er wird sich wehren.« Eine Hand auf ihre Schulter gelegt, blickte Jacques über den Bootsrand. »Er wittert die Bratpfanne.«

»Kommen Sie, Süße, Sie schaffen es.« Doug legte sein Ruder beiseite und kroch zur Bootsmitte. »Ziehen Sie ihn nur heraus.« Und er würde ihn filettieren, braten und in einem Reisbett servieren.

Aufgeregt biß sich Whitney auf die Zunge, bereit, denjenigen, der ihr die Angelrute aus der Hand nehmen wollte, anzufauchen. Armmuskeln aktivierend, die sie nur von gelegentlichen Tennismatches kannte, zog sie den Fisch aus dem Wasser.

Er zappelte am Ende der Leine. Die Abendsonne spiegelte sich in seinen glänzenden Schuppen, während er sich noch einmal verzweifelt aufbäumte. Silbern schimmernd hob er sich von dem dunkler werdenden Blau des Himmels ab. Whitney stieß einen Kriegsruf aus und stolperte nach hinten.

»Lassen Sie ihn jetzt ja nicht fallen!«

»Tut sie nicht.« Jacques erwischte die Leine mit Daumen und Zeigefinger und holte sie vorsichtig ein. Der Fisch flog hin und her wie eine Flagge im Wind. »Sie hat einen dicken, fetten Fisch gefangen.« Mit einer raschen Bewegung entfernte er den Haken und hielt ihn hoch. »Wie wär's damit? Als Glücksbringer? Strahlend stand er da, den Fisch in der Hand, während Tina Turner aus dem Recorder hinter ihm ihren neuesten Hit hinausplärrte.

Es geschah furchtbar schnell. Doch Whitney würde, solange sie lebte, diesen Augenblick nicht vergessen. Es war, als habe er sich unauslöschlich in ihr Hirn eingebrannt. Eine Sekunde lang stand Jacques noch triumphierend da. Ihr Lachen hing noch in der Luft. In der nächsten fiel er klatschend ins Wasser. Den Schuß hatte sie gar nicht wahrgenommen.

»Jacques?« Benommen rappelte sie sich hoch.

»Runter!« Doug drückte sie so fest nach unten, daß sie keuchend nach Atem rang; er hielt sie fest, während das Boot heftig schaukelte, und betete, daß sie nicht kentern würden.

»Doug?«

»Still liegenbleiben, verstanden?« Doch er blickte sie nicht an. Obwohl sein Kopf direkt über ihrem war, suchte er das Ufer zu beiden Seiten des Kanals ab. In dem dichten Gebüsch konnte sich eine ganze Armee verbergen. Wo zum Teufel waren sie? Langsam tastete er nach der Pistole in seinem Gürtel.

Als Whitney das sah, blickte sie sich suchend nach Jacques um. »Ist er über Bord gefallen? Mir kam es so vor, als hörte ich einen ...« Als sie die Antwort in Dougs Augen las, krümmte sie sich zusammen. »*Nein!*« Bei dem Versuch, sich aufzurichten, stieß sie Doug beinahe die Waffe aus der Hand. »Jacques! O Gott!«

»Unten bleiben.« Er zischte den Befehl durch die Zähne und schlang seine Beine um ihre. »Sie können jetzt nichts mehr für ihn tun.« Als sie sich weiterhin wehrte, grub er ihr seine Finger ins Fleisch. »Es ist tot, verdammt. Er war schon tot, als er ins Wasser fiel.«

Ihre weit aufgerissenen Augen schwammen in Tränen, als sie ihn anstarrte. Dann schloß sie sie und blieb wortlos liegen.

Mit Schuldgefühlen und Trauer mußte Doug später fertigwerden. Am Leben zu bleiben hatte wieder einmal Vorrang.

Außer dem leisen Plätschern der Wellen, die gegen das Boot schlugen, war nichts zu hören. Sie konnten überall sein, das wußte er. Was er hingegen nicht begriff, war, warum sie nicht einfach das Kanu in ein Sieb verwandelt hatten. Die dünne Außenhaut bot keinen Schutz vor Kugeln.

Sie hatten den Befehl, sie lebend zu Dimitri zu bringen. Doug blickte auf Whitney hinunter, die mit geschlossenen Augen regungslos dalag. Oder zumindest einen von ihnen.

Dimitri war bestimmt neugierig auf eine Frau wie Whitney MacAllister. Mittlerweile würde er auch alles Wissenswerte über sie in Erfahrung gebracht haben. Nein, er wollte sie bestimmt lebend, um sich eine Weile mit ihr zu beschäftigen und dann ein Lösegeld zu fordern. Sie würden das Kanu nicht unter Beschuß nehmen, sondern sie ganz einfach zur Übergabe auffordern. Doch zuerst galt es herauszufinden, wo sie steckten. Doug spürte, wie ihm der kalte Schweiß ausbrach.

»Bist du das, Remo? brüllte er. »Du benutzt immer noch viel zuviel von diesem scheußlichen Rasierwasser. Ich kann dich bis hierher riechen.« Er lauschte einen Moment. »Weiß Dimitri, daß du dich die ganze Zeit vergeblich bemüht hast?«

»Aber jetzt habe ich dich, Lord.«

Links. Er wußte zwar noch nicht, wie er es bewerkstelligen sollte, doch sie mußten an das entgegengesetzte Ufer gelangen.

»Ja, vielleicht sitze ich in der Falle.« Doug suchte fieberhaft nach einem Ausweg, während er weiterschrie. Die Vögel, die bei dem Schuß erschreckt aufgeflattert waren und lauthals gekreischt hatten, beruhigten sich wieder. Einige nahmen ihr Gezwitscher von neuem auf. Er bemerkte, daß Whitney die Augen wieder geöffnet hatte, sich jedoch nicht bewegte. »Vielleicht sollten wir ein Geschäft abschließen, Remo, du und ich. Mit dem, was ich hier habe, kannst du einen ganzen Swimmingpool mit diesem französischen Wässerchen füllen. Hast du mal daran gedacht, selbst einzusteigen, Remo? Du hast doch Köpfchen. Bist du es nicht leid, immer nur für andere die Drecksarbeit zu machen?«

»Du willst verhandeln, Lord? Dann paddel zu uns rüber. Wir halten eine nette kleine Konferenz ab.«

»Rüberpaddeln? Und du jagst mir eine Kugel in den Kopf,

Remo? Beleidige nicht meine Intelligenz.« Vielleicht, nur vielleicht konnte er die Stange herausfischen, um das Boot zu dirigieren. Wenn er es bis zur Dämmerung aushielt, hatten sie eventuell eine Chance.

»Was hast du anzubieten, Lord?«

»Ich hab die Papiere, Remo.« Langsam öffnete er seinen Rucksack und holte eine Patronenschachtel heraus. »Und ich hab mir eine Klassefrau geschnappt. Beide zusammen sind mehr Geld wert, als du je auf einem Haufen gesehen hast.« Er warf Whitney, die ihn aus leblosen Augen anstarrte, einen Blick zu. »Hat Dimitri dir erzählt, daß ich mir eine echte Erbin aufgetan habe, Remo? MacAllister. Du kennst doch MacAllisters Eiskrem? Weißt du, wieviele Millionen die schwer ist? Und kannst du dir vorstellen, wieviel ihr Alter springen läßt, um sie heil zurückzubekommen?«

Er schob die Munitionsschachtel in die Tasche. Whitney sah ihm dabei zu. »Spielen Sie mit, Süße«, forderte er sie auf, während er sich vergewisserte, daß die Waffe schußbereit war. »Wir könnten lebend hier rauskommen. Ich zähle ihm jetzt Ihre Vorzüge auf. Wenn ich das tue, möchte ich, daß Sie mich beschimpfen, das Boot zum Schwanken bringen, eine Szene hinlegen. Und während Sie das tun, greifen Sie nach der Stange. Okay?

Benommen nickte sie.

»Sie hat zwar nicht viel Fleisch auf den Rippen, aber sie heizt dir richtig ein, Remo. Und sie ist nicht allzu wählerisch, wem sie es besorgt, du verstehst? Ich bin gerne bereit, zu teilen.«

»Du verfluchter Hurensohn!« Mit einem Schrei, der einem Fischweib alle Ehre gemacht hätte, schoß Whitney hoch. Er hatte nicht damit gerechnet, daß sie so in Rage geraten würde und griff nach ihr. Wie rasend schlug sie nach seiner Hand. »Du bist absolut mies!« brüllte sie, hochaufgerichtet dastehend. »Da würde ich doch eher mit meinem Hund ins Bett gehen!«

Im schwindenden Licht wirkte sie atemberaubend, das Haar flog im Wind, die Augen blitzten. Zweifellos richtete sich Remos Aufmerksamkeit nur auf sie.

»Packen Sie die Stange, und werden Sie nicht so persönlich«, knurrte er.

»Glaubst du wirklich, du kannst so mit mir reden, du Mistkerl?« Whitney ergriff die Stange und schwang sie über den Kopf.

»Jetzt ist es genug …« Er brach ab, als er den Ausdruck in ihrem Gesicht sah. Schon zuvor hatte er Rachedurst in den Augen einer Frau gesehen. Instinktiv hob er die Hand. »Hey, warten Sie eine Sekunde«, begann er, als die Stange herabsauste. Er rollte sich zur Seite und bemerkte gerade noch, daß Weis von einem kleinen Floß aus in ihr Boot taumelte. Wenn Whitney nicht das Gleichgewicht verloren und zur anderen Seite des Kanus gestürzt wäre, sie wären gekentert. »Herr im Himmel, runter!« Doch die Warnung erstarb auf seinen Lippen, als er mit Weis zu ringen begann.

Whitneys Hieb hatte den großen Mann an der Schulter getroffen und ihm die Waffe aus der Hand geschlagen, ihn jedoch nicht ernsthaft verletzt. Whitney holte erneut aus, doch Doug rollte sich auf seinen Gegner. Wasser schlug ins Boot. Flüchtig sah sie Jacques' Leiche im Wasser treiben, ehe sie alle Kraft zusammennahm. Jetzt mußte sie um ihr Leben kämpfen.

»Um Himmels willen, aus dem Weg!« schrie sie, dann taumelte sie nach hinten, als das Boot immer heftiger schaukelte.

Am Ufer stieß Remo Barns beiseite. »Lord gehört mir, du kleiner Bastard. Denk dran.« Er hob seine Pistole, zielte und wartete.

Es sah aus wie ein Spiel, dachte Whitney. Zwei große Jungen rangen in einem Boot. Jeden Augenblick würde einer aufgeben, sie würden sich den Staub abklopfen und zu anderen Vergnügungen übergehen.

Bei dem Versuch, aufzustehen, ging sie beinahe über Bord. Zwar hatte Doug noch immer seine Waffe in der Hand, der andere Mann wog jedoch bestimmt fünfzig Pfund mehr. Wieder packte sie die Stange. »Mann, Doug, wie soll ich ihm denn eins überziehen, wenn Sie auf ihm liegen? Weg da!«

»Klar.« Nach Luft japsend löste Doug die Hand von Weis,

die seinen Hals umklammerte. »Sekunde noch.« Dann flog sein Kopf nach hinten, als Weis ihn mit einem Schlag am Unterkiefer erwischte.

»Du hast mir die Nase gebrochen«, grunzte er, als er Doug auf die Füße zog.

»Ach, du warst das.«

Mit gespreizten Beinen standen sie sich einen Moment lang gegenüber, bis Weis die Hand Dougs, die die Waffe hielt, langsam drehte, bis dieser selbst in den Lauf blickte.

»Genau. Und jetzt puste ich dir deine weg.«

»Komm, nimm's doch nicht so persönlich.« Dougs linke Schulter schmerzte. Doch darum würde er sich später kümmern, wenn er nicht mehr in einen Pistolenlauf starrte.

Schweiß rieselte über seinen Körper, als er versuchte, Weis daran zu hindern, seinen Finger um den Abzug zu krümmen. Er sah dessen Lächeln und fürchtete, das könne das letzte sein, was er je erblicken würde. Doch plötzlich weiteten sich Weis' Augen erstaunt, und pfeifend entwich Luft seinen Lungen, als Whitney ihm die Stange in den Magen rammte.

Weis schwankte und hielt sich an Doug fest. Im nächsten Augenblick bäumte sich sein Körper auf. Remo hatte vom Ufer aus das Feuer eröffnet, und Weis hatte praktisch als Dougs Schutzschild gedient. Wie ein Stein prallte er gegen die Seitenwand des Kanus und fiel über Bord. Das nächste, was Whitney spürte, war, daß sie Wasser schluckte.

In der ersten Panik tauchte sie zappelnd und keuchend auf.

»Die Rucksäcke!« schrie Doug und schob sie zu ihr hin, während er neben dem umgekippten Kanu paddelte. Dicht neben seinem Kopf peitschten zwei Kugeln das Wasser auf. »Ach du Scheiße!« Er sah, wie sich zwei mächtige Kiefer um Weis' Leiche schlossen und hörte das übelkeitserregende Krachen der Knochen. Mit einem verzweifelten Griff packte er die Riemen eines Rucksacks. Der andere trieb außer Reichweite. »Los!« brüllte er. »Zum Ufer! Schnell!«

Auch Whitney sah, was mit Weis geschah und schwamm blindlings los. Ein feiner roter Film legte sich über das trübbraune Wasser des Kanals. Was sie dagegen erst bemerkte, als es kurz vor ihr auftauchte, war das zweite Krokodil.

»Doug!«

Er sah gerade noch die aufklaffenden Kiefer und feuerte fünfmal, ehe sie sich schlossen und in einem roten Strudel versanken.

Da waren noch mehr. Doug hob die Pistole, wohl wissend, daß er nicht alle erledigen konnte. Mit einem verzweifelten Schwimmstoß schob er sich zwischen Whitney und ein herannahendes Reptil, hob den Pistolenkolben und wartete auf die Berührung, den Schmerz. Doch der Kopf des Krokodils explodierte plötzlich, als es nur noch Armeslänge entfernt war. Ehe Doug reagieren konnte, gingen drei weitere Bestien in einem blutigen Sog unter.

Die Schüsse kamen nicht von Remo, sondern von weiter südlich. Entweder hatten sie einen Schutzengel, oder noch jemand war ihnen auf der Spur. Er erhaschte einen kurzen Blick auf einen weißen Anzug. Als Whitney hinter ihm auftauchte, hielt er sich nicht länger mit Grübeln auf.

»Los, verdammt!« Er packte sie am Arm und schob sie zum Ufer. Whitney drehte sich nicht um, sondern zwang sich lediglich, Arme und Beine zu bewegen.

Doug zog sie halb über das glitschige Schilf am Rande des Kanals und zerrte sie ins Gebüsch. Schnaufend ließ er sich gegen einen Baumstamm sinken.

»Ich hab die Papiere immer noch, du Scheißkerl!« brüllte er über den Kanal. »Ich hab sie immer noch! Schwimm doch rüber und hol sie dir!« Einen Augenblick lang schloß er die Augen und holte tief Atem. Neben ihm würgte Whitney Wasser aus. »Sag Dimitri, daß ich sie hab, und sag ihm auch, ich schulde ihm was.« Er wischte sich das Blut vom Mund und spuckte aus. »Hast du gehört, Remo? Das wird er mir büßen! Bei Gott, ich bin noch nicht fertig mit ihm.« Mit schmerzverzerrtem Gesicht rieb er seine Schulter, die er beim Handgemenge mit Weis verrenkt hatte. Seine Kleider klebten ihm naß, blutverschmiert und übelriechend am Körper. Im Kanal balgten sich die Krokodile noch immer um die Überreste ihrer Artgenossen. Doug hielt die leere Waffe in der Hand, nahm die Munitionsschachtel aus der Tasche und lud nach.

»Okay, Whitney, wir ...«

Sie hatte sich neben ihm zusammengerollt, den Kopf auf den Knien. Obwohl sie keinen Laut von sich gab, wußte er, daß sie weinte. Verlegen fuhr er sich mit der Hand durchs Haar. »Hey, Whitney, nicht doch.«

Weder rührte sie sich, noch reagierte sie. Doug blickte auf die Waffe in seiner Hand, dann schob er sie in den Gürtel zurück. »Komm schon, Herzchen, wir müssen weiter.« Er wollte sie in den Arm nehmen, doch sie fuhr zurück und sah ihn mit tränennassen, flammenden Augen an.

»Fassen Sie mich nicht an! Sie müssen weiter, Lord, dafür sind Sie gemacht. Immer auf der Flucht! Nehmen Sie doch diesen ach so wertvollen Umschlag und verschwinden Sie. Hier.« Sie zerrte die Brieftasche aus ihrer nassen Hose und warf sie ihm zu. »Nehmen Sie auch das. Das ist doch alles, was Sie interessiert, alles, woran Sie denken. Geld!« Sie machte sich nicht einmal die Mühe, ihre Tränen abzuwischen. »Es ist nicht viel Bargeld darin, ein paar hundert vielleicht, aber jede Menge Plastik. Nehmen Sie's.«

Das war es doch, worauf er die ganze Zeit hingearbeitet hatte, oder nicht? Das Geld, den Schatz und keinen Partner. Er war näher am Ziel als je zuvor, und alleine würde er es schneller schaffen und den Topf voller Gold für sich behalten können. Das war es doch, was er wollte.

Doug ließ die Brieftasche in ihren Schoß fallen und nahm ihre Hand. »Kommen Sie.«

»Ich komme nicht mit. Suchen Sie Ihren Schatz alleine, Douglas.« Übelkeit schüttelte sie, und sie schluckte hart. »Sehen Sie zu, wie Sie damit weiterleben!«

»Ich lasse Sie hier nicht alleine.«

»Warum nicht?« schoß sie zurück. »Sie haben Jacques ja auch alleine gelassen.« Zum Kanal hinüberschauend begann sie zu zittern. »Sie haben ihn im Stich gelassen, nun lassen Sie mich auch im Stich. Wo liegt da der Unterschied?«

Er packte sie so hart an den Schultern, daß sie zusammenzuckte. »Er war tot. Wir konnten nichts mehr tun.«

»Wir haben ihn umgebracht.«

Der Gedanke war ihm auch schon gekommen, vielleicht

verstärkte er deshalb seinen Griff. »Nein. Auch ohne das schleppe ich schon genug mit mir herum. Dimitri hat ihn getötet, genau wie er eine Fliege erschlagen würde, weil es ihm nichts bedeutet. Er hat Jacques getötet, ohne überhaupt zu wissen, wer er ist, einfach deshalb, weil Töten für ihn alltäglich ist. Er fragt sich ja noch nicht einmal, wann er selbst an der Reihe ist.«

»Jacques war noch so jung.« Ihre Stimme brach, als sie sich an seinem Hemd festklammerte. »Er wollte doch unbedingt nach New York. Jetzt wird er nie hinkommen.« Tränen quollen aus ihren Augen, und sie begann zu schluchzen. »Er wird nie mehr irgendwo hinkommen, und das alles wegen dieses Umschlags. Wieviele Menschen sind deswegen schon gestorben.« Sie tastete nach der Muschel, dem *ody* von Jacques – seinem Symbol für Sicherheit, für Glück, für Tradition, und weinte, bis ihre Kehle rauh wurde, doch der Schmerz wollte nicht nachlassen. »Er ist wegen dieser Papiere gestorben, dabei hat er noch nicht einmal gewußt, daß sie existieren.«

»Wir werden das durchstehen«, tröstete Doug und zog sie enger an sich. »Und wir werden gewinnen.«

»Warum zum Teufel ist das denn so wichtig?«

»Sie wollen Gründe wissen?« Er schob sie ein Stück von sich weg, und seine Augen wurden hart. »Es gibt viele. Weil Menschen deswegen ihr Leben gelassen haben. Weil Dimitri alles für sich haben will. Aber wir werden gewinnen, Whitney, weil wir Dimitri schlagen müssen. Weil dieser Junge tot ist und sein Tod nicht umsonst gewesen sein soll. Nicht allein wegen des Geldes. Verdammt – es ist nie allein wegen des Geldes, verstehen Sie? Es geht um den Sieg. Es geht darum, zu gewinnen, und wenn wir gewinnen, wird das Dimitri schwer treffen.«

Sie ließ zu, daß Doug sie umarmte. »Gewinnen?«

»Wenn man nicht mehr gewinnen will, ist man so gut wie tot.«

Das konnte sie verstehen, der Drang zu siegen steckte auch in ihr. »Kein *fadamihana* für Jacques«, murmelte sie. »Keine Feier für ihn.«

»Wir veranstalten eine.« Doug streichelte ihr Haar und erinnerte sich daran, wie Jacques ausgesehen hatte, als er den Fisch hochhielt. »Eine richtige New Yorker Party.«

Nickend vergrub sie kurz das Gesicht an seinem Hals. »Dimitri kommt uns nicht so davon, Doug. Nein, jetzt nicht mehr. Wir werden ihn schlagen.«

»Ja, wir werden ihn schlagen.« Er hob sie weg und reckte sich. Sein Rucksack trieb im Kanal, das hieß, sie hatten Zelt und Kochgeschirr verloren; Doug lud sich ihren auf den Rücken. Beide waren sie klatschnaß, erschöpft und voller Kummer. Er hielt ihr die Hand hin. »Setzen Sie Ihren Arsch in Bewegung, Süße.«

Schniefend erhob sie sich, steckte die Brieftasche wieder ein und blickte ihn matt an. »Du kannst mich mal, Lord.«

In der sinkenden Abendsonne wanderten sie nordwärts.

12

Sie waren Remo vorerst entkommen, doch wußten Sie, daß er ihnen dicht auf den Fersen war, daher legten sie keine Rast ein. Sie liefen bis die Sonne unterging und den Wald in ein Licht tauchte, das nur Maler und Dichter vollkommen zu würdigen wissen. Als die Dämmerung graues Licht auf sie warf und der Tau zu fallen begann, waren sie noch immer unterwegs. Der Himmel verdunkelte sich, und die majestätische bleiche Kugel des Mondes ging auf. Sterne glitzerten am Firmament wie Juwelen eines verlorenen Zeitalters.

Der Mond verwandelte den Wald in eine Märchenlandschaft, in der gespenstische Schatten auf und ab tanzten, die Blumen zum Schlaf ihre Blüten schlossen und Tiere erwachten, die nur die Nacht kannten. Schwingen flatterten im Wind, Blätter raschelten, etwas kreischte im Busch. Doug und Whitney liefen weiter.

Immer, wenn Whitney meinte, sie müsse vor Erschöpfung zusammenbrechen, dachte sie an Jacques, biß die Zähne zusammen und gab nicht auf.

»Erzählen Sie mir von Dimitri.«

Doug blieb kurz stehen, um den Kompaß aus der Tasche zu holen und die Richtung zu überprüfen. Zwar hatte er bemerkt, daß sie während des gesamten Marsches immer wieder die Muschel in die Hand nahm, doch waren ihm die Trostworte ausgegangen. »Das habe ich doch schon getan.«

»Nicht genug. Ich will alles wissen.«

Er erkannte den Unterton in ihrer Stimme. Sie wollte Rache. Und Rachedurst war eine gefährliche Sache, er konnte den Menschen blind machen für die elementaren Prioritäten – wie zum Beispiel am Leben zu bleiben. »Ich kann Ihnen versichern, daß Ihnen nicht viel an seiner Bekanntschaft liegen würde.«

»Da irren Sie sich.« Ihre Stimme klang fest, obwohl sie außer Atem war. Mit der Hand wischte sie sich Schweiß von der Stirn. »Erzählen Sie mir von diesem Dimitri.«

Doug hatte den Überblick verloren, wieviele Kilometer sie inzwischen zurückgelegt hatten. Er wußte nur zweierlei: sie hatten den Abstand zwischen Remo und sich vergrößert, und sie brauchten eine Pause. »Wir übernachten hier. Mittlerweile dürften wir tief genug im Heuhaufen stecken.«

»Heuhaufen?« Dankbar sank sie auf den weichen Boden, spürte die Erleichterung bis in die Beine.

»Wir sind die Nadel, dies ist der Heuhaufen. Haben Sie etwas dabei, das man essen kann?«

Whitney leerte ihren Rucksack. Make-up kam zum Vorschein, Spitzenunterwäsche, schmutzige, zerrissene Kleidung und die Reste der Tüte Obst, die sie in Antananarivo gekauft hatte. »Ein paar Mangos und eine matschige Banane.«

»Stellen Sie sich vor, es wäre eine Art Waldorfsalat«, riet Doug, der sich eine Mango nahm.

»Gut.« Whitney streckte die Beine aus. »Dimitri, Douglas. Erzählen Sie.«

Wenn er gehofft hatte, unauffällig das Thema wechseln zu können, so hätte er es besser wissen müssen. »Rumpelstilzchen im italienischen Maßanzug«, sagte er, in die Frucht beißend. »Verglichen mit Dimitri nimmt sich Nero wie ein Chorknabe aus. Er liebt Poesie und Pornos.«

»Erlesener Geschmack.«

»Sie sagen es. Außerdem sammelt er Antiquitäten, speziell Folterinstrumente. Daumenschrauben und so.«

In Whitneys rechtem Daumen begann es zu hämmern. »Faszinierend.«

»Nicht wahr? Dimitri hat eine Vorliebe für alles Schöne, Sanfte. Seine beiden Ehefrauen waren echte Traumfrauen.« Er musterte sie abschätzend. »Ihr Stil würde ihm gefallen.«

Whitney unterdrückte ein Schaudern. »Er ist also verheiratet?«

»Er war es zweimal«, erklärte Doug. »Und wurde zweimal auf tragische Weise zum Witwer. Alles klar?«

»Allerdings.« Nachdenklich biß sie in die Mango. »Was

macht ihn so ... erfolgreich?« Ein besserer Ausdruck wollte ihr nicht einfallen.

»Verstand und absolute Gefühlskälte. Ich habe gehört, er könne Chaucer zitieren, während er Bambussplitter unter Ihre Zehennägel spießt.«

Der Appetit war ihr vergangen. »Ist das sein Stil? Poesie und Folter?«

»Er mordet nicht einfach, er führt Hinrichtungen durch, und zwar sehr zeremoniell. Dafür steht ihm ein erstklassiges Studio zur Verfügung, wo er seine Opfer filmt, vorher und nachher.«

»O Gott.« Whitney sah Doug ins Gesicht, in der Hoffnung, er würde ihr ein Lügenmärchen erzählen. »Sie haben das doch nicht etwa erfunden?«

»Meine Phantasie reicht nicht so weit. Wie ich hörte, war seine Mutter Lehrerin. Bei der saßen ein paar Schrauben locker.« Abwesend wischte Doug Saft von seinem Kinn. »Es geht ein Gerücht um, daß sie ihm, als er irgendein Gedicht, Byron oder so, nicht aufsagen konnte, den kleinen Finger abgehackt hat.«

»Sie ...« Whitney verschluckte sich. »Seine Mutter hat ihm den Finger abgehackt, weil er kein Gedicht aufsagen konnte?«

»So erzählt man es. Sie scheint einer Art religiösen Wahn verfallen zu sein und hat Poesie und Theologie etwas durcheinandergebracht. Nahm an, daß es eine Sünde sei, Byron nicht zitieren zu können.«

Einen Augenblick lang vergaß sie die Grausamkeiten und die Morde, für die Dimitri verantwortlich war, und dachte an einen kleinen, hilflosen Jungen. »Furchtbar. Man hätte sie aus dem Verkehr ziehen sollen.«

Doug wollte ihr zwar die Rachegefühle austreiben, aber keinesfalls Mitleid erwecken. Das eine war so gefährlich wie das andere. »Dimitri hat dafür gesorgt, daß sie keinen Schaden mehr anrichten konnte. Als er fortging, um sein eigenes – Geschäft zu betreiben, hat er einen tödlichen Abgang inszeniert. Er brannte das ganze Haus nieder, in dem seine Mutter lebte.«

»Er tötete seine eigene Mutter?«

»Sie und noch zwanzig, dreißig weitere Menschen. Gegen die er gar nichts hatte, verstehen Sie? Sie waren nur zufällig da.«

»Rache, Lustgewinn oder Geld«, murmelte sie. Die Hauptmotive für das Morden.

»Das kommt ungefähr hin. Wenn es so etwas wie eine Seele gibt, Whitney, dann ist die Dimitris so schwarz wie die Nacht.«

»Wenn es so etwas wie eine Seele gibt«, wiederholte sie, »dann werden wir der seinen eine Freifahrkarte in die Hölle verschaffen.«

Er lachte nicht. Sie hatte viel zu ruhig gesprochen. Lange studierte er ihr blasses, erschöpftes Gesicht im Mondlicht. Sie meinte jedes Wort so, wie sie es sagte. Er war bereits indirekt für den Tod zweier Menschen verantwortlich, und in diesem Moment übernahm er die Verantwortung für Whitney. Eine weitere Premiere für Doug Lord.

»Süße.« Er rutschte neben sie. »Das Wichtigste, was wir zu tun haben, ist, am Leben zu bleiben. Und wir müssen den Schatz finden. Mehr braucht es nicht, um Dimitri büßen zu lassen.«

»Das ist nicht genug.«

»Sie sind neu im Geschäft. Man muß wissen, wann man austeilen kann, und wieviel. Man muß den wunden Punkt des Gegners kennen. Danach handelt man, so läuft der Hase.« Sie hörte gar nicht zu, und Doug traf eine Entscheidung. »Vielleicht ist es an der Zeit, daß Sie einen Blick auf die Papiere werfen.« Er brauchte ihr Gesicht gar nicht zu sehen, ihre Überraschung fühlte er daran, daß sich ihre Schulter gegen seine drückte.

»So, so«, schnurrte sie sanft. »Holen wir doch schon mal den Champagner raus.«

»Wenn Sie giftig werden, könnte ich versucht sein, meine Meinung zu ändern.« Erleichtert, als sie grinste, faßte er in seine Tasche und hielt ehrfürchtig den Umschlag hoch. »Das ist der Schlüssel«, sagte er. »Der gottverdammte Schlüssel. Und ich werde ihn benutzen, um ein Schloß zu öffnen, das ich ohne ihn nie knacken könnte.« Doug strich die Papiere Bogen für Bogen glatt.

»Fast alles ist in Französisch, wie der Brief«, murmelte er. »Aber irgendwer hat schon den größten Teil übersetzt.« Er zögerte einen Augenblick, dann reichte er ihr ein vergilbtes, in Plastik eingeschweißtes Blatt. »Sehen Sie sich die Unterschrift an.«

Whitney nahm den Bogen und überflog ihn. »Mein Gott!«

»Ein dicker Hund, was? Sieht aus, als hätte sie diese Botschaft ein paar Tage, ehe sie in Gefangenschaft geriet, losgeschickt. Hier ist die Übersetzung.«

Doch Whitney las bereits den Brief, der in der Handschrift der unglücklichen Königin verfaßt war. »Leopold hat mich im Stich gelassen«, flüsterte sie.

»Leopold II., Heiliger Römischer Kaiser. Maries Bruder.«

»Sie hob den Kopf. »Sie haben Ihre Hausaufgaben erledigt.«

»Ich kenne gerne alle Fakten, die meinen Job betreffen, also habe ich mich näher mit der Französischen Revolution befaßt. Marie wollte in das politische Geschehen eingreifen und gleichzeitig ihre Position festigen. Beides mißlang. Als sie dies schrieb, wußte sie bereits, daß sie beinahe am Ende war.«

Mit einem flüchtigen Nicken widmete sich Whitney wieder dem Brief: »Er ist mehr Kaiser denn Bruder. Ohne seine Hilfe habe ich nur noch wenige, denen ich trauen kann. Wie soll ich Dir, mein treuer Diener, die Demütigungen unserer erzwungenen Rückkehr aus Varennes beschreiben? Mein Gemahl, der König, als gewöhnlicher Knecht verkleidet, und ich selbst – es treibt mir die Schamröte in die Wangen. Festgenommen und wie gemeine Kriminelle unter Bewachung nach Paris gebracht zu werden! Das Schweigen des Todes lag bereits über uns, obwohl wir noch atmeten. Die Nationalversammlung hat erklärt, der König sei entführt worden, und hat auch bereits die Konstitution geändert. Diese List war der Anfang vom Ende.

Der König glaubte an eine Intervention seitens Leopolds und des preußischen Königs. Er teilte seinem Agenten Le Tonnelier mit, daß dies die Situation entschärfen würde. Ein

Krieg mit dem Ausland, Gerald, hätte doch das Feuer des Bürgerkriegs löschen müssen. Die girondistische Bourgeoisie hat sich als unfähig erwiesen, und das Volk fürchtet die Anhänger Robespierres, dieses Satans. Du weißt ja, daß sich unsere Erwartungen, obwohl Österreich der Krieg erklärt wurde, nicht erfüllt haben. Die Niederlagen unserer Armee im vergangenen Frühjahr haben bewiesen, daß die Girondisten nicht in der Lage sind, einen Krieg zu führen.

Jetzt ist von einer Gerichtsverhandlung die Rede – Dein König vor Gericht, und ich fürchte um sein Leben. Ich fürchte um unser aller Leben.

Doch nun muß ich Dich um Deine Hilfe bitten, auf Deine Loyalität und Freundschaft zählen. Ich kann nicht fliehen, also muß ich warten und hoffen. Ich bitte Dich, Gerald, bewahre das auf, was der Bote Dir übergibt. Jetzt, wo alles um mich herum zusammenbricht, muß ich an Deine Liebe und Treue appellieren. Wieder und wieder bin ich betrogen worden, doch manchmal kann sich Betrug als Vorteil erweisen.

Ich vertraue Dir das Wenige an, was mir, der Königin, gehört. Es wird vielleicht verwendet werden müssen, um das Leben meiner Kinder zu erkaufen. Nimm, was mein ist, Gerald Lebrun, und bewahre es für meine Kinder und Enkel. Die Zeit wird kommen, da wir wieder unseren rechtmäßigen Platz einnehmen können. Darauf mußt Du warten.«

Whitney sah auf die Zeilen hinunter, geschrieben von einer uneinsichtigen Frau, die durch ihre Intrigen ihren eigenen Tod herbeigeführt hatte. Und dennoch war sie eine Frau und Mutter gewesen. »Sie hatte nur noch ein paar Monate zu leben«, murmelte sie. »Ich frage mich, ob sie das geahnt hat.« Ihr kam in den Sinn, daß der Brief eigentlich in die Glasvitrine eines Museums gehörte. So hätte Lady Smythe-Wright es gesehen. Und deswegen war sie dumm genug gewesen, Whitaker die Papiere auszuhändigen. Nun waren beide tot.

»Doug, haben Sie eine Vorstellung davon, wie wertvoll das ist?«

»Das werden wir herausfinden, Süße«, brummte er.

»Denken Sie doch nicht immer in Dollars. Ich meine kulturell, historisch gesehen.«

»Ja, ich werde mir bald eine ganze Wagenladung Kultur zulegen.«

»Im Gegensatz zur Meinung der Leute kann man Kultur nicht kaufen. Doug, das gehört in ein Museum.«

»Wenn ich den Schatz habe, werde ich jedes einzelne Blatt einem Museum überlassen. Das kann ich dann von der Steuer absetzen.«

Kopfschüttelnd zuckte Whitney die Schultern. Alles zu seiner Zeit, dachte sie. »Was ist sonst noch da?«

»Auszüge aus einem Tagebuch, vermutlich von Geralds Tochter geschrieben.« Er hatte die Übersetzung gelesen, und ihn hatte geschaudert. Wortlos reichte er Whitney eine Seite mit dem Datum 17. Oktober 1793. Die jugendliche Handschrift und die schlichten Worte verrieten nackte Angst und Verwirrung. Die Schreiberin hatte die Hinrichtung ihrer Königin mitangesehen:

»Sie sah so blaß und mager aus, und so alt. Wie eine Dirne hat man sie in einem Karren durch die Straßen gefahren. Doch sie zeigte keinerlei Furcht, als sie die Stufen bestieg. Maman nannte sie eine Königin bis zuletzt. Die Menschen drängten sich auf dem Platz, Händler hielten ihre Waren feil; es glich einem Jahrmarkt. Auch andere Menschen wurden auf Karren durch die Straßen gezogen, unter ihnen Mademoiselle Fontainebleu. Letzten Winter hat sie noch mit Maman im Salon Kuchen gegessen.

Als das Fallbeil der Königin den Hals durchtrennte, jubelte die Menge. Papa weinte. Nie zuvor habe ich ihn weinen gesehen, so stand ich nur da und hielt seine Hand. Seine Tränen jagten mir mehr Angst ein als die Henkerskarren oder der Tod der Königin. Wenn Papa weint, was wird dann mit uns geschehen? In derselben Nacht verließen wir Paris. Vielleicht werde ich es nie wiedersehen, auch nicht mein hübsches Zimmer mit Blick auf den Garten. Mamans herrliche goldene Halskette mit den Saphiren wurde verkauft. Papa sagt, wir gingen auf eine lange Reise und müßten sehr tapfer sein.«

Whitney befaßte sich mit einem weiteren Bogen, drei Monate später datiert. »Ich war todkrank. Das Schiff schaukelte und schwankte, und der Gestank der schmutzigen Unterdecks drang durch jede Ritze. Auch Papa wurde krank. Eine Zeitlang fürchteten wir, er würde sterben und uns allein lassen. Maman betet häufig. Es ist schon so lange her, seit wir glücklich waren. Maman magert ab, und Papas schönes Haar wird von Tag zu Tag grauer.

Als er zu Bett lag, mußte ich ihm eine kleine hölzerne Kiste bringen. Sie sah so schlicht aus wie die Kästchen, in denen die Bauernmädchen ihren billigen Schmuck aufbewahren. Papa erklärte uns, daß die Königin ihm dieses Kästchen anvertraut habe und daß wir eines Tages nach Frankreich zurückkehren würden, um in ihrem Namen den Inhalt dem neuen König zu übergeben. Ich war krank und müde und wollte zu Bett gehen, doch Papa ließ Maman und mich schwören, seinen Eid nicht zu brechen. Dann öffnete er das Kästchen, das voller Schmuck war.

Ich sah die Königin solchen Schmuck tragen, wenn sie ihr Haar hochgesteckt trug und ihr Gesicht vor Freude strahlte. Die Smaragdkette lag einmal auf ihrer Brust; sie schien das Feuer der Kerzen im Saal einzufangen. Es gab auch einen Rubinring mit Diamanten sowie ein Smaragdarmband, das zu der Kette paßte. Ich bemerkte auch einige ungefaßte Steine.

Doch schöner als alles andere glänzte ein Diamanthalsband, das aus fünf einzelnen Strängen bestand. Jeder einzelne Stein davon war so groß, wie ich es noch nie zuvor gesehen habe, und er schien von Leben erfüllt. Maman erwähnte einmal den Skandal um Kardinal de Rohan und ein Diamanthalsband. Papa erzählte, man habe den Kardinal getäuscht, die Königin für eine Intrige benutzt, und das Halsband selbst sei verschwunden. Und so frage ich mich, wie die Königin es fertigbrachte, das Schmuckstück in ihren Besitz zu bringen.«

Mit zitternden Händen legte Whitney den Bogen fort. »Man hat angenommen, daß das Halsband zerlegt und verkauft worden sei.«

»Angenommen«, wiederholte Doug. »Doch der Kardinal wurde verbannt, und die Komtesse de la Motte ins Gefängnis geworfen, vor Gericht gestellt und verurteilt. Sie entkam nach England, doch ich habe niemals irgendwo gelesen, daß sie das Halsband mitnahm.«

»Nein.« Whitney studierte den Tagebuchauszug. Nach diesem Blatt Papier würde sich jeder Museumskurator die Finger lecken. Genau wie nach dem Schatz. »Dieses Halsband war einer der Auslöser der Revolution.«

»Dann muß es ja einen schönen Batzen wert sein.« Doug reichte ihr ein weiteres Blatt. »Was es wohl heutzutage einbringt?«

Unbezahlbar, dachte Whitney, obwohl sie wußte, daß er nicht verstand, was sie meinte. Das Blatt, das sie nun in der Hand hielt, listete detailliert alles auf, was die Königin Gerald anvertraut hatte. Juwelen wurden beschrieben und ihr Wert angegeben. Whitney hielt die Zahlen für genauso uninteressant wie die Abbildungen in Dougs Buch. Und doch hob sich eines von dem Rest ab: Ein Diamanthalsband im Wert von mehr als einer Million Livres. Das würde Doug verstehen, grübelte Whitney, legte das Blatt beiseite und griff wieder nach dem Tagebuch.

Einige Monate waren verstrichen, und Gerald samt Familie lebte nun an der Nordostküste Madagaskars. Das junge Mädchen berichtete von rauhen, langen Tagen.

»Ich sehne mich nach Frankreich, nach Paris, nach meinem Zimmer und den Gärten. Maman sagt, wir dürfen nicht klagen, und manchmal geht sie mit mir am Strand entlang. Dann sieht sie glücklich aus, doch wenn sie aufs Meer hinausblickt, weiß ich, auch sie sehnt sich nach Paris.

Der Wind bläst von der See her, und Schiffe treffen ein. Neuigkeiten von zu Hause betreffen nur den Tod. Die Schreckensherrschaft regiert. Die Händler berichten, daß Tausende im Gefängnis sitzen und viele unter die Guillotine kommen. Andere wurden gehängt oder gar verbrannt. Man spricht von der jakobinischen Tyrannei. Papa sagt, daß wegen ihnen Paris nicht mehr sicher ist, und wenn der Name Robespierre fällt, schweigt er. Obwohl ich mich nach Frankreich sehne, beginne ich zu verstehen, daß meine mir vertraute Heimat nicht mehr existiert.

Papa arbeitet schwer. Er hat einen Laden eröffnet und treibt mit anderen Siedlern Handel. Maman und ich haben einen Garten angelegt, aber wir pflanzen nur Gemüse. Die Fliegen quälen uns. Wir haben keine Dienstboten und müssen alles selber tun. Ich betrachte es als Abenteuer, doch Maman ermüdet leicht, nun, da sie ein Kind bekommt. Ich freue mich auf das Baby und frage mich, wann ich wohl selbst eines haben werde. Nachts nähen wir, doch uns bleibt kaum Geld für zusätzliche Kerzen. Papa baut eine Wiege. Wir sprechen nie von dem Kästchen unter dem Küchenfußboden.«

Whitney legte das Blatt beiseite. »Wie alt mag sie wohl gewesen sein?«

»Fünfzehn.« Doug berührte einen weiteren plastikverschweißten Bogen. »Ihre Geburtsurkunde und der Trauschein ihrer Eltern. Außerdem Totenscheine. Sie starb mit sechzehn.« Er hielt die letzte Seite hoch. »Das ist der Rest.«

»Für meinen Sohn«, begann Whitney und blickte zu Doug hoch. »Nun schläfst du in der Wiege, die ich dir gezimmert habe, und trägst das blaue Kleidchen, das deine Mutter und Schwester nähten. Sie sind beide von uns gegangen, deine Mutter starb bei deiner Geburt, und deine Schwester an einem Fieber, das so plötzlich auftrat, daß wir keinen Arzt mehr holen konnten. Ich fand das Tagebuch deiner Schwester und mußte weinen, als ich es las. Eines Tages wird es dir gehören. Ich habe getan, was ich tun mußte, für mein Land, meine Königin und meine Familie. Ich habe sie vor dem Schrecken bewahrt, nur um sie an diesem seltsamen Ort doch noch zu verlieren.

Ich will und kann nicht mehr. Die Nonnen werden für dich sorgen, besser als ich es vermag. Ich kann dir nur diese Andenken an deine Familie hinterlassen, zusammen mit dem, was die Königin mir anvertraute. Den Schwestern werde ich einen Brief mit der Anweisung hinterlassen, dir das Päckchen auszuhändigen, sobald du alt genug bist. Du erbst meine Verpflichtung und meinen Schwur der Königin gegenüber. Obwohl man das, was sie mir gab, mit mir begraben wird, wirst du es eines Tages dazu verwenden, für eine gute Sache zu kämpfen. Wenn die Zeit reif ist, komm zu meiner letzten Ruhestätte und suche nach dem Grabstein, auf dem Marie steht. Ich flehe dich an, versage nicht so, wie ich versagte.«

»Er hat sich umgebracht.« Seufzend legte Whitney den Brief nieder. »Er verlor sein Heim, seine Familie und sein Herz.« Sie konnte sie vor sich sehen, diese französischen Aristokraten, die politische Ränke in ein fremdes Land verschlagen hatten, wo sie sich ein neues Leben aufbauen mußten. Und Gerald unter ihnen, durch sein Wort unwiderruflich an die Königin gebunden. »Was geschah dann?«

»Soviel ich weiß, kam das Baby in ein Kloster. Er wurde adoptiert und emigrierte mit seiner Familie nach England. Sieht aus, als wären die Papiere weggeschlossen und vergessen worden, bis Lady Smythe-Wright sie ausgrub.«

»Und das Kästchen der Königin?«

»Begraben«, sagte Doug träumerisch. »Auf einem Friedhof in Diego-Suarez. Wir müssen es nur finden.«

»Und dann?«

»Dann machen wir uns ein schönes Leben.«

Whitney blickte auf die Papiere in ihrem Schoß, die von Menschen, deren Träumen und Hoffnungen – und von Treue erzählten. »Ist das alles?«

Reicht das denn nicht?«

»Dieser Mann hat seiner Königin ein Versprechen gegeben.«

»Und die ist tot«, bemerkte Doug. »Frankreich ist heute eine Demokratie, und ich glaube kaum, daß uns jemand unterstützt, wenn wir den Schatz dazu verwenden wollen, die Monarchie wieder einzuführen.«

Whitney wollte etwas entgegnen, war aber zu müde für eine Diskussion. Sie brauchte Zeit, um all das zu verarbeiten und ihre eigenen Maßstäbe zu definieren. Auf jeden Fall mußten sie den Schatz erst einmal finden. Doug hatte gesagt, nur der Sieg zähle. Wenn er gewonnen hatte, würde sie sich mit ihm über moralische Fragen streiten. »Meinen Sie wirklich, Sie brauchen bloß den Friedhof zu finden, hinzugehen und den Schatz einer Königin auszubuddeln?

»Genau.« Er schenkte ihr ein rasches, strahlendes Lächeln. Plötzlich glaubte sie ihm.

»Vielleicht ist er ja schon gefunden worden?«

»Nein.« Doug schüttelte den Kopf. »Eines der Schmuckstücke, die die Kleine beschrieben hat, der Rubinring, beweist das. In dem Buch aus der Bücherei stand ein ganzer Absatz darüber. Der Ring ist hunderte von Jahren im Besitz des Königshauses gewesen, bis er während der Französischen Revolution verlorenging. Wenn der Ring oder eines der anderen Stücke aufgetaucht wäre, ob nun in der Unterwelt oder sonstwo, dann hätte ich es erfahren. Es ist alles da, Whitney, und wartet auf uns.«

»Das klingt plausibel.«

»Quatsch, plausibel. Ich habe die Papiere.«

»Wir haben die Papiere«, berichtigte Whitney, die sich gegen einen Baum lehnte. »Jetzt müssen wir nur noch einen zweihundert Jahre alten Friedhof finden.« Sie schloß die Augen und schlief sofort ein.

Der Hunger weckte sie, ein nagender, grollender Hunger, den sie noch nie zuvor empfunden hatte. Stöhnend rollte sie sich herum und fand sich Nase an Nase mit Doug wieder.

»Morgen.«

Sie leckte sich die Lippen. »Für ein Croissant könnte ich sterben.«

»Ein mexikanisches Omelett«, meinte Doug versonnen. »Tiefgolden gebacken und mit reichlich Paprika und Zwiebeln.«

Die Realität sah trüber aus. »Wir haben eine braune Banane.«

»Um uns herum herrscht Selbstbedienung.« Doug rieb sich das Gesicht mit den Händen und setzte sich auf. Die Sonne hatte den Nebel bereits aufgelöst, und der Wald war von Geräuschen und dem Geruch des beginnenden Tages erfüllt. Er blickte zu den Baumkronen empor, in denen die Vögel zwitscherten. »Hier gibt es tonnenweise Früchte. Ich weiß zwar nicht, wie Lemurenfleisch schmeckt, aber ...«

»Nein.«

Grinsend erhob er sich. »War ja nur ein Gedanke. Wie wär's mit leichter Kost? Frischer Fruchtsalat?«

»Klingt köstlich.«

»Sie holen das Obst, ich die Kokosnüsse.«

Whitney langte zwischen die Zweige. »Diese hier sehen aus wie verkümmerte Bananen.«

»Madagaskarpflaumen.«

Whitney pflückte drei ab und schnitt eine Grimasse. »Was würde ich nicht für einen schönen Apfel geben, nur zur Abwechslung.«

»Biete ihr das schönste Frühstück – und sie meckert trotzdem.«

»Zumindest könnten Sie mir eine Bloody Mary spendieren«, begann sie, dann sah sie, wie er auf eine Palme kletterte. »Douglas«, meinte sie, vorsichtig näherkommend, »wissen Sie, was Sie da tun?«

»Ich klettere auf einen gottverdammten Baum«, stieß er hervor und zog sich vorsichtig hoch.

»Hoffentlich haben Sie nicht vor, herunterzufallen und sich den Hals zu brechen. Ich hasse es, alleine zu reisen.«

»Ein richtiges Herzchen«, brummte Doug. »Es ist nicht viel anders, als wenn man in ein Fenster im dritten Stock einsteigt.« Er machte sich lang und riß eine Kokosnuß ab. »Zurück, Süße. Ich könnte in Versuchung geraten, auf Sie zu zielen.«

Sie verzog die Lippen und gehorchte. Drei Kokosnüsse landeten nacheinander vor ihren Füßen. Sie hob eine auf und schmetterte sie gegen einen Baumstamm, bis sie zerplatzte. »Gut gemacht«, lobte sie Doug, als er zu Boden sprang. »Ich würde Ihnen gerne mal bei der Arbeit zusehen.«

Doug nahm die Kokosnuß entgegen, die sie ihm anbot, setzte sich auf den Boden und löste das Fruchtfleisch mit seinem Taschenmesser aus. Das erinnerte sie an Jacques, und Whitney berührte die Muschel, die sie noch immer trug; mühsam kämpfte sie gegen die aufsteigende Trauer an.

»Wissen Sie, die meisten Leute Ihrer Kreise wären gegenüber jemandem mit meinem Beruf nicht so – tolerant.«

»Ich glaube fest an das Unternehmertum.« Whitney ließ

sich neben ihn fallen. »Es ist auch eine Frage von Einnahmen und Ausgaben«, schloß sie mit vollem Mund.

»Wie bitte?«

»Nehmen wir mal an, Sie stehlen mir meine Smaragdohrringe.«

»Ich werde darauf zurückkommen.«

»Rein hypothetisch natürlich.« Sie warf das Haar aus dem Gesicht und dachte flüchtig daran, ihre Bürste hervorzuholen. Essen war wichtiger. »Nun, die Versicherung ersetzt mit den Schaden, schließlich habe ich ihnen horrende Prämien in den Rachen geworfen; obwohl ich die Smaragde nie getragen habe, weil sie mir zu protzig sind. Also, Sie klauen die Smaragde, jemand, dem sie gefallen, kauft sie Ihnen ab, und ich habe das Geld, um mir etwas zu kaufen, was mir besser gefällt. Und so ist jeder zufrieden. Man könnte es fast als Dienst an der Öffentlichkeit betrachten.«

Doug brach ein Stück Kokosfleisch ab und kaute. »So habe ich das noch nie gesehen.«

»Die Versicherungsgesellschaft ist natürlich nicht zufrieden«, fügte sie hinzu. »Und manche Leute sind sicher nicht begeistert, ein Schmuckstück oder das Familiensilber zu verlieren, selbst wenn es ihnen im Grunde genommen nicht gefällt. Denen tun Sie nicht unbedingt etwas Gutes, wenn Sie bei ihnen einsteigen.«

»Vermutlich nicht.«

»Aber ich habe mehr Respekt vor einem ehrlichen Einbruch als vor Wirtschaftskriminalität oder Computerbetrügereien«, fuhr sie fort. »Wie diese Gauner von Börsenmaklern, die mit Omas Sparstrumpf so lange spekulieren, bis sie den Profit in der Tasche haben und Oma nichts bleibt. Das ist niveauloser, als jemandem die Taschen zu leeren oder den Sydney-Diamanten zu klauen.«

»Davon will ich nichts mehr hören«, murmelte Doug.

»Einerseits beleben Leute wie Sie die Wirtschaft, andererseits …« Sie hielt inne, um eine Frucht auszuwählen. »Ich glaube nicht, daß Diebe sehr gute Berufsaussichten haben. Ein interessantes Hobby, gewiß, aber die Aufstiegsmöglichkeiten sind begrenzt.«

»Ja, deshalb habe ich ja daran gedacht, in den Ruhestand zu treten – wenn ich das mit Stil tun kann.«

»Falls Sie jemals in die Staaten zurückkommen, was wollen Sie dann als erstes tun?«

»Ein Seidenhemd mit Monogramm, einen passenden italienischen Anzug und einen kleinen, schnieken Lamborghini kaufen, um mich präsentieren zu können.« Er schnitt eine Mango durch, wischte das Messer an seinen Jeans ab und bot ihr eine Hälfte an. »Und Sie?«

»Mich vollfuttern«, nuschelte Whitney mit vollem Mund. »Ich denke, ich beginne mit einem Hamburger, mit ganz viel Käse und Zwiebeln, dann gehe ich zu Hummerschwänzen über, leicht gegrillt und mit zerlassener Butter übergossen.«

»Für jemanden der eine solche Vorliebe fürs Essen hat, sind Sie aber reichlich mager.«

Whitney schluckte einen Bissen Mango hinunter. »Ich bin schlank, nicht mager. Mick Jagger ist mager.«

Grinsend stopfte sich Doug ein weiteres Fruchtstück in den Mund. »Sie vergessen, Süße, daß ich das Privileg hatte, Sie nackt zu sehen. Sie sind nicht gerade üppig gebaut.«

Mit hochgezogenen Brauen leckte sie Saft vom Finger. »Ich habe sehr zarte Knochen«, entgegnete sie, und als er fortfuhr zu grinsen, wanderte ihr Blick an ihm herunter. »Und, wie Sie sich vielleicht erinnern, hatte auch ich die faszinierende Möglichkeit, Sie gleichfalls ohne Kleider zu bewundern. Es könnte Ihnen nicht schaden, ein paar Hanteln zu stemmen, Douglas.«

»Muskelprotze halten selten, was sie versprechen.«

»So, so.«

Er warf ihr einen Blick zu, als er die Kokosnußschale fortwarf. »Sie mögen wohl diese Angeber im Muskelshirt, mit einem Bizeps so groß wie ein Hühnerei?«

»Männlichkeit«, erwiderte Whitney lässig, »kann sehr erregend wirken. Männer mit Selbstvertrauen haben es nicht nötig, jede überreife Frau, die ihr Spatzenhirn unter einem zu engen Pullover verbirgt, anzumachen.«

»Sie lassen sich nicht gerne anmachen, wie?«

»Allerdings nicht. Ich zeige lieber Stil als Dekolleté.«

»Recht so.«

»Kein Grund, beleidigend zu werden.«

»Ich bin bloß freundlich.« Nur zu gut erinnerte er sich daran, wie sie am Tag zuvor in seinen Armen geweint hatte und wie hilflos er sich vorgekommen war. Und nun wollte er sie erneut berühren, sie lächeln sehen, die weiche Haut streicheln. »Wie dem auch sei«, meinte er schließlich, »Sie sind vielleicht etwas zu mager, aber ich mag Ihr Gesicht.«

Ihre Lippen verzogen sich zu diesem kühlen, distanzierten Lächeln, das ihn um den Verstand brachte. »Tatsächlich? Warum denn?«

»Ihre Haut.« Doug gab seinen Gefühlen nach und strich mit dem Fingerknöchel über ihr Kinn. »Ich hab mal eine Alabasterkamee in die Finger bekommen. Groß war sie nicht«, erinnerte er sich, während er ihre Wangenknochen nachzeichnete. »Wahrscheinlich nur ein paar Hunderter wert. Aber das schönste Stück, das mir je untergekommen ist.« Lächelnd vergrub er seine Hände in ihrem Haar. »Bis ich Sie aufgegabelt habe.«

Sie wich nicht zurück, blickte ihm jedoch tief in die Augen, als sein Atem über ihre Haut strich. »Haben Sie das getan, Douglas? Mich aufgegabelt?«

»So könnte man es doch sehen, oder?« Er wußte, daß er im Begriff war, einen Fehler zu machen. Sogar als seine Lippen zart die ihren berührten, wußte er, daß er einen großen Fehler machte – wie schon einige Male zuvor. »Und seitdem«, murmelte er, »wußte ich nie so genau, was ich mit Ihnen anfangen sollte.«

»Ich bin keine Alabasterkamee«, flüsterte sie, als er seine Arme um sie legte. »Auch nicht der Sydney-Diamant oder ein Topf voll Gold.«

»Und ich bin weder Mitglied eines Nobelclubs, noch besitze ich eine Villa auf Martinique.«

»Man könnte sagen …« Sie folgte der Linie seines Mundes mit der Zunge, »wir haben sehr wenig gemeinsam.«

»Gar nichts gemeinsam«, berichtigte er, ihren Rücken streichelnd. »Menschen wie Sie und ich bereiten sich gegenseitig nur Kummer.«

»Richtig.« Sie lächelte, und die Augen unter den langen dichten Wimpern wurden dunkel. »Wann fangen wir damit an?«

»Das haben wir bereits.«

Als ihre Lippen sich trafen, waren sie nicht länger Dame und Dieb. Die Leidenschaft glich alle Unterschiede aus. Aneinandergepreßt rollten sie auf den weichen Waldboden.

Sie hatte nicht gewollt, was jetzt geschah, doch sie fühlte auch kein Bedauern. Von dem Moment an, wo er im Fahrstuhl seine Sonnenbrille abgenommen und sie mit seinen klaren, forschenden Augen angesehen hatte, war sie bereit gewesen, ihm zu vertrauen; und mit der Zeit war aus bloßer Sympathie etwas Tieferes, Unerklärliches geworden. Bereits damals hatte er etwas in ihr angerührt, und nun brachte er eine Saite in ihr zum Klingen, die sie selbst noch nicht kannte.

Ihr Mund reagierte heiß und fordernd auf seinen Kuß – wie sie es auch früher schon erlebt hatte. Ihr Puls raste – auch das keine neue Erfahrung. Ihr Körper streckte sich und bog sich unter der Berührung seiner Hände – wie schon so oft. Doch diesmal, zum ersten und einzigen Mal, unterlag ihr Verstand dem reinen, befreienden Gefühl der Liebe, und sie ließ sich vollkommen gehen.

Obgleich ihr bestes Schutzschild versagte, verhielt sie sich keinesfalls passiv. Ihr Verlangen stand dem seinen in nichts nach; eine elementare, primitive, überwältigende Begierde. Rasch und gierig befreiten sie sich gegenseitig von den störenden Hüllen.

Sie konnte von ihm nicht genug bekommen, erkundete seinen Körper, wie sie es noch nie zuvor bei einem Mann getan hatte, doch in diesem einen Augenblick erinnerte sie sich sowieso an niemand sonst. Er ergriff so vollständig von ihr Besitz, daß kein Raum für irgend etwas anderes blieb. Sie war eins mit ihm, und, nach dem ersten Anflug von Angst, akzeptierte sie das.

Doug hatte bereits früher Frauen begehrt. Oder es zumindest geglaubt. Doch bis jetzt hatte er das volle Ausmaß verzweifelten Verlangens nicht gekannt. Frauen bereitete man Freude oder ließ zu, daß sie Freude bereiteten, doch man gab sich ihnen nicht vollständig hin. Ein Mann, der ständig auf der Flucht war, konnte es sich nicht leisten, sich einer Frau vollkommen auszuliefern. Aber wie sollte er das verhindern? Er war bereits zu weit gegangen.

Seine geschickten, kräftigen Hände glitten unaufhörlich über ihre Haut, dennoch war sie es, die die Führung übernommen hatte. Doug war sich darüber im klaren, daß ein Mann in den Armen einer Frau am verwundbarsten war – trotzdem vergaß er alle seine Prinzipien. Nur noch der Wunsch, sie niemals loszulassen, existierte in ihm. Sie wurde ein Teil von ihm, ein gefährlich warmer, weicher Teil, und Doug erkannte und verfluchte die unausweichlichen Folgen.

Er vergrub sein Gesicht in ihrem Haar – und wußte, daß die Falle in diesem Moment zuschnappte. Es interessierte ihn nicht mehr.

Langsam, das Gefühl auskostend, bedeckte er ihr Gesicht mit Küssen, während ihre schlanken Finger sich in seine Hüften krallten. Beider Augen waren weit geöffnet, als er in sie eindrang.

Die weiche Hitze, die ihn umgab, entlockte ihm ein Stöhnen. Sonne und Schatten tanzten auf ihrer Haut, als sie ihn an sich zog.

Die Welt begann sich um sie herum zu drehen. Sein letzter klarer Gedanke in diesem einzigartigen Augenblick galt der Überlegung, daß er vielleicht das Ende des Regenbogens schon erreicht hatte.

Danach lagen sie schweigend nebeneinander. Beide waren keine unerfahrenen Kinder mehr, beide hatten Sex oft genug ausgekostet. Und beide ahnten tief in ihrem Inneren, daß ihnen etwas ganz besonderes widerfahren war.

Zärtlich streichelte Whitney seinen Rücken. Er sog den Duft ihres Haares ein.

»Ich schätze, wir wußten, daß dies einmal geschehen würde«, sagte sie schließlich.

»Ich schätze, das taten wir.«

Sie blickte hoch, zu den dichten Baumkronen und dem

tiefen Blau, das dazwischen hindurchschimmerte. »Was nun?«

Es war besser, nicht über das Hier und Jetzt hinauszudenken. Wenn ihre Frage der Zukunft galt, dann mußte Doug dem vorbeugen. Er küßte ihre Schulter. »Wir gehen in die nächstgelegene Stadt, leihen oder stehlen ein Transportmittel, und dann weiter nach Diego-Suarez.«

Whitney schloß kurz die Augen, öffnete sie jedoch sofort wieder. Schließlich war sie mit offenen Augen hier hereingeschlittert, und so wollte sie es auch weiterhin halten. »Der Schatz?«

»Wir werden ihn bekommen, Whitney. Es handelt sich nur noch um ein paar Tage.«

»Und dann?«

Wieder die Zukunft. Er stützte sich auf die Ellbogen und blickte auf sie herunter. »Alles, was du willst«, sagte er, da er nur daran denken konnte, wie schön sie war. »Martinique, Athen, Sansibar. Wir kaufen eine Farm in Irland und züchten Schafe.«

Sie lachte, da ihr alles so einfach schien. »Genausogut könnten wir in Nebraska Getreide anbauen.«

»Richtig. Aber eigentlich sollten wir hier in Madagaskar ein amerikanisches Restaurant eröffnen. Ich koche, und du führst die Bücher.«

Abrupt setzte er sich auf und zog sie mit sich hoch. Irgendwie, irgendwann hatte er sein Einzelgängertum aufgegeben, ohne es zu bemerken. Er wollte nicht mehr allein sein, obwohl er das bislang immer als den sichersten Weg betrachtet hatte. Er wollte sein Leben mit jemandem teilen, jemanden haben, der zu ihm gehörte. Das mochte zwar unvernünftig sein, aber es verhielt sich einfach so.

»Wir werden diesen Schatz finden, Whitney. Und danach kann uns nichts mehr aufhalten. Wir haben dann alles, was wir uns wünschen. Ich kann dich mit Diamanten überschütten.« Er streichelte ihr Haar und vergaß einen Augenblick lang, daß sie sich soviel Diamanten kaufen konnte, wie sie wollte.

Whitney fühlte einen Anflug von Bedauern und so etwas

wie Trauer. Er dachte nach wie vor nur an seinen Topf voll Gold, jetzt und vielleicht immer. Lächelnd strich sie über seine Wange. »Wir werden ihn finden.«

»Wir werden ihn finden«, stimmte er zu. »Und dann wird alles gut.«

Sie wanderten einen weiteren Tag bis zur Dämmerung, während Whitneys Magen knurrte und ihre Beine sich wie Gummi anfühlten. Wie Doug konzentrierte sie sich auf ihr Ziel. Diego-Suarez. Es half ihr, ihre Füße voreinander zu setzen und sich selbst nicht mit Fragen zu quälen. Sie waren dem Schatz schon so nahe gekommen. Was auch immer davor oder in der Zwischenzeit geschehen war, sie würden ihn finden. Danach konnte man über alles nachdenken.

Kopfschüttelnd lehnte sie die Frucht ab, die Doug ihr anbot. »Mein Magen dreht sich um, wenn ich ihm noch eine einzige Mango zumute.« Sie preßte die Hand auf ihren Bauch. »Ich war der Meinung, McDonalds hätte überall in der Welt Filialen. Ist dir klar, wie weit wir gelaufen sind, ohne einen einzigen goldenen Reklamebogen zu sehen?«

»Vergiß das Fastfood. Wenn alles vorüber ist, dann bereite ich dir ein Fünf-Gänge-Menü zu, daß du denkst, du wärst im siebten Himmel.«

»Für einen Hot Dog mit allem könnte ich einen Mord begehen.«

»Du hast den Stil einer Herzogin und den Magen eines Stallknechts.«

»Auch ein Stallknecht verspeist hin und wieder eine Rinderlende.«

»Hör zu, wir ...« Plötzlich packte er sie am Arm und stieß sie in ein Gebüsch.

»Was ist los?«

»Ein Licht, da vorne. Siehst du es?«

Vorsichtig lugte sie über seine Schulter. Durch das Dämmerlicht und das dichte Blattwerk leuchtete etwas. Automatisch senkte sie ihre Stimme zu einem Flüstern. »Remo?«

»Ich weiß es nicht. Vielleicht.« Schweigend erwog und

verwarf er ein halbes Dutzend Möglichkeiten. »Besser, wir sind sehr vorsichtig.«

Sie benötigten eine Viertelstunde, um die kleine Ansiedlung zu erreichen. Mittlerweile war es stockdunkel. Durch das Fenster eines kleinen Ladens oder Handelspostens drang Licht. Handtellergroße Motten schwirrten klatschend gegen das Glas. Draußen parkte ein Jeep.

»Bitte, so wird dir gegeben werden«, spottete Doug leise. »Wir sehen uns das mal näher an.« Gebückt schlich er sich bis unter das Fenster. Was er sah, ließ ihn böse grinsen.

Remo, dessen maßgeschneidertes Hemd schmutzverschmiert am Körper klebte, saß am Tisch und starrte finster in ein Glas Bier. Im gegenüber flezte sich Barns, der einem Maulwurf ähnlicher denn je sah und ins Leere griente.

»Sieh mal einer an«, schnaufte Doug. »Scheint unser Glückstag zu sein.«

»Was tun sie hier?«

»Sie drehen sich im Kreis. Remo sieht aus, als könnte er eine Rasur und eine Massage vertragen.« Doug zählte drei weitere Männer in der Bar, die um die Amerikaner einen großen Bogen machten. Außerdem sah er zwei Terrinen mit dampfender Suppe, ein Sandwich und etwas, das aussah wie eine Tüte Kartoffelchips. Das Wasser lief ihm im Mund zusammen.

»Ein Jammer, daß wir uns nicht auch etwas bestellen können.«

Whitney hatte das Essen ebenfalls gesehen und mußte sich zurückhalten, um nicht die Nase gegen das Glas zu pressen. »Können wir nicht warten, bis sie weg sind, und dann hineingehen und etwas kaufen?«

»Wenn sie gehen, geht der Jeep mit ihnen. Okay, Süße, du stehst wieder Schmiere. Aber mach's diesmal besser.«

»Ich sagte dir doch, letztes Mal konnte ich nicht pfeifen, weil ich zu sehr damit beschäftigt war, am Leben zu bleiben.«

»Wir werden beide am Leben bleiben – und vor allem werden wir uns diesen fahrbaren Untersatz beschaffen. Komm.«

Rasch umkreiste er die Hütte. Flüsternd und mittels Handzeichen bedeutete er Whitney, neben dem vorderen Fenster Stellung zu beziehen, während er zum Jeep kroch und sich an die Arbeit machte.

Sie schrak zusammen, als Remo aufstand und im Raum umherwanderte. Mit großen Augen blickte sie zu dem Jeep hinüber. Doug war nur schattenhaft zu sehen. Sie biß die Zähne zusammen und preßte sich an die Wand, als Remo am Fenster vorbeikam.

»Mach schneller«, zischte sie Doug zu. »Er wird unruhig.«

»Hetz mich nicht«, brummte er, während er Drähte freilegte. »Das ist eine kitzlige Sache.«

Whitney spähte in den Raum, wo Remo gerade Barns hochzog. »Beeil dich, sonst wirst gleich du gekitzelt, Douglas. Sie kommen.«

Fluchend wischte er sich die schweißfeuchten Finger ab. Er brauchte nur noch eine Minute. »Hüpf rein, Süße, wir haben's gleich.« Als sie keine Antwort gab, schaute er hoch und bemerkte, daß die kleine Veranda vor der Hütte leer war. »Scheiße.« Mit den Drähten kämpfend, hielt er nach ihr Ausschau. »Whitney? Verdammt, das ist nicht die richtige Zeit für einen Spaziergang.«

Immer noch schimpfend suchte er mit den Augen die Umgebung ab. Nichts.

Als plötzlich ein Höllenlärm, ein wildes Kläffen und Quieken losbrach, fuhr er hoch, während der Motor dröhnend zum Leben erwachte. Gerade als er mit der Pistole in der Hand aus dem Jeep springen wollte, kam Whitney um die Ecke geschossen und war mit einem Satz im Wagen.

»Gib Gas, Süßer«, befahl sie. »Oder wir kriegen Gesellschaft.«

Sie hatte kaum zu Ende gesprochen, als der Jeep auch schon die enge, staubige Straße entlangraste. Ein tiefhängender Ast schlug gegen die Windschutzscheibe und brach mit einem Knall, der einem Pistolenschuß glich. Doug blickte über seine Schulter und sah Remo aus der Hütte rennen. Er drückte Whitneys Kopf nach unten und das Gaspedal ganz durch, ehe er erste von drei Schüssen krachte.

»Wo hast du gesteckt?« wollte er wissen, als die Lichter

der Siedlung langsam außer Sicht kamen. »Du hast ja phantastisch Wache gehalten!«

»Undank ist der Welt Lohn.« Sie setzte sich auf und schüttelte ihr Haar. »Wenn ich nicht für Ablenkung gesorgt hätte, dann wäre die Sache gründlich schiefgegangen.«

Er nahm nur soviel Gas weg, wie nötig war, um den Jeep unter Kontrolle zu halten. »Wo warst du eigentlich?«

»Als ich Remo zur Tür gehen sah, dachte ich, ich sollte ihn ablenken – wie im Film.«

»Toll.« Er fuhr um ein Schlagloch herum, holperte über einen Steinbrocken und gab wieder Gas.

»Also bin ich um die Hütte herumgerannt und habe den Hofhund in den Schweinestall gelassen.«

Whitney strich sich das Haar aus dem Gesicht und lächelte selbstgefällig. »Es war ein amüsantes Schauspiel. Leider konnte ich nicht bleiben und zusehen. Auf jeden Fall hat es perfekt funktioniert.«

»Du hast Glück gehabt, daß sie dir nicht den Schädel weggepustet haben«, grollte Doug.

»Ich sorge dafür, daß dein Kopf auf den Schultern bleibt, und du meckerst«, gab sie zurück. »Typisch Mann. Ich weiß wirklich nicht, warum ich …« Sie brach ab und schnupperte.

»Wonach riecht es hier?«

»Es riecht?«

»O ja.« Weder nach Gras noch nach Feuchtigkeit noch nach Tieren, an diese Gerüche war sie mittlerweile gewöhnt. Wieder schnüffelte sie, drehte sich dann um und kniete sich auf den Sitz. »Es riecht nach …« Sie beugte sich tiefer, so daß Doug nur ihren wohlgeformten Po sah. »Hähnchen!« Triumphierend richtete Whitney sich auf, eine Hähnchenkeule in der Hand. »Grillhähnchen«, wiederholte sie, herzhaft in die Keule beißend. »Hier hinter liegen ein ganzes kaltes Hähnchen und einige Büchsen – mit Lebensmitteln. Oliven«, verkündete sie und wühlte weiter. »Große dicke griechische Oliven. Wo ist der Dosenöffner?«

Während sie, den Kopf gesenkt, weitersuchte, nahm Doug ihr die Hähnchenkeule aus der Hand. »Dimitri ißt gerne gut«, nuschelte er mit vollem Mund. Er hätte schwören können, daß er fühlte, wie der Bissen im Magen anlangte. »Und Remo ist schlau genug, die Speisekammer zu plündern, wenn er auswärtig zu tun hat.«

»In der Tat.« Mit leuchtenden Augen ließ sie sich in den Sitz zurückfallen, eine kleine Dose zwischen den Fingern. »Beluga-Kaviar. Und hier ist eine Flasche Pouilly-Fuissé, Jahrgang Neunundsiebzig.«

»Salz?«

»Natürlich.«

Grinsend reichte er ihr die halb abgenagte Hähnchenkeule. »Scheint so, daß wir mit Stil nach Diego-Suarez reisen, Süße.«

Whitney fischte die Weinflasche heraus und öffnete sie. »Mein Lieber«, meinte sie gedehnt, »ich reise immer mit Stil.«

13

Wie übermütige Teenager liebten sie sich im Jeep, vom Wein und der Erschöpfung enthemmt. Der bleiche Mond erleuchtete den Wald, während Nachtvögel, Insekten und Frösche ihr Lied sangen. Sie hatten den Jeep tief ins Gebüsch gefahren und genossen nun den Kaviar – und anderes. Whitney lachte, als sie sich auf dem schmalen, unbequemen Rücksitz des Jeeps räkelte. Nur noch halb bekleidet, leicht beschwipst und gesättigt, rollte sie sich grinsend über Doug. »Seit ich sechzehn war, habe ich nicht mehr so ein Date gehabt.«

»Ach nein?« Seine Hand glitt an ihrem Schenkel empor zu ihren Hüften. In ihren Augen las er Müdigkeit, Leidenschaft und die Wirkung des Weins zugleich, und er schwor sich, daß er sie genau so noch einmal erleben wollte – allerdings in einem gemütlichen Hotelzimmer am anderen Ende der Welt. »Also kann dich ein Typ mit etwas Wein und Kaviar auf den Rücksitz bekommen?«

»Tatsächlich handelte es sich um Cracker und Bier.« Sie leckte Beluga von ihrem Finger. »Und letztendlich habe ich ihm einen Hieb in den Magen versetzt.«

»Mit dir wird es nicht langweilig, Whitney.«

Sie trank den letzten Schluck Wein. Der Wald um sie herum war voller Insekten, die im Mondlicht zirpten. »Ich bin, und das war ich schon immer, wählerisch.«

»Wählerisch, hmmm?« Er zog sie näher, so daß sie quer über ihm lag, während er sich an der Tür abstützte. »Und warum zum Teufel bist du dann hier, mit mir?«

Diese Frage hatte sie sich bereits selber gestellt, und die Antwort darauf verursachte ihr Unbehagen. Sie wollte mit ihm zusammensein. Einen Moment schwieg sie, barg ihren Kopf an seiner Schulter und fühlte sich auf lächerliche Weise geborgen. »Vermutlich bin ich deinem Charme erlegen.«

»Das tun sie alle.«

Whitney neigte lächelnd den Kopf, dann grub sie ihre Zähne ziemlich unsanft in seine Unterlippe.

»Hey!« Er hielt ihre Arme fest. »Die Lady möchte die rauhe Tour?«

»Du jagst mir keine Angst ein, Lord.«

»Nein?« Genüßlich hielt er ihre Handgelenke mit einer Hand fest und legte die andere um ihren Hals. Sie zuckte mit keiner Wimper. »Vielleicht bin ich bislang zu sanft mit dir umgegangen.«

»Na dann«, forderte sie ihn heraus. »Zeig dich von deiner schlimmsten Seite.«

Sie sah mit ihrem ganz speziellen kühlen, leisen Lächeln zu ihm auf, ihre whiskyfarbenen Augen glänzten dunkel und schläfrig. Und Doug tat etwas, was er sein ganzes Leben lang peinlichst vermieden hatte, wovor er noch größere Angst hatte als vor Kleinstadtsheriffs und Großstadtcops: er verliebte sich.

»Du bist so schön.«

In seiner Stimme schwang ein seltsamer Unterton mit, doch ehe sie sich darüber und über den Ausdruck seiner Augen klarwerden konnte, lag sein Mund auf dem ihren.

Es war wie beim ersten Mal. Er hatte es nicht für möglich gehalten. Die Empfindungen, die ihn durchfluteten, waren ebenso intensiv, ebenso überwältigend. Er fühlte sich ebenso verloren.

Ihre Haut schien unter seinen Händen zum Leben zu erwachen, ihre Lippen begegneten den seinen mit demselben Hunger, der auch in ihm brannte. Die schläfrige Müdigkeit verwandelte sich in Leidenschaft. Mit ihr zusammen konnte er die Welt erobern.

Die Nacht war schwül, die Luft feucht und erfüllt vom Duft verblühter Blumen. Er wünschte sich Kerzenlicht für sie, ein weiches Federbett mit Seidenkissen darauf. Er wollte geben, ein völlig neues Gefühl für einen Mann, der, bei aller Großzügigkeit, immer zuerst an sich dachte.

Ihr schlanker, feingliedriger Körper fesselte ihn auf eine Weise wie nie ein Frauenkörper zuvor; die langen Beine, die weiche Haut, der man die sorgfältige Pflege anmerkte. Die

Zeit würde kommen, wo er sich den Luxus gönnen konnte, jeden Zentimeter von ihr zu erforschen – bis er sie so kannte wie kein anderer Mann je zuvor oder danach.

Etwas hatte ihn verändert. Nicht, daß er sich jetzt weniger leidenschaftlich zeigte, aber dennoch …

Und für sie existierte außer Doug nichts mehr. Was sie fühlte, wurde von ihm ausgelöst. Sie schmeckte, aber es war sein Geschmack, der sie erfüllte, warm, männlich und erregend. Er flüsterte ihr etwas zu, und ihre eigene gemurmelte Antwort bildete das Echo. Bis zu diesem Augenblick hatte sie nicht gewußt, was es hieß, sich in einem anderen Menschen zu verlieren. Bis zu diesem Augenblick hatte sie das noch nie gewollt.

Von Anfang an waren sie zusammen einem Ziel gefolgt. Dies war nichts anderes. Eng aneinandergeschmiegt, jeder dem Herzschlag des anderen lauschend, überschritten sie jene Grenze, die alle Liebenden suchen.

Danach fielen sie in Schlaf, eine Stunde nur, aber es war ein Luxus, den sie gemeinsam genossen, aneinandergekuschelt auf dem Sitz des Jeeps. Der Mond stand nun tiefer, Doug bestimmte seine Position durch die Bäume hindurch, ehe er sie weckte.

»Wir müssen weiter.« Remo konnte noch immer nach einem Transportmittel suchen, er konnte aber auch schon auf der Straße sein, hinter ihnen her. Auf jeden Fall würde er nicht allzu gut gelaunt sein.

Seufzend streckte Whitney sich. »Wie weit noch?«

»Ich weiß nicht – noch hundertfünfzig, zweihundert Kilometer.«

»Okay.« Gähnend begann sie, sich anzuziehen. »Ich fahre.«

Schnaubend streifte er sich seine Jeans über. »Den Teufel wirst du tun. Ich bin schon einmal mit dir gefahren, erinnerst du dich?«

»Ganz genau.« Nach einer flüchtigen Inspektion stellte Whitney fest, daß ihre Kleider hoffnungslos zerknittert waren. Ob sie wohl irgendwo auf eine Heißmangel stoßen würden? »Genau wie ich mich daran erinnere, damals dein Leben gerettet zu haben.«

»Gerettet?« Doug drehte sich um und sah, wie sie nach ihrer Bürste suchte. »Du hast uns beinahe beide umgebracht.«

Whitney zog die Bürste durch ihr Haar. »Wie bitte? Durch meine Fahrkünste und meine Strategie habe ich nicht nur deinen Arsch gerettet, sondern auch noch Remo und seiner Bande eins ausgewischt.«

Doug startete den Motor. »Alles eine Frage der Perspektive. Jedenfalls fahre ich. Du hast zuviel getrunken.«

Whitney warf ihm einen langen, vernichtenden Blick zu. »Die MacAllisters behalten immer einen klaren Kopf.« Sie packte den Türgriff, als der Wagen durch das Gebüsch auf die Straße rumpelte.

»Das muß von der vielen Eiskrem kommen«, entschied Doug, der die Geschwindigkeit den Straßenverhältnissen anpaßte. »Sie hebt die Wirkung des Saufens auf.«

»Sehr komisch.« Sie ließ den Griff los, legte die Füße auf das Armaturenbrett und schaute in die Nacht. »Mir scheint, daß du meine Familiengeschichte in- und auswendig kennst. Wie steht's denn mit deiner?«

»Welche Version hättest du denn gerne?« fragte er leichthin. »Ich hab mehrere auf Lager, je nach Anlaß.«

»Alles vom armen Waisenkind bis hin zum verkannten Adligen, nehme ich an.« Whitney musterte sein Profil. Wer war er, fragte sie sich. Und warum interessierte sie das? Die Antwort auf die erste Frage hatte sie nicht, aber die Zeit, wo sie vorgeben konnte, die Antwort auf die zweite nicht zu wissen, war vorüber. »Wie wär's denn mit der Wahrheit, nur zur Abwechslung?«

Er könnte lügen. Es wäre ihm ein leichtes gewesen, eine rührselige Geschichte vom heimatlosen kleinen Jungen, der auf der Flucht vor seinem gewalttätigen Stiefvater auf der Straße schlafen mußte, zu erzählen. Und er konnte sehr glaubhaft lügen. Doug lehnte sich zurück und tat etwas bei ihm sehr seltenes. Er erzählte ihr die reine Wahrheit.

»Ich bin in Brooklyn aufgewachsen, in einem netten, ruhigen Vorort. Alteingesessene, gediegene Arbeitersiedlung. Meine Mutter führte den Haushalt, mein Vater verlegte Rohre. Meine beiden Schwestern waren Cheerleader, und wir hatten einen Hund namens Checkers.«

»Hört sich ganz alltäglich an.«

»Das war es auch.« Und manchmal dachte er etwas wehmütig daran zurück. »Mein Vater war Mitglied im Schützenverein, und meine Mutter machte den besten Blaubeerkuchen weit und breit. Tun sie beide heute noch.«

»Und was war mit dem jungen Douglas Lord?«

»Da ich, äh, geschickte Hände hatte, dachte mein Vater, ich würde einen guten Klempner abgeben. Ich dagegen hielt das für keine so gute Idee.«

»Der Stundenlohn eines gewerkschaftlich organisierten Klempners ist doch recht beeindruckend.«

»Mag sein, aber ich habe noch nie auf Stundenlohnbasis gearbeitet.«

»Also hast du beschlossen, statt dessen – wie hast du das genannt – freiberuflich tätig zu sein?«

»Man muß seine Talente nutzen. Ich hatte diesen Onkel, von dem die Familie nie sprach.«

»Das schwarze Schaf der Familie?« fragte sie interessiert.

»Du hättest ihn sicher nicht als blütenweiß bezeichnet. Er muß auch mal gesessen haben. Jedenfalls, um es kurz zu machen, er hat eine Zeitlang bei uns gelebt und für meinen Dad gearbeitet.« Doug lächelte sie jungenhaft an. »Auch er hatte sehr geschickte Hände.«

»Verstehe. Also bist du sozusagen auf ehrliche Weise zu deinem Beruf gekommen.«

»Jack war gut, wirklich. Nur hatte er leider eine Schwäche für die Flasche. Als er dieser Schwäche nachgab, wurde er nachlässig. Und wenn du nachlässig wirst, dann erwischt man dich eines Tages. Eines der ersten Dinge, die er mir beigebracht hat, war, niemals bei der Arbeit zu trinken.«

»Das bezog sich sicher nicht auf das Reinigen von Rohren.«

»Nein. Jack war zwar ein zweitklassiger Klempner, dafür aber ein erstklassiger Dieb. Ich war vierzehn, als er mich lehrte, wie man ein Schloß knackt. Warum er mich unter die Fittiche nahm, weiß ich gar nicht so genau. Vielleicht, weil er gerne las und gerne Geschichten hörte. Er war zwar kein

Freund davon, stundenlang mit einem Buch auf der Couch zu liegen, aber er konnte ewig dasitzen und zuhören, wenn man ihm die Geschichte vom Mann mit der eisernen Maske oder von Don Quijote erzählte.«

Whitney hatte von Anfang an einen scharfen Verstand, Intellekt und guten Geschmack bei ihm vermutet. »Also hat der kleine Douglas gerne gelesen?«

»Ja.« Doug hob die Schultern und schnitt eine Kurve. »Das erste, was ich je gestohlen habe, war ein Buch. Nicht, daß wir arm gewesen wären, aber wir konnten es uns nicht leisten, die Bibliothek anzulegen, die ich haben wollte.« Die ich brauchte, berichtigte er sich. Er brauchte die Bücher, die Flucht vom Alltag genauso dringend wie die Luft zum Atmen. Das hatte niemand verstanden.

»Also Jack hörte gerne Geschichten. Und ich erinnere mich an alles, was ich je gelesen habe.«

»Der Traumleser eines jeden Autors.«

»Nein, ich erinnere mich an jede einzelne Zeile. Das ist einfach so. Half mir durch die Schule.«

Sie dachte an die Leichtigkeit, mit der er Einzelheiten aus dem Reiseführer zitiert hatte. »Du meinst, du hast ein fotografisches Gedächtnis?«

»Ich sehe nichts bildlich vor mir, ich vergesse bloß nichts, das ist alles.« Er grinste nachdenklich. »Das hat mir zu einem Stipendium in Princeton verholfen.«

Whitney setzte sich auf. »Du warst in Princeton?«

Ihre Reaktion belustigte ihn. Bis zu diesem Moment hatte er sich nicht vorstellen können, daß Wahrheit interessanter als Erfindung war. »Nein, ich wollte, statt aufs College zu gehen, lieber eine praxisnahe Ausbildung absolvieren.«

»Du willst mir weismachen, daß du ein Stipendium für Princeton abgelehnt hast?«

»Genau. Ein Jurastudium erschien mir zu langweilig und zu trocken.«

»Jura«, murmelte sie und mußte lachen. »Also hättest du Anwalt werden können. An einem Elitecollege.«

»Ich hätte das genauso gehaßt, wie ich es haßte, verstopfte Klos zu reinigen. Da war Onkel Jack. Er sagte immer, er habe keine Kinder und wolle seine Fertigkeiten weitergeben.«

»Ein Traditionalist also.«

»Auf seine Weise, ja. Ich lernte schnell, und es machte mir entschieden mehr Spaß, ein Schloß zu knacken als Verben zu konjugieren, doch Jack hatte einen Bildungstick. Er wollte mich nicht zu einem großen Coup mitnehmen, ehe ich nicht einen High-School-Abschluß in der Tasche hatte. Und ein wenig Mathe und Physik ist ganz nützlich, wenn du es mit Sicherheitssystemen zu tun hast.«

Mit seinen Fähigkeiten hätte Doug ein hochbezahlter Ingenieur werden können, dachte sie, ging aber nicht näher darauf ein. »Sehr vernünftig.«

»Wir gingen auf Tour. Fünf Jahre lang sahnten wir richtig ab. Kleine, saubere Jobs, Hotels vor allem. Einmal, ich werde das nie vergessen, haben wir im Waldorf zehntausend ergattert.« Er lächelte verträumt. »Das meiste verpraßten wir in Vegas, aber es war eine tolle Zeit.«

»Leben und leben lassen, wie?«

»Geld ist dazu da, um unter die Leute gebracht zu werden.«

Whitney mußte lächeln. Ihr Vater war da ähnlicher Ansicht.

»Jack wollte dann unbedingt in dieses Juweliergeschäft einsteigen. Wir hätten auf Jahre ausgesorgt gehabt, mußten nur noch einige Details ausarbeiten.«

»Was ist geschehen?«

»Jack fing wieder an zu trinken. Er wollte den Job alleine erledigen, was vielleicht etwas egoistisch war. Doch ich wurde immer besser, während er abbaute. Ich schätze, das konnte er nicht verkraften. Jedenfalls wurde er nachlässig. Das wäre aber alles nicht so schlimm gewesen, wenn er nicht eine Grundregel gebrochen und eine Waffe mitgenommen hätte.« Doug legte kopfschüttelnd einen Arm auf die Rückenlehne. »Das kostete ihn zehn gute Jahre.«

»Also wurde Onkel Jack eingelocht. Und du?«

»Eingelocht«, murmelte er belustigt. »Ich machte weiter. Ich war dreiundzwanzig, ein richtiger Grünschnabel noch, aber ich lernte schnell.«

Er hatte ein Stipendium für Princeton aufgegeben, um sich als Fassadenkletterer zu betätigen. Dabei hätte das Studium ihm letztendlich einen Teil des Luxuslebens ermöglicht, nach dem er sich so zu sehnen schien. Und doch … Whitney konnte sich nicht vorstellen, daß er ein geregeltes, gutbürgerliches Leben führen könnte.

»Was war mit deinen Eltern?«

»Sie erzählen den Nachbarn, daß ich bei General Motors arbeite. Meine Mutter hofft noch immer, daß ich eines Tages heirate und seßhaft werde. Eventuell als Schlosser tätig bin. Übrigens«, fügte er hinzu, als ihm ein Gedanke kam, »wer ist Tad Carlyse IV?«

»Tad?« Whitney bemerkte, daß der Himmel im Osten heller wurde. Ihre Lider fühlten sich so bleischwer an, daß sie sich am liebsten zurückgelehnt und geschlafen hätte. »Wir galten eine Zeitlang als verlobt.«

Augenblicklich verabscheute er Tad Carlyse IV von ganzem Herzen. »Ihr galtet als verlobt?«

»Nun, sagen wir, mein Vater und Tad betrachteten uns als verlobt. Ich hatte da meine Bedenken. Beide waren ziemlich verstimmt, als ich die Verlobung löste.«

»Tad.« Doug stellte sich einen blonden Mann mit fliehendem Kinn vor, der einen blauen Blazer und weiße Segeltuchschuhe ohne Socken trug. »Was macht er?«

»Was er macht?« Whitney klimperte mit den Wimpern. »Du würdest wohl sagen, Tad läßt arbeiten. Er ist der Erbe von Carlyse and Fitz, die stellen von Aspirin bis Raketentreibstoffen so ziemlich alles her.«

»Ich hab davon gehört.« Noch mehr Millionen, dachte er und gab wütend Gas. Die Art von Leuten, die den kleinen Mann zertraten, ohne es überhaupt zu merken. »Und warum bist du heute nicht Mrs. Tad Carlyse IV?«

»Vermutlich aus demselben Grund, warum du kein Klempner bist. Ich hielt es für keine gute Idee.« Sie schlug die Beine übereinander. »Laß gut sein, Doug. Konzentriere dich lieber auf die Straße.«

Es war bereits Morgen, als sie auf einer Anhöhe standen und auf Diego-Suarez hinunterblickten. Aus dieser Entfernung wirkte das Wasser in der Bucht leuchtendblau, doch die Piraten, die früher diese Gegend unsicher gemacht hatten, hätten das sicher nicht zu würdigen gewußt. Auf dem Wasser dümpelten stabil gebaute Motorschiffe. Keine schnittigen Segel bauschten sich im Wind, keine hölzernen Kähne schaukelten im Wellenschlag.

Die Bucht, früher einmal Traumziel der Piraten und Hoffnung der Einwanderer, war nun ein bedeutender französischer Marinestützpunkt. Das Städtchen, einst der Stolz der Freibeuter, hatte sich zu einer modernen Stadt gemausert, in der ungefähr fünfzigtausend Madagassen, Franzosen, Inder, Orientalen, Briten und Amerikaner lebten. Strohgedeckte Hütten waren Stahl und Beton gewichen.

»Schön, da wären wir also.« Whitney hakte sich bei Doug unter. »Wir könnten hinuntergehen, ein Hotelzimmer und dann ein heißes Bad nehmen.«

»Wir sind da«, murmelte er überwältigt. Fast meinte er, der Umschlag in seiner Tasche finge an zu brennen. »Erst gehen wir auf Suche.«

»Doug.« Whitney drehte sich um, so daß sie ihm ins Gesicht sehen konnte. »Ich weiß, wie wichtig dir das ist. Ich möchte es ja auch finden. Aber sieh uns doch mal an.« Sie blickte an sich hinunter. »Wir sind schmutzig und erschöpft. Selbst wenn dir das nichts ausmacht, den Leuten schon.«

»Wir wollen hier keine gesellschaftlichen Kontakte pflegen.« Doug schaute über Whitneys Kopf auf die unter ihnen liegende Stadt. Zum Ende des Regenbogens. »Wir fangen mit den Kirchen an.«

Er ging zum Jeep zurück. Resigniert folgte sie ihm.

Achtzig Kilometer hinter ihnen quälten sich Remo und Barns in einem altersschwachen Renault mit kaputtem Auspuff die Straße entlang. Da Remo nachdenken wollte, ließ er Barns fahren. Der kleine, maulwurfähnliche Mann umklammerte grinsend das Lenkrad mit beiden Händen. Er fuhr gerne, genauso wie er nach Möglichkeit jedes pelzige kleine Etwas überfuhr, das sich auf die Straße wagte.

»Wenn wir sie haben, krieg ich die Frau, ja?«

Remo warf Barns einen Blick voll milden Abscheus zu. Er hielt sich für einen anspruchsvollen Mann und Barns für einen Widerling. »Vergiß nicht, daß Dimitri sie haben will. Wenn du sie zu übel zurichtest, wird er stocksauer.«

»Ich passe schon auf.« Barns' Augen glänzten, als er an das Foto dachte. Sie war sehr hübsch. Und er liebte hübsche Dinge. Dann dachte er an Dimitri.

Im Gegensatz zu den anderen fürchtete er Dimitri nicht, sondern himmelte ihn nahezu an, auf eine schlichte, tierhafte Weise, so wie ein kleiner Köter seinen Herrn liebt, selbst wenn dieser ihm Fußtritte verpaßt. Das bißchen Verstand, mit dem Barns gesegnet war, hatte im Laufe der Jahre noch mehr gelitten. Wenn Dimitri die Frau wollte, dann würde er ihm die Frau bringen. Freundschaftlich lächelte er Remo an, denn auf seine Weise mochte er auch ihn.

»Dimitri will Lords Ohren«, kicherte er. »Soll ich sie für dich abschneiden, Remo?«

»Du sollst fahren!«

Dimitri wollte Lords Ohren, doch Remo war sich darüber im klaren, daß er sich auch mit einem Ersatz vorerst zufriedengeben würde. Wenn er nur die geringste Hoffnung hätte, heil davonzukommen, dann würde er sich aus dem Staub machen. Doch Dimitri würde ihn finden, denn für Dimitri blieb ein Angestellter ein Angestellter, bis zu dessen Tod, ob er nun auf natürliche oder unnatürliche Weise erfolgte. Remo konnte nur beten, daß er seine eigenen Ohren behalten durfte, nachdem er Dimitri in dessen vorläufigem Hauptquartier in Diego-Suarez Bericht erstattet hatte.

Fünf Kirchen in zwei Stunden, dachte Whitney, und ohne Erfolg. Das Glück hatte sie wohl im Stich gelassen. »Was nun?« wollte sie wissen, als sie vor einer weiteren Kirche standen. Diese war kleiner als die vorigen, und das Dach bedurfte einer Reparatur.

»Wir zollen ihr den gebührenden Respekt.«

Obwohl es noch recht früh am Morgen war, trieb die heiße, stickige Luft ihnen den Schweiß aus den Poren. Die Palmwedel über ihnen bewegten sich in dem leichten Wind kaum. Dougs lebhafte Phantasie gaukelte ihm das Bild der Stadt vor, wie sie früher gewesen sein mußte; einfach, rauh, von der einen Seite durch die Berge und von der anderen durch eine von Menschenhand errichtete Stadtmauer geschützt. Als er sich vom Jeep entfernte, lief Whitney ihm nach.

»Was glaubst du, wieviele Kirchen und Friedhöfe es hier gibt? Oder besser, wieviele es schon nicht mehr gibt.«

»Friedhöfe werden nicht eingeebnet und neu bebaut. Macht die Leute nervös.« Ihm gefiel, was er sah. Die Eingangstür der Kirche hing schief in den Angeln, was darauf schließen ließ, daß die Kirche nicht allzu regelmäßig besucht wurde. Daneben standen Gruppen von verwitterten, moosbewachsenen Grabsteinen. Doug mußte sich bücken, um die Inschriften lesen zu können.

»Doug, ich finde das gespenstisch.« Whitney rieb über die Gänsehaut auf ihren Armen und blickte über ihre Schulter.

»Ach was.« Doug inspizierte Grabstein für Grabstein. »Tot ist tot, Whitney.«

»Machst du dir eigentlich nie Gedanken, was danach kommt?«

Er warf ihr einen Blick zu. »Was ich auch denken mag, das, was hier unter der Erde liegt, kann nichts mehr spüren. Komm, hilf mir mal.«

Ihr Stolz befahl ihr, sich gleichfalls zu bücken und Ranken von den Grabsteinen zu entfernen. »Die Jahreszahlen klingen gut. Hier – 1790, 1793.«

»Französische Namen.« Das Kribbeln im Nacken sagte ihm, daß er nah dran war. »Wenn wir nur …«

»*Bonjour.*«

Fluchtbereit fuhr Whitney hoch, ehe sie den alten Priester zwischen den Bäumen hervorkommen sah. Lächelnd bemühte sie sich, kein schuldbewußtes Gesicht zu machen, und antwortete ihm auf französisch. »Guten Morgen, Vater.« Seine schwarze Soutane bildete einen starken Kontrast zu seinem weißen Haar, den hellen Augen und der blassen Haut. Seine gefalteten Hände waren mit Altersflecken gesprenkelt. »Ich hoffe, wir tun nichts Unerlaubtes.«

»Gottes Haus steht allen offen.« Er bemerkte ihr etwas heruntergekommenes Äußeres. »Sind Sie auf Reisen?«

»Ja, Vater.« Doug stand schweigend neben ihr. Whitney wußte, daß es an ihr war, ein Märchen zu erfinden, doch sie konnte unmöglich einen Mann in einer Soutane anlügen. »Wir sind von weit her gekommen, um das Grab einer Familie zu finden, die zur Zeit der Französischen Revolution hierher geflüchtet ist.«

»Das taten viele. Handelt es sich um Ihre Vorfahren?«

Sie blickte dem Priester in die ruhigen, hellen Augen und erinnerte sich an die Merina, die einen Ahnenkult betrieben. »Nein. Aber für uns ist es wichtig, das Familiengrab zu finden.«

»Zu finden, was dahingegangen ist?« Seine vom Alter geschwächten Muskeln zitterten schon bei der kleinen Anstrengung, die Hände ineinanderzulegen. »Viele suchen, aber nur wenige finden, was sie suchen. Sie haben einen langen Weg hinter sich?«

Sein Geist, dachte sie ungeduldig, war so eingerostet wie sein Körper. »Ja, Vater, einen sehr langen Weg. Wir glauben, daß die Familie, die wir suchen, hier begraben liegen könnte.«

Nach kurzem Zögern nahm der Priester dies hin. »Vielleicht kann ich Ihnen helfen. Wissen Sie den Namen?«

»Die Familie Lebrun. Gerald Lebrun.«

»Lebrun.« Das zerfurchte Gesicht des Priesters verzog sich zweifelnd. »In meiner Gemeinde gibt es keinen Lebrun.«

»Vor zweihundert Jahren emigrierte die Familie aus Frankreich. Sie starben hier.«

»Wir alle müssen dem Tod gegenübertreten, um das ewige Leben zu erlangen.«

Whitney biß die Zähne zusammen und nahm einen neuen Anlauf. »Ja, Vater, aber wir interessieren uns für die Lebruns. Geschichtlich«, fügte sie hinzu. Schließlich war das keine direkte Lüge.

»Sie kommen von weit her. Sie brauchen eine Erfrischung. Madame Dubrock macht Ihnen Tee.« Als wolle er sie den Pfad entlanggeleiten, legte er eine Hand auf Whitneys Arm. Erst wollte sie ablehnen, dann fühlte sie, daß sein Arm zitterte.

»Das wäre schön, Vater.«

»Was geht hier vor?«

»Wir trinken Tee«, erklärte Whitney Doug und lächelte dem Priester zu. »Vergiß nicht, wo du dich befindest.«

»O Gott!«

»Genau.« Whitney half dem alten Mann den schmalen Pfad zum Pfarrhaus hoch. Ehe sie zur Türklinke greifen konnte, wurde die Tür von einer Frau in einem baumwollenen Hauskleid geöffnet; ihr Gesicht war von Falten durchzogen. Im Pfarrhaus herrschte der typische, staubig-stockfleckige Geruch des Alters.

»Vater.« Madame Dubrock nahm seinen anderen Arm und half ihm hinein. »Haben Sie einen schönen Spaziergang gemacht?«

»Ich habe Reisende mitgebracht. Machen Sie bitte Tee?«

»Natürlich.« Die Frau führte den Priester durch eine schummrige kleine Halle in ein vollgestopftes Wohnzimmer. Eine schwarzgebundene Bibel mit vergilbten Seiten war beim Buch David aufgeschlagen. Fast heruntergebrannte Kerzen standen auf dem Tisch und auf einem alten Klavier, das aussah, als habe es schon bessere Tage gesehen. Eine angeschlagene, verblaßte Statue der Heiligen Jungfrau zierte das Fensterbrett. Madame Dubrock redete leise auf den Priester ein, der sich in einem Sessel niederließ.

Doug blickte auf das alte Kruzifix an der Wand und fuhr sich mit der Hand durchs Haar. In Kirchen fühlte er sich meist sehr unbehaglich, doch das hier war ungleich schlimmer. »Whitney, wir haben dafür keine Zeit.«

»Schschtt. Madame Dubrock ...«, begann sie.

»Nehmen Sie bitte Platz, ich bringe den Tee.«

Mit einer Mischung aus Mitleid und Ungeduld blickte Whitney zu dem Priester hin. »Vater ...«

»Sie sind jung.« Seufzend betastete er seinen Rosenkranz. »Ich habe länger in diesem Haus des Herrn die Messe gelesen, als Sie auf der Welt sind. Nur sehr wenige kommen noch.«

Wieder war Whitney von den hellen Augen und der müden Stimme angetan. »Nicht wieviele es sind zählt, nicht wahr, Vater?« Sie setzte sich neben ihn. »Einer ist schon genug.«

Lächelnd schloß er die Augen und döste ein.

»Armer alter Mann«, murmelte sie.

»Und ich möchte gerne genauso alt werden«, warf Doug ein. »Süße, während wir auf unseren Tee warten, ist Remo vielleicht schon in der Stadt. Er könnte etwas böse auf uns sein, weil wir ihm seinen Jeep gestohlen haben.«

»Was sollte ich denn machen? Ihm sagen, daß wir bezahlte Killer am Hals haben?« Mit flammenden Augen blitzte sie ihn an, wie immer, wenn etwas an ihr Herz rührte.

»Okay, okay.« Auch er hatte kleine Stiche des Mitleids verspürt, aber nicht darauf geachtet. »Wir haben unsere gute Tat getan, und jetzt hält er ein Nickerchen. Laß uns das tun, weswegen wir gekommen sind.«

Sie kreuzte die Arme vor der Brust und kam sich vor wie ein Leichenschänder. »Hör zu, vielleicht gibt es hier Aufzeichnungen oder Bücher, die wir durchsehen können, anstatt daß wir …« Sie brach ab und blickte zum Friedhof. »Du weißt schon.«

Er rieb seine Fingerknöchel an ihrer Wange. »Bleib du doch hier, und ich sehe mich allein um.«

Am liebsten hätte sie zugestimmt, doch das wäre Feigheit vor dem Feind. »Nein, wir stehen das gemeinsam durch. Wenn Gerald und Magdaline Lebrun dort draußen liegen, dann werden wir sie gemeinsam finden.«

»Es gab hier eine Magdaline Lebrun, die im Kindbett starb, und ihre Tochter Danielle, die das Fieber nicht überlebte.« Madame Dubrock kam mit einem Tablett mit Tee und Keksen ins Zimmer geschlurft.

»Ja?« Whitney drehte sich zu Doug um und nahm seine Hand. »Ja?«

Die alte Frau lächelte, als sie Dougs mißtrauischen Blick sah. »Ich verbringe abends viele Stunden alleine. Die Kirchenbücher sind mein Hobby. Die Kirche selbst ist dreihundert Jahre alt und hat Kriege und Wirbelstürme überstanden.«

»Sie haben von den Lebruns gelesen?«

»Ich bin alt.« Als Doug ihr das Tablett abnahm, seufzte sie erleichtert. »Aber mein Gedächtnis ist noch gut.« Sie warf dem schlummernden Priester einen Blick zu. »Auch er wird gehen.« In ihrer Stimme klang ein Anflug von Stolz mit; oder vielleicht, dachte Whitney, eher ein Anflug von Schicksalsergebenheit. »Viele sind vor der Revolution hierhergeflüchtet, viele starben. Ich erinnere mich, von den Lebruns gelesen zu haben.«

»Danke, Madame.« Whitney griff in ihre Brieftasche und entnahm ihr die Hälfte ihrer restlichen Barschaft. »Für Ihre Kirche.« Sie blickte zu dem Priester hinüber und fügte noch einige Scheine hinzu. »Eine Spende im Gedenken an die Familie Lebrun.«

Madame Dubrock nahm das Geld mit ruhiger Würde entgegen. »Wenn es Gottes Wille ist, werden Sie finden, was Sie suchen. Sollten Sie eine Erfrischung brauchen, dann kommen Sie zum Pfarrhaus. Sie sind herzlich willkommen.«

»Danke, Madame.« Plötzlich entschlossen ging Whitney auf sie zu. »Einige Männer suchen nach uns.«

Gelassen blickte die Frau Whitney an. »Ja, mein Kind?«

»Sie sind gefährlich.«

Der Priester rührte sich im Sessel und sah Doug an. Auch dieser Mann war einst gefährlich, dachte er, doch jetzt hatte er seinen Frieden wohl gefunden. Er nickte Whitney zu. »Gott wird euch schützen.« Wieder schloß er die Augen und nickte ein.

»Sie stellten keine Fragen«, murmelte Whitney, als sie hinausgingen.

Doug blickte über die Schulter. »Manche Menschen haben alle Antworten, die sie brauchen.« Er gehörte nicht dazu. »Laß uns suchen, weswegen wir gekommen sind.«

Wegen des Gestrüpps, der Ranken und der verwitterten Grabsteine benötigten sie eine Stunde, um die Hälfte des Friedhofs abzusuchen. Die Sonne stieg höher, die Schatten wurden kürzer. Sogar aus dieser Entfernung konnte Whitney das Meer riechen. Erschöpft und entmutigt setzte sie sich auf den Boden, um Doug bei der Arbeit zuzusehen.

»Wir sollten morgen wiederkommen und den Rest überprüfen. Im Moment kann ich mich kaum auf die Namen konzentrieren.«

»Heute.« Er sprach halb zu sich selbst, als er sich über einen weiteren Grabstein beugte. »Es muß heute sein, das fühle ich.«

»Ich fühle nur Rückenschmerzen.«

»Wir sind ganz nah dran, das weiß ich. Die Handflächen werden feucht, und du hast ein kribbelndes Gefühl im Magen. Das ist wie beim Safeknacken, das letzte Klicken mußt du gar nicht mehr hören, um zu wissen, daß du's geschafft hast. Es ist hier.« Er richtete sich auf und streckte sich. »Und ich finde es, selbst wenn es die nächsten zehn Jahre dauern sollte.«

Whitney sah zu ihm hinüber und rappelte sich seufzend hoch, stützte sich mit einer Hand an einem Grabstein ab und verfing sich in einer Ranke. Fluchend beugte sie sich vor, um sich loszumachen. Ihr Herz machte einen Sprung. Sie blickte erneut nach unten und las den eingemeißelten Namen. »So lange wird es nicht dauern.«

»Wie bitte?«

»So lange wird es nicht dauern.« Ihr strahlendes Lächeln ließ ihn innehalten. »Wir haben Danielle gefunden.« Mühsam hielt Whitney die Tränen zurück, als sie den Stein säuberte. »Danielle Lebrun«, las sie. »1779–1795. Armes Kind, so weit weg von zu Hause.«

»Auch ihre Mutter liegt hier.« Dougs Stimme klang sanft, ohne das aufgeregte Lispeln. Er ließ seine Hand in die Whitneys gleiten. »Sie starb jung.«

»Bestimmt hatte sie ihr Haar gepudert und mit Federn geschmückt. Und ihre Kleider waren tief ausgeschnitten, mit Schleppe.« Whitney legte ihren Kopf an seine Schulter. »Dann lernte sie, einen Garten anzulegen und das Geheimnis ihres Mannes zu bewahren.«

»Aber wo ist er?« Doug beugte sich wieder hinunter. »Warum ist er nicht neben ihr begraben?«

»Er sollte …« Ihr kam ein Gedanke, und sie wirbelte herum, einen Fluch verbeißend. »Er beging Selbstmord. Man durfte ihn nicht neben ihr begraben, denn das hier ist heiliger Boden. Doug, er liegt nicht auf dem Friedhof.«

Er starrte sie an. »Was?«

»Selbstmord.« Sie fuhr sich durchs Haar. »Er starb in Sünde, also konnte er nicht auf dem Kirchengelände bestattet werden.« Hilflos sah sie sich um. »Ich weiß nicht einmal, wo ich suchen sollte.«

»Irgendwo mußten sie ihn ja begraben.« Er begann, zwischen den Grabsteinen auf und ab zu gehen. »Was geschah mit denen, die man nicht auf dem Friedhof zur letzten Ruhe betten konnte?«

Whitney runzelte nachdenklich die Stirn. »Kommt drauf an, würde ich sagen. Wenn der Priester ein mitleidiger Mann war, dann wird das Grab hier in der Nähe sein.«

»Es ist hier«, murmelte Doug. »Und meine Handflächen sind immer noch feucht.« Er nahm sie bei der Hand und ging zu dem niedrigen Zaun, der den Friedhof umgab. »Wir fangen hier an.«

Eine weitere Stunde lang suchten sie das Gebüsch ab. Als Whitney die erste Schlange sah, wäre sie beinahe zum Jeep zurückgelaufen, doch Doug drückte ihr mitleidslos einen Stock in die Hand. Whitney straffte sich und suchte weiter. Als Doug stolperte und fluchte, schenkte sie ihm keine Beachtung.

»Du heilige Scheiße!«

Whitney hob ihren Stock, bereit, zuzuschlagen. »Schlangen?«

»Vergiß die Schlangen.« Er packte sie bei der Hand und zog sie herunter. »Ich habe ihn gefunden.«

Der schmucklose kleine Grabstein war fast schon in der Erde versunken. Er trug die schlichte Inschrift GERALD LEBRUN. Whitney legte eine Hand darauf und fragte sich, ob wohl irgend jemand hier um ihn getrauert hatte.

»Bingo!« Doug riß eine daumendicke Ranke mit trompetenförmigen Blüten von einem anderen Stein. MARIE stand darauf.

»Marie«, murmelte sie. »Ein weiterer Selbstmord?«

»Nein.« Er nahm Whitney bei den Schultern, und über die Steine hinweg sahen sie sich an. »Er hat den Schatz bewacht, so wie er es versprochen hatte. Sogar im Tod. Er muß ihn hier vergraben haben, ehe er den letzten Brief schrieb. Vermutlich bat er darum, hier beerdigt zu werden. Sie konnten ihn nicht neben seiner Familie zur Ruhe betten, doch nichts sprach dagegen, ihm seinen letzten Wunsch zu erfüllen und den Stein mit dem Namen Marie darauf neben den seinen zu setzen.«

»Gut, das klingt logisch.« Ihr Mund war wie ausgetrocknet. »Was nun?«

»Jetzt stehle ich einen Spaten.«

»Doug ...«

»Keine sentimentalen Anwandlungen, bitte.«

Wieder schluckte sie. »Gut, aber beeil dich.«

»Dauert nur eine Sekunde.« Er küßte sie rasch, ehe er sich davonmachte.

Whitney ließ sich mit weichen Knien und pochendem Herzen zwischen den zwei Steinen nieder. Waren sie wirklich so nah am Ziel? Sie blickte auf das verwilderte, vernachlässigte Fleckchen Erde nieder. Hatte Gerald, der Vertraute der Königin, den Schatz zweihundert Jahre lang an seiner Seite gehabt?

Und wenn sie ihn fanden? Whitney zupfte ein paar Grashalme ab. Für den Augenblick wollte sie nur daran denken, daß sie, wenn sie ihn fanden, Dimitri geschlagen hatten. Für den Augenblick mußte ihr das genügen.

Doug näherte sich ihr geräuschlos. Whitney hörte ihn erst, als er ihren Namen flüsterte. Fluchend rutschte sie auf den Knien nach vorn. »Mußte das sein?«

»Ich wollte unseren kleinen Nachmittagsjob möglichst ungestört durchführen.« Er hielt eine kurze, gezahnte Schaufel in der Hand. »Etwas Besseres konnte ich in der kurzen Zeit nicht auftreiben.«

Mit beinahe entrücktem Ausdruck starrte er auf den schmutzigen Boden unter seinen Füßen, kostete das Gefühl aus, auf dem Tor zur Sonnenseite des Lebens zu stehen.

Whitney konnte ihm die Gedanken vom Gesicht ablesen. Erneut kämpften Verständnis und Enttäuschung in ihr. Dann legte sie die Hand über seine und küßte ihn lange. »Viel Glück.«

Doug begann zu graben. Einige Minuten hörte man nichts außer dem monotonen Geräusch, mit dem Metall auf Erde traf. Von der See wehte kein Lüftchen herüber, so daß ihm der Schweiß in Strömen über das Gesicht lief. Die Hitze und die unheimliche Stille bedrückte sie beide. Als das Loch immer tiefer wurde, dachten sie an die einzelnen Stationen der Reise zurück, die sie hierhergeführt hatte.

Eine wahnsinnige Verfolgungsjagd durch die Straßen Manhattans, eine verzweifelte Flucht in Washington, D.C., der Sprung aus einem fahrenden Zug und ein endloser Marsch durch unwegsames, bergiges Gelände. Das Merinadorf. Die Musik von Cyndi Lauper während einer Kanalfahrt. Leidenschaft und Kaviar in einem gestohlenen Jeep. Tod und Liebe, beides unerwartet.

Doug fühlte, daß die Schaufel auf etwas Hartes traf. Der gedämpfte Ton hallte im Gebüsch wider, als seine Augen denen Whitneys begegneten. Auf den Knien liegend schaufelten sie die restliche Erde mit den Händen beiseite, und ohne daß sie zu atmen wagten, legten sie ihren Fund frei und hoben ihn heraus.

»O Gott«, flüsterte sie gepreßt. »Es ist alles wahr!«

Das Kästchen war klein, rechteckig, von Schmutz überzogen und mit von der Feuchtigkeit hervorgerufenem Schimmel bedeckt. Wie Danielle es beschrieben hatte, war es einfach und schmucklos. Doch trotzdem wußte Whitney, daß dieses kleine Kästchen in den Augen eines Sammlers oder eines Museumsdirektors ein Vermögen wert war. Die Jahrhunderte hatten die Messingbeschläge mit einer Patina überkrustet.

»Brich das Schloß nicht auf«, bat Whitney, als Doug daran herumzufingern begann.

Er zügelte seine Ungeduld und nahm sich eine Minute Zeit, um das Schloß so vorsichtig zu öffnen, als benutze er den passenden Schlüssel. Dann klappte er den Deckel auf und beide konnten nur regungslos dastehen und hineinstarren.

Whitney hätte nicht sagen können, was sie eigentlich erwartet hatte. Die Hälfte der Zeit hatte sie das gesamte Unternehmen als eine Marotte abgetan, auch wenn Dougs Begeisterung sie ansteckte. Doch in ihren kühnsten Träumen hätte sie es sich nicht ausmalen können, etwas Derartiges zu finden.

Diamanten glitzerten, Gold blendete ihre Augen. Atemlos tauchte sie die Hand hinein.

Das Diamanthalsband in ihrer Hand schimmerte hell, kühl und so erlesen wie Mondlicht im Winter.

Konnte es tatsächlich möglich sein? fragte sich Whitney. Hielt sie wirklich jenes berüchtigte Halsband in Händen, das in den letzten Tagen vor der Revolution Maries Untergang mit herbeigeführt hatte? Hatte die Frau es getragen, aus Trotz vielleicht, und beobachtet, wie die Steine auf ihrer Haut eisige Glut verströmten? War die junge Frau von ihrer Liebe zu schönen, kostbaren Dingen überwältigt worden, ein Opfer ihrer Gier nach Besitz und Macht, oder hatte sie schlicht und einfach die Augen vor all dem Leid außerhalb ihrer Palastwände verschlossen?

Diese Frage konnten nur Geschichtswissenschaftler beantworten, dachte Whitney, aber auf jeden Fall war Marie imstande gewesen, einige ihrer Untertanen zu Loyalität zu verpflichten. So hatte Gerald Lebrun die Juwelen seiner Königin bis zum Schluß beschützt und bewacht.

Doug hielt ein aus fünf Strängen bestehendes Smaragdkollier hoch, so schwer, daß es die Hand nach unten zog. Auch das war in dem Buch aufgeführt, unter einem Frauennamen. Maria, Louise, er wußte es nicht mehr genau. Doch wie Whitney schon einmal festgestellt hatte, wirkten Juwelen stärker, wenn man sie dreidimensional vor sich sah. Was da in seiner Hand glänzte, hatte seit zweihundert Jahren kein Sonnenlicht mehr gesehen.

Es gab noch mehr, genug, um Gier, Leidenschaft und Verlangen zu befriedigen. Das kleine Kästchen quoll vor Edelsteinen förmlich über. Behutsam griff Whitney hinein und nahm eine kleine Miniatur heraus.

Schon häufig hatte sie Portraits der Königin zu Gesicht bekommen, doch nun hielt sie zum ersten Mal ein künstlerisches Meisterwerk in der Hand. Marie Antoinette, frivol, unbesonnen und extravagant wie sie gewesen war, lächelte sie an, so, als ob sie noch immer auf ihrem Thron sitzen würde. Die winzige Miniatur war oval geformt und mit Gold gerahmt. Die Signatur des Künstlers konnte man nicht mehr erkennen, und das Portrait mußte dringend restauriert werden, doch Whitney erkannte dessen Wert. Und ihre moralische Verpflichtung.

»Doug ...«

»Guter Gott!« Egal wie hochfliegend seine Träume auch gewesen sein mochten, mit einem solchen Ergebnis seiner Suche hatte er nicht gerechnet. Ein Vermögen lag in seiner Hand, der endgültige Erfolg war da. Er hatte das Spiel gewonnen, dachte er, als er einen lupenreinen, tränenförmigen Diamanten mit den Fingerspitzen hochhielt. Beinahe unbewußt ließ er ihn in die Tasche gleiten.

»Sieh dir das an, Whitney, jetzt liegt uns die Welt zu Füßen, die ganze gottverdammte Welt. Gott schütze die Königin!« Lachend legte er ihr eine Kette aus Diamanten und Smaragden um den Hals.

»Doug, schau mal.«

»Was ist denn?« Die glitzernden Steine, die leise im Kästchen klirrten, interessierten ihn entschieden mehr als ein kleines, unauffälliges Bild. »Der Rahmen ist nur ein paar Mäuse wert«, meinte er gelangweilt, während er ein schweres, reich verziertes und mit riesigen, rechteckig geschliffenen Saphiren besetztes Armband herausnahm.

»Das ist ein Portrait von Marie.«

»Wertvoll?«

»Unbezahlbar.«

»Tatsächlich?« Mit plötzlich erwachtem Interesse begutachtete er die Miniatur.

»Doug, diese Miniatur ist zweihundert Jahre alt. Kein lebender Mensch hat sie je zuvor gesehen. Niemand weiß, daß sie existiert.«

»Also wird sie einen guten Preis bringen.«

»Verstehst du denn nicht?« Ungeduldig nahm sie ihm das Portrait aus der Hand. »Das ist nichts, was du zu einem Hehler bringen kannst. Es ist ein Kunstgegenstand. Doug ...« Sie hielt das Diamanthalsband in die Höhe. »Sieh dir das an. Das sind nicht einfach aneinandergereihte Steine, die dir einen ordentlichen Batzen einbringen. Achte auf die kunstvolle Handarbeit, den Stil. Hier geht es um Kunst, und um

Geschichte. Wenn dies wirklich das besagte Halsband ist, könnte es ein ganz neues Licht auf die bislang geltenden Theorien werfen.«

»Es ist die Eintrittskarte zu meinem neuen Leben«, korrigierte er und legte das Halsband zurück.

»Doug, dieser Schmuck gehörte einer Frau, die vor zweihundert Jahren gelebt hat. Du kannst ihr Halsband, ihr Armband und die anderen Stücke nicht einfach in ein Pfandhaus tragen oder die Steine herausbrechen und verkaufen. Das ist – das ist unmoralisch.«

»Über Moral unterhalten wir uns später.«

»Doug ...«

Ärgerlich warf er den Deckel zu und stand auf. »Schön, du willst die Miniatur und ein paar Steinchen einem Museum übergeben, okay. Da können wir drüber reden. Ich habe mein Leben für dieses Kästchen riskiert, und, verdammt nochmal, deins dazu. Ich verschenke doch nicht meine einzige Chance, aus all dem herauszukommen und endlich wer zu sein, nur damit die Leute die Steine in einem Museum anglotzen können.«

Als sie sich erhob, warf sie ihm einen Blick zu, den er nicht recht zu deuten wußte. »Denk daran, wer du eigentlich bist«, sagte sie weich.

Ihre Worte rührten etwas tief in ihm an, doch er schüttelte den Kopf. »Das ist nicht genug, Süße. Menschen wie ich sehnen uns nach etwas, was uns nicht in die Wiege gelegt worden ist. Ich habe dieses Leben satt, und dies ermöglicht mir den Ausstieg.«

»Doug ...«

»Sieh mal, was auch immer später mit dem Zeug geschieht, zuerst müssen wir es fortschaffen.«

Erst wollte sie die Diskussion fortführen, doch dann gab sie nach. »Gut. Aber das Thema ist noch nicht beendet.«

»Wie du meinst.« Er schenkte ihr dieses schelmische Lächeln, dem sie nie traute. »Wie wär's, wenn wir jetzt das Baby nach Hause bringen?«

Mit einem leichten Kopfschütteln erwiderte Whitney sein Lächeln. »Wir sind so weit gekommen ... Vielleicht schaffen wir es ja.«

Als Doug sich umdrehte, um sich einen Weg durch die Büsche zu bahnen, hielt sie ihn zurück, pflückte rasch einige Blüten von den Ranken und legte sie auf Geralds Grab nieder. »Du hast alles getan, was in deiner Macht stand.« Dann folgte sie Doug zum Jeep. Er blickte sich vorsichtig um, verstaute das Kästchen auf dem Rücksitz und wickelte eine Decke darum.

»Okay, und nun suchen wir uns ein Hotel.«

»Die beste Neuigkeit des Tages.«

Als er eines entdeckt hatte, das seinem Geschmack entsprach, hielt Doug am Bordstein an. »So, du nimmst dir jetzt ein Zimmer. Ich sehe zu, daß wir mit dem ersten Flieger morgen früh außer Landes kommen.«

»Was ist mit unserem Gepäck in Atananarivo?«

»Das lassen wir uns nachschicken. Wohin möchtest du denn?«

»Nach Paris«, antwortete sie prompt. »Ich hab so ein Gefühl, daß ich mich diesmal nicht langweilen werde.«

»Alles klar. Wenn du mir jetzt noch ein bißchen Bargeld gibst, kann ich mich um alles kümmern.«

»Natürlich.« Als ob sie ihm noch nie einen Cent verweigert hätte, zückte Whitney ihre Brieftasche. »Nimm lieber etwas Plastik«, riet sie ihm und zog eine Kreditkarte hervor. »Erste Klasse, wenn ich bitten darf.«

»Was sonst? Ordere das beste Zimmer im Haus, Süße. Heute nacht beginnt ein neues Leben.«

Sie lächelte, lehnte sich aber über den Rücksitz und griff nach dem in die Decke gewickelten Kästchen. »Das nehme ich besser mit.«

»Traust du mir nicht?«

»Das würde ich nicht sagen. Reine Vorsichtsmaßnahme.« Ihm eine Kußhand zuwerfend, sprang sie aus dem Wagen. In ihren schmutzstarrenden Hosen und der zerrissenen Bluse betrat sie das Hotel wie eine Prinzessin.

Doug beobachtete, wie drei Männer aufsprangen, um ihr die Tür aufzuhalten. Klasse, dachte er erneut. Sie verbreitet eine Aura von Klasse. Hatte sie ihn nicht einmal um ein blaues Seidenkleid gebeten? Grinsend fuhr er los. Nun, er würde ihr einige Überraschungen mitbringen.

Das Zimmer sagte ihr zu, und sie entlohnte den Pagen mit einem fürstlichen Trinkgeld. Als sie allein war, entfernte sie die Decke und öffnete das Kästchen.

Sie hatte sich nie für konservativ oder für einen Kunstfanatiker gehalten. Doch als sie auf den Schmuck und die Edelsteine herabblickte, Zeugen eines vergangenen Zeitalters, wurde ihr klar, daß sie niemals imstande sein würde, sie zu Geld zu machen. Für das, was sie in der Hand hielt, waren Menschen gestorben, einige aus Habgier, andere für ihre Prinzipien, wieder andere, weil sie nur zur falschen Zeit am falschen Ort gewesen waren. Wie Juan, und wie Jacques. Nein, das waren nicht einfach nur Juwelen.

Was hier in ihrer Hand lag, gehörte weder ihr noch Doug. Das Problem war, ihn davon zu überzeugen.

Whitney ließ den Deckel zufallen, ging ins Bad und drehte den Wasserhahn auf. Sofort kam die Erinnerung an das kleine Gasthaus an der Küste und an Jacques zurück.

Jacques war tot, aber vielleicht würde man ihn nicht vergessen, wenn sich die Miniatur und der Schatz an dem ihnen gebührenden Platz befanden. In einem New Yorker Museum, mit einem kleinen Schild darunter, das seinen Namen trug. Ja. Sie mußte lächeln. Jacques würde das zu schätzen wissen.

Das Wasser lief weiter, als sie zum Fenster schlenderte und die Aussicht bewunderte. Die Bucht und die geschäftige kleine Stadt darunter gefielen ihr. Gerne wäre sie die Promenade entlangspaziert, um den Eindruck des Hafens in sich aufzunehmen. Bestimmt boten die Läden eine Fülle von Dingen, die eine Innenarchitektin gebrauchen konnte. Zu schade, daß es ihr nicht möglich war, mit einigen Kisten voll typisch madagassischer Waren nach New York zurückzukehren.

Während sie ihren Gedanken nachhing, fiel ihr Blick auf eine Gestalt unten auf dem Bürgersteig, und sie schrak zusammen. Ein weißer Anzug. Lächerlich, mahnte sie sich. Viele Männer trugen bei diesen tropischen Temperaturen helle Anzüge. Es konnte einfach nicht sein ... Und doch, als sie genauer hinsah, war sie fast sicher, daß es sich um denselben

Mann handelte. Atemlos wartete sie darauf, daß er sich umdrehte, damit sie Gewißheit hatte, doch er verschwand in einem Hauseingang, und sie schnaubte frustriert. Es lag an ihren Nerven. Wie konnte ihnen jemand kreuz und quer bis Diego-Suarez gefolgt sein? Hoffentlich kam Doug bald zurück. Sie wollte baden, sich umziehen, etwas essen und dann ein Flugzeug besteigen.

Paris, träumte sie mit geschlossenen Augen. Eine Woche Erholung pur. Liebe und Champagner. Nach alldem, was sie durchgemacht hatten, verdienten sie einen Urlaub. Nach Paris ... Seufzend ging sie ins Bad zurück. Was danach kam, war eine andere Frage.

Sie drehte den Hahn zu, reckte sich und griff zum obersten Knopf ihrer Bluse. Da blickte sie Remo aus dem Spiegel über dem Waschbecken an.

»Miss MacAllister.« Lächelnd berührte er die Narbe auf seiner Wange. »Es ist mir ein Vergnügen.«

14

Sie dachte daran, zu schreien. Heiße, bittere Angst stieg ihr die Kehle hoch und bildete einen eisigen Klumpen in ihrem Magen. Doch der ruhige, abwartende Ausdruck in Remos Augen verriet ihr, daß er sie nur allzu gern zum Schweigen bringen würde. Sie schrie nicht.

In der nächsten Sekunde dachte sie an Flucht – daran, ihn einfach beiseite zu stoßen und zur Tür hinauszurennen. Es bestand immerhin eine Chance, daß sie es schaffte. Oder auch nicht.

Die Hand noch immer am obersten Knopf ihrer Bluse, wich sie zurück. In dem kleinen Badezimmer hallte ihr keuchender, abgehackter Atem wider. Der Laut entlockte Remo ein zufriedenes Lächeln, und als sie dies bemerkte, bemühte sich Whitney um Selbstkontrolle. Sie war so weit gekommen, hatte so hart gearbeitet, und nun saß sie in der Falle. Ihre Finger schlossen sich um den Porzellanrand des Waschbeckens. Sie würde weder jammern noch betteln, das war sie sich und ihrem Stolz schuldig.

Eine Bewegung hinter Remo ließ Whitney zusammenzucken. Sie blickte an ihm vorbei und direkt in Barns' leere, freundlich blickende Augen. In diesem Moment lernte sie, wie primitiv und urtümlich Angst sein konnte, etwa so wie die Panik, die eine Maus empfinden mochte, wenn die Katze spielerisch mit der Pfote nach ihr schlug. Ihr Instinkt sagte ihr, daß von dieser Kreatur eine sehr viel größere Gefahr drohte als von dem großen, dunkelhaarigen Mann, der eine Pistole auf sie gerichtet hielt. Es gab eine Zeit für Heldentum, eine Zeit für Angst und eine Zeit, die Würfel zu werfen. Whitney faltete ihre Finger und betete.

»Sie sind Remo, wie ich annehme. Nun, Sie arbeiten schnell.« Ihr Verstand und desgleichen die Gedanken überschlugen sich beinahe auf der Suche nach Auswegen und

Fluchtmöglichkeiten. Doug war erst zwanzig Minuten fort. Sie war allein.

Er hatte gehofft, sie würde schreien oder versuchen, die Flucht zu ergreifen, so daß er ihr mit Fug und Recht eine Lektion erteilen konnte. Seine Eitelkeit litt immer noch unter der Narbe auf seiner Wange. Doch Eitelkeit hin, Eitelkeit her, Remo fürchtete Dimitri zu sehr, um Whitney grundlos zusammenzuschlagen. Und Dimitri wünschte, daß Frauen unversehrt zu ihm gebracht wurden, egal in welchem Zustand sie sich befanden, wenn er mit ihnen fertig war. Doch sie einzuschüchtern, war eine andere Sache. Er preßte ihr den Lauf der Waffe so fest unter das Kinn, daß sich die Mündung in das weiche, verletzliche Fleisch des Halses drückte. Sein Lächeln wurde breiter, als sie erschauerte.

»Lord«, sagte er knapp. »Wo ist er?«

Sie zuckte die Schultern. Noch nie zuvor hatte sie solche Angst verspürt. Doch als sie antwortete, klang ihre Stimme bewußt kühl und ruhig, obwohl ihr Mund strohtrocken war. »Ich habe ihn getötet.«

Die Lüge kam ihr so glatt und leicht über die Lippen, daß es sie selbst erstaunte. Da dem so war, und da glatte Lügen oft glaubhaft klangen, spann sie den Faden weiter. Mit einem Finger schob sie den Lauf von ihrem Hals fort.

Remo starrte sie an. Seine Intelligenz reichte nicht aus, um hinter die Fassade zu blicken, so sah er zwar die Anmaßung in ihren Augen, ohne jedoch die Angst dahinter wahrzunehmen. Er packte sie am Arm, zerrte sie ins Schlafzimmer und stieß sie unsanft in einen Sessel. »Wo ist Lord?«

Whitney räkelte sich im Sessel, dann klopfte sie den ohnehin schon schmutzigen Ärmel ihrer Bluse ab. Sie durfte ihn auf keinen Fall merken lassen, daß ihre Finger zitterten. Es würde sie ihre ganze noch verbliebene Kraft kosten, die Komödie weiterzuspielen. »Wirklich, Remo, ich hätte von Ihnen schon mehr Stil erwartet als von einem zweitklassigen Dieb.«

Mit einer Kopfbewegung gab Remo Barns ein Zeichen. Immer noch grinsend näherte sich ihr dieser, einen kleinen, häßlichen Revolver in der Hand. »Hübsch«, sagte er fast hingebungsvoll. »Hübsch und weich.«

»Er schießt Leuten gern in so empfindliche Körperteile wie das Kniegelenk«, informierte Remo sie. »Also, wo ist Lord?«

Whitney zwang sich, die auf ihr linkes Knie gerichtete Waffe zu ignorieren. Wenn sie darüber nachdachte, würde sie zu einem flehenden Bündel Mensch zusammensinken. »Ich habe ihn getötet«, wiederholte sie. »Könnte ich eine Zigarette bekommen? Ich habe seit Tagen keine mehr geraucht.«

Ihr Ton klang so beiläufig, daß Remo schon nach seinen Zigaretten griff, ehe er sich dessen bewußt wurde. Frustriert zielte er genau zwischen ihre Augen. Hinter Whitneys Stirn begann eine Ader zu pochen. »Ich frage nur noch einmal höflich. Wo ist Lord?«

Sie stieß einen kurzen, ärgerlichen Seufzer aus. »Ich sagte es Ihnen doch schon. Er ist tot.« Sie war sich bewußt, daß Barns sie noch immer leise vor sich hinsummend anglotzte. Ihr Magen hob sich, ehe sie kritisch ihre Nägel betrachtete. »Vermutlich können Sie mir auch nicht sagen, wo man in diesem Kaff eine anständige Maniküre bekommt?«

»Wie haben Sie ihn umgebracht?«

Ihr Herz schlug schneller. Wenn er nach der Art und Weise fragte, dann war er nahe daran, ihr zu glauben. »Ich habe ihn natürlich erschossen.« Sie lächelte unbestimmt und schlug die Beine übereinander. Remo signalisierte Barns, die Waffe sinken zu lassen, und sie unterdrückte ein erleichtertes Seufzen. »Es schien mir der sicherste Weg.«

»Warum?«

»Warum?« Sie blinzelte ihn an. »Warum was? Ich brauchte ihn eben nicht mehr«, antwortete sie schlicht.

Barns trat vor und strich mit einer pummeligen Hand über ihr Haar, dabei gab er einen tierhaften Laut von sich, der Gefallen bekunden sollte. Sie beging den Fehler, sich umzudrehen und ihn anzusehen; was sie in seinen Augen las, ließ ihr das Blut in den Adern gefrieren. Whitney bemühte sich krampfhaft, nur ihren Ekel, nicht aber ihre Angst zu zeigen.

»Ist das Ihr Haustier, Remo?« fragte sie nachsichtig. »Hoffentlich gehorcht es.«

»Finger weg, Barns!«

Der streichelte weiter ihr Haar. »Will doch nur mal anfassen.«

»Finger weg!«

Whitney bemerkte den Ausdruck in Barns' Augen, als er sich zu Remo umdrehte. Alle Freundlichkeit war daraus gewichen, geblieben war nur schwarzer, hinterhältiger Schwachsinn. Sie schluckte, nicht sicher, ob er gehorchen oder Remo einfach über den Haufen schießen würde. Wenn sie es mit einem von beiden zu tun bekam, dann lieber nicht mit Barns.

»Meine Herren«, sagte sie so klar und bestimmt, daß sich beide Männer ihr zuwandten, »wenn das hier noch lange dauert, dann hätte ich doch gerne eine Zigarette. Es war ein anstrengender Morgen.«

Mit der linken Hand griff Remo in seine Tasche und bot ihr eine Zigarette an. Whitney nahm sie, hielt sie zwischen zwei Fingern und sah ihn erwartungsvoll an. Obgleich Remo ihr ohne Zögern ein Loch in den Kopf geschossen hätte, legte er doch Wert auf gute Manieren, also holte er sein Feuerzeug hervor und gab ihr Feuer.

Whitney sah ihn unverwandt an, wobei sie Rauchwolken in die Luft blies. »Danke.«

»Bitte. Sie erwarten doch wohl nicht im Ernst, daß ich Ihnen diese Geschichte abkaufe? Sie haben Lord erledigt? Er ist kein Dummkopf.«

Whitney lehnte sich zurück und führte die Zigarette erneut an die Lippen. »Da gehen unsere Ansichten auseinander. Lord war ein Dummkopf ersten Grades. Es ist schon fast beschämend, wie leicht man mit einem Mann fertig wird, dessen Verstand, nun, sagen wir mal, unterhalb der Gürtellinie sitzt.« Schweiß rann ihr den Rücken herab, und sie mußte alle Kraft aufbieten, um nicht ohnmächtig zu werden.

Remo betrachtete sie. Ihr Gesicht war ruhig, die Hände flatterten nicht. Entweder hatte sie mehr Mut, als er ihr zugetraut hatte, oder sie sagte die Wahrheit. Unter normalen

Umständen hätte es ihn nicht gestört, wenn ein anderer seine Arbeit erledigte, doch mit Doug hatte er eigenhändig abrechnen wollen. »Hör zu, Baby, du warst aus freien Stücken mit Lord zusammen. Du hast ihm die ganze Zeit geholfen.«

»Natürlich. Er hatte etwas, das ich haben wollte.« Sie zog an ihrer Zigarette, dankbar, daß sie nicht husten mußte. »Ich half ihm, unterstützte ihn sogar finanziell.« Behutsam streifte sie die Asche ab. Hinhaltetaktik würde hier nicht wirken, erkannte sie. Wenn Doug zurückkehrte, während sie hier waren, dann bedeutete das das sichere Ende. Für sie beide. »Ich muß gestehen, daß ich eine Zeitlang durchaus meinen Spaß hatte, auch wenn es Douglas an Stil mangelte. Von einem Mann wie ihm hat eine Frau schnell genug, Sie verstehen?« Ihr Blick wanderte durch den Rauch hindurch an Remo hinauf und hinunter. »Nun, jedenfalls sah ich keinen Grund, warum ich ihn länger ertragen oder den Schatz mit ihm teilen sollte.«

»Also töteten Sie ihn?«

Ihr fiel auf, daß er das Wort ohne eine Spur Abscheu oder Verachtung aussprach. Sie hörte nur ungläubiges Staunen aus seiner Stimme heraus. »Natürlich. Er wurde ziemlich lästig, nachdem wir Ihren Jeep gestohlen hatten. Es war sehr einfach, ihn dazu zu bringen, anzuhalten – etwas abseits der Straße.« Lässig spielte sie mit ihrem Blusenknopf und bemerkte, daß Remos Blick ihr folgte. »Ich hatte die Papiere und den Jeep, wozu brauchte ich ihn noch? Ich erschoß ihn, warf ihn ins Gebüsch und fuhr in die Stadt.«

»Sehr nachlässig von ihm, Sie so zu unterschätzen.«

»Er war …«, ihre Fingerspitze glitt tiefer, »beschäftigt.« Glaubte er ihre Geschichte? Sie zuckte die Schultern. »Sie können gerne Ihre Zeit damit verschwenden, nach ihm zu suchen. Doch ich denke, Ihnen ist nicht entgangen, daß ich mir dieses Zimmer allein genommen habe. Und da Sie Douglas offensichtlich kennen, sollten Sie auch nicht vergessen, daß sich der Schatz in meinem Besitz befindet. Denken Sie wirklich, er hätte ihn mir vertrauensvoll überlassen?«

Sie deutete mit einem schlanken Finger zum Nachttisch.

Remo ging hinüber und hob den Deckel an. Was er sah, ließ seine Augen leuchten.

»Beeindruckend, nicht wahr?« Whitney drückte lässig ihre Zigarette aus. »Viel zu beeindruckend, um es mit einem Mann von Lords Kaliber zu teilen. Jedenfalls …« Sie brach ab und wartete, bis Remo sie aufmerksam ansah. »Bei einem Mann mit einer gewissen Kultur und Bildung sieht die Sache allerdings etwas anders aus.«

Er geriet in Versuchung. Ihre Augen waren dunkel und verlockend. Fast meinte er, die Hitze zu fühlen, die von dem kleinen Kästchen ausging. Dann erinnerte er sich an Dimitri. »Sie bekommen jetzt ein neues Quartier.«

»In Ordnung.« Als ob sie das Ganze nichts anginge, erhob sich Whitney. Sie mußte die Männer hier herauslotsen, und zwar schnell. Mit ihnen zu gehen war einer Kugel ins Knie oder sonstwohin entschieden vorzuziehen.

Remo nahm das Kästchen. Dimitri würde zufrieden sein, sehr, sehr zufrieden. Er lächelte Whitney schwach an. »Barns begleitet Sie zum Auto. Ich würde keine Tricks versuchen – außer Sie hätten gerne alle Finger Ihrer rechten Hand gebrochen.«

Der Blick auf Barns' grinsendes Gesicht verursachte ihr eine Gänsehaut. »Es besteht kein Grund, grob zu werden, Remo.«

Doug brauchte nicht lange, um zwei Flüge nach Paris zu buchen, doch sein Einkaufsbummel nahm entschieden mehr Zeit in Anspruch. Es bereitete ihm großes Vergnügen, Whitney ein Sortiment duftiger Unterwäsche zu kaufen – auch wenn ihre Kreditkartennummer auf der Quittung stand. Sehr zur Freude der Verkäuferin verbrachte er fast eine Stunde damit, ein leuchtendblaues Seidenkleid mit gerafftem Oberteil und glattem, engem Rock auszusuchen.

Sich selbst gönnte er einen saloppen, doch eleganten Anzug. Genauso gedachte er von nun an zu leben, zumindest eine Zeitlang. Mit lässiger Eleganz.

Als er ins Hotel zurückkehrte, war er mit Paketen beladen

und pfiff fröhlich vor sich hin. Jetzt ging alles glatt. Am nächsten Abend würden sie im Maxim Champagner schlürfen und sich in einem Zimmer mit Blick auf die Seine lieben. Keine Sechserpacks und zweitklassigen Hotels mehr für Doug Lord. Erste Klasse, hatte Whitney gesagt. Er würde sich an diesen Lebensstil gewöhnen müssen.

Zu seiner Überraschung fand er die Tür nur angelehnt vor. Wußte Whitney denn immer noch nicht, daß er für etwas so simples wie eine Hotelzimmertür keinen Schlüssel benötigte?

»Hey, Liebling, bereit zur Party?« Er ließ die Päckchen aufs Bett fallen und schwenkte die Sektflasche, für die er sage und schreibe fünfundsiebzig Dollar hingeblättert hatte. Als er zum Badezimmer ging, löste er bereits den Korken. »Ist das Wasser noch heiß«

Das Wasser war kalt, die Wanne leer. Einen Moment lang stand Doug verwirrt mitten im Badezimmer und starrte das ruhige, klare Wasser an. Der Korken hielt dem Druck nicht mehr stand und flog mit einem lauten Knall aus der Flasche, doch er bemerkte kaum den überschäumenden Sekt, der ihm über die Finger rann. Mit wild klopfendem Herzen rannte er ins Schlafzimmer zurück.

Ihr Rucksack lag noch dort, wo sie ihn hingeworfen hatte. Aber er sah kein kleines Holzkästchen. Rasch und gründlich durchsuchte er das Zimmer. Das Kästchen samt Inhalt war verschwunden. Whitney ebenfalls.

Zuerst verspürte er nur rasende Wut. Von einer Frau mit whiskyfarbenen Augen und kühlem Lächeln hereingelegt zu werden war hundertmal schlimmer als von einem o-beinigen Zwerg. Der Winzling war wenigstens im selben Geschäft tätig gewesen. Fluchend knallte er die Flasche auf den Tisch.

Frauen! Seit der Pubertät hatten sie ihm nichts als Ärger beschert. Wann würde er endlich dazulernen? Sie lächelten, blickten einen schmachtend an, klimperten mit den Wimpern und zogen einem gleichzeitig den letzten Dollar aus der Tasche.

Wie konnte er nur so dämlich sein! Hatte er doch tatsächlich geglaubt, daß ihre Gefühle echt waren! So, wie sie ihn angesehen hatte, wenn sie sich liebten, wie sie ihm beigestanden, an seiner Seite gekämpft hatte. Wie ein dicker, fetter Karpfen war er ihr ins Netz gegangen, hatte sogar schon einige halbgare Zukunftspläne geschmiedet, und sie hatte ihm bei der ersten sich bietenden Gelegenheit einen Tritt versetzt.

Lange sah er auf ihren Rucksack hinab. Sie hatte ihn auf dem Rücken getragen, meilenweit – lachend, stänkernd, ihn neckend. Und dann ... Ohne nachzudenken bückte sich Doug und hob ihn auf. Ihre Sachen waren noch darin – die Spitzenwäsche, eine Puderdose, eine Haarbürste. Er konnte ihren Duft riechen.

Nein. Er konnte es nicht glauben. Sie hatte ihn nicht aufs Kreuz gelegt. Sogar wenn er sich hinsichtlich ihrer Gefühle für ihn getäuscht hätte, besaß sie doch zuviel Klasse, um wortbrüchig zu werden.

Aber – wenn sie nicht fortgelaufen war, dann hatte man sie mitgenommen.

Er stand da, die Bürste in der Hand, während Angst in ihm aufstieg. Mitgenommen. Da wäre es ihm noch lieber gewesen, sie hätte ihn hereingelegt, säße bereits in einem Flugzeug nach Tahiti und lachte ihn aus.

Dimitri! Unter dem Druck seiner Hand zerbrach die Bürste in zwei Teile. Dimitri hatte seine Frau. Doug schleuderte die beiden Teile quer durch den Raum. Aber er würde sie nicht lange behalten.

Das Haus war überwältigend, doch Whitney wußte, daß sie von einem Mann mit Dimitris Ruf nichts anderes erwarten durfte. Von außen wirkte es elegant, beinahe feminin; weiß gestrichen, mit kleinen, von geschwungenen Eisengeländern umgebenen Balkonen, die einen herrlichen Blick über die Bucht boten. Die parkähnlichen Gärten schienen gut gepflegt, es gab tropische Blumen in Hülle und Fülle. Palmen spendeten den nötigen Schatten. Doch Whitney musterte ihre schöne Umgebung mit einer schleichenden, würgenden Furcht im Magen.

Remo hielt am Ende der mit weißem Kies bestreuten Auffahrt. Zwar war Whitneys Mut inzwischen etwas gesunken, doch sie bemühte sich um Gelassenheit. Ein Mann, der einen Besitz wie diesen erwarb, verfügte über eine gewisse Intelligenz. Und mit Intelligenz konnte man umgehen.

Es war Barns mit seinen gierigen schwarzen Augen und dem ewigen Grinsen, der ihr Sorgen bereitete.

»Nun, ich muß zugeben, dies sagt mir mehr zu als ein Hotel.« Wie jemand, der im Begriff ist, auf eine Party zu gehen, stieg Whitney anmutig aus, pflückte eine Hibiskusblüte und drehte sie zwischen den Fingern, als sie auf die Eingangstür zuging.

Auf Remos Klopfen hin wurde die Tür von einem anderen Mann im dunklen Anzug geöffnet. Dimitri bestand auf korrekt gekleideten Angestellten. Jedermann hatte neben einer Waffe auch eine Krawatte zu tragen. Als der Mann lächelte, zeigte er einen abgebrochenen Vorderzahn. Whitney hatte keine Ahnung, daß er sich den zugezogen hatte, als er seine Verfolgungsjagd in einem Schaufenster beendete.

»Also hast du sie erwischt.« Im Gegensatz zu Remo sah er den abgebrochenen Zahn als Mißgeschick an, mit dem man rechnen mußte. Vielmehr bewunderte er eine Frau, die wie der Teufel fahren konnte. Allerdings erstreckte sich diese Toleranz nicht auch auf Doug. »Wo ist Lord?«

Remo würdigte ihn keines Blickes. Er stand nur einem Mann Rede und Antwort. »Behalt sie im Auge«, ordnete er an und ging, um Dimitri Bericht zu erstatten. Da er den Schatz in der Tasche hatte, ging er hocherhobenen Hauptes. Das letzte Mal war er beinah gekrochen.

»Also was war los, Barns?« Der dunkelgekleidete Mann warf Whitney einen langen Blick zu. Hübsche Frau. Vermutlich hatte Dimitri einige interessante Pläne mit ihr. »Wo sind Lords Ohren für den Boss?«

Barns' Kichern jagte Whitney einen Schauder über den Rücken. »Sie hat ihn umgebracht«, quiekte er fröhlich.

»Ach ja?«

Whitney fing seinen interessierten Blick auf und strich ihr Haar zurück. »Das ist richtig. Ist es möglich, einen Drink zu bekommen?«

Ohne die Antwort abzuwarten, schlenderte sie durch die in Weiß gehaltene Halle in den nächsten Raum.

Er diente offenbar als Empfangssalon, und wer auch immer ihn eingerichtet haben mochte, tendierte zum Auffälligen, Protzigen. Whitney hätte eine unbeschwertere, heiterere Note gewählt.

Vor den Fenstern, die eine ganze Wand einnahmen, hingen scharlachrote Brokatvorhänge. Als Whitney durch den Raum wanderte, fragte sie sich, ob es ihr wohl gelingen würde, ein Fenster zu öffnen und zu verschwinden. Doug mußte inzwischen wieder im Hotel sein, überlegte sie, als sie mit der Fingerspitze die kunstvolle Schnitzerei eines Holztisches nachzeichnete. Sie konnte nicht darauf zählen, daß er wie der Weiße Ritter hier auftauchte und ihr zu Hilfe eilte. Welchen Zug sie jetzt auch machte, sie machte ihn allein.

Da sie wußte, daß beide Männer jeden ihrer Schritte beobachteten, griff sie nach einer Waterford-Karaffe und goß sich einen Drink ein. Ihre Finger waren feucht und wie taub. Eine kleine Stärkung konnte nichts schaden, besonders da sie nicht wußte, mit wem sie es zu tun hatte. Als habe sie alle Zeit der Welt, ließ sie sich in einen Queen-Anne-Sessel sinken und nippte an ihrem Wermut.

Ihr Vater pflegte zu sagen, mit jemandem, der eine gute Hausbar führe, könne man verhandeln. Hoffentlich hatte er recht.

Die Minuten verstrichen. Sie saß da und trank, wobei sie versuchte, die aufsteigende Panik zu unterdrücken.

Schließlich, wenn er sie einfach hätte töten wollen, so wäre das schon längst geschehen, nicht wahr? War es nicht viel wahrscheinlicher, daß er ein Lösegeld verlangen würde? Zwar behagte es ihr nicht sonderlich, gegen einige hunderttausend Dollar eingetauscht zu werden, aber immer noch besser, als mit einer Kugel im Kopf zu enden.

Doug hatte von der Folter wie von Dimitris Hobby gesprochen. Daumenschrauben und Lyrik. Whitney trank noch einen Schluck, wohl wissend, daß sie die Nerven verlieren würde, wenn sie zu sehr über den Mann nachgrübelte, der ihr Leben in den Händen hielt.

Doug war in Sicherheit. Darauf wollte sie sich konzentrieren.

Als Remo wiederkam, verkrampften sich all ihre Muskeln. Ruhe und Gleichmut vortäuschend, hob sie das Glas erneut an die Lippen.

»Es ist ausgesprochen unhöflich, einen Gast länger als zehn Minuten warten zu lassen«, sagte sie betont kühl.

Ihr entging nicht, daß Remo die Narbe auf seiner Wange berührte. »Mr. Dimitri wünscht, daß Sie ihm beim Lunch Gesellschaft leisten. Er dachte, Sie würden vorher gerne baden und sich umziehen.«

Ein Aufschub. »Sehr zuvorkommend.« Sie erhob sich und stellte ihr Glas ab. »Nun, leider habe ich mein Gepäck nicht dabei und somit rein gar nichts anzuziehen.«

»Mr. Dimitri hat dafür gesorgt.« Für ihren Geschmack nahm Remo ihren Arm ein wenig zu fest und führte sie durch die Halle zu einer Wendeltreppe. Nicht nur die Halle roch wie eine Leichenhalle, stellte sie fest, sondern das gesamte Haus. Er stieß eine Tür auf. »Sie haben eine Stunde Zeit. Beeilen Sie sich, er wartet nicht gerne.«

Whitney trat ein und hörte, wie sich der Schlüssel im Schloß drehte.

Einen Augenblick lang vergrub sie ihr Gesicht in den Händen, da sie am ganzen Leib zitterte. Dann begann sie, tief durchzuatmen. Eine Minute nur, befahl sie sich. Sie war am Leben, darauf galt es, sich zu konzentrieren. Langsam ließ sie die Hände sinken und blickte sich um.

Knauserig war Dimitri wirklich nicht. Die ihr zugewiesene Suite war ebenso elegant eingerichtet, wie es das Äußere des Hauses versprochen hatte. Das Wohnzimmer war geräumig, überall standen Porzellanvasen mit frischen Blumen. Feminine Farben herrschten vor, rosa- und graugemusterte Seidentapeten, ein orientalischer Teppich in den gleichen Farbtönen. Die Schlafcouch schimmerte dunkler und war mit handgearbeiteten Kissen bedeckt. Alles in allem, erkannte sie mit Kennerblick, eine gelungene Zusammenstellung. Dann riß sie die Fenster auf.

Ein Blick sagte ihr, daß an Flucht nicht zu denken war, der

Balkon lag viel zu hoch über dem Boden, so daß ein Abgang wie der in dem kleinen Gasthaus an der Küste unmöglich schien. Whitney schloß die Fenster wieder und suchte die Suite nach anderen Möglichkeiten ab.

Das Schlafzimmer war absolut bezaubernd, mit einem großen, schimmernden Chippendale-Bett und zarten chinesischen Lampen. Die Türen des Rosenholzschrankes standen offen und zeigten ihr eine Auswahl von Kleidern, die das Herz einer jeden Frau höher schlagen ließ. Whitney betastete einen Ärmel. Reine Seide. Es sah so aus, als ob Dimitri sich darauf eingerichtet hätte, sie längere Zeit zu beherbergen. Das konnte sie als gutes Zeichen deuten – oder sich deswegen Gedanken machen.

Ihr Ebenbild blickte sie aus einem großen Wandspiegel an. Whitney trat näher. Ihr Gesicht war blaß, die Kleider schmutzig und zerrissen. In ihren Augen las sie Furcht. Angewidert begann sie, ihre Bluse aufzuknöpfen.

Dimitri sollte beim Lunch keine zerlumpte, angstschlotternde Frau zu Gesicht bekommen, beschloß sie. Zumindest dafür konnte sie sorgen. Whitney MacAllister wußte, wie man sich dem Anlaß entsprechend zu kleiden hatte.

Sie überprüfte jede Tür ihrer Suite. Alle waren von außen verschlossen. Jedes Fenster, das sie öffnete, brachte sie zu der Erkenntnis, daß sie in der Falle saß. Im Moment jedenfalls.

Als nächsten logischen Schritt gönnte Whitney sich den Luxus eines Bades in der tiefen Marmorwanne, wobei sie mit den Badeessenzen, die Dimitri bereitgestellt hatte, nicht geizte. Auch Make-up war vorhanden, genau in den Farbtönen, die sie bevorzugte.

Ein gründlicher Mensch, dachte sie beim Schminken. Der perfekte Gastgeber. Eine Kristallflasche im Bad enthielt ihr Parfüm. Sie kämmte ihr frischgewaschenes Haar, dann steckte sie es mit zwei perlenbesetzten Kämmen zurück, gleichfalls ein Geschenk des Hauses.

Der Kleiderfrage widmete sie dieselbe Sorgfalt wie ein Soldat der Wahl seiner Waffen; in ihrer Situation hielt sie das für ebenso wichtig. Schließlich wählte sie ein mintgrünes

Kleid mit tiefem Rückenausschnitt und langem Rock, dem sie mit Hilfe eines um die Taille geknoteten roten Seidenschals eine auffällige Note verlieh.

Als sie nun in den mannshohen Spiegel blickte, nickte sie zufrieden. Sie war für alles gewappnet.

Das Klopfen an der Tür beantwortete sie mit einem herablassenden »Herein« und warf Remo den kühlen Eisprinzessinnenblick zu, den Doug so bewunderte.

»Mr. Dimitri läßt bitten.«

Wortlos rauschte sie an ihm vorbei. Ihre Handflächen waren feucht, doch sie widerstand dem Drang, die Fäuste zu ballen. Statt dessen strich sie mit den Fingern leicht über das Geländer, als sie die Treppe hinunterging. Wenn sie schon zu ihrer Hinrichtung ging, konnte sie es genausogut mit Stil tun. Mit leicht zusammengepreßten Lippen folgte sie Remo durch das Haus und auf eine geräumige, von Blumen umgebene Terrasse.

»Miss MacAllister, endlich.«

Sie war sich nicht sicher, was sie eigentlich erwartet hatte. Nach all den Horrorgeschichten, die sie gehört und durchlebt hatte, war sie auf eine Art zweibeiniges Monster gefaßt gewesen. Doch der Mann, der sich von dem Rauchglastisch erhob, war blaß, klein und wirkte unbedeutend. Er hatte ein rundes, fast sanft wirkendes Gesicht und dunkles, schütter werdendes Haar, das er aus der Stirn gekämmt trug. Seine Haut sah so wachsbleich aus, als habe sie noch nie die Sonne gesehen. Whitney überkam die surrealistische Vorstellung, daß er, wenn sie einen Finger in seine Wange stäche, wie ein Hefeteig in sich zusammenfallen würde. Die Augen waren beinahe farblos, von einem hellen, wäßrigen Blau unter dunklen Augenbrauen. Whitney konnte sein Alter nicht schätzen, er konnte alles zwischen vierzig und sechzig sein.

Der Mund war schmal, die Nase klein und die runden Wangen hatte er, wenn sie nicht alles täuschte, ganz leicht mit Rouge getönt.

Der weiße, adrette Anzug verbarg ein kleines Bäuchlein nicht ganz. Es lag nahe, ihn einfach als einen aufgeblasenen kleinen Gecken abzutun – doch dann bemerkte Whitney die neun leicht lackierten Nägel – und den Stumpf des kleinen Fingers.

Er hielt ihr zur Begrüßung die Hand hin, so daß sie erkennen konnte, wie dick und hart die Haut über dem Stumpf geworden war. Im Gegensatz zur Haut der Hand, die so weich und glatt wie die eines jungen Mädchens schien.

Die äußere Erscheinung täuschte. Besser, sie vergaß nicht, daß Dimitri so gefährlich und bösartig wie eine Muräne war. Seine Macht mochte nach außen hin nicht zu erkennen sein, doch er entließ den großen, kräftigen Remo mit nur einem einzigen Blick.

»Ich bin entzückt, daß Sie mir Gesellschaft leisten, meine Liebe. Es gibt doch nichts Deprimierenderes als eine einsame Mahlzeit. Ich habe da einen ausgezeichneten Campari.« Er hob eine andere Waterford-Karaffe hoch. »Darf ich Ihnen ein Glas anbieten?«

Sie öffnete den Mund, um ihm eine Antwort zu geben, doch es kam kein Ton heraus. Erst das zufriedene Glitzern in seinen Augen veranlaßte sie, vorzutreten. »Vielen Dank, gern.« Whitney schritt majestätisch auf den Tisch zu. Je näher sie kam, desto mehr Angst stieg in ihr hoch. Lächerlich, dachte sie. Er sah wie ein pompöser kleiner Dandy aus. Doch die Angst blieb. Seine Augen schienen niemals zu zwinkern, er starrte sie nur unentwegt an. Als sie nach dem Glas griff, mußte sie sich darauf konzentrieren, die Hand ruhig zu halten. »Ihr Haus, Mr. Dimitri, ist ein wahres Schmuckstück.«

»Von jemandem mit Ihrer beruflichen Erfahrung werte ich das als großes Kompliment. Ich hatte großes Glück, es in so kurzer Zeit zu finden.« Er nippte an seinem Glas, dann betupfte er sich den Mund mit einer zierlichen weißen Leinenserviette. »Die Eigentümer waren so – freundlich, es mir für einige Wochen zu überlassen. Die Gärten haben mir gefallen. Ein angenehmes Refugium in dieser schwülen Hitze.« Höflich rückte er ihr den Stuhl zurecht. Whitney kämpfte einen Anflug von Panik und Ekel nieder. »Sie sind nach der langen Reise sicher hungrig.«

Sie schaute über ihre Schulter und rang sich ein Lächeln

ab. »Um ehrlich zu sein, ich habe dank Ihrer Gastfreundschaft gestern abend hervorragend gegessen.«

Neugier zeichnete sich auf seinem Gesicht ab, als er zu seinem Platz ging. »Tatsächlich?«

»In dem Jeep, den Douglas und ich uns von Ihren – Angestellten ausgeliehen haben.« Auf sein Nicken hin fuhr sie fort: »Wir fanden eine gute Flasche Wein und eine ausgezeichnete Mahlzeit. Ich esse Beluga recht gerne.«

Auf dem Tisch wartete auf Eis gelegter Kaviar, schwarz und schimmernd. Whitney bediente sich.

»Ich verstehe.«

Sie war sich nicht sicher, ob ihre Erklärung ihn verstimmte oder belustigte. Lächelnd nahm sie einen Bissen. »Ich muß schon sagen, Ihre Speisekammer ist gut gefüllt.«

»Ich hoffe, meine Gastfreundschaft sagt Ihnen auch weiterhin zu. Sie müssen diese Hummercremesuppe versuchen, meine Liebe. Darf ich Ihnen etwas geben?« Mit eleganten Bewegungen, die sie an ihm nicht vermutet hätte, tauchte Dimitri eine silberne Kelle in die Suppenterrine. »Remo berichtete mir, daß Sie sich unseres Mr. Lord entledigt haben.«

»Danke. Es riecht köstlich.« Langsam löffelte Whitney ihre Suppe. »Nun, Douglas fing an, mir im Wege zu stehen.« Es war ein Spiel, mahnte sie sich. Und sie hatte gerade erst begonnen. Die kleine Muschel baumelte leicht an der Kette, als sie zu ihrem Glas griff. Sie spielte, um zu gewinnen. »Ich bin sicher, Sie werden das verstehen.«

»In der Tat.« Dimitri aß langsam und mit Genuß. »Mr. Lord bereitete auch mir seit einiger Zeit Scherereien.«

»Indem er Ihnen die Papiere unter der Nase weg gestohlen hat?« Sie bemerkte, daß die weißen, manikürten Finger sich um den Löffel krampften. Eine Schwachstelle, dachte sie. Er haßte es, sich zum Narren halten zu lassen. Sie widerstand dem Drang, heftig zu schlucken, und lächelte statt dessen. »Auf seine Art war Douglas recht clever«, meinte sie lässig. »Ein Jammer, daß er sich manchmal so schlecht benahm.«

»Man muß ihm tatsächlich eine gewisse Intelligenz zugestehen«, pflichtete Dimitri ihr bei. »Leider muß ich zugeben, daß sich mein eigenes Personal recht ungeschickt angestellt hat.«

»Vielleicht trifft beides zu.«

Mit einem leichten Nicken nahm er dies zur Kenntnis. »Und außerdem hatte er Sie, Whitney. Ich darf Sie doch Whitney nennen?«

»Selbstverständlich. Ich gebe zu, ich habe ihm geholfen. Wenn ich mich schon auf so etwas einlasse, überzeuge ich mich gerne persönlich, wie meine Karten fallen.«

»Sehr weise.«

»Es gab Zeiten, da ...« Sie brach ab und widmete sich wieder ihrer Suppe. »Ich rede ungern schlecht über Tote, Mr. Dimitri, doch Douglas handelte oft recht unbesonnen und unlogisch. Allerdings ließ er sich leicht lenken.«

Dimitri betrachtete sie beim Essen, bewunderte die schlanken Hände und die schimmernde Haut, die sich von dem grünen Kleid abhob; eine Schande, die zu verunzieren. Vielleicht konnte er eine andere Verwendung für sie finden, sie eventuell in seinem Haus in Connecticut unterbringen. Tagsüber als elegante Gesellschafterin, nachts als gehorsame, unterwürfige Sklavin. »Außerdem war er jung und recht attraktiv, nicht wahr?«

»Doch, durchaus.« Whitney lächelte gequält. »Eine Zeitlang bot er eine interessante Abwechslung. Auf längere Sicht ziehe ich aber einen Mann mit Stil vor. Etwas Kaviar, Mr. Dimitri?«

»Danke.« Als er den Teller entgegennahm, den sie ihm reichte, streifte er ganz leicht ihre Haut und fühlte, wie sie sich bei der Berührung der deformierten Hand versteifte. Dieses kleine Zeichen der Schwäche freute ihn. Er erinnerte sich daran, wie gerne er einmal einer Gottesanbeterin zugesehen hatte, wie sie eine Motte fing – die Art, wie dieses intelligente Insekt die verzweifelte Beute festhielt, geduldig wartete, bis dessen Gegenwehr erlahmte und dann den zarten, feinen Körper verschlang. Früher oder später gaben die Jungen, Schwachen und Zerbrechlichen immer auf. Wie die Gottesanbeterin verfügte Dimitri über Geduld, Stil und Grausamkeit.

»Ich muß sagen, es fällt mir schwer zu glauben, daß eine Frau mit Ihrem Feingefühl kaltblütig einen Mann erschießt. Dieser Salat ist ganz frisch. Er wird Ihnen schmecken.«

»Perfekt an einem heißen Nachmittag«, stimmte Whitney zu. »Feingefühl«, fuhr sie dann fort, die Flüssigkeit in ihrem Glas betrachtend, »unterliegt den Geboten der Notwendigkeit, nicht wahr, Mr. Dimitri? Ich bin vor allem Geschäftsfrau. Und wie ich schon sagte, Douglas wurde ein wenig lästig. Man muß die Möglichkeiten nutzen.« Sie hob ihr Glas und lächelte ihn über den Rand hinweg an. »Ich sah die Möglichkeit, mich von einem Störfaktor zu befreien und mir gleichzeitig die Papiere anzueignen. Und habe sie genutzt. Schließlich war er doch nur ein Dieb.«

»Genau.« Er begann sie zu bewundern. Obgleich er ihr das kühle Gehabe nicht ganz abkaufte, war ihre gute Erziehung nicht zu leugnen. Als illegitimer Sohn einer religiösen Fanatikerin und eines fahrenden Musikanten hegte Dimitri tiefen Respekt für Erziehung und Bildung. All die Jahre hatte er versucht, diesen Mangel durch Streben nach Macht zu kompensieren. »Also nahmen Sie die Papiere an sich und suchten den Schatz selber?«

»Es war sehr einfach. Die Papiere zeigten mir den Weg. Haben Sie sie gesehen?«

»Nein.« Wieder verkrampften sich seine Finger. »Nur einen kleinen Teil davon.«

»Nun ja, sie haben ihren Zweck jedenfalls erfüllt.« Whitney probierte ihren Salat.

»Ich habe immer noch nicht alle gesehen«, sagte er milde, die Augen fest auf sie geheftet.

Flüchtig dachte sie daran, daß die Papiere sicher im Jeep lagen, bei Doug. »Ich fürchte, das werden Sie auch niemals«, erwiderte sie. Die Wahrheit dieser Worte befriedigte sie zutiefst. »Als ich mein Vorhaben durchgeführt hatte, habe ich sie vernichtet. Ich halte nichts von unnützen Beweisstücken.«

»Sehr klug. Und was wollen Sie mit dem Schatz anfangen?«

»Anfangen?« Überrascht blickte Whitney auf. »Nun, mich an ihm freuen natürlich.«

»Sehr gut«, stimmte er zu. »Und jetzt habe ich ihn. Und Sie dazu.«

Einen Moment lang sah Whitney ihm direkt in die Augen. Der Salat blieb ihr beinah im Hals stecken. »Wenn man spielt, muß man damit rechnen, zu verlieren, egal wie unangenehm das auch sein mag.«

»Gut ausgedrückt.«

»Und nun bin ich von Ihrer Gastfreundschaft abhängig.«

»Sie machen sich nichts vor, Whitney. Das gefällt mir. Es gefällt mir auch, einer Schönheit so nahe zu sein.«

Das Essen lag ihr wie ein Stein im Magen. Sie hielt ihm ihr Glas hin und wartete, bis er es wieder gefüllt hatte. »Ich hoffe, Sie halten mich nicht für unhöflich, aber mich würde interessieren, wie lange Ihre Gastfreundschaft gelten soll.«

Er hob sein eigenes Glas und prostete ihr zu. »Durchaus nicht. Nur solange es mir beliebt.«

Wenn sie noch einen Bissen hinunterwürgen mußte, ihr Magen würde ihn nicht bei sich behalten. Sie strich mit den Fingerspitzen über den Rand des Glases. »Mir ist so durch den Kopf gegangen, daß Sie vielleicht von meinem Vater ein Lösegeld fordern wollen.«

»Ich bitte Sie, meine Liebe.« Er schenkte ihr ein leises, mißbilligendes Lächeln. »Ich halte diese Frage für kein geeignetes Thema beim Essen.«

»Nur ein Gedanke.«

»Oh, ich muß Sie bitten, sich um solche Dinge keine Gedanken zu machen. Es wäre mir lieber, Sie würden Ihren Aufenthalt genießen. Ich hoffe, die Räumlichkeiten sagen Ihnen zu?«

»Sehr hübsch.« Whitney verspürte den dringenden Wunsch, laut zu schreien. Seine hellen Augen wirkten wie die eines Fisches. Oder eines Leichnams. Kurz schlug sie die Augen nieder. »Ich habe Ihnen noch gar nicht für die Garderobe gedankt, die ich wirklich dringend benötigte.«

»Nichts zu danken. Vielleicht würden Sie gerne die Gärten besichtigen?« Er erhob sich, um ihren Stuhl zurechtzurücken. »Und danach möchten Sie sich sicher etwas hinlegen. Die Hitze am späten Nachmittag ist erdrückend.«

»Sehr aufmerksam von Ihnen.« Sie legte eine Hand auf seinen Arm, ohne sich ihren Widerwillen anmerken zu lassen.

»Sie sind mein Gast. Ein sehr willkommener Gast.«

»Ein Gast.« Ihr Lächeln wurde kühl, die Stimme klang ironisch. »Ist es Ihre Gewohnheit, Gäste in ihren Zimmern einzuschließen?«

»Es ist meine Gewohnheit«, entgegnete er, ihre Hand an seine Lippen ziehend, »einen Schatz gut aufzubewahren. Sollen wir gehen?«

Whitney warf ihr Haar zurück. Sie würde einen Ausweg finden. Falls nicht – sie fühlte noch immer die Berührung seiner Lippen auf ihrer Haut – wollte sie sterben. »Aber gerne.«

15

So weit, so gut. Das war zwar nicht unbedingt eine positive Aussage, aber mehr ließ sich zu diesem Zeitpunkt noch nicht sagen. Sie hatte den ersten Tag als Dimitris Gast ohne Probleme überstanden. Und ohne daß ihr eine zündende Idee gekommen wäre, wie sie fliehen könnte – mit heiler Haut.

Er hatte sich ihr gegenüber höflich und aufmerksam verhalten. Jeder Wunsch wurde ihr sofort erfüllt. Sie hatte ihn auf die Probe gestellt, indem sie Appetit auf ein Schokoladensoufflé äußerte. Am Ende eines ausgiebigen, aus sieben Gängen bestehenden ausgezeichneten Menüs war es ihr serviert worden.

Obwohl sie sich während der drei Stunden, die sie am Nachmittag in ihrem Zimmer eingeschlossen worden war, den Kopf zerbrochen hatte, war Whitney noch immer ratlos. Sie konnte weder die Tür aufbrechen noch aus dem Fenster springen, und das Telefon in ihrem Zimmer hatte lediglich einen Hausanschluß.

Vielleicht hätte sie erwogen, während ihres nachmittäglichen Gartenspaziergangs zu fliehen, doch während sie noch die Einzelheiten plante, hatte Dimitri ihr eine pinkfarbene Rosenknospe abgeschnitten und gleichzeitig sein Bedauern darüber ausgedrückt, daß er gezwungen wäre, seinen Besitz durch bewaffnete Wachposten zu schützen. Sicherheitsvorkehrungen, wie er es formulierte, waren das Kreuz, das der Erfolgreiche zu tragen hatte.

Als sie am Ende des Grundstückes anlangten, rief er beiläufig einen seiner Angestellten herbei. Der breitschultrige Mann trug einen schlichten dunklen Anzug, ein kleines Schnurrbärtchen und eine tödlich aussehende Maschinenpistole.

Daraufhin beschloß Whitney, nach einem geeigneteren Fluchtweg zu suchen, anstatt sich auf eine wilde Jagd durch das offene Gelände einzulassen.

Während ihrer nachmittäglichen Ruhepause überlegte sie hin und her. Früher oder später würde ihre lange Abwesenheit ihrem Vater Sorgen bereiten, doch das konnte noch einen Monat dauern.

Irgendwann einmal würde Dimitri die Insel verlassen wollen, wahrscheinlich schon bald, nun, da sich der Schatz in seinem Besitz befand. Ob er sie mitnahm – und ihr so weitere Fluchtmöglichkeiten bot – hing von seiner Stimmung ab. Und Whitney legte keinen Wert darauf, von den Launen eines Mannes abhängig zu sein, der Rouge benutzte und andere dafür bezahlte, für ihn zu töten.

So verbrachte sie den Nachmittag damit, in ihrer Suite auf und ab zu gehen und Pläne auszuarbeiten, seien es nun so einfache wie das Zusammenknoten von Bettlaken, um aus dem Fenster zu klettern, oder so komplizierte wie sich mit Hilfe eines Buttermessers durch die Wand zu graben. Und sie anschließend wieder zu verwerfen.

Schließlich kleidete sie sich in ein enganliegendes Seidenkleid, das jede Kurve ihres Körpers betonte und mit kleinen, glitzernden Perlen bestickt war.

Beinahe zwei Stunden lang saß sie Dimitri an einem langen, eleganten Mahagonitisch gegenüber, der im Licht der zwei Dutzend Kerzen matt glänzte. Die Mahlzeit, von Schnecken bis zum Soufflé und Dom Pérignon, war ausgezeichnet. Chopin plätscherte leise im Hintergrund, während sie über Kunst und Literatur redeten.

Whitney konnte nicht leugnen, daß Dimitri in solchen Dingen ein Kenner war und daß er sich in den elegantesten Clubs hätte behaupten können. Ehe das Essen vorüber war, hatten sie über ein Stück von Tennessee Williams diskutiert, das Für und Wider französischer Impressionisten erörtert und über die Feinheiten des Mikado debattiert.

Als das Soufflé in ihrem Mund schmolz, stellte Whitney fest, daß sie den klebrigen Reis und das Obst, das sie sich mit Doug in der Nacht in der Höhle geteilt hatte, bei weitem vorgezogen hätte.

Während sie mit Dimitri Konversation betrieb, dachte sie an all die Streitereien und Debatten mit Doug. Die Seide schmiegte sich kühl an ihre Schultern, doch hätte sie das fünfhundert Dollar teure Kleid frohen Herzens gegen den steifen Baumwollsack eingetauscht, den sie auf dem Weg zur Küste getragen hatte.

Unter diesen Umständen, wo ihr Leben auf dem Spiel stand, war es vielleicht etwas ungewöhnlich, zu behaupten, sie langweile sich. Doch sie tat es, und zwar schrecklich.

»Sie scheinen etwas abwesend, meine Liebe?«

»Oh?« Whitney riß sich zusammen. »Das Essen war köstlich, Mr. Dimitri.«

»Aber die Unterhaltung läßt vielleicht zu wünschen übrig. Eine junge Frau verlangt sicher nach etwas Aufregenderem.« Mit einem gütigen Lächeln drückte er auf einen Knopf, und fast im selben Augenblick erschien ein weißgekleideter Orientale. »Miss MacAllister und ich nehmen den Kaffee in der Bibliothek. Sie ist sehr geräumig«, fügte er hinzu, als der Diener den Raum verließ. »Ich freue mich, daß sie meine Liebe zum gedruckten Wort teilen.«

Zuerst wollte sie ablehnen, doch wenn sie mehr von dem Haus zu sehen bekäme, könnte sie eventuell einen Fluchtweg finden. Es konnte nichts schaden, die Möglichkeit zu nutzen, entschied sie und ließ lächelnd ihr Steakmesser in die bereits geöffnete Abendtasche gleiten, die sie neben ihrem Teller plaziert hatte.

»Es ist immer ein Vergnügen, den Abend mit einem Mann zu verbringen, der die besseren Dinge des Lebens zu schätzen weiß.« Whitney erhob sich, schloß unauffällig die Tasche, nahm seinen Arm und schwor sich, ihm bei der erstbesten Gelegenheit ohne Gewissensbisse das Messer ins Herz zu stoßen.

»Für einen Mann, der soviel reist wie ich«, begann er, »ist es wichtig, gewisse Dinge mitzuführen. Guten Wein, angenehme Musik und einige Bände wertvoller Literatur.« Er schritt leichtfüßig durch das Haus, wobei er einen leichten Duft nach Rasierwasser verbreitete. Das formelle weiße Dinnerjackett zeigte keine einzige Falte.

Dimitri befand sich in wohlwollender, großzügiger Stimmung. Zu viele Wochen waren verstrichen, seitdem ihm zum letzten Mal eine junge, attraktive Frau beim Dinner Gesellschaft geleistet hatte. Er öffnete die hohe Flügeltür der Bibliothek und komplimentierte Whitney hinein. »Schwelgen Sie, soviel Sie wollen, meine Liebe«, meinte er und deutete auf die gutgefüllten Bücherregale.

Der Raum führte zur Terrasse, wie sie sofort bemerkte. Wenn sie es schaffen sollte, nachts aus ihrem Zimmer herauszukommen, dann könnte diese Terrassentür ihr den Weg in die Freiheit ebnen. Allerdings mußte sie noch an den Wachposten vorbeigelangen. Und an den Maschinenpistolen.

Alles zu seiner Zeit, mahnte sich Whitney, als sie mit dem Finger über die ledergebundenen Bände fuhr.

»Mein Vater besitzt auch so eine Bibliothek«, kommentierte sie. »Ich fand es schon immer herrlich, dort einen gemütlichen Abend zu verbringen.«

»Noch gemütlicher mit Kaffee und Brandy.« Dimitri schenkte ihr den Brandy eigenhändig ein, als der Diener mit einem Silbertablett zurückkam. »Geben Sie Chan bitte das Messer, meine Liebe. Mit dem Abwasch ist er sehr eigen.« Whitney drehte sich um und bemerkte, daß Dimitri sie lächelnd beobachtete, mit Augen, die sie an die eines Reptils erinnerten – ausdruckslos, kalt und gefährlich geduldig.

Ohne ein Wort nahm sie das Messer heraus und reichte es dem Diener. Mühsam zügelte sie ihr Temperament und hielt die Verwünschungen zurück, die ihr auf der Zunge lagen. Wutausbrüche würden ihr hier kaum helfen.

»Brandy?« fragte Dimitri, als Chan sie alleine gelassen hatte.

»Danke, gerne.« Genauso gelassen wie er durchquerte Whitney den Raum und streckte die Hand aus.

»Wollten Sie wirklich versuchen, mich mit einem Steakmesser zu erstechen, meine Liebe?«

Achselzuckend trank sie von dem Brandy, der angenehme Wärme in ihrem Inneren verbreitete. »Es war nur ein Gedanke.«

Er gab ein rumpelndes Lachen von sich, das ausgesprochen

unangenehm wirkte. Wieder dachte er an die Gottesanbeterin und den Kampf der Motte. »Ich bewundere Sie, Whitney, wirklich.« Er stieß mit ihr an, schwenkte den Brandy im Glas und trank. »Ich dachte, Sie würden sich vielleicht gerne den Schatz näher ansehen. Schließlich blieb Ihnen heute dafür kaum Zeit, nicht wahr?«

»Nein, Remo war ziemlich in Eile.«

»Mein Fehler, meine Liebe, ganz allein mein Fehler.« Er legte ihr leicht die Hand auf die Schulter. »Ich konnte es kaum erwarten, Sie kennenzulernen. Doch um Abbitte zu leisten, werde ich Ihnen jetzt soviel Zeit einräumen, wie Sie wünschen.«

Er ging zu dem Wandregal an der Ostseite und schob einige Bücher beiseite. Ohne große Überraschung blickte sie auf den Safe; die Tarnung war nicht sehr erfinderisch. Sie fragte sich nur, mit welchen Mitteln er die Vorbesitzer dazu gebracht hatte, ihm das Versteck zu verraten. Dann nippte sie wieder an ihrem Brandy. Sicherlich war er von den Vorbesitzern mit allen Bereichen des Hauses vertraut gemacht worden, ehe sie es ihm – überlassen hatten.

Dimitri machte keinen Versuch, die Kombination vor ihr geheimzuhalten. Verdammt selbstsicher, dachte Whitney, die sich die Zahlenfolge einprägte. Ein Mann wie er verdiente einen ordentlichen Tritt in den Hintern.

»Ah.« Es klang wie ein Seufzer, den man beim Anblick guten Essens ausstößt. Vorsichtig nahm er das alte Kästchen heraus, das er bereits hatte reinigen lassen, so daß das Holz dunkel schimmerte. »Ein wirkliches Sammlerstück.«

»Ja.« Whitney ließ den Brandy im Glas kreisen. Er war mild und hatte genau die richtige Temperatur. Am liebsten hätte sie ihn ihrem Gegenüber ins Gesicht geschüttet. »Das habe ich auch schon gedacht.«

Dimitri hielt das Kästchen so vorsichtig wie ein Vater sein Neugeborenes. »Ich kann mir nur schwer vorstellen, wie jemand mit so zarten Händen in der Erde wühlt – selbst nicht für einen Schatz wie diesen.«

Lächelnd dachte Whitney daran, was ihre zarten Hände im Laufe der letzten Woche alles hatten durchmachen müssen. »Ich bin zwar kein großer Freund davon, mit den Händen zu arbeiten, aber es mußte sein.« Kritisch musterte sie ihre Hand. »Zugegeben, ich plante eine Maniküre, als Remo mir Ihre – Einladung überbrachte. Dieses Unternehmen war Gift für meine Hände.«

»Wir werden im Hinblick darauf etwas arrangieren. Inzwischen«, er setzte das Kästchen auf den großen Tisch der Bibliothek, »genießen Sie den Anblick.«

Ihn beim Wort nehmend, ging Whitney zum Tisch und klappte den Deckel auf. Die Juwelen wirkten jetzt nicht weniger beeindruckend als am Morgen. Sie griff hinein und nahm das Diamant- und Saphirkollier heraus, welches Doug so bewundert hatte. Nein, welches ihn in Verzückung versetzt hatte. Vielleicht konnte sie auf dieser Basis operieren?

»Phantastisch«, murmelte sie. »Absolut überwältigend. Man wird diese netten kleinen Perlenschnüre so leid.«

»Sie halten vermutlich eine Viertelmillion Dollar in der Hand.«

Sie schob die Unterlippe vor. »Ein angenehmer Gedanke.«

Sein Herz begann schneller zu schlagen, als er beobachtete, wie sie die Juwelen in der Hand hielt, so, wie es die Königin selbst vor ihrem Fall und ihrem Tod getan haben mochte. »Dies Steine gehören auf die Haut einer Frau.«

»O ja.« Lachend hielt sie sich die Steine vor die Brust. Die Saphire leuchteten wie dunkle, funkelnde Augen, die Diamanten glitzerten. »Es ist schön, und zweifellos sehr wertvoll, doch dies hier ...« Sie ließ die Kette in das Kästchen zurückfallen und griff nach dem schweren Diamanthalsband. »Dies hat eine Bedeutung. Was meinen Sie – wie hat Marie es wohl fertiggebracht, es von der Komtesse zu bekommen?«

»Sie denken, daß es sich um das berüchtigte Halsband dieser Diamantenaffäre handelt?« Dimitri war entzückt.

»Ich setze es einfach voraus.« Whitney ließ das Halsband durch die Finger gleiten, wobei es das Licht auffing. Wie Doug es einst von dem Sydney-Diamanten behauptet hatte, schienen die Steine eisig zu glühen. »Ich schätze, Marie war klug genug, den Spieß umzudrehen und die Leute zu benutzen, die sie ausnutzen wollten.« Sie probierte ein Rubinarmband an. »Gerald Lebrun lebte wie ein Bettler, mit dem Schatz einer Königin unter dem Küchenfußboden. Seltsam, finden Sie nicht?«

»Loyalität ist immer seltsam, außer wenn sie durch Angst hervorgerufen wird.« Er nahm ihr das Halsband aus der Hand und untersuchte es. Zum ersten Mal sah Whitney die nackte Gier hinter der glatten Fassade. Seine Augen glänzten wie die von Barns, als er mit dem Revolver auf ihre Kniescheibe gezielt hatte, und seine Zunge wurde schwer. Als er wieder zu sprechen begann, klang seine Stimme so feurig und fanatisch wie die eines Erweckungspredigers. »Die Revolution selbst war eine faszinierende Zeit des Aufruhrs, des Todes und der Vergeltung. Fühlen Sie nicht Blut, Verzweiflung, Verlangen und Macht, wenn Sie es in der Hand halten? Bauern und Politiker, die eine jahrhundertealte Monarchie stürzen? Und wodurch?« Er lächelte sie an, die Diamanten glitzerten in seiner Hand, und in seinen Augen loderte es. »Durch Angst. Nur durch Angst. Ein sehr angemessener Name, die Schreckensherrschaft. Und die Überreste hier? Das Symbol der Eitelkeit einer toten Königin.«

Er genoß das alles, Whitney konnte es in seinen Augen lesen. Ihn gelüstete es nicht allein nach den Juwelen, sondern ihn erregte das Blut, das daran klebte. Ihre Angst vor ihm wich Ekel. Doug hatte recht, dachte sie. Nur der Sieg zählte. Und noch hatte sie nicht verloren.

»Ein Mann wie Lord hätte all das für einen Bruchteil seines Wertes verhökert. Was für ein Bauer!« Sie hob ihren Cognacschwenker. »Ein Mann wie Sie hat sicherlich andere Pläne.«

»Sie sind nicht nur schön, sondern auch klug.« Dimitri hatte seine zweite Frau geheiratet, weil ihre Haut ihn an reine Sahne erinnerte. Er hatte sich ihrer entledigt, weil ihr Hirn aus einer genauso weichen Masse bestand. Whitney fesselte ihn immer mehr. Etwas ruhiger ließ er das Halsband durch seine Hände gleiten. »Ich will mich an dem Schatz freuen. Der materielle Wert bedeutet mit wenig, ich bin ein sehr reicher Mann.« Er sagte dies nicht etwa lässig dahin, sondern mit einem gewissen Stolz. Reichtum war ihm genauso wichtig wie Männlichkeit und Intellekt. Vielleicht noch wichtiger, dachte er, da Geld den Mangel an anderen Vorzügen kaschierte.

»Das Sammeln« – er strich mit dem Finger über das Armband an ihrem Handgelenk – »von schönen Dingen ist zu meinem Hobby geworden. Manchmal schon zu einer Besessenheit.«

Ein Hobby, so konnte man es auch nennen. Für den Inhalt dieses Kästchens hatte er wieder und wieder getötet, und doch bedeutete er ihm nicht mehr als einige bunte Murmeln einem kleinen Jungen. Whitney unterdrückte den Abscheu auf ihrem Gesicht und den anklagenden Ton in ihrer Stimme.

»Würden Sie mich für eine schlechte Verliererin halten, wenn ich mir wünschte, sie würden dieses spezielle Hobby mit etwas weniger Erfolg betreiben?« Seufzend strich sie über die glitzernden Steine. »Ich hatte mich schon an die Vorstellung gewöhnt, all dies zu besitzen.«

»Im Gegenteil, ich bewundere Ihre Aufrichtigkeit.« Dimitri ging zum Tisch, um Kaffee einzuschenken. »Und ich weiß, wie hart Sie für Maries Schatz gearbeitet haben.«

»Ja, ich ...« Whitney brach ab. »Aber jetzt bin ich neugierig, Mr. Dimitri. Wie haben Sie von dem Schatz erfahren?«

»Geschäfte. Sahne, meine Liebe?«

»Nein, danke. Schwarz.« Whitney zügelte ihre Ungeduld und ging zu ihm hinüber.

»Hat Lord Ihnen nicht von Whitaker erzählt?« fragte ihr Gastgeber.

Whitney nahm den Kaffee entgegen und zwang sich, gelassen Platz zu nehmen. »Nur daß er sich die Papiere beschafft hat und dann beschloß, sie zu veräußern.«

»Whitaker war zwar ein Narr, aber manchmal nicht so dumm, wie er aussah. Er war eine Zeitlang Geschäftspartner von Harold R. Bennett. Der Name sagt Ihnen etwas?«

»Natürlich.« Sie sagte dies leichthin, doch ihr Verstand arbeitete auf Hochtouren. Hatte Doug nicht einmal einen General erwähnt? Ja, irgendein General hatte mit Lady Smythe-Wright wegen der Papiere verhandelt. »Bennett ist ein hochdekorierter General im Ruhestand und nebenbei ein ganz guter Geschäftsmann. Er hatte manchmal geschäftlich mit meinem Vater zu tun – und manchmal auf dem Golfplatz, was auf dasselbe hinauskommt.«

»Ich habe Schach dem Golfspiel immer vorgezogen«, bemerkte Dimitri. Gekleidet in elfenbeinfarbene Seide schimmerte sie im matten Licht wie die zersplitterte Glaskönigin des Schachspiels. Er erinnerte sich, wie gut sie in seine Hand gepaßt hatte. »Also kennen Sie General Bennetts Ruf?«

»Er ist als Kunstmäzen und Sammler erfolgreich. Vor einigen Jahren hat er eine Karibikexpedition geleitet und eine gesunkene spanische Galeone entdeckt. Fünfeinhalb Millionen in Münzen, Edelsteinen und Kunstgegenständen. Was Whitaker zu tun vorgab, führte Bennett durch. Und sehr erfolgreich.«

»Sie sind gut informiert. Das gefällt mir.« Er gab Sahne und zwei gehäufte Teelöffel Zucker in seinen Kaffee. »Bennett liebt sozusagen die Jagd. Er hat in Ägypten, Neuseeland und dem Kongo das Unbezahlbare gesucht und gefunden. Laut Whitaker stand er am Anfang der Verhandlungen mit Lady Smythe-Wright hinsichtlich der Papiere, die sie geerbt hatte. Whitaker verfügte über Beziehungen und einen gewissen Charme, wenn es um Frauen ging. Er hat Bennett das Geschäft vor der Nase weggeschnappt. Doch unglücklicherweise war er ein Amateur.«

Leicht entmutigt mußte Whitney dem zustimmen. »Also erfuhren Sie von ihm, wo die Papier aufbewahrt wurden, und heuerten Douglas an, um sie zu stehlen.«

»Sie mir zu verschaffen«, berichtigte Dimitri sanft. »Whitaker weigerte sich sogar unter – Druck, mir den Inhalt aller Papiere zu verraten, doch er teilte mir mit, daß Bennetts Interesse hauptsächlich dem kulturellen und geschichtlichen Wert des Schatzes galt. Natürlich war der Gedanke, einen Schatz zu erwerben, der einst Marie Antoinette gehörte, die ich sehr bewundere, äußerst verlockend.«

»Natürlich. Wenn Sie den Inhalt dieses Kästchens nicht verkaufen wollen, Mr. Dimitri, was haben Sie dann damit vor?«

»Nun, ihn zu behalten, Whitney.« Er lächelte sie an. »Ihn ansehen, ihn berühren. Ihn besitzen.«

Dougs Einstellung frustrierte sie zwar, doch zumindest verstand sie ihn. Er sah den Schatz als Mittel zum Zweck an. Dimitri betrachtete ihn als seinen persönlichen Besitz. Dutzende von Argumenten lagen ihr auf der Zunge, doch sie beherrschte sich. »Ich bin sicher, Marie hätte das zu würdigen gewußt.«

Nachdenklich schaute Dimitri zur Decke. »Das würde sie wohl, ja. Habgier gilt im allgemeinen als Todsünde, doch nur wenige verstehen das tiefe Vergnügen, das die Befriedigung der Gier mit sich bringt.« Ehe er aufstand, wischte er sich den Mund mit einer Leinenserviette. »Ich hoffe, Sie verzeihen mir, meine Liebe, aber ich bin gewöhnt, mich früh zu Bett zu begeben.« Er drückte eine in der Lehne verborgene Klingel. »Vielleicht möchten Sie sich noch ein Buch aussuchen, ehe Sie nach oben gehen?«

»Bitte, bemühen Sie sich nicht, Mr. Dimitri. Ich kann mich auch gut selbst beschäftigen.«

Lächelnd tätschelte er ihre Hand. »Auf bald, Whitney. Ich bin sicher, nach den Strapazen der letzten Wochen brauchen Sie etwas Ruhe.« An der Tür wurde diskret geklopft. »Remo wird Sie zu Ihrem Zimmer begleiten. Schlafen Sie gut.«

»Danke.« Sie setzte ihre Kaffeetasse ab und erhob sich, doch kaum hatte sie zwei Schritte getan, da schloß sich Dimitris Hand um ihr Handgelenk. Sie blickte auf die polierten Nägel und den Stumpf hinab. »Das Armband, meine Liebe.« Seine Finger gruben sich fast bis auf die Knochen, doch Whitney zuckte nicht zusammen.«

»Entschuldigung«, sagte sie, ihm die Hand hinhaltend.

Dimitri löste das Rubinarmband von ihrem Handgelenk. »Wir sehen uns beim Frühstück, hoffe ich.«

»Selbstverständlich.« Whitney rauschte zur Tür und wartete, bis Dimitri sie öffnete. Sie stand eingekeilt zwischen ihm und Remo. »Gute Nacht.«

»Gute Nacht, Whitney.«

Sie bewahrte die Fassung, bis sich die Tür ihres Wohnzimmers hinter ihr schloß. »Scheißkerl!« Angewidert zog sie die eleganten italienischen Pumps aus, die er für sie bereitgestellt hatte, und warf sie an die Wand.

In der Falle, dachte sie. So sicher weggeschlossen wie das Schatzkästchen – um angeschaut und betastet zu werden. »So ein Schweinekerl«, fauchte sie laut und wünschte, sie könnte weinen, schreien und mit der Faust gegen die verschlossene Tür hämmern. Statt dessen streifte sie die elfenbeinfarbene Seide ab und ließ sie in einem unordentlichen Haufen zu Boden fallen, ehe sie ins Schlafzimmer ging.

Sie würde einen Weg finden, schwor sie sich. Sie würde einen Ausweg finden, und dann sollte Dimitri für jede Minute bezahlen, die sie in seiner Gefangenschaft verbracht hatte.

Einen Moment lang lehnte sie den Kopf gegen den Schrank, da der Drang zu weinen beinahe übermächtig wurde. Als sie sich wieder in der Gewalt hatte, nahm sie einen zartblauen Kimono heraus. Sie mußte nachdenken, das war alles. Der Duft der Blumen hing betäubend stark im Zimmer. Frischluft, entschied sie und ging zu der Glastür, die zu dem kleinen Schlafzimmerbalkon führte.

Mit zusammengebissenen Zähnen riß sie sie auf. Es würde bald regnen, dachte sie. Gut, Regen und Wind würden ihr helfen, einen klaren Kopf zu bekommen. Die Hände auf das Geländer gestützt, lehnte sie sich vor und schaute auf die Bucht.

Wie war sie bloß in diesen Schlamassel geraten? fragte sie sich. Die Antwort bestand aus zwei Worten: Doug Lord.

Früher hatte sie sich ausschließlich um ihre eigenen Angelegenheiten gekümmert; bis er in ihr Leben geschneit war und sie in eine Schatzsuche, Killer und Diebe inklusive, verstrickt hatte. In diesem Augenblick könnte sie, statt wie Rapunzel in einem Turm eingesperrt zu sein, in einem netten verräucherten Club sitzen und Leute beobachten, die ihre neuen Kleider oder ihre neuen Frisuren ausführten.

Statt dessen wurde sie von einem lächelnden, alternden Killer und seinem Gefolge in einem Haus in Madagaskar festgehalten. In New York hatte *sie* ein Gefolge, und niemand hätte gewagt, die Tür hinter ihr abzuschließen.

»Doug Lord«, knurrte sie laut, dann schaute sie benommen

auf ihre Hand am Geländer, über die sich eine andere gelegt hatte. Sie holte schon tief Atem, um zu schreien, als der Kopf erschien.

»Höchstpersönlich«, zischte Doug durch die Zähne. »Und jetzt hilf mir rein, zum Teufel.«

Sie vergaß, wie sie eben noch über ihn gedacht hatte, und beugte sich vor, um sein Gesicht mit Küssen zu bedecken. Wer sagte denn, daß es keinen Weißen Ritter mehr gab?

»Süße, die Begrüßung ist ja sehr nett, aber ich verliere langsam den Halt. Gib mir deine Hand.«

»Wie hast du mich gefunden?« wollte sie wissen, als sie ihm über das Geländer half. »Ich hätte nie geglaubt, daß du jemals hierherkommst. Draußen laufen Wachposten mit fiesen kleinen Maschinenpistolen durch die Gegend, alle meine Türen sind von außen abgeschlossen, und ...«

»Wenn ich daran gedacht hätte, wieviel du redest, dann hätte ich mir die Sache noch einmal überlegt.« Sicher landete er auf seinen Füßen.

»Douglas.« Wieder kamen ihr die Tränen, doch sie hielt sie zurück. »Nett von dir, einfach so vorbeizukommen.«

»Ach ja?« Er trat durch die Glastür in das üppig ausgestattete Schlafzimmer. »Nun, ich war mir nicht sicher, ob dir nach Gesellschaft zumute ist – besonders nicht nach diesem gemütlichen kleinen Dinner mit Dimitri.«

»Hast du uns gesehen?«

»Ich war in der Nähe.« Er drehte sich um und betastete die schwere Seide ihres Ärmels. »Hat er dir das gegeben?«

Bei seinem Tonfall verengten sich ihre Augen, und ihr Kinn hob sich. »Was willst du mir damit unterstellen?«

»Nette Bude.« Er schlenderte zu ihrem Nachttisch und zog den Stöpsel aus der kristallenen Parfümflasche. »Ganz wie zu Hause, was?«

»Ich hasse es, diese Tatsache auszusprechen, aber du bist ein Arschloch.«

»Und du?« Unwirsch verstöpselte er die Flasche wieder. »Läufst hier in Seidenkleidern herum, die er bezahlt hat, trinkst Champagner mit ihm, läßt zu, daß er dich betatscht.«

»Mich betatscht?« Sie sprach langsam, ließ die Worte wirken.

Dougs Blick wanderte von ihren bloßen Beinen bis zur weißen Haut ihres Halses. »Du weißt, wie man einen Mann einwickelt, was, Süße? Machst deinen eigenen Schnitt, wie?«

Gemessen schritt Whitney auf ihn zu, holte aus und gab ihm eine schallende Ohrfeige. Einen Moment hörte man nur ihrer beider Atem und den Wind, der durch die offenen Fenster pfiff.

»Diesmal lasse ich dir das durchgehen«, sagte Doug gefährlich sanft, als er seine Wange rieb. »Mach das ja nicht nochmal. Ich bin kein Gentleman wie dein Dimitri.«

»Verschwinde«, flüsterte Whitney. »Mach bloß, daß du rauskommst. Ich brauche dich nicht.«

In seinem Inneren bohrte ein Schmerz, der das Brennen seiner Wange bei weitem übertraf. »Denkst du, ich begreife das nicht?«

»Du begreifst gar nichts.«

»Ich werde dir sagen, was ich gesehen habe, Süße. Ein leeres Hotelzimmer. Du und das Kästchen wart verschwunden. Und dann sah ich dich hier, eifrig dabei, mit Dimitri zu flirten.«

»Dir wäre es lieber gewesen, mich an einen Bettpfosten gefesselt vorzufinden, mit Bambussplittern unter den Nägeln.« Sie wandte sich ab. »Tut mir leid, dich enttäuschen zu müssen.«

»Dann erklär mir doch bitte, was hier vorgeht.«

»Warum sollte ich?« Kochend vor Zorn wischte sie sich eine Träne ab. Sie haßte es, zu weinen, schon gar nicht wegen eines Mannes. »Du mit deinem beengten Horizont hast dir doch schon eine Meinung gebildet.«

Doug fuhr sich mit der Hand durchs Haar und sehnte sich nach einem Drink. »Hör zu, ich bin seit einigen Stunden völlig außer mir. Fast den ganzen Nachmittag habe ich gebraucht, um dieses Haus zu finden, und dann mußte ich noch an den Wachposten vorbei.« Wohlweislich verschwieg er, daß einer von ihnen mit aufgeschlitzter Kehle im Gebüsch lag. »Als ich hier ankam, saßt du wie eine Prinzessin gekleidet mit Dimitri am Tisch, als ob ihr die besten Freunde wärt.«

»Was zum Teufel sollte ich denn machen? Nackt herumlaufen, ihm ins Gesicht spucken? Verdammt, mein Leben stand auf dem Spiel. Wenn ich das Spiel durchziehen muß, bis ich einen Ausweg finde, dann spiele ich mit. Du kannst mich einen Feigling nennen, wenn du willst. Aber ich bin keine Hure.« Sie drehte sich um, ihre Augen waren dunkel, feucht und wütend. »Keine Hure, verstehst du?«

Er fühlte sich, als habe er etwas sehr Kleines, Weiches und Schutzloses verletzt. Vor kurzem noch war er sich nicht sicher gewesen, ob er sie noch lebend vorfinden würde, und dann hatte sie so kühl und schön ausgesehen wie immer. Schlimmer noch, sie hatte sich vollkommen in der Gewalt gehabt. Aber hätte er sie nicht mittlerweile kennen müssen?

»Ich hab's nicht so gemeint. Tut mir leid.« Unruhig begann er, im Raum auf und ab zu gehen, zupfte eine Rose aus der Vase und brach den Stengel durch. »Ich weiß schon gar nicht mehr, was ich sage. Als ich ins Hotel zurückkam und du nicht mehr da warst, da bin ich durchgedreht. Ich habe mir alles mögliche ausgemalt – vor allen Dingen, daß ich vielleicht zu spät kommen könnte, um dir zu helfen.«

Unglücklich blickte er auf einen kleinen Blutstropfen auf seinem Finger, wo ein Dorn in die Haut gedrungen war. Er mußte tief Atem holen, um das, was er zu sagen hatte, ruhig vorzubringen. »Verdammt, Whitney, ich – ich hab mir Sorgen um dich gemacht. Ich wußte ja nicht, was ich hier vorfinden würde.«

Schniefend wischte sie sich noch eine Träne ab. »Du hattest Angst um mich?«

»Ja.« Achselzuckend warf er die mißhandelte Rose auf den Boden. Wie sollte er ihr die nagende Angst, die Schuldgefühle und den Kummer beschreiben, die ihn in diesen endlosen Stunden gequält hatten? Er verstand es ja selber kaum. »Ich wollte dich nicht so anblaffen.«

»Soll das eine Entschuldigung sein?«

»Ja, verdammt.« Er fuhr herum, auf seinem Gesicht malten

sich Frust und Arger ab. »Erwartest du, daß ich vor dir krieche?«

»Vielleicht.« Lächelnd ging sie auf ihn zu. »Vielleicht später.«

»O Gott!« Seine Hände waren nicht ganz ruhig, als er ihr Gesicht umfaßte, doch sein Mund war warm und er schien verzweifelt. »Ich dachte, ich würde dich nie wiedersehen.«

»Ich weiß.« Voll wilder Erleichterung preßte sie sich an ihn. »Halt mich fest.«

»Wenn wir hier heraus sind, dann halte ich dich so lange fest, wie du willst.« Er nahm sie bei den Schultern und schob sie von sich. »Du mußt mir erzählen, was passiert ist und was das Ganze hier zu bedeuten hat.«

Sie nickte, dann sank sie auf die Bettkante. Warum gaben ihre Knie jetzt, wo Hoffnung bestand, plötzlich nach? »Remo und diese Barns-Kreatur kamen.« Er bemerkte, daß sie hart schluckte und verfluchte sich erneut.

»Haben sie dir was getan?«

»Nein. Du warst noch nicht lange weg. Ich wollte mir gerade ein Bad einlassen.«

»Warum haben sie dich nicht festgehalten, bis ich wiederkam?«

Whitney hob einen Fuß und betrachtete ihre Zehen. »Weil ich ihnen weisgemacht habe, ich hätte dich umgebracht.«

Einen Moment lang zeichnete sich schiere Fassungslosigkeit auf seinem Gesicht ab. »Was?«

»Nun, es war nicht schwer, sie davon zu überzeugen, daß ich um einiges klüger war als du und dir eine Kugel in den Kopf gejagt habe, um den Schatz für mich zu behalten. Schließlich hätten sie selbst nicht anders gehandelt, und ich war sehr überzeugend.«

»Klüger als ich?«

»Nicht beleidigt sein, Liebling.«

»Das haben sie dir abgekauft?« Leicht verstimmt schob er die Hände in die Hosentaschen. »Sie haben geglaubt, daß ein kleines Frauenzimmer wie du mich um die Ecke gebracht hat? Ich bin ein Profi.«

»Ich haßte es, deinen Ruf ankratzen zu müssen, aber zu diesem Zeitpunkt schien es mir eine gute Idee.«

»Dimitri hat das auch gefressen?«

»Wie es aussieht. Ich versuchte, ein berechnendes, herzloses Biest zu spielen, das jede Chance nutzt. Und ich glaube, er ist recht angetan von mir.«

»Darauf möchte ich wetten.«

»Ich wollte ihm am liebsten ins Gesicht spucken«, schnaubte sie so heftig, daß Doug spöttisch eine Augenbraue hob. »Das möchte ich übrigens immer noch. Ich halte ihn nicht einmal für ein menschliches Wesen, er schleicht von Ort zu Ort und hinterläßt eine Spur aus Leichen, dann tönt er herum, wie sehr er die schönen Dinge des Lebens liebt. Er möchte den Schatz horten wie ein kleiner Junge Schokoriegel, will das Kästchen öffnen können, wann es ihm beliebt, um den Schmuck anzusehen, anzufassen und dabei an die Schreie der Menschen unter der Guillotine zu denken. Er möchte deren Angst durchleben, das Blut vor sich sehen. Die Menschenleben, die er ausgelöscht hat, bedeuten ihm nichts.« Ihre Finger schlossen sich um Jacques' Muschel. »Sie bedeuten ihm überhaupt nichts.«

Doug kniete sich vor sie. »Wir werden ihm mitten ins Gesicht spucken.« Zum ersten Mal legte er seine Hand auf ihre, in dem Moment, wo sie die Muschel festhielt. »Das verspreche ich dir. Weißt du, wo er ihn aufbewahrt?«

»Den Schatz?« Ein kaltes Lächeln erschien auf ihrem Gesicht. »Allerdings. Es hat ihm ein großes Vergnügen bereitet, mir seine Beute zu zeigen. Er ist sich seiner selbst so sicher. Er denkt, er hat mich festgenagelt.«

Doug zog sie auf die Füße. »Komm, wir holen ihn, Süße.«

Er brauchte keine zwei Minuten, um das Schloß zu knacken, öffnete die Tür einen Spalt und spähte hinaus, um nach den Wächtern in der Diele zu suchen.

»Okay, und jetzt schnell und leise.«

Whitney ließ ihre Hand in seine gleiten und schlüpfte in die Diele.

Das Haus war totenstill. Offensichtlich gingen, wenn Dimitri sich zurückgezogen hatte, auch alle anderen zu Bett. Im Dunkeln schlichen sie die Treppe hinunter ins Erdgeschoß. Der Leichenhallengeruch, nach Blumen und Wachspolitur, wurde regelrecht erdrückend. Whitney bedeutete Doug mit Handzeichen, wo es langging. Eng an die Wand gedrückt, näherten sie sich der Bibliothek.

Dimitri hatte sich nicht die Mühe gemacht, die Tür abzuschließen. Doug war etwas enttäuscht und leicht beunruhigt, da alles so leicht schien. Sie schlüpften hinein, während Regen an die Fensterscheiben schlug. Whitney ging schnurstracks zum Regal an der Ostseite und schob eine Reihe Bücher beiseite.

»Hier drin«, flüsterte sie. »Die Kombination ist fünf-zwei nach rechts und drei-sechs nach links.«

»Woher kennst du sie?«

»Ich sah, wie er ihn öffnete.«

Wieder beschlich Doug ein leises Unbehagen, als er nach dem Drehknopf griff. »Warum, zum Teufel, verwischt er nicht seine Spuren?« brummte er und begann zu drehen. »Okay, und jetzt?«

»Wieder fünf nach links, dann zwölf nach rechts.« Whitney hielt den Atem an, als sich der Safe lautlos öffnete.

»Komm zu Papi«, murmelte Doug, als er das Kästchen herausnahm, das Gewicht prüfte und Whitney angrinste. Am liebsten hätte er es geöffnet, nur um noch einmal hineinzusehen. Später. »Laß uns hier verschwinden.«

»Prima Idee.« Sie schob eine Hand unter seinen Arm und wandte sich zu der Terrassentür. »Sollen wir hier hinausgehen, damit wir unseren Gastgeber nicht stören?«

»Scheint mir ein angemessener Abgang.« Doch als er zur Klinke griff, flog die Tür auf, und sie standen drei bewaffneten Männern gegenüber, in der Mitte ein grinsender Remo. »Mr. Dimitri möchte, daß Sie noch einen Drink mit ihm nehmen.«

»Ganz recht.« Die Flügeltür schwang auf, und Dimitri, noch immer in seinem weißen Dinnerjackett, trat ein. »Ich kann meine Gäste doch nicht in den Regen hinausjagen. Kommen Sie zurück und setzen Sie sich.« Ganz der aufmerksame Gastgeber, ging er zur Bar und schenkte Brandy ein. »Meine Liebe, diese Farbe steht Ihnen ganz ausgezeichnet.«

Doug fühlte den Druck von Remos Waffe an seinem Rückgrat. »Ich möchte mich wirklich nicht aufdrängen.«

»Unsinn.« Dimitri ließ den Brandy im Glas kreisen. Der Raum wurde plötzlich hell erleuchtet. Whitney hätte schwören können, daß seine Augen in diesem Moment völlig farblos waren. »Setzen Sie sich.« Der leise Befehl glich dem Zischen einer Schlange.

Der Druck der Waffe veranlaßte Doug, vorwärts zu gehen, die Schatzkiste in der einen Hand und Whitneys Hand in der anderen. »Es geht doch nichts über einen Brandy an einem verregneten Abend.«

»Genau.« Anmutig reichte er ihnen zwei Cognacschwenker. »Whitney ...« Ihre Name kam wie ein Seufzer von seinen Lippen, als er auf einen Stuhl deutete. »Sie enttäuschen mich.«

»Ich habe ihr keine Wahl gelassen.« Doug warf Dimitri einen arroganten Blick zu. »Eine Frau wie sie fürchtet um ihre Haut.«

»Ich hege große Bewunderung für Ritterlichkeit, besonders von einer so unerwarteten Seite.« Dimitri tippte leicht an Dougs Glas, ehe er trank. »Allerdings war ich mir über Whitneys unselige Neigung zu Ihnen von vorneherein klar. Meine Liebe, dachten Sie wirklich, ich hätte geglaubt, daß Sie unseren Mr. Lord erschossen haben?«

Sie zuckte die Schultern und trank einen Schluck, obwohl ihre Finger feucht wurden. »Vermutlich muß ich an meinen Fähigkeiten als Lügnerin noch arbeiten.«

»In der Tat, Sie haben sehr ausdrucksvolle, sprechende Augen. ›Sogar im Spiegel deiner Augen sehe ich dein bekümmertes Herz‹«, zitierte er mit seiner weichen, melodischen Stimme Richard II. »Jedenfalls habe ich unseren gemeinsamen Abend sehr genossen.«

Whitney strich mit der Hand über ihren kurzen Kimono. »Ich fürchte, ich habe mich etwas gelangweilt.«

Seine Lippen verzogen sich. Jeder im Raum wußte, daß es ihn nur ein Wort kostete, ein einziges Wort, und sie wäre tot.

Doch statt dessen lachte er glucksend. »Frauen sind doch unbeständige Wesen, finden Sie nicht, Mr. Lord?«

»Einige zeigen bemerkenswert guten Geschmack.«

»Es erstaunt mich, daß jemand mit Miss MacAllisters Bildung und sozialem Hintergrund auf jemand Ihrer Klasse hereinfällt. Aber«, er hob die Schultern, »wo die Liebe hinfällt. Remo, nimm Mr. Lord bitte das Kästchen ab. Und seine Pistole. Leg alles erst einmal auf den Tisch.« Während seine Befehle ausgeführt wurden, nippte Dimitri gedankenverloren an seinem Brandy. »Ich habe vorausgesetzt, daß Sie sich sowohl Miss MacAllister als auch den Schatz wiederholen wollten. Aber nach all dieser Zeit, nach diesem faszinierenden Schachspiel zwischen uns beiden muß ich sagen, daß ich enttäuscht bin, Sie so leicht mattgesetzt zu haben. Ich hatte mir eine spannendere Endphase erhofft.«

»Schicken Sie Ihre Jungs weg, und ich will sehen, was ich tun kann.«

Wieder lachte Dimitri sein eiskaltes Lachen. »Ich fürchte, die Zeit, wo ich mich auf körperliche Auseinandersetzungen eingelassen habe, sind vorbei. Heutzutage bevorzuge ich subtilere Methoden.«

»Ein Messer in den Rücken?«

Auf Whitneys Frage hin hob Dimitri kaum merklich eine Augenbraue. »Ich muß gestehen, daß Sie mir beim Kampf Mann gegen Mann weit überlegen wären, Mr. Lord. Schließlich sind Sie jung und in guter körperlicher Verfassung. Ich habe für derartige Dinge mein Personal. Nun ...« Er legte einen Finger an die Lippe. »Wie verfahren wir in einer solchen Situation?«

Oh, er genießt das, dachte Whitney grimmig. So wie eine Spinne eine Fliege einspinnt, um ihr in aller Ruhe das Blut aussaugen zu können. Er wollte sie schmoren lassen.

Da sie keinen Ausweg sah, ließ sie ihre Hand in Dougs gleiten und drückte sie. Sie würden nicht zu Kreuze kriechen. Und, bei Gott, sie würden nicht um Gnade bitten.

»So, wie ich es sehe, Mr. Lord, ist Ihr Schicksal bereits besiegelt. Schließlich sind Sie schon seit Wochen ein toter Mann. Es ist nur noch eine Frage der Methode.«

Doug schluckte seinen Brandy und grinste. »Ich möchte Sie nicht drängen.«

»Nein, nein, ich habe lange über die Angelegenheit nachgedacht. Sehr lange. Unglücklicherweise verfüge ich hier nicht über die Möglichkeiten, die Sache stilgemäß durchzuführen. Aber ich glaube, Remo hegt den dringenden Wunsch, sich Ihrer anzunehmen. Obgleich er anfangs mit seiner Aufgabe etwas überfordert war, denke ich, daß der letztendliche Erfolg eine Belohnung verdient.« Dimitri zog eine seiner duftenden schwarzen Zigaretten hervor. »Ich werde dir Mr. Lord überlassen, Remo. Töte ihn langsam.«

Doug fühlte den kalten Lauf hinter seinem linken Ohr. »Dürfte ich zuerst meinen Brandy austrinken?«

»Aber natürlich.« Mit einem gütigen Nicken wandte Dimitri sich zu Whitney. »Was Sie betrifft, meine Liebe, so hätte ich gerne Ihre Gesellschaft noch ein paar Tage genossen. Ich dachte, wir hätten vielleicht gemeinsame Interessen. Jedoch ...« Er schnippte die Asche in einen sauberen Kristallaschenbecher. »Unter diesen Umständen würde das die Angelegenheit noch komplizierter gestalter. Einer meiner Angestellten hat Sie bewundert, seit er Ihr Foto sah. Eine Art Liebe auf den ersten Blick.« Er strich sein schütteres Haar zurück. »Barns, nimm sie mit meinem Segen. Aber mach es sauber und ordentlich.«

»Nein!« Doug sprang von seinem Stuhl auf. Im selben Moment wurden seine Arme nach hinten gerissen, und ein Messer an seinen Hals gehalten. Als er Barns kichern hörte, setzte er sich verzweifelt zur Wehr. »Sie ist viel mehr wert!« rief er. »Ihr Vater zahlt Ihnen eine, nein, zwei Millionen, um sie zurückzubekommen. Wenn Sie sie diesem kleinen Schleicher überlassen, bringt sie Ihnen gar nichts mehr.«

»Wir denken nicht alle nur an Geld, Mr. Lord«, entgegnete Dimitri ruhig. »Es ist eine Frage des Risikoprinzips; außerdem halte ich sehr viel von Belohnungen, ebenso wie von Diziplin.« Sein Blick blieb an seiner verstümmelten Hand hängen. »Ja, ebensoviel wie von Disziplin. Bring ihn fort, Remo, er bereitet zuviel Ärger.«

»Nimm deine Pfoten weg!« Whitney sprang hoch und

schüttete den Inhalt ihres Cognacschwenkers Barns mitten ins Gesicht. Von rasender Wut getrieben ballte sie die Faust und versetzte ihm einen Hieb auf die Nase. Sein Aufquieken und das heraussprudelnde Blut bereitete ihr eine momentane Genugtuung.

Ihrem Beispiel folgend, warf sich Doug gegen den hinter ihm stehenden Mann, sprang sofort zurück und trat dem ihm gegenüberstehenden Gegner mit aller Kraft unter das Kinn. Hätte Dimitri seinen Männern nicht ein Zeichen gegeben, sie wären beide im selben Moment niedergemäht worden. Doch Dimitri genoß den verzweifelten Kampf. Gelassen zog er einen Revolver aus der Innentasche seines Jacketts und feuerte in die gewölbte Decke.

»Das reicht jetzt«, befahl er in einem Ton, mit dem man außer Rand und Band geratene Jugendliche zur Ordnung ruft. Gönnerhaft sah er zu, wie Doug Whitney an seine Seite riß. Er hegte eine große Vorliebe für die Tragödien Shakespeares, die von unglücklicher Liebe handelten – nicht nur wegen der Schönheit der Sprache, sondern vor allem wegen der Hoffnungslosigkeit. »Ich bin ein verständnisvoller Mann und im Grunde meines Herzens ein Romantiker. Um Ihnen ein bißchen mehr gemeinsame Zeit zu lassen, werde ich Miss MacAllister gestatten, der Hinrichtung beizuwohnen.«

»Hinrichtung«, fauchte Whitney so giftig, wie es nur eine an ihre Grenzen getriebene Frau fertigbringt. »Mord, Dimitri, hat einen faulen Beigeschmack. Sie schmeicheln sich, ein kultivierter, gebildeter Mann zu sein. Glauben Sie wirklich, ein seidenes Dinnerjackett verbirgt Ihre wahre Natur? Sie sind nichts weiter als eine aasfressende Krähe. Sie töten ja noch nicht einmal selbst.«

»Normalerweise nicht.« Seine Stimme klang eisig, und diejenigen seiner Männer, die diesen Ton schon einmal gehört hatten, erstarrten. »Aber vielleicht sollte ich in diesem Fall eine Ausnahme machen.« Langsam hob er den Revolver wieder …

Splitternd barsten die Terrassentüren. »Hände hoch!« Der gebieterische Befehl wurde in Englisch mit starkem französischem Akzent gegeben. Doug wartete den Ausgang der Aktion nicht erst ab, sondern stieß Whitney hinter einen Stuhl. Er sah, daß Barns nach seiner Waffe langte; das Grinsen in seinem Gesicht war wie weggeblasen.

»Das Haus ist umstellt!« Zehn uniformierte Männer, das Gewehr im Anschlag, stürmten in die Bibliothek. »Franco Dimitri, Sie sind festgenommen wegen Mordes, Anstiftung zum Mord, Freiheitsberaubung ...«

»Heilige Scheiße«, murmelte Whitney, als die Liste immer länger wurde. »Und da kommt eine ganze Armee!«

»Ja.« Doug stieß einen erleichterten Seufzer aus. Leider auch noch die Polizei, stellte er fest. Er würde selbst nicht ganz ungeschoren aus dieser Sache herauskommen.

Mit einer Ergebenheit, mit der man das Unvermeidliche akzeptiert, sah er den Mann im weißen Anzug durch die Tür kommen. »Ich hätte einen Cop eigentlich riechen müssen«, brummte er. Ein weiterer Mann mit dichtem weißem Haarschopf, der ausgesprochen ungeduldig wirkte, folgte ihm.

»Okay, wo ist das Mädchen?«

Doug sah, wie Whitneys Augen immer größer wurden, bis sie das ganze Gesicht zu überstrahlen schienen. Dann richtete sie sich mit einem ungläubigen Lachen auf. »Daddy!«

16

Es kostete die madagassische Polizei nicht viel Zeit, Ordnung zu schaffen. Zufrieden sah Whitney zu, wie sich Handschellen um Dimitris Handgelenk schlossen, direkt unter den protzigen Smaragdmanschettenknöpfen.

»Whitney, Mr. Lord.« Dimitris Stimme blieb ruhig und kultiviert. Ein Mann in seiner Position mußte mit gelegentlichen Rückschlägen rechnen. Doch seine Augen, die auf ihnen haften blieben, waren so bösartig wie die eines Reptils. »Ich bin sicher, ja, ganz sicher, daß wir uns wiedersehen werden.«

»In den Elf-Uhr-Nachrichten«, erwiderte Doug.

»Ich schulde Ihnen etwas«, nickte Dimitri. »Und ich pflege meine Schulden zu bezahlen.«

Whitney blickte ihn kurz an und lächelte. Wieder einmal griff sie nach der Muschel an ihrem Hals.

»Für Jacques«, sagte sie weich. »Es gibt gar kein Loch, das dunkel genug ist für Sie.« Dann vergrub sie den Kopf an dem sauberen Jackett ihres Vaters. »Ich bin ja so froh, dich zu sehen.«

»Eine Erklärung.« Doch auch MacAllister preßte sie einen langen Moment an sich. »Raus mit der Sprache, Whitney.«

Mit lachenden Augen machte sie sich los. »Was erklären?«

Er verkniff sich ein Grinsen und hüstelte statt dessen. »Du änderst dich wohl nie.«

»Wie geht es Mutter? Hoffentlich hast du ihr nicht erzählt, daß du hinter mir her warst.«

»Es geht ihr gut. Sie denkt, ich bin geschäftlich in Rom. Wenn ich ihr gesagt hätte, daß ich unsere einzige Tochter quer durch Madagaskar verfolge, dann wäre sie wochenlang nicht imstande gewesen, Bridge zu spielen.«

»Du bist so klug.« Sie gab ihm einen Kuß. »Woher wußtest du, wo ich bin?«

»Du kennst doch General Bennett?«

Whitney drehte sich um und stand einem hochgewachsenen, schlanken Mann mit strengem Blick gegenüber. »Selbstverständlich.« Wie auf einer formellen Cocktailparty hielt sie ihm die Hand hin. »Bei den Stevensons, vorletztes Jahr. Wie geht es Ihnen, General? Oh, ich denke, Sie kennen Douglas noch nicht. Doug ...« Whitney machte ihm quer durch den Raum ein Zeichen. Er stand mit einigen madagassischen Polizeibeamten zusammen und quälte sich eine zusammengestoppelte Aussage ab. Dankbar für den Aufschub kam er zu ihr. »Daddy, General Bennett – das ist Douglas Lord. Doug ist derjenige, der die Papiere an sich genommen hat, General.«

Mit einem gequälten Lächeln blickte der General Doug an. »Erfreut, Sie kennenzulernen.«

»Sie schulden Douglas einiges«, informierte Whitney den General und suchte in der Tasche ihres Vaters nach einer Zigarette.

»Schulden?« polterte der General. »Dieser Ganove ...«

»Hat die Papiere in Sicherheit gebracht, sie vor Dimitri gerettet und dabei sein Leben aufs Spiel gesetzt«, führte sie den Satz fort und hielt Doug ihre Zigarette hin. Gehorsam gab dieser ihr Feuer und entschied, ihr die Erklärungen zu überlassen. Sie stieß den Rauch aus und zwinkerte ihm zu. »Sehen Sie, alles begann damit, daß Dimitri Doug anheuerte, um die Papiere zu stehlen. Natürlich wurde Doug sofort klar, daß diese unbezahlbar waren und nicht in die falschen Hände gelangen durften.« Sie inhalierte tief und wedelte beredt mit der Zigarette. »Er hat buchstäblich sein Leben riskiert, um sie in Sicherheit zu bringen. Ich kann Ihnen gar nicht sagen, wie oft er mir vorschwärmte, daß wir, sollten wir den Schatz finden, der Gesellschaft einen unschätzbaren Dienst erweisen würden. Ist es nicht so, Doug?«

»Nun, ich ...«

»Er ist so bescheiden. Wirklich, Liebling, du mußt lernen, Anerkennung zu akzeptieren, wenn sie gerechtfertigt ist. Schließlich hat es dich fast das Leben gekostet, den Schatz für General Bennetts Stiftung zu retten.«

»Nicht der Rede wert«, murmelte Doug. Er konnte sehen, wie der Regenbogen zu verblassen begann.

»Nicht der Rede wert?« Whitney schüttelte den Kopf. »General, Sie als Mann der Tat können sicher verstehen, was Doug durchmachen mußte, um Dimitri daran zu hindern, den Schatz an sich zu reißen. Er wollte ihn besitzen«, betonte sie. »Ihn für sich allein haben. Obwohl«, fügte sie mit einem schiefen Blick zu Doug hinzu, »wir uns alle einig sind, daß er als unersetzliches Kulturgut allen zugänglich sein sollte.

»Ja, aber ...«

»Ehe Sie Ihre Dankbarkeit ausdrücken, General«, unterbrach sie, »wäre ich Ihnen dankbar, wenn Sie mir erzählen würden, wie Sie es geschafft haben, rechtzeitig hier zu sein. Wir verdanken Ihnen unser Leben.«

Geschmeichelt und verwirrt sprudelte der General eine Erklärung hervor.

Whitakers Neffe, von dem schrecklichen Schicksal seines Onkels geschockt, war zu dem General gegangen und hatte alles gestanden, was er wußte, und das war nicht wenig. Der General hatte das Ausmaß der Geschichte sofort erkannt und nicht gezögert. Die Behörden waren Dimitri schon auf der Spur, lange bevor Whitney und Doug in Antananarivo aus dem Flugzeug gestiegen waren.

Dimitris Spur führte zu Doug, und Dougs Fährte, aufgrund der Ereignisse in New York und Washington, zu Whitney. Die hatte allen Grund, den übereifrigen Paparazzi für die Fotos dankbar zu sein, die in den Heftchen erschienen, die die Sekretärin ihres Vaters so eifrig verschlang.

Nach einem kurzen Gespräch mit Onkel Max in Washington heuerten der General und MacAllister einen Detektiv an. Der Mann im weißen Anzug hatte sich auf ihre Fährte geheftet, genau wie Dimitri. Als sie aus dem Zug nach Tamatave sprangen, befanden sich sowohl der General als auch MacAllister im Flugzeug nach Madagaskar. Die örtlichen Behörden waren mit Freuden zur Kooperation bereit, da es galt, einen international gesuchten Verbrecher dingfest zu machen.

»Faszinierend«, unterbrach Whitney, als der Monolog des Generals auszuufern drohte. »Einfach faszinierend. Jetzt ist mir klar, daß Sie Ihre Orden zu recht tragen.« Lächelnd hakte sie sich bei ihm ein. »Sie haben mir das Leben gerettet, General. Ich hoffe, Sie machen mir die Freude, Ihnen den Schatz zeigen zu dürfen.«

Doug schelmisch zuzwinkernd, führte sie ihn fort.

MacAllister zog sein Zigarettenetui hervor, klappte es auf und bot Doug eine Zigarette an. »Niemand schmiert den Leuten so gut Honig ums Maul wie Whitney«, meinte er leichthin. »Ich glaube, Sie kennen Brickman noch nicht?« Er deutete auf den Mann im weißen Anzug. »Er hat schon früher für mich gearbeitet, gehört zu den Besten seines Fachs. Dasselbe sagte er übrigens von Ihnen.«

Doug musterte den Detektiv. Und jeder der beiden Männer erkannte, wen er vor sich hatte. »Sie waren doch auch am Kanal, nicht weit von Remo, wie? Besten Dank.«

Brickman erinnerte sich lächelnd an die Krokodile. »Gern geschehen.«

»So.« MacAllister blickte von einem Mann zum anderen. Er wäre geschäftlich nicht so erfolgreich gewesen, wenn er es nicht verstanden hätte, in den Gesichtern der Menschen zu lesen. »Ich schlage vor, wir genehmigen uns einen Drink, und Sie erzählen mir, was wirklich geschehen ist.«

Doug ließ sein Feuerzeug aufschnappen und sah MacAllister direkt ins Gesicht. Es war sonnengebräunt und glatt, ein sicheres Zeichen von Wohlstand. Die Stimme klang befehlsgewohnt, und die Augen, die ihn anblickten, waren so dunkel wie alter Whisky und so spöttisch wie die Whitneys. Dougs Lippen kräuselten sich.

»Dimitri ist zwar ein Schwein, doch seine Hausbar ist erstklassig. Scotch?«

Der Morgen graute bereits, als Doug auf die nackte, unter der dünnen Decke zusammengerollte Whitney herabblickte. Ein leises Lächeln umspielte ihre Lippen, so als träume sie von der vergangenen Nacht, in der sie sich wieder und wieder geliebt hatten. Ihr Atem ging ruhig und gleichmäßig.

Er wollte sie berühren, doch er tat es nicht. Er dachte daran, ihr eine Nachricht zu hinterlassen, doch er tat es nicht.

Er wußte, wer und was er war. Ein Dieb, ein Zigeuner, ein Einzelgänger.

Zum zweiten Mal in seinem Leben hatte er das große Los gezogen, und zum zweiten Mal stand er am Ende mit leeren Händen da. Vielleicht konnte er sich nach einiger Zeit einreden, daß er noch einmal die Chance bekommen würde, ans Ende des Regenbogens zu gelangen ... Vielleicht konnte er sich auch, nach einer noch längeren Zeit, einreden, daß Whitney und ihn nur eine flüchtige Affäre verbunden hatte. Nichts Ernsthaftes. Er mußte sich selbst davon überzeugen, da sich das Netz immer enger um ihn zog. Wenn er es jetzt nicht sprengte, würde ihm das niemals gelingen.

Noch immer besaß er das Ticket nach Paris sowie einen Scheck über fünftausend Dollar, den ihm der General ausgestellt hatte, nachdem Whitney den alten Soldaten dazu gebracht hatte, vor Dankbarkeit förmlich überzuströmen.

Doch der Ausdruck in den Augen der Beamten und vor allem des Detektivs, der einen Betrüger und Dieb auf den ersten Blick erkannte, sprach eine andere Sprache. Zwar hatte er sich eine Frist verdient, doch die nächste dunkle Straße wartete schon auf ihn.

Doug schaute auf Whitneys Rucksack und dachte an ihr Notizbuch. Er wußte, daß seine Rechnung die fünftausend, die ihm zur Verfügung standen, bei weitem überstieg. Schließlich durchstöberte er den Rucksack, bis er das Buch und einen Stift gefunden hatte.

Nachdem er die Endsumme ausgerechnet hatte, die ihm ein Schmunzeln entlockte, kritzelte er zwei Worte darunter:

SCHULDSCHEIN, Süße

Daraufhin steckte er beides wieder an seinen Platz und sah sie noch einmal lange an, ehe er lautlos verschwand; lautlos wie ein Dieb, der er war.

In dem Moment, in dem sie erwachte, wußte sie, daß er fort war. Nicht nur weil das Bett neben ihr leer war. Eine andere Frau hätte vielleicht angenommen, er sei einen Kaffee trinken gegangen oder mache einen kleinen Spaziergang. Eine andere Frau hätte vielleicht mit heiserer, schläfriger Stimme seinen Namen gemurmelt.

Sie wußte, daß er fort war.

Es lag in ihrer Natur, die Dinge beim rechten Namen zu nennen, wenn ihr keine andere Wahl blieb. Whitney stand auf, stieß die Fensterläden zurück und begann zu packen. Da die Stille unerträglich wurde, schaltete sie das Radio ein, ohne sich die Mühe zu machen, einen Sender einzustellen.

Dann bemerkte sie die auf dem Boden verstreuten Pakete. Entschlossen, sich zu beschäftigen, öffnete sie sie.

Ihre Finger strichen über die duftige Wäsche, die Doug ihr ausgesucht hatte. Sie lächelte gequält, als sie ihre Kreditkartenquittungen entdeckte. Zynismus war der beste Schutz, entschied sie und schlüpfte in den zartblauen Teddy. Schließlich hatte sie ihn bezahlt.

Sie stieß die leere Schachtel beiseite und öffnete die nächste. Das Kleid schimmerte tiefblau und leuchtete in derselben Farbe wie die Schmetterlinge, die sie einst bewundert hatte. Und der Zynismus sowie alle anderen Schutzmechanismen schmolzen dahin. Mit den Tränen kämpfend, legte sie das Kleid zurück. Es war für die Reise ungeeignet, redete sie sich ein und wühlte eine zerknitterte Hose aus dem Rucksack hervor.

In ein paar Stunden würde sie wieder in New York sein, in ihrer gewohnten Umgebung, bei ihren eigenen Freunden. Doug Lord wäre dann nur noch eine nebelhafte – und kostspielige – Erinnerung, das war alles. Fertig angekleidet, die Koffer gepackt und betont gelassen ging sie zur Rezeption, verlangte ihre Rechnung und winkte ihrem Vater zu.

Der wartete bereits ungeduldig auf und ab gehend in der Halle. Das Geschäft rief, und den Letzten bissen die Hunde. »Wo ist dein Freund?« wollte er wissen.

»Also wirklich, Daddy.« Whitney unterzeichnete schwungvoll ihre Rechnung, ohne daß ihre Hand zitterte. »Eine Frau hat keine Freunde, sondern Liebhaber.« Sie lächelte dem Pagen zu und folgte ihrem Vater zu dem wartenden Auto.

Er hüstelte. Ihre Ausdrucksweise behagte ihm nicht. »Also, wo ist er?«

»Doug?« Whitney warf ihrem Vater einen unbeteiligten

Blick zu, als sie sich auf die Rücksitzbank der Limousine warf. »Woher soll ich das wissen? Vielleicht in Paris – er hat ein Ticket.«

Stirnrunzelnd ließ sich MacAllister in den Sitz sinken. »Was zum Teufel wird hier gespielt, Whitney?«

»Ich habe daran gedacht, ein paar Tage auf Long Island zu verbringen, sobald ich zurück bin. Ich kann dir sagen, dieses Herumreisen ist äußerst anstrengend.«

»Whitney.« Er hielt ihre Hand fest und schlug den Tonfall an, den er angewandt hatte, seit sie zwei Jahre alt war. Allzu erfolgreich war er damit nicht gewesen. »Warum ist er fortgegangen?«

Whitney griff ihrem Vater in die Tasche, zog sein Zigarettenetui heraus und bediente sich. Blicklos vor sich hinstarrend, klopfte sie auf den mattgoldenen Deckel. »Das ist so seine Art. Sich mitten in der Nacht davonzuschleichen, ohne einen Laut, ohne ein Wort. Er ist ein Dieb, weißt du?«

»Das sagte er mir letzte Nacht, während du damit beschäftigt warst, Bennett Honig ums Maul zu schmieren. Verdammt, Whitney, als er mit seiner Geschichte fertig war, standen mir buchstäblich die Haare zu Berge. Das war schlimmer, als den Bericht des Detektivs zu lesen. Ihr zwei habt euch ein dutzendmal in Lebensgefahr gebracht.«

»Das hat uns zeitweise auch Sorgen bereitet«, murmelte sie.

»Du würdest meinem Magengeschwür einen großen Gefallen tun, wenn du diesen hohlköpfigen Schwächling Carlyse heiraten könntest.«

»Tut mir leid, dann bekomme ich eines.«

Er betrachtete ihre noch nicht angezündete Zigarette. »Ich habe den Eindruck gewonnen, daß du diesem jungen Dieb, den du dir aufgegabelt hast, sehr – zugetan bist.«

»Zugetan?« Die Zigarette wurde fast zerquetscht. »Nein, das war rein geschäftlich.« Tränen stiegen ihr in die Augen und rannen ihr über das Gesicht, doch sie sprach ruhig weiter. »Ich langweilte mich, und er versprach Unterhaltung.«

»Unterhaltung?«

»Ziemlich teure Unterhaltung«, fügte sie hinzu. »Der Mistkerl hat sich davongemacht, obwohl er mir zwölftausenddreihundertfünfundachtzig Dollar und siebenundvierzig Cents schuldet.«

MacAllister trocknete ihr mit seinem Taschentuch die Wange. »Nichts bringt einen so leicht zum Heulen wie ein paar tausend eingebüßte Dollar«, murmelte er. »Geht mir auch oft so.«

»Er hat sich noch nicht einmal verabschiedet«, flüsterte sie, und da sie nicht mehr weiterwußte, kuschelte sie sich schluchzend an ihren Vater.

New York im August kann unerträglich sein. Die Hitze hängt drückend über der Stadt, und wenn dann noch ein Streik der Müllabfuhr mit einer Hitzewelle zusammenfällt, brodeln die Gemüter wie der gärende Abfall. Sogar die Glücklichen, die kühle Häuser und klimatisierte Limousinen ihr eigen nennen, neigen nach zwei Wochen Treibhaustemperaturen zu schlechter Laune. Es ist eine Zeit, in der jeder, dem dies irgendwie möglich ist, fluchtartig die Stadt verläßt und sich in kühlere Gefilde zurückzieht.

Whitney war das Reisen leid.

Sie blieb in Manhattan, obwohl die meisten ihrer Freunde und Bekannten das nächstbeste Schiff bestiegen, lehnte Angebote für eine Kreuzfahrt in der Ägäis, eine Woche an der italienischen Riviera und eine einmonatige Hochzeitsreise in ein Land ihrer Wahl ab.

Um die Hitze ignorieren zu können, arbeitete sie, und erwog außerdem, eine Orientreise zu machen, aber – nur aus Trotz – im September, wenn alle anderen langsam aber sicher nach New York zurückkehren würden.

Nach ihrer Rückkehr aus Madagaskar stürzte sie sich in einen regelrechten Kaufrausch. Die Hälfte ihrer Neuerwerbungen hing ungetragen in ihrem ohnehin überfüllten Kleiderschrank. Über zwei Wochen lang hetzte sie Nacht für Nacht von einem Club zum anderen, um bei Morgengrauen erschöpft ins Bett zu fallen.

Als ihr Interesse an solchen Vergnügungen erlosch, widmete sie sich mit solchem Elan ihrer Arbeit, daß ihre Freunde verständnislos den Kopf schüttelten.

Sich auf zahllosen Parties zu verausgaben, war eine Sache. Bis zur Erschöpfung zu arbeiten, etwas ganz anderes. Whitney tat das, was sie am besten konnte: sie ignorierte alle.

»Tad, mach dich doch nicht schon wieder zum Narren. Ich kann das einfach nicht ertragen.« Ihre Stimme klang gleichgültig, jedoch nicht ohne eine gewisse Sympathie. In den vergangenen Wochen hatte er sie beinahe davon überzeugt, daß sie ihm genauso wichtig war wie seine Sammlung von Seidenkrawatten.

»Whitney ...« Blond, elegant gekleidet und leicht beschwipst stand er in der Tür ihres Apartments und suchte nach der besten Möglichkeit, hineinzukommen. Ohne Mühe verstellte sie ihm den Weg. »Wir würden gut zusammenpassen. Es interessiert mich nicht, daß meine Mutter dich für flatterhaft hält.«

Flatterhaft. Whitney verdrehte die Augen. »Hör auf deine Mutter, Tad. Ich würde eine furchtbare Ehefrau abgeben. Und jetzt geh und laß dich von deinem Fahrer nach Hause bringen. Du weißt doch, daß du nach zwei Martinis schon nicht mehr klar denken kannst.«

»Whitney.« Er zog sie an sich und küßte sie leidenschaftlich. »Ich schicke Charles nach Hause und bleibe über Nacht hier.«

»Deine Mutter würde die Nationalgarde alarmieren«, mahnte sie und machte sich los. »Jetzt geh nach Hause und schlaf dich aus. Morgen bist du wieder ganz der alte.«

»Du nimmst mich nicht ernst.«

»Ich nehme *mich* nicht ernst«, korrigierte sie, seine Wange tätschelnd. »Jetzt lauf und hör auf deine Mutter.« Sie schlug ihm die Tür vor der Nase zu. »Diese alte Gewitterziege!«

Aufatmend ging sie zur Bar. Nach einem Abend mit Tad verdiente sie einen Schlummertrunk. Wenn sie nicht so – unruhig gewesen wäre, dann hätte er sie nie davon überzeugen können, daß sie einen Opernbesuch und seine Gesellschaft brauchte. Oper stand auf der Liste ihrer Vergnügungen ganz unten, und Tad war wirklich nicht der ideale Gesellschafter für sie.

Sie schenkte sich einen großzügig bemessenen Drink ein.

»Bitte gleich zwei, Süße.«

Ihre Finger krampften sich um das Glas, das Herz schlug ihr bis zum Hals, doch Whitney zuckte weder zusammen noch drehte sie sich um. Gelassen goß sie einen zweiten Drink ein. »Schlüpfst du noch immer durch Schlüssellöcher, Douglas?«

Sie trug das Kleid, das er ihr in Diego-Suarez gekauft hatte. Hundertmal hatte er sie sich darin vorgestellt. Er konnte ja nicht wissen, daß sie es zum ersten Mal trug, und zwar aus reinem Trotz, genausowenig wie er wissen konnte, daß sie deshalb den ganzen Abend an ihn gedacht hatte.

»Ziemlich spät unterwegs, was?«

Sie war stark genug, um damit fertig zu werden, redete sie sich ein. Schließlich hatte sie genügend Zeit gehabt, um über ihn hinwegzukommen. Mit spöttisch hochgezogenen Brauen drehte sie sich um.

Er war ganz in Schwarz gekleidet, und die Farbe stand ihm ausgezeichnet. Schlichtes schwarzes T-Shirt, enge schwarze Jeans. Sein Arbeitsanzug, dachte sie, als sie ihm sein Glas reichte. Ihr kam es so vor, als sei sein Gesicht schmaler geworden und als würden seine Augen intensiver leuchten, doch sie verbot sich jeden weiteren Gedanken in dieser Richtung.

»Wie war Paris?«

»Okay.« Er nahm das Glas und widerstand dem Drang, ihre Hand zu berühren. »Wie ist es dir so ergangen?«

»Wie sehe ich denn aus?« Es war eine direkte Herausforderung. Sieh mich an, sollte das heißen. Sieh mich ganz genau an. Was er auch tat.

Ihr Haar floß ihr, von einer Diamantspange gehalten, über die Schulter. Ihr Gesicht war so, wie er es in Erinnerung hatte: blaß, kühl und elegant, und die Augen, die ihn über den Rand des Glases hinweg musterten, blickten dunkel und arrogant.

»Du siehst wunderbar aus«, sagte er leise.

»Danke. Nun, was verschafft mir dieses unerwartete Vergnügen?«

In der letzten Woche hatte er sich das, was er sagen wollte, immer wieder zurechtgelegt. So lange hielt er sich schon in New York auf und schwankte zwischen dem Wunsch, sie zu sehen, und dem Gedanken, sich besser von ihr fernzuhalten. »Ich dachte, ich schau mal, wie's dir geht«, murmelte er in sein Glas.

»Nett vor dir.«

»Schau mal, ich weiß, daß du denken mußtest, ich wäre einfach so abgehauen ...«

»Mit Schulden in Höhe von zwölftausenddreihundertfünfundachtzig Dollar und siebenundvierzig Cents.«

Er gab einen Laut von sich, der einem Lachen nahekam. »Nichts ändert sich.«

»Bist du gekommen, um den Schuldschein einzulösen, den du mir hinterlassen hast?«

»Ich bin gekommen, weil ich nicht anders konnte, verdammt.«

»Ach ja?« Ungerührt kippte sie ihren Drink und unterdrückte das dringende Bedürfnis, das Glas an die Wand zu werfen. »Hast du ein neues Unternehmen im Sinn, das etwas Kapital erfordert?«

»Du willst ein paar Pfeile abschießen, tu das ruhig.« Mit einem vernehmlichen Knall setzte er sein Glas ab.

Sie starrte ihn einen Moment an, dann schüttelte sie den Kopf, wandte sich ab, stellte ihr Glas beiseite und stützte sich mit den Händen auf den Tisch. Zum ersten Mal, seit er sie kannte, ließ sie die Schultern hängen und sprach mit trauriger Stimme: »Nein, ich will keine Spitzen anbringen, Doug. Ich bin einfach nur müde. Du hast gesehen, daß es mir gut geht. Also – warum verschwindest du nicht auf demselben Weg, den du gekommen bist?«

»Whitney ...«

»Faß mich nicht an«, murmelte sie, kaum daß er zwei Schritte auf sie zugetan hatte. Doch aus der beherrschten, ruhigen Stimme war deutlich ein Unterton von Verzweiflung herauszuhören.

Er hob die Hände, dann ließ er sie ergeben wieder sinken. »Okay.« Er ging im Zimmer umher und versuchte, zu seinem ursprünglichen Plan zurückzufinden. »Weißt du, ich hatte ziemliches Glück in Paris. Konnte im Hotel de Crillon fünf Zimmer ausräumen.«

»Herzlichen Glückwunsch.«

»Ich war gut drauf, hätte wahrscheinlich die nächsten sechs Monate damit verbringen können, Touristen um ihre Barschaft zu erleichtern.« Er hakte die Daumen in die Hosentaschen.

»Und warum hast du das nicht getan?«

»Hat keinen Spaß mehr gemacht. Und wenn dir deine Arbeit keinen Spaß mehr macht, dann gerätst du in Schwierigkeiten.«

Whitney drehte sich zu ihm um, da sie es für feige hielt, dem Gegner nicht in die Augen zu schauen. »Vermutlich. Also bist du in die Staaten zurückgekehrt, um die Szene zu wechseln.«

»Ich bin zurückgekommen, weil ich mich nicht länger von dir fernhalten konnte.«

Ihr Gesichtsausdruck blieb unverändert, doch er sah, wie sie die Finger knetete, das erste Zeichen von Nervosität, das er je bei ihr bemerkt hatte. »So?« entgegnete sie schlicht. »Das kommt mir aber seltsam vor. Ich war nicht derjenige, der sich aus einem Hotelzimmer in Diego-Suarez davongestohlen hat.«

»Nein.« Sein Blick wanderte über ihr Gesicht, als suche er etwas darin. »Du nicht.«

»Warum bist du dann gegangen?«

»Weil ich, wenn ich geblieben wäre, das getan hätte, was ich vermutlich jetzt tun werde.

»Meine Handtasche stehlen?« fragte sie, den Kopf leicht zurückwerfend.

»Dich fragen, ob du mich heiraten willst.«

Es war das erste und einzige Mal, daß ihr Mund vor Verblüffung offenstand. Sie sah aus, als wäre ihr soeben jemand auf den Fuß getreten. Eigentlich hatte er sich eine stärkere Gefühlsäußerung erhofft.

»Ich schätze, das hat dir die Sprache verschlagen.« Er ging zur Bar und bediente sich. »Schon komisch, wenn ein Typ wie ich einer Frau wie dir einen Heiratsantrag macht. Ich weiß nicht, vielleicht lag es an der Luft, aber mir kamen in Paris einige seltsame Ideen ... Eine Familie gründen, seßhaft werden. Kinder.«

Whitney zwang sich, den Mund wieder zu schließen. »Tatsächlich?« Wie Doug war sie der Meinung, einen weiteren Drink zu benötigen. »Du redest von Heirat? Bis daß der Tod uns scheidet? Gemeinsame Steuererklärung und so?«

»Ja. Ich habe festgestellt, daß ich ein konservativer Mensch bin. Was ich hiermit beweise.« Wenn er etwas tat, tat er es gründlich. Er griff in die Tasche und holte einen Ring hervor.

Der Diamant fing die Lichtstrahlen auf und gab sie tausendfach wieder. Whitney machte alle Anstrengungen, um zu verhindern, daß ihre Kinnlade erneut herunterklappte.

»Wo hast du ...«

»Ich habe ihn nicht gestohlen«, fauchte er, warf den Ring in die Luft und fing ihn wieder auf. »Um genau zu sein, der Ring stammt aus Maries Schatz. Ich hab ihn eingesteckt - aus Reflex sozusagen. Erst wollte ich ihn versetzen, doch dann ...« Er öffnete die Hand wieder und sah den Stein an. »Ich hab ihn in Paris fassen lassen.«

»Verstehe.«

»Hör zu, ich weiß, daß du den Schatz einem Museum übergeben wolltest, und der größte Teil ist ja auch dort angelangt.« Diese Tatsache schmerzte immer noch. »Die Pariser Zeitungen machten einen Riesenwirbel darum. ›Bennett-Stiftung entdeckt Schatz der tragischen Königin, neue Erkenntnisse hinsichtlich des Diamanthalsbandes‹ und so weiter.«

Er zuckte die Schultern. Bloß nicht an all die schönen glitzernden Steine denken. »Ich habe beschlossen, mich mit diesem einen Stein zufriedenzugeben, auch wenn eine Handvoll davon mir ein angenehmes Leben ermöglicht hätte.« Wieder hielt er den Ring an seinem schmalen Goldreif hoch. »Aber wenn es dein Gewissen beruhigt, dann breche ich den verdammten Stein heraus und schicke ihn an Bennett.«

»Jetzt werd mal nicht beleidigend.« Rasch riß sie ihm den

Ring aus der Hand. »Mein Verlobungsring wandert in kein Museum. Außerdem« – sie lächelte ihn strahlend an – »bin auch ich der Meinung, daß einzelne Kulturgüter bestimmten Menschen gehören sollten. Geschichte zum Anfassen sozusagen. Bist du konservativ genug, um auf die Knie zu fallen?«

»Noch nicht einmal für dich, Süße.« Er packte ihr linkes Handgelenk, nahm ihr den Ring ab und schob ihn über den dritten Finger, dann sah er sie lange an. »Abgemacht?«

»Abgemacht«, stimmte sie zu, dann warf sie sich lachend in seine Arme. »Der Teufel soll dich holen, Douglas. Seit zwei Wochen fühle ich mich hundeelend.«

»Ach ja?« Die Vorstellung gefiel ihm ebenso gut wie der Gedanke, sie noch einmal zu küssen. »Ich sehe, das Kleid, das ich dir gekauft habe, gefällt dir.«

»Du hast einen ausgezeichneten Geschmack.« Hinter seinem Rücken drehte sie die Hand hin und her, so daß der Ring das Licht zurückwarf. »Heirat«, wiederholte sie, das Wort auskostend. »Du sprachst davon, seßhaft zu werden. Heißt das, daß du dich aus dem Geschäft zurückziehen willst?«

»Ich habe daran gedacht. Weißt du ...«, er schmiegte sein Gesicht an ihren Hals, um den Duft einzusaugen, der ihn in Paris ständig verfolgt hatte. »Ich hab noch nie dein Schlafzimmer gesehen.«

»Wirklich? Ich muß dich mal herumführen. Aber du bist ein wenig jung für den Ruhestand«, fügte sie hinzu, sich von ihm losmachend. »Was willst du mit deiner freien Zeit anfangen?«

»Nun, wenn ich nicht gerade damit beschäftigt bin, dich zu lieben, dann könnte ich ein Geschäft betreiben.«

»Eine Pfandleihe?«

Er knabberte an ihrer Lippe. »Ein Restaurant«, korrigierte er.

»Natürlich.« Sie nickte. Die Idee gefiel ihr. »Hier in New York?«

»Ein guter Platz für den Anfang.« Er gab sie frei, um sein Glas zu nehmen. »Ich fange hier an, dann expandiere ich.

Chicago vielleicht, oder San Francisco. Das Problem ist, ich brauche einen Geldgeber.«

Sie fuhr sich mit der Zunge über die Lippen. »Klar. Irgendwelche Vorschläge?«

Er warf ihr sein charmantes, nicht gerade vertrauenswürdiges Lächeln zu. »Ich dachte an einen Familienbetrieb.«

»Onkel Jack?«

»Komm schon, Whitney, du weißt, ich schaffe es. Vierzigtausend, nein, sagen wir fünfzig, und ich eröffne das schickste Restaurant der West Side.«

»Fünfzigtausend?« Nachdenklich ging sie zu ihrem Schreibtisch.

»Die sind gut investiert. Ich stelle die Speisekarte selbst zusammen, überwache die Küche. Ich ... Was machst du da?«

»Das wären dann insgesamt zweiundsechzigtausenddreihundertfünfundachtzig Dollar und siebenundvierzig Cents.« Mit einem knappen Nicken unterstrich sie die Gesamtsumme. »Zu zwölfeinhalb Prozent Zinsen.«

Er blickte finster auf die Zahlen. »Zinsen? Zwölfeinhalb Prozent?«

»Ein mehr als humaner Zinssatz, ich weiß – aber ich bin gutmütig.«

»Hör zu, wir werden heiraten, stimmt's?«

»Allerdings.«

»Eine Frau berechnet ihrem Mann keine Zinsen, verdammt noch mal.«

»Diese schon«, murmelte sie und fuhr fort, Zahlen hinzukritzeln. »Ich kann die monatlichen Raten sofort ausrechnen. Mal sehen ... über einen Zeitraum von fünfzehn Jahren hinweg, einverstanden?«

Er betrachtete die schlanken Hände, die Zahlen auflisteten. Der Diamant schien ihm zuzublinzeln. »Na klar, warum nicht?«

»Gut, weiter. Wie steht's mit Bürgen?«

Er verbiß sich einen Fluch, doch dann mußte er lachen. »Wie wäre es mit unserem erstgeborenen Sohn?«

»Interessante Idee.« Sie tippte auf ihr Notizbuch. »Ja, damit könnte ich mich einverstanden erklären – nur, wir haben noch keine Kinder.«

Er ging zu ihr hin, nahm ihr das Notizbuch aus der Hand und warf es über seine Schulter. »Dann wollen wir uns darum kümmern, Süße. Ich brauche das Darlehen.«

Whitney registrierte befriedigt, daß das Buch mit der aufgeschlagenen Seite nach oben zu Boden gefallen war. »Gut so – da zeigt sich der wahre Unternehmergeist.«